セミナー
万葉の歌人と作品

第四巻

大伴旅人
山上憶良（一）

企画 編集 神野志隆光
坂本信幸

和泉書院

刊行委員（五十音順）

青木周平
岩下武彦
内田賢徳
佐藤　隆
品田悦一
平舘英子
鉄野昌弘
芳賀紀雄
広岡義隆
身崎　寿
毛利正守

鞆の浦（撮影　清原和義）

我妹子《わぎもこ》が
見し鞆《とも》の浦の
むろの木は
常世《とこよ》にあれど
見し人ぞなき

大伴旅人

夢のわだ（撮影　清原和義）

我《わ》が行《ゆ》きは
久《ひさ》にはあらじ
夢《いめ》のわだ
瀬にはならずて
淵《ふち》にもありこそ

大伴旅人

はじめに

本シリーズの企図は、主として昭和四十年代以降の『万葉集』研究を振り返り、その成果を集約するとともに、新しい展開の方向性を示そうとすることにある。

国文学の分野で、研究書・論文が加速度的に増加してきたことは年々厚くなる『国文学年鑑』に見る通りだが、研究の個別化・細分化が進んでゆくなかで、それらの成果を見渡し、整理する必要も大きくなっている。研究事典、ハンドブックの類や、論文のアンソロジーが相次いで刊行されることに、事態はよく示されているといってよい。それは、『万葉集』研究にとって痛感されるところなのである。

研究の基本はあくまで作品を読むことにある。作品から遊離し、作品のそとで幻想を広げるような論議は意味をもたない。『万葉集』研究が注釈的研究をつねに中心としてきたのは、正道をゆくものであった。その方向を継承して、本シリーズは、「歌人と作品」と題し、歌人ごとに作品を見てゆくかたちで各巻を編成した。作品別研究史を積み上げながら、同時に作者（歌人）論として総括することをめざすものである。

昭和四十年代以降の研究を対象としたのは、さきに昭和五十二年から刊行された『万葉集を学ぶ』

全八集（有斐閣刊）があるからである。『学ぶ』は、巻次をおうかたちで作品別に編成され、作品中心の研究史として大きな役割を果たしたが、爾来すでに二十年を経た。その後の展開を受け止め、研究の現在を踏まえて、作品を中心として成果と問題を集約することが今強くもとめられている。本シリーズはそれにこたえようと意図するものである。

本シリーズが、研究者にとっての指針としてのみならず、一般の読者、万葉愛好家のための案内としても意義あるものとなることと信じ、座右の書となることを願う。

神野志隆光
坂本　信幸

一九九九年四月

目次

装訂　倉本修

凡例

1 万葉集の訓み下しの引用は、原則として『新編日本古典文学全集』（小学館）に拠ったが、これを改めた場合もある。なお、ルビについては読みやすさを考え、適宜改めた。
2 表記は原則として常用漢字、新字体、現代仮名遣いを用いた。ただし、引用箇所は歴史的仮名遣いを用いた。
3 著者等の敬称は略した。
4 原則として論文は、単行本に再録された場合はそれを記し、初出は年だけを示した。
5 本文中の文献の略称は以下の通り。

『仙覚抄』　万葉集註釈（仙覚）
『拾穂抄』　万葉拾穂抄（北村季吟）
『管見』　万葉集管見（下河辺長流）
『代匠記（初）』　万葉代匠記・初稿本（契沖）
『代匠記（精）』　万葉代匠記・精撰本（契沖）
『僻案抄』　万葉集僻案抄（荷田春満）
『童蒙抄』　万葉集童蒙抄（荷田信名）
『考』　万葉考（賀茂真淵）
『槻落葉』　万葉考槻落葉（荒木田久老）
『玉の小琴』　万葉集玉の小琴（本居宣長）
『略解』　万葉集略解（加藤千蔭）
『楢の杣』　万葉集楢の杣（上田秋成）
『燈』　万葉集燈（富士谷御杖）
『墨縄』　万葉集墨縄（橘守部）
『攷証』　万葉集攷証（岸本由豆流）
『古義』　万葉集古義（鹿持雅澄）
『檜嬬手』　万葉集檜嬬手（橘守部）
『註疏』　万葉集註疏（近藤芳樹）
『美夫君志』　万葉集美夫君志（木村正辞）
『文字弁証』　万葉集文字弁証（木村正辞）
『字音弁証』　万葉集字音弁証（木村正辞）
『訓義弁証』　万葉集訓義弁証（木村正辞）
『新考』　万葉集新考（井上通泰）
『折口口訳』　口訳万葉集（折口信夫）
『次田新講』　万葉集新講（次田潤）
『講義』　万葉集講義（山田孝雄）
『全釈』　万葉集全釈（鴻巣盛広）
『総釈』　万葉集総釈（武田祐吉他）

『精考』	万葉集精考（菊池寿人）
『新解』	万葉集新解（武田祐吉）
『新釈』	万葉集新釈（沢瀉久孝）
『評釈篇』	柿本人麿評釈篇（斎藤茂吉）
『旧版全註釈』	万葉集全註釈（旧版）（武田祐吉）
『全註釈』	万葉集全註釈（増訂版）（武田祐吉）
『窪田評釈』	万葉集評釈（窪田空穂）
『金子評釈』	万葉集評釈（金子元臣）
『佐佐木評釈』	評釈万葉集（佐佐木信綱）
『大成』	万葉集大成（平凡社）
『注釈』	万葉集注釈（沢瀉久孝）
『私注』	万葉集私注（土屋文明）
『全注』	万葉集全注（有斐閣）
『古典大系』	日本古典文学大系本万葉集（岩波書店）
『古典全集』	日本古典文学全集本万葉集（小学館）
『古典集成』	日本古典集成本万葉集（新潮社）
『新編全集』	新編日本古典文学全集本万葉集（小学館）
『釈注』	万葉集釈注（伊藤博）
『和歌文学大系』	和歌文学大系万葉集（明治書院）
『新校』	新校万葉集（創元社）
『塙書房本』	万葉集本文篇（塙書房）
『桜楓社本』	万葉集（おうふう）
『講談社文庫』	万葉集（講談社文庫）
『旺文社文庫』	万葉集（旺文社文庫）
記	古事記
紀	日本書紀
続紀	続日本紀
『倭名抄』	倭名類聚抄（十巻本）
『和名抄』	和名類聚抄（二十巻本）
『名義抄』	類聚名義抄

大伴旅人論

1　はじめに

大伴旅人の研究は昭和四十年代に重点が作家論から作品論に移ったが、精緻な作品分析に基づく総括的な作家論が単行本として皆無であるという指摘があった（高野正美「万葉集作者別研究史」『万葉集事典』有精堂、昭50）。その後管見に入っただけでも、筑紫歌壇と旅人を論じた林田正男『万葉集筑紫歌群の研究』（桜楓社、昭57）・『万葉集筑紫歌論』（同、昭58）をはじめ、菅野雅雄『大伴氏の伝承　旅人・家持への系譜』（桜楓社、昭63）、米内幹夫『大伴旅人論』（翰林書房、平5）、平山城児『大伴旅人逍遙』（笠間書院、平6）、大久保広行『筑紫文学圏論　大伴旅人・筑紫文学圏』（笠間書院、平10）、中西進編『大伴旅人　人と作品』（おうふう、平10）が公刊されており、その他旅人論を含む論文集、研究誌など枚挙にいとまなく、旅人研究は今活況を呈しているといえよう。

本書では別に詳細な作品論が展開される予定なので、小稿は旅人にとって作歌がどのような意味をもったのかという観点から、問題となる作品について触れたいと思うが、そのためにも旅人の生き方を方向づけた大伴氏について概観しておく必要があるだろう。

旅人は歌人である前に、名門の歴史を誇る大伴氏の族長であり、政治の中枢にかかわる貴族高官であった。氏の「大伴」は世襲的な職業によって朝廷に使える部民《べみん》の「伴」らを統括し、皇室に直属する家柄であることを意味した。

伝承によると、大伴氏の遠祖《とおつおや》は高御産巣日神《たかみむすひのかみ》の子孫の天忍日命《あめのおしひのみこと》で、天孫降臨の時に弓矢と太刀を帯びて天孫を導き、その子孫の日臣命《ひのおみのみこと》も神武天皇東征を先導した功によって道臣命《みちのおみのみこと》の名を与えられ、智将として斎主《いわいのうし》もつとめ呪詞《じゅし》を用いて成果をあげるなど、皇室の創始以来天皇の信任をえて軍事力を統率する氏族としての名誉を担ってきた。

雄略《ゆうりやく》朝に談《かたり》は新羅《しらぎ》征討中に戦死するが、この頃から一族が宮門の警護に奉仕したと伝えられる。談の子金村《かなむら》は武《ぶ》烈《れつ》朝から欽明《きんめい》朝にかけて内政と外交に絶大な政治力を振るったが、朝鮮半島の経営に失敗して失脚し、大伴氏の勢力は衰えた。しかし壬申《じんしん》の乱で大海人皇子《おおあまのみこ》に呼応して大和地方を制圧し、近江朝を滅亡に追いこむ功績をあげて天武朝に家勢を再興させ、「御門《みかど》の守り」（18・四〇九四）にあたる一族の伝統を守ってきた。

このような大伴氏に、旅人は安麻呂《やすまろ》の第一子として天智《てんち》天皇称制四年（六六五）に生まれた。律令国家へ歩み出して十五年の日本が百済《くだら》の救援に失敗し（六六三）、対外的な危機感の高まる中に生をうけた旅人は、その後近江遷都（六六七）、壬申の乱（六七二）、飛鳥浄御原令《あすかきよみはらりょう》の成立（六八九）、藤原京遷都（六九四）、大宝《たいほう》律令の完成（七〇一）、平城京遷都（七一〇）、聖武天皇の即位（七二四）、長屋王《ながやのおおきみ》の変（七二九）、光明子立后《こうみょうしりつごう》など急速な政治的展開の過程に身を処していくことになるが、旅人が生きた時代は大伴氏の衰退につながる政治的趨勢が顕在化する時期でもあった。皇室に対する伝統的な職務に忠実であることが一族の繁栄に結びつくと信じていた守旧性が、天皇と密接に結びついて政治的優位性を築こうとする藤原氏の動向になす術もなく、時勢に適応していかざるをえなかった旅人は一族に対する責任と個人的な苦悩のため次第に憂情にとらわれ、孤愁を深めていくことになる。

2　未奏の讃歌

旅人が歌人としての姿を見せるのは晩年の六十歳になってからである。

暮春の月、吉野の離宮《とつみや》に幸《いでま》せる時に、中納言大伴卿《おほともきやう》、勅《みことのり》を奉《うけたまは》りて作る歌一首　并せて短歌、未だ奏上に至らぬ歌

み吉野の　吉野の宮は　山からし　貴《たふと》くあらし　水《かは》からし　さやけくあらし　天地《あめつち》と　長く久しく　万代《よろづよ》に
不改《かはらず》あらむ行幸《いでまし》の宮（3・三一五）

反歌

昔見し　象《きさ》の小川を　今見れば　いよよさやけく　なりにけるかも（3・三一六）

この歌は神亀《じんき》元年（七二四）の暮春（三月）、聖武天皇即位直後の吉野行幸にあたって作られた。長歌の「山水、天地、長久、万代、不改、行幸」等の漢語の表記を、清水克彦は懐風藻詩や宣命《せんみょう》の表現によると指摘し（「旅人の宮廷儀礼歌」『万葉論集』桜楓社、昭45）、伊藤博は長歌の冒頭が天武天皇の歌（紀歌謡一二六）に学び、白鳳《はくほう》の吉野を前提に聖武天皇の吉野を讃美しようとした旅人の意図を読み取っている（「未逕奏上歌」『万葉集の歌人と作品　下』塙書房、昭50）。

長歌の「山」と「水」の対比的表現は儒教的な山水観にたち、吉野の宮の崇高と不変を讃えている。旅人はかつて元正《げんしょう》天皇即位の頃に宣命の起草から宣布《せんぷ》までにかかわる中務卿であったから、宣命の表現をふまえて吉野の宮の主人となった新天皇を予祝奉讃し、反歌では表現を川に絞って「河水清」を「大瑞」とする祥瑞《しょうずい》思想（『延喜式』治部《じぶ》省「祥瑞」条）によって意義づけ、川の聖性たる「さやけさ」を「祥瑞応見《おうげん》」（儀《ぎ》制令《せいりょう》）とみて天皇の徳を讃美しようとしたのではないか。昔の象の小川のさやけさは過去の天皇の徳の応見であり、今のさやけさはそれを踏襲する新天皇の徳のいやます祥瑞であるという意味にも解される。これに天皇に一層の忠誠をもって奉仕を誓う大伴氏の吉野に対する歴史意識がないあわせに表現されているであろう。

題詞に「勅を奉りて」とあるのは旅人個人が讃歌を要望されたのではあるまい。前年の養老《ようろう》七年（七二三）五月、皇太子の即位を予祝する吉野行幸で久しぶりに笠金村《かさのかなむら》と車持千年《くるまもちのちとせ》の吉野讃歌が奏上された。献歌の復活は、藤原不《ふ》比等《ひと》の死後（養老四年〈七二〇〉）に右大臣となった長屋王の方針と礼楽思想にもとづき宮廷諸儀礼の整備につとめた風流《ふうりゅう》侍従《じじゅう》の意向も働いたとみられ、聖武天皇が即位し吉野行幸が予定されると、当然新天皇讃歌が奏上される運びとなる。「勅を奉りて」はこの動きを反映しているであろう。こう記すことは預作《よさく》する場合に可能だったと思われるが、「未だ奏上に至らぬ」と注記したのは予定された讃歌奏上の機会を奪う重大な事情が生じたということでないのか。続日本紀の三月二十二日の記事に聖武天皇が生母藤原夫人《ぶにん》宮子に「大夫人」の尊称を賜ろうとしたが、左大臣長屋王らが公式令《くうじきりよう》を根拠に疑義を申立て、これに「文《もん》には皇 太夫人《くわうだいぶにん》とし、語《こと》には大御祖《おほみおや》」と裁可されたとある。この応酬のさなかの行幸であったから、長屋王の指導下に用意された讃歌奏上は天皇の意志で取り止めになったのではないか。中納言旅人も長屋王の閣僚の一人として尊称問題で大変微妙な立場に立った。だから聖武天皇の即位宣命の核心となる詞句を用いて主旨を奉戴し、大伴氏の不変の忠誠心を示す讃勅歌を預作したと考えられる。

かつて天武天皇の世紀を開くために活躍した大伴氏の歴史にとって吉野は最も栄えある時を象徴し、今回の行幸は天武系聖武天皇との結びつきを確認する機会であったはずである。旅人は伯父御行《みゆき》の壬申の乱後の作

大君は　神にしませば　赤駒《あかごま》の　腹這《はらば》ふ田居《たゐ》を　都と成しつ（19・四二六〇）

と天武天皇を神と仰ぐ歌を伝える大伴氏の族長としての自覚に立って、改めて服従を誓う吉野讃歌を用意した。そこに宮廷歌人でもない高官の旅人が宮廷儀礼歌を作った意味があるのではないだろうか。

3　報凶問歌

神亀四年（七二七）閏《うるう》九月二十九日に聖武天皇と光明子《こうみようし》夫人《ぶにん》の間に生まれた基皇子《もといのみこ》は、十一月二日に生後ひと月で皇太子に立てられ、十四日に大納言多治比池守《たじひのいけもり》以下百官が太政大臣（故藤原不比等）邸で皇太子を拝した。その後中納言旅人は兼任の大宰帥《だざいのそち》に任命され筑紫に向かった。着任の時期は神亀四年十二月（五味智英「大伴旅人序説」『万葉集の作家と作品』岩波書店、昭57）、神亀五年の二月（平山城児「旅人小伝」平山前掲書）、四月頃（井村哲夫『全注 五』）などと推定されている。

旅人の大宰帥任命について、(1)長屋王失脚の機会を窺う藤原氏の策略に出る左遷（川崎庸之「長屋王時代」『記紀万葉の世界』ミネルヴァ書房、昭27。梅原猛『さまよえる歌集　著作集12』集英社、昭57）。(2)対新羅・渤海《ぼっかい》との外交と九州南域の律令支配という課題解決のための当然の赴任（五味前掲論文。川口常孝「萩祭―旅人追想―」『万葉作家の世界』桜楓社、昭46）。(3)中央政界の動静のなかで外交・内政を理由に自ら希望（林田正男「大伴旅人と筑紫歌壇―筑紫下向は希望赴任か―」林田前掲『万葉集筑紫歌群の研究』）などの推測がある。

当時は外交と内政の現実的課題があって、神功《じんぐう》皇后を祭る香椎廟《かしいのみや》が神亀元年に創建され、その子応神天皇を祭る八幡宮《はちまんぐう》の一之御殿が翌年に造営されており（塚口義信「香椎廟の創建年代について」『日本書紀研究　第十冊』塙書房、昭52）、渡瀬昌忠は香椎廟の祭祀の任務にたずさわるために、旅人は妻大伴郎女《おおとものいらつめ》を同伴したとみている（「大伴坂上郎女（序説）」『万葉の女人像』笠間書院、昭51）。また、この頃外交を主任務とする大宰府が筑前国司を機構的に分離して内政的任務を委せたという大久保広行の見解もある（「初代筑前守の可能性」『筑紫文学圏論　山上憶良』笠間書院、平9）。大伴氏は金村や狭手彦《さでひこ》らが外交上に名を残す家柄で、旅人の父安麻呂は大納言で大宰帥を兼任しており、旅人自身も養老四年（七二〇）に征隼人《せいはやと》持節《じせち》将軍として大隅《おおすみ》国の隼人の鎮定にあたっていて、順当な人選であったとみられる。この事と旅人個人の心情は別で、六十歳を越えての大宰府赴任は心身にかなり負担になったことは否めない。また聖武天皇と閨閥《けいばつ》関係をもつ藤原氏の権勢が着々と拡大する中、聖武天皇にいささかも遜色ない天武皇孫の左大臣長屋王が、次第に孤立化する政界から離れたいと思うことがあったかも知れない。だが個人的心情を大宰府赴任の動機とみるのはいかがであろう。旅人を迎えた大宰府では、歌宴がしばしば催されるが、着任して間もなく旅人は遷任帰京する石《いし》川足人《かわのたるひと》の歌に和している。

やすみしし　我が大君の　食《を》す国は　大和《やまと》もここも　同じとぞ思ふ（6・九五六）

天皇統治下では大和もここ「遠の朝廷」も同じとは新任の帥らしく公式的な挨拶である。

だが、あまり時を隔てずに旅人は妻大伴郎女を病のために失う。妻の命日を楝《おうち》の花の咲き継ぐ四月十日と井村哲夫は推定する（「報凶問歌と日本挽歌」『赤ら小船 万葉作歌作品論』和泉書院、昭61）。旅人が妻の死を奏聞し、勅使式部大輔《しきぶのだいふ》石上堅魚《いそのかみのかつお》が派遣されたのは、旅人が中納言であり、郎女も公的役割を担っていたからとも考えられる。

橘《たちばな》の　花散る里の　ほととぎす　片恋《かたこひ》しつつ　鳴く日しぞ多き（8・一四七三）

堅魚の問いに応えた旅人の歌は、ほととぎすに我が心を託し、妻不在の現実の中で妻の幻影に向かって一途に恋慕悲傷の情を注いでいる。足人への挨拶歌とは対照的な真情の告白は、妻との永訣《えいけつ》を機に旅人の抒情に根強く底流することになる。

大宰帥大伴卿、凶問《きょうもん》に報《こた》ふる歌一首

禍故重畳《くわこちょうでふ》し、凶問累集《るいじふ》す。永《ひたふる》に崩心《ほうしん》の悲しびを懐《むだ》き、独《もはら》断腸の涙《なみた》を流す。ただし、両君の大助《だいじょ》に依《よ》りて、傾《かたぶ》ける命をわづかに継げらくのみ。筆《ふみて》の言《こと》を尽さぬは、古《いにしへ》に今にも嘆くところなり。

世の中は　空《むな》しきものと　知る時し　いよよますます　悲しかりけり（5・七九三）

神亀五年六月二十三日

題詞の「凶問」は井上通泰が凶事の知らせと解釈したのが妥当であろう（『万葉集雑攷』明治書院、昭7）。序文の「禍故重畳し、凶問累集す」は訃報や悲運がかさなり、妻の死の他にも旅人の同母弟の宿奈《すくな》麻呂《まろ》（橋本達雄「坂上郎女のこと一二」『国文学科報』2、昭49・3）や異母妹坂上郎女《さかのうえのいらつめ》の亡夫穂積皇子《ほづみのみこ》の妹田形皇女《たがたのひめみこ》（佐藤美知子「万葉集巻五の冒頭部について―旅人・憶良の歌文―」『大谷女子大国文』5、昭50・5）の訃報も推定されている。旅人の悲嘆の中心は亡妻にあったが、大伴氏ゆかりの人びとの悲報も加わり傷心の極にあったと思われる。

歌では世間虚仮《せけんこけ》、諸法皆空《しょほうかいくう》の教理を衝撃的な体験によって深く知ったというが、「いよよますますかなしかりけり」と現実の虚しさに惻惻と感傷する一般的な表現となっているのは、族長らしい自己抑制が働いているというべきではないのか。
序文の注記の「筆の言を尽さぬは、古に今にも嘆くところ」とは、自分の心情を率直に表現できぬもどかしさであろうが、亡妻に対する哀傷は別に折に触れては吐露されて亡妻挽歌の連作（3・四三八〜四〇、四四六〜五三）となり、他方で山上憶良の悼亡詩と「日本挽歌」を誘発するのである。

4　歌詞両首

旅人が京人と交わしたと見られる書簡と贈答歌がある。

伏して来書を辱《かたじけ》なみし、具《つぶさ》に芳旨《はうし》を承《うけたまは》りぬ。忽《たちま》ちに漢《あまのがは》を隔《へだ》つる恋を成し、また梁《はし》を抱《むだ》く意《こころ》を傷《いた》ましむ。ただ羨《ねが》はくは、去留恙《きよりうつつみ》なく、遂に披雲《ひうん》を待たまくのみ。

歌詞両首　大宰帥大伴卿

竜《たつ》の馬《ま》も　今も得てしか　あをによし　奈良の都に　行きて来《こ》むため（5・八〇六）

現《うつつ》には　逢ふよしもなし　ぬばたまの　夜の夢《いめ》にを　継ぎて見えこそ（5・八〇七）

答ふる歌二首

竜の馬を　我は求めむ　あをによし　奈良の都に　来む人のたに（5・八〇八）

直《ただ》に逢はず　あらくも多く　しきたへの　枕去らずて　夢にし見えむ（5・八〇九）

「歌詞両首」の作者は大宰帥大伴卿とあるが、書簡と答歌の作者は未詳である。

(1)書簡の作者を旅人とする説は、旅人が返書に「歌詞両首」を添えて贈ったのに対し京人《みやこひと》の答歌が贈られてきたとするが、京人を都の知人（『古典大系』）、男性（『古典全集』）、女性（『私注』）のいずれに考えるかで分かれる。女性とみる土田知雄はすべてを旅人の創作と考える（「大伴旅人・京人贈答歌私考」『語学文学』12、昭49・3）。

⑵書簡の作者を京人とする説は、京人からの返書と答歌に、旅人の「歌詞両首」をあとから割り込ませたとする（『窪田評釈』）。この場合も京人を男性（吉永登「大宰帥大伴卿の贈答歌」『万葉 その探求』現代創造社、昭56）女性（井村哲夫『全注 五』）のいずれとみるかに分かれる。中西進は京の女性の書簡の中に旅人の「歌詞両首」が含まれていたとみる（『講談社文庫』）。

万葉集に収められた書簡は、⑴差出人・日付・宛名が完備しているか、⑵差出人・日付はあるが宛名は欠ける（内容で宛て先が察せられる場合も含む）かであるが、この書簡はいずれもなくて虚構的表現を意図していると考えられ、全体を旅人の創作と解された土田説が顧みられてよいのではないか。

書簡の「去留」は奈良で待つ側の表現であろう。贈歌は大伴卿、答歌は女性の唱和になっている。書簡は京の女性の返書と解するほかないであろう。また「漢を隔つる恋」「梁を抱く意」は典拠の『文選』や『荘子』によると女性を待つ男性の表現で、それを違和感なく利用して女性の立場で創作したのは旅人であろうが、この一群の作品は、全体が女性からの返書という想定で構成された創作ではないか。「歌詞両首」の下注の「大宰帥大伴卿」も虚構の表現で、京の女性も空想の中の心許せる女性であろう。親密な京の女性が寄越した返書の中に、男性が贈った歌とこれに和した答歌が記されていたという設定である。旅人が創作したのは、妻郎女の死から時を経て気持に余裕ができた頃であろう。京に留まっていたら死別することもなく、心を通わせるに違いない妻が念頭にあった旅人の亡妻愛慕の心が描いた夢ではなかったか。

旅人は亡妻愛慕の情を表現する時、私的に真情を吐露する場合と、他人に披露する時所を考えて「報凶問歌」のように概念化する場合と、「歌詞両首」のように虚構的な創作に昇華させる場合とがあったと考えられる。

5　政変の前後

旅人の「報凶問歌」に応えて憶良が悼亡詩と日本挽歌を献呈した神亀五年七月二十一日に、中央では中衛府《ちゅうえふ》設置の新たな事態が進んでいた（設置の日付は『新古典大系』の補注による）。元明天皇即位直後の慶雲《きょううん》四年（七〇七）七月に設置された令外《りょうげ》の官の授刀舎人寮《じゅとうとねりりょう》を基盤に編成されたのである。授刀舎人は武官で、宮中の警護や風儀の取締り、官人の行動監視など警察的機能を果した。授刀舎人寮は皇位継承を予定していた首皇子《おびとのみこ》（聖武天皇）を、天智・天武の皇子たち反対勢力の手から守るために設置されたものだが、藤原氏の私兵的性格ももっていた（井上薫「舎人制度の一考察―兵衛・授刀舎人・中衛舎人―」『日本古代の政治と宗教』吉川弘文館、昭41。笹山晴生『古代国家と軍隊 皇軍と私兵の系譜』中央公論社、昭55。直木孝次郎「古代天皇の私的兵力について」『飛鳥奈良時代の研究』塙書房、昭56）。それを天皇の身辺警護と、基皇子の皇位継承の擁護のため中衛府に発展させ、大将には内臣《うちのおみ》で授刀舎人寮の頭でもあった藤原房前《ふささき》が就任した。令の衛府制度によって設置されていた五衛府（衛門府《えもんふ》、左右衛士府《さうえじふ》、左右兵衛府《さうひょうえふ》）は中央の公的軍事組織であったが、長官や次官は伝統的に大伴・佐伯らの武門的旧氏族に占められていて、藤原氏が宮廷内の覇権をにぎり勢力を拡張するために、宮廷の中枢に五衛府の上位に中衛府を設けて兵権を掌握するという方法をとったと考えられる。佐伯氏とともに宮門警衛にあたってきた大伴氏の伝統的な職務は衛門府に継承されていたが（笹山前掲書）、中衛府の設置を大伴氏の族長旅人はどう受け止めたであろうか。宮廷における伝統的な職務が実質的に空洞化されたと感じ、憂情を深めたとしても不思議はないであろう。

　中衛府設置のひと月後の八月二十一日の続紀に「皇太子《ひつぎのみこ》の寝病《みやまひ》、日経《ふ》れど愈《い》えず」とあり、九月十三日に薨じた。天皇・夫人と藤原氏には困惑するような不測の事態であったろう（岸俊男「光明立后の史的意義」『日本古代政治史研究』塙書房、昭44）。中衛府の設置を皇太子の薨を予測した藤原氏の次善の策という見方に批判的な野田嶺志は、皇太子の病気のひと月前に内匠寮・中衛府の設置、斎宮寮編成、大学寮の改廃など軍事・祭祀・明法を網羅して皇太子中心の新しい政治体制の構想が実現していたと指摘しており（『律令国家の軍事制』吉川弘文館、昭59）、性急な判断は慎むべきであろう。

　しかし時期をうかがって事態は人為的に転換された。翌神亀六年（七二九）二月十日長屋王謀叛の密告によって、長屋王宅は式部《しきぶ》卿《きょう》 藤原宇合《うまかい》統率下の中衛府とこれに従う五衛府の兵に包囲された。中衛府設置の効果がただちに現れたというべきであろう。翌十一日に舎人《とねり》・新田部《にいたべ》両親王以下大納言多治比池守・中納言藤原武智麻呂《むちまろ》・左中弁小野《おのの》牛養《うしかい》・少納言巨勢宿奈麻呂《こせのすくなまろ》らが長屋王宅で窮問にあたり、この日に大宰大弐多治比県守《あがたもり》・左大弁石川石足《いわたり》・弾正《だんじょうの》尹《いん》大伴道足《みちたり》が権 参議《かりのさんぎ》に任じられた。旅人配下の県守は霊亀二年の遣唐押使《おうし》で藤原宇合はその副使であったが、県守の娘は麻呂の子浜成《はまなり》の妻である。また道足は旅人の大叔父の子で、大伴氏としては旅人に次ぐ職責にあり、彼の妹が旅人の妻大伴郎女と推定されているが（川口常孝『大伴家持』桜楓社、昭51）、道足の娘は房前の子鳥養の妻である。藤原氏と姻戚関係にあった二人が、長屋王失脚の加担者に組み込まれるという周到さである。十二日に長屋王は自尽し、藤原氏出の妻子を除き王の家族は後を追って自経する。事態が鎮静化した六月二十日に、京職大夫藤原麻呂を通じて左京職から背の図が「天王貴平知百年」と読まれる大瑞の亀が献上され、八月五日に天平と改元される。この祥瑞に導かれて八月十日に正三位藤原夫人光明子が皇后に立てられる。実現の困難が予想された貴族出身の皇后が、長屋王の没後半年にして実現した。藤原氏は聖武天皇にとり脅威的な存在であった長屋王をいずれ失脚させねばならなかったにしろ（直木孝次郎「長屋王の変について」『奈良時代史の諸問題』塙書房、昭48）このような急展開をみたのは基皇子夭折を好機ととらえる非情な政治的判断からであったはずである。

6　望郷の歌

大宰少弐《だざいのしょうに》小野老《おゆ》の歌を筆頭とする一群の歌（3・三二八～三三七）の中に、次のような旅人の望郷歌が見出される。

　帥大伴卿の歌五首

我が盛り　またをちめやも　ほとほとに　奈良の都を　見ずかなりなむ（3・三三一）
我が命も　常にあらぬか　昔見し　象《きさ》の　小川を　行きて見むため（3・三三二）
浅茅《あさぢ》原《はら》　つばらつばらに　物思へば　古りにし里し　思ほゆるかも（3・三三三）
忘れ草　我が紐に付く　香具山《かぐやま》の　古りにし里を　忘れむがため（3・三三四）
我が行きは　久《ひさ》にはあらじ　夢《いめ》のわだ　瀬にはならずて　淵にありこそ（3・三三五）

小野老が天平元年三月四日に十年ぶりに従五位上に叙せられた。この歌群は林田正男の推定のように、天平元年三月末から四月初頃に大宰府で催された老の昇進祝いの宴における作であろう（「小野朝臣老論」林田前掲『万葉集筑紫歌群の研究』）。この時の叙位には長屋王の政変で親藤原氏的な立場に立った人びとに対する褒賞的な意味も指摘されている（直木前掲書）。同じ日に中納言藤原武智麻呂が大納言に昇格し、空席の大納言のポストが旅人を越えて埋められた。帰京の時期が遠のいたと感じた旅人の衝撃は大きかったであろう。

まず小野老の歌は昇進の喜びに平城京の繁栄を讃え、旅人の同族の大伴四綱《よつな》は同調的に望京の心を吐露し、旅人にも作歌をうながしたが、旅人の歌は意外な展開を見せ、「我が盛り　またをちめやも」と自己否定的に歌い出して帰京に対する強い危惧を表明した。この表現を導いたのは、四綱の「藤波の　花は盛りに　なりにけり」の詞句であろう。中西進が「命の盛りと都の盛りの出会いが夢みられている」（中西前掲書）と指摘するような旅人の嘱望の強さが逆に現実を省みさせたのであろうが、四綱が矚目《しよくもく》の「藤波」の華麗なみやびの表現によって都への指向を誘いかけたことにも理由の一斑があったかも知れない。政変に主導的であった藤原氏、旅人に失意を与えた武智麻呂の大納言昇進などに旅人の気持が鬱屈した可能性もあろう（梅原前掲書）。この五首を「旅人の望みが遠のいた時期の作」ととらえる芳賀紀雄は「老衰によって帰京を絶望視する嘆きから、長生の願いへと転じ、吉野と故郷明日香に思いを馳せ、帰京の近いことを自分に言い含めて、願望をもって結ぶ」と解している（「大伴宿禰旅人」『上代文学研究事典』おうふう、平8)。

旅人の表現は、明日香に対するせつないまでの郷愁を核にしながら、大伴氏再興に重要な意味をもつ不変の仙境吉野に思いを馳せることで帰京に期待をつないだのではなかったか。しかし奈良については二度と触れない。「遠の朝廷」とはいえ鄙の地で妻を失って孤独な老いを自覚した旅人は、長屋王の変の帰結や叙位に強い疎外感を覚えたであろう。

7 讃酒歌

旅人の「酒を讃《ほ》むる歌十三首」(3・三三八〜三五〇)の成立時期を、大久保広行は神亀六年(七二九、八月に天平改元)三月中旬から同年末までと推定する(「讃酒歌三首」大久保前掲書)。

一三首の構成について、伊藤博(「古代の歌壇」『万葉集の表現と方法 上』塙書房、昭50)、稲岡耕二(『志賀白水郎歌十首』と『讃酒歌十三首』—その連作性と作品的関連—」『万葉集の作品と方法 口誦から記載へ』岩波書店、昭60)、辰巳正明(「讃酒歌の構成と主題」『万葉集と中国文学』笠間書院、昭62)などの卓説がある。中西進は「共にあれば琴・詩・酒によって興を尽くし、遠くあれば雪・月・花によってかつての交歓がしのばれる」交友の詩を和歌に実現した旅人が、楊雄《ようゆう》・曹植の「酒賦」劉伶《りゅうれい》の「酒徳頌」、陶潜《とうせん》などの精神をつぐと指摘するように、この歌の主題は「讃酒」にある(「文人歌の試み」『万葉と海彼』角川書店、平2)。第一首の

験《しるし》なき　ものを思はずは　一坏《ひとつき》の　濁《にご》れる酒を　飲むべくあるらし(3・三三八)

の「験なきものを思」うことの拒否と「一坏の濁れる酒」への志向は、第二・三首で徳政を旨とする礼教が強調されながら門閥政治の下に媚《こ》び諂《へつら》いが満ちている政治社会に反発し、隠遁して酒徳を讃美する中国の反俗的な酒聖たちに精神的な共感を示しつつ、それを受けた第四首で、

賢《さか》しみと　物言ふよりは　酒飲みて　酔ひ泣きするし　優《まさ》りたるらし（3・三四一）

と「賢しら」に俗社会にかかわることを否定し、背徳とされる「酔ひ泣き」を肯定している。旅人は中国の批判的反俗者の精神を根としてわが現実の俗に対峙している。反俗を支えた心は単純ではないが、社会性の欠如した反俗は考えられない（王瑤「文人と酒」『中国の文人』大修館書店、平3）。以下に共鳴する中国の文学・故事の世界と旅人自身の現実とを往返しつつ、酒飲まぬ「賢しら」を醜く猿に似ると揶揄し、貴族の教養の「遊びの道」に愚痴の「酔ひ泣き」を掲げるに至る。

「験なきもの」は「凶問に報ふる歌」（5・七九三）の「世間は　空しきもの」に通底するが、「賢しら」について村田正博（「大伴旅人讃酒歌十三首」『万葉集を学ぶ 第三集』有斐閣、昭53）と辰巳正明がその意義を明らかにしたように、「賢良」は本来徳政に求められた賢良方正であるが、当時の官人社会の実態としては偽善となっており（「賢良」辰巳前掲書）、井村哲夫は天平時代の法制・礼制の上に種々の貴族勢力が拮抗し、中に因循姑息な法治主義者や、形式的な礼教主義者や俗物的な出世主義者ら「賢しら」の偽善、儒・仏をおしなべて形式的・他律的な世俗の道徳律と、その前に跼《きよく》蹐《せき》する偽善的な世間の「賢しら」に対するに、仏説が戒める「酔ひ泣き」という世間の愚痴の偽悪をもってした旅人に、世間虚仮の観念への強い認識と、虚仮の世間から脱することができない卑小な自身に対する深い悲しみを指摘する（「大宰帥大伴卿讃酒歌十三首」前掲『赤ら小船 万葉作歌作品論』）。

「賢しら」の偽善の最たるものが長屋王の変に集約的に現れたのであり、旅人が大伴一族の行く末の不安に強い衝撃を受けたことが作歌の契機になっているであろう。この歌群を直ちに藤原氏に対する批判とは言えないが誘因になっていることは否定できまい。「験なきものを思はず」と表現する旅人の心に長屋王事件の波紋を無視するのは疑問である。「さかしら」に漢語の「賢良」を用いたのは、旅人が「さかしら」を社会的広がりにおいてとらえたからで、旅人の族長の立場が私情と分かちがたく結びついていたことを軽視できない。この歌群を亡妻哀傷ととらえる見解に対して、胡志昂は亡妻哀傷の表現は讃酒歌に見られる悲愁と憤世の情と性格を異にすると指摘したのは正鵠《せいこく》を射たものであろう（「讃酒歌の論」『奈良万葉と中国文学』笠間書院、平10）。官人社会に横行する「賢しら」の偽善に対する悲憤は、同じ社会に身を置く自己の無力と孤独にも向けられることになる。一族の将来への不安と責任が、妻を失った旅人の孤独な心に暗い影を落したとみるべきであろう。

8　淡等謹状

政変の落着後、旅人は朝集使《ちようしゆうし》として上京する大宰大監《だざいのだいげん》大伴百代《ももよ》に託し、日本琴と謹状を中衛高明閤下《ちゆうえいこうめいこうか》藤原房前のもとに届けさせた。

　　大伴淡等《たびと》の謹状《きんじよう》

　梧桐《ごとう》の日本琴《やまとごと》一面　対馬《つしま》の結石山《ゆひしやま》の孫枝《ひこえ》なり

この琴、夢に娘子《をとめ》に化《な》りて曰はく、

「余《われ》、根を遥島《えうたう》の崇《たか》き巒《みね》に託《つ》け、幹《から》を九陽《きうやう》の休《うるは》しき光に晞《さら》す。長く煙霞《えんか》を帯《めぐ》らして、山川《さんせん》の阿《くま》に逍遙《せうえう》し、遠く風波を望みて、雁木《がんぼく》の間に出入す。ただ百年の後に、空《むな》しく溝壑《こうかく》に朽ちなむことのみを恐る。偶《たまさか》に良き匠《たくみ》に遭《あ》ひ、削《き》りて小琴に為《つく》られぬ。質麁《あら》く音少なきことを顧《かへり》みず、恒《つね》に君子の左琴《さきん》とあらむことを希《ねが》ふ」といふ。即ち歌ひて曰く、

いかにあらむ　日の時にかも　声知らむ　人の膝《ひざ》の上《へ》　我が枕《まくら》かむ（5・八一〇）

　僕《やつかれ》、詩詠《しえい》に報《こた》へて曰《いは》く

言《こと》問はぬ　木にはありとも　愛《うるは》しき　君が手馴《たな》れの　琴にしあるべし（5・八一一）

　琴娘子《ことをとめ》答へて曰く

「敬《つつし》みて徳音を奉《うけたま》はりぬ。幸甚幸甚《こうじんこうじん》」といふ。片時《しまらく》ありて覚《おどろ》き、即ち夢の言《こと》に感《かま》け、慨然《がいぜん》に止黙《もだ》あること得ず。故に公《おほやけ》の使ひに付けて、いささかに進御《たてまつ》らくのみ。謹状す。不具《ふぐ》

天平元年十月七日、使ひに付けて進上《たてまつ》る。

謹通《きんつう》　中衛高明閤下　謹空《きんくう》

書簡には、日本琴が夢に娘子となってあらわれ、対馬の結石山に生をうけた梧桐から琴に作られた縁起を語り、辺境の地に朽ちることを恐れていたが、幸い名匠に見出されて琴に作られ、形は整わず音色も乏しいが常づね立派な方の愛用の琴になりたいと願っていた、と告げたのに感じ入り、その念願をかなえるために房前に献呈する旨を述べている。

書簡について、⑴旅人の帥赴任を順当な人事とみる市村宏は、琴に旅人自身を寓して風雅の他に心なきを諷し、「声知らむ人」房前宛の書簡は、長屋王の変に成功して天下の権を握った藤原氏の前に叩頭《こうとう》する降伏文書に等しいと説く（「大伴淡等と謹状」『続万葉集新論』桜楓社、昭47）。⑵帥赴任を左遷とみる中西進は、政権闘争をよそに遠い離島にある「余」の超俗を強調する藤原氏への全面降伏であり、「知音」たる房前と通じ合うことを願い、風雅においてのみ胸襟は開きうるという宣言であったと説く（「文人歌の試み―大伴旅人における和歌―」前掲『万葉と海彼』）。⑶希望赴任とみる林田正男は、風流韻事のためでなく、帰京転任希望の意を含め、藤原氏と大伴氏に対立があったにせよ、両者に宥和関係を求める姿勢が窺えると説く（「大伴旅人と筑紫歌壇―筑紫下向は希望赴任か―」林田前掲『万葉集筑紫歌群の研究』）。

いずれも謹状に寓意をみて、趣旨を藤原氏への降伏の表明ないしは転任帰京希望にあると解するが、この他にも、原田貞義は旅人と長屋王派房前の互いに後楯を失った者同士の閑雅なる遊びとみ（「旅人と房前―倭琴献呈の意趣とその史的背景―」『万葉とその伝統』桜楓社、昭55）、梶川信行は政変中に拱手傍観して聖武天皇に干された房前を慰めるのに

旅人が「閑雅な書簡」を贈ったとする（「日本琴の周辺―大伴旅人序説―」『美夫君志』32、昭61・4）。

謹状について、『代匠記』以来『文選』の嵆康《けいこう》の「琴賦《きんのふ》」、『荘子』『遊仙窟《ゆうせんくつ》』の詞句からの転用が指摘されてきたが、古沢未知男は「琴賦」に負うところ内容・構成にもわたると説く（「『淡等謹状』と『琴賦』」『漢詩文引用より見た万葉集の研究』桜楓社、昭39）。「琴賦」には雅琴の優れた音色にこめられている至徳の和平を本当に理解し、その美質を奏でることができるのは「至人《しじん》」（君子）とあり、謹状の趣意は、房前を「至人」たる「うるはしき君」として雅琴を贈り、その音色にわが願望である至徳の和平を感得してもらおうというところにあったであろう。房前は養老五年（七二一）に元正天皇から内臣として「内外を計会《はから》ひ、勅に准《なずら》へて施行《せぎやう》し、帝《みかど》の業《わざ》を輔翼《たす》けて、永く国家を寧《やす》みすべし」と絶対的信頼が寄せられていた。房前は政治的才腕に加えて、婚姻関係でも父不比等の妻県犬養三千代《あがたのいぬかいのみちよ》と先夫との娘牟漏《むろ》女王（光明皇后の義姉）を正室とし、娘の一人は聖武天皇の夫人にするなど、元明上皇・元正天皇の信任は厚かった。終生参議に留まっていたのは、内臣という令外の重職にあって、天皇と藤原氏を結ぶ要として重大な役割を果たしていたからで、『家伝』（武智麻呂伝）にも「二弟北卿知機要事《ちきえうじ》」と記されている。房前が中衛府長官となり宮廷における行政・軍事権を握ったことの意味は重要だが、機構的には大伴氏の宮門警護の上位の長となったのである。また旅人には聖武天皇の母宮子夫人の尊称問題で内臣房前に負い目もあった。光明子立后という藤原氏の目的達成後に、機会を待って房前に日本琴と謹状を贈った。内臣で参議中衛大将として大伴氏の上に立った房前にこそ、旅人は大伴氏の族長として風雅によって誼《よしみ》を通じねばならなかった。政情の変転する過程で旅人は大伴氏の命運を思って腐心していたのであり、全くの一個人として純然たる風雅を楽しんだと想像することはできないであろう。現実を引きずっていたからこそ風雅を志し、雅懐によって心を通わせようとした。池田三枝子は旅人が中国文学の伝統に依拠して、政治性の強い問題を文芸の主題としたのは、中国文人を規範とし文芸性の高い書簡によって政治的要請を行う文人官僚として身を処そうとしたからで、神仙思想や山水隠遁思想を受容していた旅人と房前には通じ合う文学的基盤があったいう（「大伴淡等謹状—その政治性と文芸性—」『上代文学』72、平6・4）。重要な指摘である。藤原氏は道足を通じて大伴氏を組み込んだが、族長旅人の本心を直接確かめていたわけでないから、房前は淡等謹状の趣意を嘉納し、琴の知音の意を解して風雅をもって応えた。

帥赴任は当然の人事であったものの、旅人は政変の間局外に置かれて左遷のごとき不安を抱き大伴一族の将来を思い悩んだから、天皇と密着する上位の長藤原房前に、風雅を通じて中央の新事態に対応する意志を伝える必要があったのである。

9　梅花の歌

梅花の歌宴は天平二年正月十三日に帥宅で催された。

序文が王羲之《おうぎし》の「蘭亭集序《らんていしゅうのじょ》」に学んでいるのは、中西進によると、会稽山の蘭亭の詩会を理想に梅花の歌会を催し、自然の中に陶然と沈んで物の本質をきわめ、俗の政治から遠い境地に真の世界を求めることを願ったからであるという（「六朝詩と万葉集」前掲『万葉と海彼』）。東茂美は歌材とする梅・青柳・雪・鶯などが『梅花落《ばいくわらく》』詩の景を取り込んでいることを指摘しており（「園梅の景—梅花宴歌と梅花落—」『古代文学』22、昭58・3）、さらに辰巳正明は楽府詩の「梅花落」の意味が望郷にあり、梅花の歌は中国文学との対応の中に望郷を主題として官人たちが奈良と向き合って、詩を歌に試みたと説く（「落梅の篇—楽府「梅花落」と大宰府梅花の宴—」辰巳前掲書）。

歌宴の座順については後藤和彦が、伊藤博（「園梅の賦」前掲『万葉集の歌人と作品 下』）・大久保広行（「梅花の宴歌群の展開」大久保前掲書）などの説を紹介しつつ新見を示したが（「梅花の歌三十二首の構成」『万葉集を学ぶ 第四集』有斐閣、昭53）、他方歌の連鎖的把握に疑問を抱き、主人までの八首と二次的な二四首を想定する植垣節也（「梅花の歌三十二首考」『古典解釈論考』和泉書院、昭59）や限られたモチーフと共感的協調的な場における語句・発想の類似は認めても、三二首に一貫した緊密な付合を見ることには慎重な井村哲夫（『全注　五』）、予作や送付された作も含み、配列通り官位順に誦詠されたことを疑う原田貞義（「梅花歌三十二首の成立事情」『万葉』57、昭40・10）がいる。宴における主人旅人の歌、

我が園《その》に　梅の花散る　ひさかたの　天《あめ》より雪の　流れ来《く》るかも（5・八二二）

は梅の散華を純白の雪に見立て、梅花落の詩趣を純化させた雅境を示している。

梅花の歌宴を催したのは、旅人と官人たちにとって、中国文学と対応させながら故郷を思うことが風雅であったからで、彼らが望郷の念をつのらせたのは都における政変の帰趨への関心もあったに違いない。都では大納言丹治比池守・藤原武智麻呂、参議房前、権参議丹治比県守ら反長屋王的な閣僚が軸になって政変後の政治を推進していたのである。

ところで旅人が梅花の宴を催したのは風雅を求める純然たる私的意図によるのであろうか。それならば大宰府と筑前国の官人たちで充分であろう。だが三二首の作者が大宰府管下の特定地域の官人らしいことは、私的と言えない性格を感じさせる。参加者は五国二島にわたるが、豊後守大伴某（三依か）は旅人と同族、筑後守葛井大成《ふじいのおおなり》と観世音寺《かんぜおんじ》別当笠沙弥《べっとうかさのさみ》は旅人と親密な関係にあって参加したらしく（大久保前掲書）、宴の賓客として招かれている。あとは律令支配に課題を残す九州南部の大隅・薩摩両国と、対外的関係の重要拠点である壱岐・対馬二島の官人たちである。大隅・薩摩両国はその後三月七日の大宰府言により班田収授未実施地域となる。帥旅人の任務の核心となっていた外交・内治に特に強くかかわる国々の官人を含めた雅宴は、内政外交の治に憂い無きことを示す意味を持ったであろう。かつて征隼人持節将軍として軍団の指揮をとった旅人の動静が中央から注目されていたであろうことは、中納言兼師の旅人に推察できぬはずがない。旅人は中衛大将藤原房前に風雅によって宜を通じており、そして梅花の宴で都雅に心を楽しませつつ都に思いを寄せる官人たちの歌群をまとめることが、中央にとってどのような意味をもつかを充分

に考慮していたに違いない。

梅花の歌のあとに二つの歌群が添えられた。「員外《ゐんぐわい》、故郷《ふるさと》を思ふ歌両首」には、

我が盛《さか》り　いたくくたちぬ　雲に飛ぶ　薬食《は》むとも　またをちめやも（5・八四七）

雲に飛ぶ　薬食むよは　都見ば　賤《いや》しき我が身　またをちぬべし（5・八四八）

と梅花の歌群に底流した望郷の念が、旅人の私情として表出されている。老衰を嘆き「雲に飛ぶ薬」と対比させて望郷の熾情を強調したのは医家の吉田宜を意識したからで、歌群を贈る時に添加されたのであろう（増尾伸一郎「〈雲に飛ぶ薬〉考」『万葉歌人と中国思想』吉川弘文館、平9）。また「後に梅の歌に追和する四首」は、宴歌の梅花を雪に見まがう美を反復しながらも、

雪の色を　奪《うば》ひて咲ける　梅の花　今盛りなり　見む人もがも（5・八五〇）

我がやどに　盛りに咲ける　梅の花　散るべくなりぬ　見む人もがも（5・八五一）

と梅花の盛りを楽しみ散るのを惜しむ心を、故郷の家で山斎《しま》の梅を楽しんだ亡妻への愛慕の情に帰している。これらの歌群を貫くものは辺境における望郷と愛する人への思慕を主題とする「梅花落」と軌を一にする。梅花の宴歌群と添加された二歌群には、大久保広行が指摘するように座の歌から孤の歌への変質があるが（大久保前掲書）、旅人には公としての風雅と、私としての望郷・愛慕の表現態度のわきまえがあったというべきであろうか。

その後、望郷の歌は「帥大伴卿の歌五首」（3・三三一～三三五）、「三年辛未《しんび》、大納言大伴卿、奈良の家に在りて故郷を思ふ歌二首」（6・九六九～九七〇）へと展開し、亡妻愛慕の歌は「神亀五年戊辰《ぼじん》、大宰帥大伴卿、故人を思ひ恋ふる歌」の一首（3・四三八）以下「天平二年庚午《かうご》冬十二月、大宰帥大伴卿、京に向ひて道に上る時に作る歌五首」（3・四四六～四五〇）、「故郷の家に還り入りて、即ち作る歌三首」（3・四五一～四五三）へと展開する。この望郷と亡妻愛慕が、公的な場の表現へと昇華されるところに虚構的な「松浦川《まつらがは》に遊ぶ序」が成立すると考えられる。

10　松浦川に遊ぶ

松浦川（玉島川）では毎年四月初めに神功皇后の伝説にもとづき女性による鮎釣りの行事が催されており、その知識にもとづいて創作されたのが「松浦川に遊ぶ」で、全体の構成は、次の通りである。

序

贈答歌（5・八五三〜八五四）

蓬客《ほうかく》等《ら》の更に贈る歌三首（5・八五五〜八五七）

娘《をとめ》等《ら》の更に報《こた》ふる歌三首（5・八五八〜八六〇）

後の人の追和する詩三首　帥老（5・八六一〜八六三）

序は小島憲之（『上代日本文学と中国文学　中』塙書房、昭39）と古沢未知男（古沢前掲書）が『遊仙窟』を中心に『文選』情賦など中国文学を粉本にしていることを指摘するが、海彼文学との交錯を楽しみながら、幻想の世界の中に吉野を思わせる松浦川の仙境で貴公子が風流絶世の仙媛と偕老を誓う物語である。序文と歌群に作者名がないのは虚構の物語に仕立てる意図に沿ったものであろうが、全体の構成については、作者の推定もからんで諸説が錯綜している。

⑴全体の構成に統一性を認める説では、森淳司が全体を旅人の作とし（「仙女への恋―大伴旅人―」『万葉の虚構』雄山閣、昭52）、伊藤博（「憶良歌巻から万葉集巻五へ」『万葉集の構造と成立　上』塙書房、昭49）と井村哲夫（『全注　五』）は、旅人作の贈答歌と追和詩の間に二群の別人（官人）の作を挟むが、それも旅人の創作意図に沿ってまとめられたとみる。

⑵歌群の構成に不整合を指摘し統一性を認めない説は、稲岡耕二（「大伴旅人・山上憶良」『講座日本文学2　上代編Ⅱ』三省堂、昭43）が旅人の贈答歌と追和詩の間に二群の別人の作を挟むとみるが、原田貞義（「『遊於松浦河歌』から『領巾摩嶺歌』まで―その作者と制作事情をめぐって―」『北大古代文学会報』3、昭42・11。「『詠鎮懐石歌』から憶良の『七夕歌』まで

―その作者と成立の背景をめぐって―」『万葉』82、昭48・10）と稲岡の第二説（「巻五の論」『万葉表記論』塙書房、昭51）は贈答歌を旅人、二群を別人、追和詩を憶良作とする。

⑶神野志隆光は序と贈答歌に対し、第二群が逢会前の恋の歌、第三群が逢会後の恋の歌、追和詩が留守の歌と、それぞれの状況から心情を多元的に表現した「ずれ」を趣向とする創作意図があったと指摘する（「『松浦河に遊ぶ歌』追和三首の趣向」『柿本人麻呂研究』塙書房、平4）。

作者をめぐって異説の多いのが追和詩三首である。

　後《のち》の人の追和《ついわ》する詩《うた》三首　帥老《そちらう》

松浦川　川の瀬速《はや》み　紅《くれなゐ》の　裳《も》の裾濡《すそ》れて　鮎か釣るらむ（5・八六一）

人皆《ひとみな》の　見らむ松浦の　玉島《たましま》を　見ずてや我は　恋ひつつ居らむ（5・八六二）

松浦川　玉島の浦に　若鮎《わかゆ》釣る　妹《いも》らを見らむ　人のともしさ（5・八六三）

全体の構想に言及する中で旅人作と憶良作の可能性は指摘されているが、その他に土居光知は女子（「『万葉集』巻五について」『土居光知著作集　第二巻』岩波書店、昭52）、林田正男は別人即ち官人（「帥老派の文学―松浦河に遊ぶ―」『筑紫万葉の世界』雄山閣、平6）と推測している。作者の問題は作品全体の構想・歌群相互の内的関連性、歌群成立の場など、文学性の理解に微妙にからんでいる。

歌に見られる用字で作者を特定するのは難しいが、巻五の用字の周到な検討は稲岡の論に極まり、その実証と分析の結果は注目される（稲岡前掲書）。これに原田の指摘する憶良の歌語や表現の類似という条件も加えると、追和詩は憶良の手になると見てよいように思われるが、「帥老」の注記をそのまま認めるとするとどうか。この作品で作者が無名化されているのは創作の意図からいえば当然のことで、「帥老」も同じ次元の虚構上の人物と見るべきではないのか。

従来の諸説によれば、
⑴追和詩を旅人作と見る場合、「帥老」を旅人の風流のすさびによる自署とするか、事情を知った他人の付記した敬愛表現とする。
⑵追和詩を憶良作と見る場合、「帥老」を誤記とか不審とする。

などであるが、追和のかたちで虚構の世界に登場する「帥老」も虚構上の存在として見られないだろうか。追和詩の作者は、松浦仙媛の物語を構築する意図を充分に理解できた人物であるならば、憶良を想定してもよいと思われるが、稲岡の詳細な反論によると、追和詩は旅人の作であり、憶良を思わせる文字遣で記されたのは旅人の作為で、二人の「文学的親交の証し」であるという（「松浦河仙媛譚の形成・追攷―旅人と憶良の交渉―」『説話論集　第六集』清文堂、平9）。

吉野の如き仙境における若い貴公子と娘子の愛の物語は、現実に亡妻を慕い、傾命を嘆き、望郷の念しきりな旅人が、愛と若さの喪失と都からの疎外感という現実から紡ぎ出した夢想であろうが、この歌物語は旅人によって構想され、旅人の趣旨や意図を汲んだ官人たちも加わった共作であったろう。

梅花の歌群から松浦仙媛譚までは四月六日付でまとめられて都の吉田宜のもとに贈られ、宜の丁重な返書によって、大宰府で展開された風雅は賞賛され、かつ宜の追和の歌を得ることによって都鄙呼応による風雅が完結したと言えよう。

11　むすび

天平二年（七三〇）十二月に旅人は大納言に昇格した。九月に薨じた多治比池守の後任としてである。旅人は共作の領巾《ひれ》摩嶺《ふるみね》の歌を最後に帰京することになるが、旅人の亡妻愛慕の情は一一首の連作に結実した。

大宰帥の期間は着任早々の妻の死、一族伝統の宮門警護の空洞化、台閣の中心長屋王の非業の死と、旅人にとって公私にわたる深刻な喪失の時代であったが、その間に旅人の心底を占めていた亡妻悲嘆にともなう空白感情は、大宰府離任を契機に明確なものとなり、その空隙を埋めるかのごとくに亡妻挽歌が創作されたのであった。

神亀五年戊辰、大宰帥大伴卿、故人《こじん》を思《しの》ひ恋ふる歌三首（3・四三八～四四〇）

天平二年庚午冬十二月、大宰帥大伴卿、京《みやこ》に向ひて道に上《のぼ》る時に作る歌五首（3・四四六～四五〇）

故郷の家に還《かへ》り入りて、即ち作る歌三首（3・四五一～四五三）

この歌群は「直接の体験感情は自己の内で濾過され、連続的に内蔵され、心境化されて表現を得」、「文学的創作的表現を志した」連作であり、挽歌から哀傷歌に移行していることを指摘したのは青木生子（「亡妻挽歌の系譜―その創作的虚構性―」『万葉挽歌論』塙書房、昭59）で、「体験された『悲』の浄化作用に基づく文学的虚構」ととらえる伊藤博は、その構成を

それぞれ小連作を同一趣向のもとに構成し、全体が異境（旅先＝筑紫）→道上→故郷（家＝奈良）という時間的、空間的な組織の中に、亡妻悲傷を通しての孤愁というテーマを追って統一されている

と説く。この一一首が万葉集に分割して収められた点についても、題詞の分析によって旅人の手もとに整然とした形態でまとめられていたとする（「旅人の亡妻挽歌」前掲『万葉集の歌人と作品 下』）。

故郷奈良の空虚な家に戻っての最終歌は、

我妹子が　植ゑし梅の木　見るごとに　心むせつつ　涙し流る（3・四五三）

と自分の生ある間は妹の手植えの梅樹に万斛《ばんこく》の涙を流してやまない愛慕で結ばれている。余りにも代償の大きな喪失に向かって発せられた孤高の詩精神の結晶であった。

旅人は帰京の翌年正月に従二位に叙せられたが、半年後の七月二十五日に六十七歳を一期として瞑目《めいもく》した。資人の余明軍は

かくのみに　ありけるものを　萩の花　咲きてありやと　問ひし君はも（3・四五五）

と今はの際まで此処にあらざる拠り所、心の原郷を求めて止まなかった旅人の思いをとらえている。

旅人の歌は平明醇乎《じゅんこ》とした表現であるが、内に湛える真情と思想を理解するには、精細な作品分析とともに、旅人の現実における生き方を考えるという視点も欠落させてはならないであろう。

（村山出・北海学園大学教授）

旅人の吉野讃歌

暮春の月、吉野の離宮《とつみや》に幸《いでま》せる時に、中納言大伴卿《おほともきやう》、勅《みことのり》を奉《うけたまは》りて作る歌一首　并《あは》せて短歌　未だ奏上を経ぬ歌

み吉野の　吉野の宮は　山からし　貴くあらし　川からし　さやけくあらし　天地《あめつち》と　長く久しく
万代《よろづよ》に　変はらずあらむ　行幸《いでまし》の宮（3・三一五）

反歌

昔見し　象《きさ》の小川を　今見れば　いよよさやけく　なりにけるかも（3・三一六）

この長歌反歌について、今日まで幾多の論がなされてきた。それらを便宜上五つの項目に分けてみたが、互いに関連しあっている部分もあるので、明確には区別しにくい面もある。

1　出典や表記に関する問題

長歌の原文の表記「山可良志　貴有師　水可良思　清有師」と「天地与　長久　万代尓　不改将有」（傍点平山、以下同様）との部分について清水克彦がのべた説（「旅人の宮廷儀礼歌」（『万葉』37、昭35・10））は、優れた指摘であり、今日定説として認められている。その説によれば、「山可良志」「水可良思」にみられる「山水」は、『論語』雍也篇の「知者楽水、仁者楽山」を踏まえたものである。懐風藻には「智仁」を「水山」に喩える表現が多く見られる。旅人

自身の詩作には「智仁」を「水山」に喩えた部分は見られないのだが、同時代の知識人に共有された表現として類推している。また、元明即位の時の宣命には「天地之共長遠不改常典」とあり、聖武即位の宣命にも「万世尓不改常典」とあるので、旅人はこれらの宣命の文章や表記を念頭におきながら、「天地与　長久　万代尓　不改将有」という長歌の文案を練ったのであろうとしているのである。

その後村田正博は、漢籍における「天長地久」の出典をさらに幅広く求めて検討した結果、それらの詞句の背後に意識されているのが老子の次の思想であると認定する（「天地と長く久しく―旅人吉野讃歌の表現の一面―」『万葉の風土・文学』塙書房、平7）

天長地久。天地所二以能長且久一者、以三其不二自生一。故能長生（ィ長久）。（河上公章句本、韜光第七）

この老子の言葉を、「『天地』が無為無心であるからこそ時の推移を超越して『長久』であることができる」とまずおさえ、その意味から、「時世を超越して高貴なものを讃える表現が生み出され」ていったのだとする。次に、老子の言葉のもつ「その裏側にこめられた意味合い」、つまり「天地自然の長久に対して世俗人為の有限を見定める表現」が現われたのだと考える。さらに、「人為の有限を止揚して神仙へ転化しようとしている」例をも示し、単に老子の言葉の引用とはいえ、中国本土における用例それぞれが極めて奥行きの深い内容を含んでいることを明らかにした。その上で旅人の「天地と　長く久しく」という措辞を、「吉野離宮の万代不改を天地の無限に匹敵するものとして讃美する詞句」としたのである。

旅人の歌句や文章がしばしば漢詩文の影響を受けているだろうという点については、すでに、中西進の『万葉集の比較文学的研究』（南雲堂桜楓社、昭38）や小島憲之の『上代日本文学と中国文学　中』（塙書房、昭39）で指摘されていて、われわれは大いに恩恵を蒙ってきている。村田の論文は、従来の単なる出典考証から一歩踏みこみ、「天長地久」という老子の言葉の思想を旅人の歌の解釈に結びつけたという点で、先行論文をさらに前進させたといってよい。

ただ一般的にいって、文学における出典と作品との関係は、常に一直線ではなく、時には極めて間接的であったり、時には非論理的であったりする場合が多く、出典の正しい意義がそのまま新しい作品に伝わるよりも、大概はいくらかずつずれてゆく傾向にあると私は考えているので、この場合でも、老子の言葉の本来の解釈をそのまま旅人の作品に結びつけることにはいささか躊躇を覚えるのである。旅人がかりに漢詩文からの直接の影響を受けなかったとしても、人麻呂の作歌やその他の万葉歌を学ぶことによって、「天地与　長久　万代尓」といった文案を編み出すことは可能であったのではないか、と私は述べたことがある（「旅人の作品（315、316番歌）の出典について」『万葉の課題』翰林書房、平7）。たとえば、「……天地之　弥遠長久　……及㆓万代㆒……」（2・一九六）という柿本人麻呂の挽歌には、「天地」「長久」「万代」という語句がその字面をも含めて一揃いになっている。また、「……天地　与㆓日月㆒共　万代尓母我」（13・三二三四）という例も見られる。出典の考証には多方面からの可能性を残しておいた方がよいのではないか。

反歌にみられる「昔」と「今」との対比は単純にやまと言葉からの発想ではなくて、そこにも漢詩文からの影響があることを、すでに小島憲之が『文選』や懐風藻の例を挙げて証明していた（前掲書）。原田貞義はこの点に触れ、『全注』の西宮一民の「昔より今の方がいよいよますますまさっているという現実認識によって、将来はもっと栄えるであろうという予祝の表現にもつながっている」という説に賛意を表した上で、「ここでも彼（旅人のこと—平山）は、漢詩の技法を踏襲したに過ぎないのである。」と述べている（「象の小川のさやけさ—大伴旅人の吉野讃歌の世界—」『日本文芸思潮論』桜楓社、平3）。

この点でも村田正博は小島憲之より一層論を進めて、『文選』、『玉台新詠』、『楚辞』、懐風藻などに多くの用例を求めた（前掲論文）。そして、それらを三つの型式に整理した。

(a)昔、……だった。それに劣らず今も——だ。

(b)昔、……だった。なのに今は——だ。

(1)昔をよしとするもの。
(2)今をよしとするもの。
(c)昔、……だった。それにまして今も……だ。

右のうち、旅人の反歌の型式は(c)にあたるのだが、こうした型式は漢詩文の中には見出しにくいとする。なお、さまざまな考察を経た末に、村田は、「『象の小河』の『今』ひときわの清澄は、かの『河清』(老子からの引用―平山)に想いを繋ぎつつ、天子聖武の即位と仙郷吉野への出遊のゆえに格別に眼にし得た瑞兆として詠み成されたものと見るとき、はじめて理解が届くのではあるまいか。」とまとめている。

旅人は、小島や村田が明らかにしたように、「昔」と「今」との対比という表現形式上の枠組は確かに漢詩文の世界から借りたのであろう。しかし、それを「昔見し……今見れば……」というやまと言葉の世界に置き替えて旅人が反歌を詠んだ時点では、漢詩文の世界で通用していた思想の内実までひきずっていたとは思えない。もしそうであったならば、三一六歌のような暢達した歌を詠めなかったはずである。伊藤博が「ほとばしって一挙に抒情された姿勢を持つ」(「未逕奏上歌」『国語国文』39―12、昭45・12)といみじくも形容しているように、この反歌はよくこなれたやまと言葉の、しかもすぐれた抒情詩なのであって、その背後に漢詩文からの借りものの思想的背景を想定させようとして作られたものではない。従って、さきの論文における出典の博捜と形式上の分類に費やされた労は多とするけれども、あまりにも出典に引きつけた解釈は、澄明な旅人の歌の世界をかえって歪めてしまうことになるのではないだろうか。

2 「未逕奏上歌」の意味

この長歌の題詞には「未逕奏上歌」という脚注がついていて、その解釈の仕方によって諸説が生じてくるのである。

この点に初めて着目して詳しく論じたのは伊藤博である（前掲論文）。伊藤は、大伴家持に「三つの儲作讃歌」があるが、それらは仮構の文芸作品であって、家持が本気で奉上しようと考えていたはずはないという。旅人のこの作はそうした意味あいのものではないので、「預作未奏歌か追和未奏歌のいずれでしかありえない」が、そのいずれかを認定することは困難であるとして二つの案を提示した。〈第一案〉は、旅人が「預作」として短歌を詠んでおいたものの、宴席では「倭歌」のお召しがなかったので、帰京後「追和」として長歌を作ったとみなすのである。〈第二案〉は、長歌も反歌もともに「預作」として作りおいたにもかかわらず、お召しがなかったとする。結果として旅人が「決定的な悲嘆」を味わったために、かえってその挫折が「旅人を『詩人』に脱皮させた」のだとする。この伊藤説には、「旅人のごとき身分の人でこの種の讃歌を残したものは、万葉讃歌史上ほかにいない」ということが留保条件として掲げられている。

それに対して川口常孝は、「大伴旅人の吉野讃歌」（『万葉集を学ぶ　第三集』有斐閣、昭53）の中で、身分の高い人間が「命を奉じて歌を献」じた例として、額田王（1・一六）や橘諸兄《たちばなのもろえ》（17・三九二二）を引きあいに出してはいるけれども、それらは吉野讃歌ではないので、やや説得力に欠けるように思われる。

原田貞義は、伊藤、川口両説を紹介した上で、「有り体に言ってしまえば、水準に達しないと自ら認めたからであるまいか」と述べている（前掲論文）。旅人の作風が短歌向きであったという認識がこの言説の背後にはあるのだが、いわゆる宮廷歌人ではない中納言の旅人がなぜ吉野讃歌を詠んだのか、という大切な疑問への解答はここには見あたらない。

その後、北谷幸冊は「未逕奏」という問題点ひとつに的をしぼって論を展開した（「大伴旅人『未逕奏上歌』試考」『相愛国文』5、平4・3）。『総釈』、『窪田評釈』、『金子評釈』、『私注』、『講談社文庫』、伊藤博、『古典全集』、川口常孝、村山出（「大伴旅人の吉野讃歌」『人文研究』82、平3・8）などの説を列挙し、さらに集中の「未逕奏」「未奏」「不奏」の用例をも細かく調査した労作である。結果として「不奏」に終わるのであるが、「未奏」はその中途経過を示しているのであって、厳密な意味での「不奏」とは等しくないとした上で、次のように述べている。

ともかく、まだ奏上しないままにあったのがこの作だ、というのである。とすれば、小学館古典全集本（頭注）や川口常孝氏も言うように、これらは草稿・腹案であり、出来上った方は奏上された、と考えるべきであろう。奏上された応詔歌が、この作を骨子としたものか、全く別のものであったか、これをそのまま清書したものであったか、それは知る術がない。

ここには「未逕奏」という事柄についてのあらゆる場合が細かく想定されていて、その点については異論はない。だが、さきの場合と同じく、旅人のような身分の人物がなぜ吉野讃歌を詠んだのかという問いに対する答えはない。

そこで、高松寿夫は「大伴旅人『吉野奉勅歌』の性格―〈翁〉の祝言―」（『古代研究』26、平6・1）において、新しい視点を導入した。「塩土老翁」（紀）、「御火焼老人」（記）、風土記の伝承者としての「古老」といったように、「古代における諸々の伝承や儀礼の中には、特別な役割を負った存在としての〈老人〉の姿が、しばしば確認できる。」として、「公卿の中でも比較的高齢で（当時六十歳）、古くから国政の中核に参与して来た権門の大伴氏の氏上でもある旅人は、〈翁〉役を演ずる者として十分な資格を有していた」と想定する。一方、「聖武の登場は律令制草創期の聖代＝〈神代〉である持統朝の再来を予想させるもの」として考えられていたので、その〈神代〉の再来を証明する存在としての〈翁〉役の大伴旅人に吉野讃歌を詠ずることが要求されたのだというのである。

この説は、中納言という身分の高い旅人がなぜ吉野讃歌を詠んだのか、という疑問に対するひとつの解答となっている点でユニークな発想であるといえる。ただ、それほど重要な役割を担うべき人物の作品ならば、多少完成度が高くはなくとも披露され、記録にも残されるはずであろうし、作品そのものが記録に残らなかったとしても、しかるべき佳日に中納言旅人によって讃歌が奏上されたといった短い記述が続日本紀に残ってもよいはずである。尾張浜主《おわりのはまぬし》の舞と歌が『続日本後紀』に記録としてとどめられたことは高松自身が指摘している通りであるが、旅人の場合には、「何らかのアクシデントにより奏上が見送」られてしまったのだと簡単にうち消されてしまう点に、いかにも納得のゆかぬ節がある。また、その後の旅人の作品を通してうかがわれる旅人の思想・教養などを勘案すると、旅人は高松の説くような、聖代を寿ぐ〈翁〉像とは全くそぐわない。というよりも、むしろ逆方向を向いているようなものだと私には考えられるので、さきの説は大変魅力的には思われるものの、容易に賛同しがたい観もあるのである。

3　いわゆる吉野讃歌の中でこの歌の占める位置

清水克彦は前掲論文で、「旅人作における、吉野の山や川にかんする叙述が、人麻呂をはじめとする他の歌人の作にくらべて、いちじるしく簡単である」のは、「出典をふまえることによってその感情をあらわすという、あらたな方法がとられたために」「叙述が簡略化した」とみなすべきではないかとし、朗唱だけでなく文字を通して意味を理解するという方式の歌として旅人の歌を考えようとしている。清水自身が初めて指摘した「山」「水」「天地」「長久」「万代」「不改」などの字面は、出典の意味を理解してこそ作意に触れることができるという意味では、解読のためのキーワードといってよい。ただ、さきに述べたように、それらのキーワードにあまりにこだわるのは行き過ぎであろう。

大浜厳比古は、赤人や金村といった同世代の歌人たちと比較して、旅人の作だけが「人麻呂の影響の痕をとどめぬもの」であったのは不思議だという。その長歌は「短く、ひきしまって、質実」であって、当時の「宮廷讃歌の中では際立って異相である。」とし、それに反して反歌は「一変して新しい」としている。(「歌人誕生―吉野従駕応詔歌と報凶問歌の持つ意義―」『山辺道』10、昭39・1)。その「古格と新風の対立」の中に、大浜は白鳳と神亀天平との二つの時代にまたがっていた旅人の精神を見ようとしていた。

川口常孝は前掲論文で、旅人作品は「人麻呂以来の吉野讃歌の系譜を一歩も出るものではない」という。

(1)柿本人麻呂の作（1・三六〜三九）
(2)笠金村の作（6・九〇七〜九一二）
(3)車持千年の作（6・九一三〜九一六）
(4)大伴旅人の作（3・三一六〜三一七）
(5)笠金村の作（6・九二〇〜九二二）
(6)山部赤人の作（6・九二三〜九二七）

このように「吉野従駕歌」を年代順に並べると、旅人の作品はちょうど中間に位置していることになる。人麻呂の影響を受けているというよりもむしろ、(2)の作を「祖述・分解したもの」で、「旅人は、当該作の前年に作られた金村従駕歌を、彼の机辺に置いていた」のではないかと推測している。

原田貞義は前掲論文で、「み吉野の吉野」「山からし」「川からし」「さやけくあらし」「行幸の宮」がそれぞれ万葉集中の孤語であることを指摘し、措辞の新しさは認めている。旅人作品のすべての歌句を万葉集中の歌句と比較した表を、私もかつて発表したことがある（「巻十一、巻十二は旅人の愛誦歌集であったか」『文学・語学』70、昭49・1）。さきの孤語についてもその表の中で指摘しておいたが、「天地と長く久しく」という表現も他に例を見ない。ついでにつけ加えるならば、反歌における「象の小川」も旅人しか用いてない言葉であり、「昔見し」「いよよ」は、旅人が初めて用いた語句である。

高松寿夫は前掲論文で、「行幸賛《ママ》歌において離宮の永続を歌うことは、人麻呂以来よく行われるが、その中で旅人歌のように天皇を主体とする行為に言及しないことは、極めて特異なこと」といい、「この旅人歌ほど、離宮永続の根拠をその環境の優秀性だけに求めている作品は、他に見られないのではなかろうか。」とも述べ、それは旅人歌が

「専門歌人たちよりも王権儀礼の中核に近いところに視点を持つ」ためではないかと推測している。

以上を総合すると、旅人の長歌が吉野讃歌の中ではいかに異色の作品であったかということが明瞭になってくる。一般的に、吉野讃歌のほとんどは、人麻呂による吉野讃歌を下敷にして自らの境地を切りひらこうとしたものと考えられている。金村も千年も赤人も、程度の差こそあれ、人麻呂を意識せざるをえなかった。そうした中で、旅人の吉野讃歌をどうとらえるかは、論者によって随分角度が異なっているようだ。

さきの川口説によれば、旅人の作品は人麻呂の亜流か、そのまた亜流ということになるのだが、もう少しこまかく見てみると、

旅人作歌が対句の中心語を「山」と「川」にしたのは、人麻呂従駕歌の「山川」（1・三八、三七）を分解したというよりは、金村作歌（6・九〇七〜九一二のこと―平山）の、前掲の部分につづく「山川を清《きよ》み清《さや》けみ」の「山川」を祖述・分解したものであろう。

となっている。ところが、この部分の旅人作歌の「山川」の原文は、清水論文でのユニークな指摘である「山水」にあたっている。川口説はこの点を無視しているわけであるから、旅人作歌が単純に金村作の「祖述・分解」であるとはきめつけられないのではないか。

さて、大浜が「際立って異相である。」といい、高松が「極めて特異」といっているように、旅人の作品は、ほかの吉野讃歌とは同列ではないということになる。清水も、「いちじるしく簡単」という表現をとっているものの、どちらかといえば、他の吉野讃歌と比べてやや異色であるとおさえている立場ととってよいだろう。

六十年の生涯の間に脳裡に蓄積された漢詩文からの詩句や、人麻呂以来の吉野従駕歌の歌句などを逐一吟味し、自らの讃歌としてふさわしい語句のみに絞って作ったのが三一五歌なのだろうか。あまりにも彫琢し過ぎたために、表現が骨格ばかりになってしまったきらいもあるようだ。長歌について伊藤博が前掲論文で、「推敲に推敲を重ねて作

られた」と述べているのは、そのへんの機微を突いているものである。

4 旅人の作品の中でこの歌の占める位置

集中の旅人の歌の総数を決定するにはいくつかの問題があって、数え方によっては数が前後する。いまかりに『万葉集歌人集成』（講談社、平2）の記述を借りれば、長歌一、短歌七一で計七二首となる。この七二首という数は万葉歌人の中では決して少ない方ではない。ところが、今日われわれが知りうる旅人の作品は旅人六十歳から六十七歳まででのたった八年間のもので、それ以前の作は全く残っていない。そして、現存する旅人の歌の中で最も早い時期に作られたのがこの吉野讃歌なのである。

この、まさに奇妙といえば奇妙な事実を問題にして書かれたのが前掲の大浜論文であった。旅人と人麻呂とは「全く同時代の人」といえるにもかかわらず、旅人の作が「人麻呂の影響の痕をとどめ」ていないのはまことに不思議な現象であるといい、長歌は人麻呂より前代の「天武の御製歌」の「質実・簡勁に直かにつながる古い響を伝へて来る」が、反歌の方には、「私の世界に住ま（お）うとする神亀天平の人旅人」「ひとりの嘆き」が聞こえるという。それに、旅人が「この歌の後、さらに公的な歌を残してゐない」ということは、「公的なもの、白鳳的なものから解放された時はじめて歌人としての旅人の誕生があった」のであり、「私はあの吉野従駕の歌を、『歌人旅人』の処女作と思ひたいのである。」と大浜は結ぶのである。

六十歳以前の旅人の歌が存在していないという、この明白な事実をどう解釈するかはわれわれの判断に委ねられている。答えは二つしかない。⑴六十歳以前の歌も存在したのだが、なんらかの事情で失われた。⑵六十歳になって旅人は初めて歌を詠んだ。この二つを比較すると、⑴は穏当で⑵は意表を突いている。意表を突いているからこそ大浜説は魅力的だったのである。それを裏づけるかのように、伊藤博は前掲論文で、別途のアプローチをしていながらも末尾に至って、「これは旅人の処女作だったといってよい。」と大浜説を容認している。

その点、米内幹夫は(1)の立場に立っている（「大伴旅人ノート―大宰府遷任以前の作品について―」『金沢女子短期大学紀要』27、昭60・12）。「大宰府以前と以後の歌数の多寡については不明である。事実は大宰府以前の歌は二首（一組）しか残っていないということである。他の歌はすべて取上げられなかった。」といい、大宰府時代の作品が「画期的かつ目覚しい作品群であった」ために、かえって過去の作品は「自ずと消えてゆく運命にあったのではないだろうか。」と推測している。

この点に関しては私も米内説に与したい。公的な歌はともかくとして、私的な歌となると恋の歌が多くのパーセンテイジを占めるはずである。特に、青春時代に恋の歌が多いのは当然である。旅人もそうした恋の歌を数多く詠んでいたと私は想像する。とは言うものの、その事実を証明する手立ては今日のだれにもない。そこでひとつの試みを提示したい。

旅人の次の歌(A)の前半二句は(B)の歌から、後半三句は(C)の歌からの借用ではないか、と私はかつて述べたことがある（前掲論文）。

(A)現《うつつ》には　逢ふよしもなし　ぬばたまの　夜《よる》の夢《いめ》にを　継ぎて見えこそ（5・八〇七）
(B)現には　逢ふよしもなし　夢にだに　間《ま》なく見え君　恋に死ぬべし（11・二五四四）
(C)うつせみの　人目繁くは　ぬばたまの　夜の夢にを　継ぎて見えこそ（12・三一〇八）

これは極端な例であるけれども、巻十一、巻十二には(A)の類歌を求めようとすればいくつも見つけることができる。ここでは紙面の都合上二首にとどめる。

(D)現には　直《ただ》には逢はず　夢にだに　逢ふと見えこそ　我《あ》が恋ふらくに（12・二八五〇）
(E)現には　言《こと》も絶えたり　夢にだに　継ぎて見えこそ　直に逢ふまでに（12・二九五九）

(D)(E)が言葉の言い廻わしで完全に(A)と一致するのは、「現には」あるいは「継ぎて見えこそ」の部分に過ぎないが、そのほかの部分の内実は(A)の言わんとするところとほとんど変りがない。日頃からこの種の歌を見慣れていれば、(A)を詠むのはさほど困難ではない。しかも、(D)は人麻呂歌集の歌である。

また、旅人には次の歌がある。

(F)愛《うつく》しき　人のまきてし　しきたへの　我《わ》が手枕《たまくら》を　まく人あらめや（3・四三八）

(F)に詠みこまれた「しきたへの……枕」といった表現は、そもそも人麻呂の挽歌に見られる特徴的な言いまわしで、次のような類句があり、すべて人麻呂歌である。「しきたへの　衣《ころも》の袖」（2・一三五）、「しきたへの　妹が手本《たもと》を」（2・一三八）、「しきたへの　袖かへし君」（2・一九五）、「しきたへの　手枕まきて」（2・二一七）、「しきたへの　枕になして」（2・二二〇）、「しきたへの　枕とまきて」（2・二二二）。

しかも、巻十一、巻十二においてはこの種の発想の類歌は枚挙にいとまがない。とりあえず二首のみを拾っておく。

(G)愛《うつく》しと　我《あ》が念《も》ふ妹を　人皆の　ゆくごと見めや　手にまかずして（12・二八四三。この訓は『桜楓社本』による）

(H)このころの　眠《い》の寝らえぬは　しきたへの　手枕まきて　寝まく欲りこそ（12・二八四四）

この(G)(H)はどちらも人麻呂歌集の歌である。

以上のように、(A)(F)という旅人の二首と、人麻呂歌あるいは人麻呂歌集との類縁の深さを考えてくると、旅人の作品に人麻呂の影響がなかったなどとは到底言えなくなる。特に(F)などは、ほとんど人麻呂の影響下に作られた歌であったと言ってよい。旅人は、ある時期までは人麻呂の影響を深く受けていたのではないかと私は推測している。その痕跡が(A)(F)に残っている。

もうひとつ、はかない推定をしておいたことがある（「旅人の歌二首について」『立教大学日本文学』8、昭37・6）。極めて簡単に主旨を要約すれば、次の旅人歌は一見恋の歌ではないように見えるが、「浅茅原」というキーワードの類歌（九首中六首が巻十一、巻十二）をさぐると、それらはすべて恋の歌であるから、旅人は、「あれほどに愛していた妻の大伴郎女との若き日の恋の思い出」を「この歌の中に籠めているのではなかろうか。」ということである。

(H)浅茅原　つばらつばらに　物思《おも》へば　古《ふ》りにし里し　思ほゆるかも（3・三三三）

5　「昔見し　象の小川」の「昔」とはいかなる「昔」なのか

松田好夫は、旅人がこの長歌・反歌を奏上しようとした行幸を神亀元年（七二四）のものと考えて、それまでに旅人が参加可能であった吉野行幸のすべてを列挙している（「大伴旅人」『和歌文学講座 第五巻』桜楓社、昭44）。養老七年（七二三）は前年なので除くとする。その案に従うと、旅人にとって「昔」と考えられる吉野行幸は、可能性として三、四回を視野に入れることができる。そして、次のように松田は述べている。

「昔見し象の小河」の表現は僅か二句ながら数十年の年月を負っていよう。それは旅人の青年時代、壮年時代のすべてだといってよい。何回も行幸に従っており、吉野の山河の美しさは肌身に沁みている筈である。象の小河は特に深く心に刻まれていたに違いない。従って「昔何度も見ほれた象の小河」と解すべきである。

この説とは別箇に、伊藤博は前掲論文で、「持統～文武朝は、旅人二三～四三歳の時代であった。旅人は、年齢の上でやや先輩である人麻呂の吉野讃歌（三六～九）をもいくたびか耳にしたに相違ない。」と述べている。

我が命も　常にあらぬか　昔見し　象の小川を　行きて見むため（3・三三二）

大宰府へ赴任してから詠んだ旅人のこの歌と、当面問題になっている三一六歌とを並べて、私は次のように書いたことがある（「大伴旅人―古典の中の人間像」『高校クラスルーム』昭50・1）。

四年後に大宰府に着いて再びこの同一表現（「昔見し　象の小川」のこと―平山）を用いたときの旅人は、四年前の「昔見し象の小河」だけを回想していたのではない。直接には、大宰府へ赴任する前の体験が「昔」にあたるのである。その「昔」にダブって、四年前に回想したそれ以前の「昔」が旅人の脳裡によみがえっていたはずである。いわば、過去と大過去とが重層的に後者の「昔」に表現されているのである。過去はともかくとして、ここで回想されている大過去は、おそらく青春の頃の恋の思い出をも含めた「昔」であると私は判断する。

私がこの文章を書いたときは、うかつにもさきの松田論文の存在を知らなかったのだが、こうして並べてみると、松田説と私が述べたかったこととはほとんど同じ内容の主張であったようである。

この点について粂川光樹は「試論・旅人の時間」（『論集上代文学 第六冊』笠間書院、昭51）の中で次のように述べている。「昔見し象の小河」という「旅人が自分で編み出したお気に入りの慣用句」を用いたもう一首を含む一連の歌（3・三三一〜三三五）との関連の上で、「昔見し」の「昔」について考えてみると、それらに詠まれているのは、「『われ』が時間的・空間的な『原点』から引き離されてあるという意識の、執拗なまでの訴え」である。さらに、その「原点」というのは、「時間的には自己の『盛り』の時すなわち若き日日であり、空間的にはそれらの日日を過した故郷の地、ないしは残してきた奈良の都である。」この論文は、必ずしも旅人の吉野讃歌のみに焦点を絞って書かれたものではないけれども、これまで引用した松田、平山の説とほとんど重なり合うものといってよいだろう。

テーマや叙述の関係から、これまでの紹介あるいは論述の中にどうしても織り込むことのできなかった論文が多く残ってしまった。最後にその執筆者と論文名を記して、なお一層の研鑽を深める向きの資としたい。阿蘇瑞枝「宮廷讃歌の系譜」（『上代文学論叢』桜楓社、昭43）、梶川信行「人麻呂から金村へ—吉野讃歌をめぐって—」（『万葉史の論 笠金村』桜楓社、昭62）、横倉長恒「万葉集巻三—三一五、三一六番歌の語るもの」（『長野県短期大学紀要』43、昭63・12）、木野村茂美「大伴旅人と『望郷歌』—吉野の地を中心に—」（『中京国文学』14、平7・3）、原田貞義「在京時代の生涯」（『大伴旅人 人と作品』おうふう、平10）。

（平山城児・大正大学教授）

旅人の望郷歌

大宰少弐《だざいのせうに》小野《をのの》老《おゆ》朝臣《あそみ》の歌一首

(1) あをによし　奈良の都は　咲く花の　薫《にほ》ふがごとく　今盛りなり（3・三二八）

防人《さきもりの》司《つかさの》佑《じょう》大伴《おほともの》四綱《よつな》が歌二首

(2) やすみしし　我《わ》が大君《おほきみ》の　敷きませる　国の中《うち》には　都し思《おも》ほゆ（3・三二九）

(3) 藤波の　花は盛りに　なりにけり　奈良の都を　思ほすや君（3・三三〇）

帥《そち》大伴卿の歌五首

(4) 我が盛り　またをちめやも　ほとほとに　奈良の都を　見ずかなりなむ（3・三三一）

(5) 我が命も　常にあらぬか　昔見し　象《きさ》の小川を　行きて見むため（3・三三二）

(6) 浅茅《あさぢ》原《はら》　つばらつばらに　物思へば　古《ふ》りにし里し　思ほゆるかも（3・三三三）

(7) 忘れ草　我が紐に付く　香具山の　古りにし里を　忘れむがため（3・三三四）

(8) 我が行きは　久にはあらじ　夢《いめ》のわだ　瀬にはならずて　淵にもありこそ（3・三三五）

1　望郷歌五首とその周辺

神亀六年（七二九、八月に天平と改元）の晩春から初夏にかけての候であったろうか、大伴旅人は、大宰府の自身の公邸で催したと思われるある宴の席上、五首におよぶ望郷歌を披露した。冒頭に掲げた(4)〜(8)がそれである。

　恐らく当日の主賓であったと思われる小野老は、(1)歌に当代の帝都「奈良の都」の繁栄を「咲く花の薫ふがごとく今盛りなり」と讃美した。この(1)歌披露の事情、即ちこの宴の開催事情は、老の大宰府赴任時（『新古典大系』）か帰任時（『全注』・『新編全集』・『釈注』・『和歌文学大系』）かで説が分かれるところであるが、林田正男は、老がこの年の三月四日に従五位下から従五位上に昇叙された（続日本紀、同年月日条）ことに着目して「宴の真意は、十年ぶりの昇叙をみた老を祝うためのものであった」（「大宰府の歌人たち」『万葉集筑紫歌の論』桜楓社、昭58）と論じた。この問題は厳密に言えば不明とするしかない。けれども、(1)歌に応じた四綱の(2)歌が、「やすみしし我が大君の敷きませる国の中」から、つまりは「大君」の版図全域からその望郷の対象たる「都」を抜き出し、そこを「大君」の統治の原点たる、他所に絶対優越するその意義において慕うという非常に公的な発想を有している。つまり、同じ「都し思ほゆ」でもこの(2)歌の場合、

梅の花　折りかざしつつ　諸人《もろひと》の　遊ぶをみれば　都し思ほゆ（5・八四三、梅花宴歌群、土師御道《はにしのみみち》）

然《しか》とあらぬ　五百代小田《いほしろをだ》を　刈り乱り　田廬《たぶせ》に居《を》れば　都し思ほゆ（8・一五九二、秋雑歌、大伴坂上郎女《さかのうえのいらつめ》）

等の歌とは、都を思い起こす契機の質がいささか違うのである。さすれば、そうした(2)歌を喚起した(1)歌の背景にも何らかの公的な事情の介在が考えられてくるのであり、(1)歌の晴れがましくもまた誇らしげな歌柄や、小野老朝臣（氏名姓）という敬称法（公式令、授位任官条）を思えば、そこに「老の十年ぶりの昇叙」を想定する林田説の蓋然性も高いものと思われる。

　この(2)歌を歌い継ぐ(3)歌は、(1)歌に「奈良の都」の繁栄の比喩として用いられた「咲く花」の「盛り」を属目の「藤波の花」の「盛り」へと転換し、「奈良の都を思ほすや君」と続けてこの宴の主人旅人に「都」への思いを促す。四綱が「藤波の花」の「盛り」を詠んだについては、無論満開の藤を眼前にしたからだが、『私注』が「旅人にも

作者にも共通の思ひ出のまつはるものであつたのであらう」と述べた如く、その血縁関係は不明ながら、四綱は旅人と同族故、後に家持が「我が宿の時じき藤のめづらしく」（8・一六二七、秋相聞）と詠んだことからも窺えるように、奈良の旅人邸には旅人自慢の特別な藤があることを知っていた可能性が考えられてくる。とするならば、この「藤」は、即境的な属目の景物という偶然性を越えて、旅人の都への思いを喚起するために四綱によって周到に用意された道具立てということになろう。⑴歌に対する⑵歌の応じ方とともに、四綱の物慣れた「座持ち」（『釈注』）ぶりが窺われるところである。

四綱の誘いに応じて旅人は、⑷歌に、⑴・⑶歌それぞれの意味で詠まれた「盛り」を、さらに「我が盛り」へと転換し、それへの回帰が生命の必然としてはかなうはずもないが故に、「またをちめやも」と反語的に願うことを通して己が老いの現実を詠み、またそれ故の帰京への不安を「ほとほとに奈良の都を見ずかなりなむ」と続けて都への思いを募らせる。続く⑸歌で旅人は、「我が命も常にあらぬか」と、これまた⑷歌の「我が盛り」への願いと同様、長寿への、人為では如何ともし難いことを弁えつつなお願わずにはおれない願望（佐竹昭広「上代の文法」『日本文法講座3』明治書院、昭34）に老いの自覚をにじませながら、「昔見し」即ち「我が盛り」の日々に見た吉野の「象の小川」への再訪に思いを巡らせる。

この⑷歌に自覚され⑸歌に明瞭な像を結んだ旅人の「我が盛り」への追懐の情は、続く⑹歌以下にも継続される。即ち、⑹歌で旅人は、「つばらつばらに物思へば古りにし里し思ほゆるかも」と、その想念に自ずから蒸留されてくる「古りにし里」つまりは「我が盛り」の日々を過ごした故郷飛鳥に思いを馳せる。旅人の想念に抜き去り難い原風景としてその位置を占める「古りにし里」は、それ故にまた逆説的に「忘れむがため」の場所として⑺歌に「香具山の古りにし里」とさらに焦点を絞って提示される。続いて旅人は、⑻歌に「我が行きは久にはあらじ」と自身の帰京に思いを巡らせ、⑸歌に「行きて見むため」と詠んだその願いがかなうまで「瀬にはならずて淵にもありこそ」と、

「夢のわだ」の「昔見し」まま、即ち「我が盛り」に「見し」ままを願ってその望郷の念の吐露を終える。

以上、(4)歌から(8)歌へと展開された旅人の望郷の念を概括すれば、旅人は、四綱の(3)歌の求めに応じて、(4)歌に今は帰り得ぬ「奈良の都」への思いを披露した。しかし旅人は、その想念を(5)歌から(8)歌に、現在の「奈良の都」にもまして帰り得ぬ「我が盛り」の日々の吉野・飛鳥へのさらなる追懐の情へと転調・深化させていったといえよう。

この(4)歌から(8)歌に連続する旅人の故郷追懐の情に、我々もまたその一貫した望郷の念の強さを見て取ることができる。しかし、この五首を十年ぶりに昇進がかなった老を主賓とする宴での詠と見たとき、その四首にまで「我」に拘泥した表現が用いられていること、また、(4)歌を喚起した(3)歌の問いが、(1)(2)歌に詠まれた「今盛り」の「奈良の都」への問いであったことを思えば、(4)歌はともかく、(5)歌以下に展開された望郷の念は、あまりに旅人個人の、またあまりにその過去へと傾いた感慨と言わざるを得ない。それ故、当日の会衆の中には、かかる旅人の望郷歌の連続に、老を主賓とするこの宴の場にそぐわない違和感を覚えた者もいたのではないか。そうした場の雰囲気に配慮して披露された歌が、(8)歌に次いで配列された沙弥満誓《さみまんぜい》の、その地方官としての豊富な経験に裏打ちされた、

沙弥満誓の綿を詠《よ》む歌一首　造筑紫観音寺別当 俗姓は笠朝臣麻呂なり

(9)しらぬひ　筑紫の綿は　身に着けて　いまだは着ねど　暖けく見ゆ（3・三三六）

という当地特産（続日本紀、神護景雲三年〈七六九〉三月二十七日条等）の「筑紫の綿」を捨て難いものとして詠む(9)歌であり、この歌によって、この場を被っていた空気と時制は、ようやくそれなりに捨て難い現在の筑紫へと立ち戻ることを得たといえるであろう。そして宴は、その筑前守にして旅人の歌友たる憶良十八番（『注釈』）の、

山上憶良臣《やまのうへのおくらおみ》の宴を罷《まか》る歌一首

(10)憶良らは　今は罷らむ　子泣くらむ　それその母も　我《あ》を待つらむぞ（3・三三七）

という妻子にかこつけて宴席からの辞去を願う終宴挨拶歌(10)を以て「和気藹々のうちに散会となった」（伊藤博「古代

の歌壇」『万葉集の表現と方法　上』塙書房、昭50）というのが、老の⑴歌を事始めとするこの宴の次第だったと思われる。

2　宴席歌としての⑷歌

述べ来たような歌意の展開がこの一〇首に読み取れよう。ただそれにしても、宴なる場は、そこに集う会衆の親和を第一の目途とし、また、その主人たる者は、会衆を精一杯もてなして座の親和を図ることを第一の勤めとしたであろう。このごく当然のことを前提として、旅人の五首に連続する望郷の念を額面通りに受け取ったとき、前節にも触れたが、会衆をもてなすべき宴の主人の立場から詠まれたにしては、旅人個人の故郷追懐の情ばかりが目につき、その意味では、やはり会衆を置き去りにし、己が孤愁に沈潜し過ぎている感が否めないのである。確かに、旅人は大宰帥であり、そこでは誰はばかることなく自身の感慨を述べ得たであろう。また望郷の念に憂愁が纏綿《てんめん》するのも無理からぬことではある。けれども、旅人は、宴席の主人たる自らの振舞いで座の興を削ぐような人ではなかろう。むしろ旅人はそうした不粋の対極にあった人と思われる。とするならば、旅人の一見あまりに個人的であまりにその過去に拘泥し過ぎた感のあるこれらの望郷歌にも、必ずや当日の宴の場の親和を醸成するための配慮が施されていたと思われるのである。本節及び次節ではこうした視点から旅人のこの五首を捉え直してみたい。

まず⑷歌から見ていこう。⑷歌で目を引く表現は、やはり「我が盛りまたをちめやも」である。なぜ旅人は⑶歌の問いに対して、その藤の「盛り」をかなうはずもない自身の「盛り」への願望に転じ、その老いを詠むことから歌い起こしたのであろうか。確かに、旅人は傾命既に六十五歳、自身の老いを詠んだとしても何ら不思議はない。けれども、この表現は、旅人が「我が盛り」の日々へと思いを巡らせる⑸歌以下の想念の時制を導くものでもあるだけに、やはりその内実を見極めておきたいところである。

「盛り」なる語は、集中四七例見られるが、

山吹《やまぶき》の　咲きたる野辺の　つほすみれ　この春の雨に　盛りなりけり（8・一四四四、春雑歌、高田女王）

さ額田《ぬかた》の　野辺の秋萩　時なれば　今盛りなり　折りてかざさむ（10・二一〇六、秋雑歌）

等々、花のそれについて言うことが通例である。(4)歌以外の人事の用例としては、同じく旅人の作と思われる、

我が盛り　いたくくたちぬ　雲に飛ぶ　薬食《くすりは》むとも　またをちめやも（5・八四七、員外思故郷歌、天平二年）

という、(4)歌にもまして老いの現実に焦点を絞った歌の他には、憶良の、「……よちこらと手携《てたづさ》はりて遊びけむ時の盛りを……」（5・八〇四、哀世間難住歌、神亀五年）、「……愛《め》での盛りに天下奏《あめのしたまを》したまひし家の子と選びたまひて……」（5・八九四、好去好来歌、天平五年）の二例、家持に「身の盛り」（19・四二一一、追同処女墓歌）、「惜しき盛り」（19・四二一四、藤原継縄の母への挽歌）の二例、及び作者未詳の「男盛《をざか》り」（7・一二八三）があるのみで、用法的にもその使用者の範囲からしてもかなり限定された表現といえる。とするならば、旅人がこの「盛り」なる語を用いた直接の契機が先行する(1)(3)歌のそれにあったにせよ、それを人事的な「盛り」へと転用した旅人の意図が奈辺に存したかが問題となろう。

この点に関して注意すべきは、(4)歌が(3)歌のみならず(1)歌とも関わるということである。即ち、(1)歌披露の場は老を正客とする宴であり、四綱は、その老の(1)歌を承けて(2)歌を成し、続く(3)歌によって旅人へと繋いでいた。それ故、宴席の主人という旅人の立場を考慮すれば、(4)歌には、(3)歌に応じつつ同時に(1)歌に、つまりはそれを成した正客老に応じる意味が企図されていたと考えるべきであり、(4)歌の表現も、そうした視点から捉え直すべきではないかと思われる。と同時に、(4)歌を喚起した(2)(3)歌にも注意が必要だろう。つまり、(2)歌の都に対する思いは、都を離れて任地に下った官人誰しもの本音といえ、また、(3)歌の旅人に対する問いにしても、そうした人々なら誰もが反応し得る問いとしてあったといえよう。即ち、(1)歌を承けて披露された(2)(3)歌は、ともに都から赴任した人々が共感し得る感慨を詠んでいたといえるのであり、こうした(2)(3)歌を経て披露された旅人の(4)歌にも、この宴の主人としての立場か

ら正客老に対する一座の思いを代弁する感慨が表されていると考えるべきではないかと思われるのである。

さて、「我が盛りまたをちめやも」に立ち戻ろう。旅人がここに願った壮年への回帰は、勿論自身の年齢つまりはその老いの自覚が成さしめたものである。けれども、そうした表現が宴の席で披露されたことを思えば、それを当日の会衆との関わりにおいて捉え直してみることもまた必要であろう。即ち、六十五歳の旅人は言うに及ばず、憶良も七十一歳の高齢、また、四綱にしても、正八位上相当の防人司佑という微官ながらその物慣れた座の取り持ちように相応の年輪を感じさせるし、沙弥満誓も、その長い能吏としての経歴や造観音寺別当という要職を思えばこれまたかなりの年配であっただろう。さらに、正客の老とて、この年の位階昇叙が十年ぶりのことであった故、それ以前の昇進にも相当の年月を要し、それだけ齢を重ねていたであろうと思われる。つまり、当日の会衆で万葉集に名の見える人達は、それぞれに「我が盛りまたをちめやも」という感慨を抱いていたとしても何ら不思議はない年齢に達していたと推察されるのである。その意味でこの表現は、旅人自身の感慨のみならずこの宴に集う主だった人々の感慨をも代弁し得る表現としてあったと捉え返すことができるのである。

続く「ほとほとに奈良の都を見ずかなりなむ」という表現も、老いの身の当然の感慨として従来は旅人個人のものと解釈されてきた。けれども、同時にかかる感慨は、都から遠隔の地に赴任した官人の誰もがその脳裏に思い描く想念としてもあったと思われる。さすれば、この表現もまた、先の「我が盛りまたをちめやも」同様、この宴に集う人々とりわけ「奈良の都」から赴任してきた人々の都に寄せる心情を代弁するものとしてあったといえよう。つまり旅人は、この(4)歌を成すに際して、都に寄せる自身の思いを表に立てつつ、同時にこの宴に集う人々の年齢や地方官の都に対する共通感情をも忖度《そんたく》してこの一首をものしたと思われ、その意味で(4)歌は、単なる嘆老・望郷の歌ではなく、(1)歌から(3)歌へと展開された表現的規制の中で、宴の主人としての立場から、最近実際に「奈良の都を見」てきた正客老に対する会衆一同を代表する挨拶としての意味が企図された歌ではなかったかと思うのである。即ち、(4)歌は、私の「盛り」だった頃がまた戻ってくる事があろうか、いやもう戻り得ない〈老い〉の身故、ひょっとしてこのまま「奈良の都を見ず」に終わるのではなかろうか。

と、旅人が自身の老いと帰京の実現に一見深刻な風を装いながら、主賓老への挨拶としては、会衆一同を代表して、

〈老イ〉ノ身ノ私達ハヒョットシテ「奈良ノ都ヲ見ズカナリナム」トイウ仕義ニナルヤモシレマセン。デモ、名モ身モ《老》デアルアナタハ、コノ度、十年ブリノ昇進トイウ僥倖ニ巡リ合ッタコトデ、《咲ク花ノニホフガ如ク今盛リ》ノ「奈良ノ都ヲ見」ルコトガデキタノデスカラ何ト幸運ナ御方デショウ。

の如く、まさしく名前も年齢もともに《老》である老が、十年ぶりの昇進によって「今盛り」の「奈良の都を見」ることを得たという、年齢的にはともに〈老い〉の身たる他の会衆にとって今は望むべくもなく、またうらやましくもあった老の幸運に因む諧謔を含んだ祝意が蔵されていたと思うのである。

かかる解釈は、いささか突飛な解釈といえ、そうした誹りを免れないことを本稿も承知している。けれども、(4)歌をかく解することで、旅人が、本来花の盛りを表す「盛り」なる語を人事的に転用し、しかもその語で〈老い〉を詠んだことの意図が、単なる先行歌との外見的な語彙の連続性だけに留まらない意味的連続性において理解されてくると思われるのである。さらに言えば、直截な語を用いることなく〈老い〉を表現したところに旅人の洒脱な一面が窺われもするのであり、またかかる表現のありようが、右に述べた(4)歌の挨拶性を支えていると思われるのである。

3　宴席歌としての(5)歌から(8)歌

本節では(5)歌以下について考えてみたい。この(5)歌もまた一読旅人個人の昔日への感慨が詠まれており、(4)歌に反語的に願った「我が盛り」への思いが、真に「我が盛り」であった昔日の記憶を覚醒させ、そこへの回帰を一首に結実させたとひとまずはいえるであろう。つまり、「象の小川」は、かつて「我が盛り」の日々に度々あった吉野行幸

の折に自身も幾度か従駕した場所であり、また近くは、神亀元年（七二四）三月、現帝聖武が即位早々に行った吉野行幸の際には「昔見し象の小川」（3・三一六）と詠んでもいた旅人曾遊の地だったからである。けれども、先に推察した当日の会衆の年齢を思えば、「我が命も常にあらぬか」という願望は、そのままそうした老齢に達した人々に共通する願望としてもあったろう。また、吉野なる地は、現帝聖武にまで至るその皇統発祥の地として神聖視されていたと同時に、懐風藻に神仙境・桃源境として詠まれたように、さらには、神亀二年五月の吉野行幸で笠金村《かさのかなむら》が、

　皆人《みなひと》の　命《いのち》も我《わ》がも　み吉野の　滝の常磐《ときは》の　常《つね》ならぬかも（6・九二二）

と讃美し祈念したように、永遠の齢を願うに相応しい土地として容易に想起される場所でもあった。即ち、右の金村歌を踏まえて(5)歌を見れば、「(皆人の命も)我が命も常にあらぬか」という当日の会衆への配慮をも含みこんだ意味がそこに立ち現れてこよう。その意味で、この(5)歌もまた先の(4)歌同様、旅人の個人的な望郷の念を表に立てつつ、同時に当日の会衆に共通する感慨をも忖度した歌としてあったといえるだろう。

　続く(6)歌は、旅人の想念に自ずから湧き起こってくる「古りにし里」飛鳥への思慕を詠んでいる。この旅人の想念の帰着地飛鳥は、かつての都ではあるが、(4)歌の「奈良の都」や(5)歌の「象の小川」即ち行幸の地吉野に比してこの場合とりわけ私的な場としてある。それ故、この(6)歌は、(4)歌や(5)歌にもまして旅人の個人的感慨が詠まれているといえる。けれども、注意すべきは、この歌に追懐された場所が単に「古りにし里」としか表現されていないことである。確かに、旅人の口から発せられた「古りにし里」は、第一義的には旅人個人の「古りにし里」を意味しよう。けれども、故郷なる空間は、そこを離れた誰もの脳裏に特別な磁力を有して存在する。その意味で、(6)歌の「古りにし里」は、旅人のそれであると同時に、この宴に一座する人々にとっても、それぞれの「古りにし里」に思いを馳せる契機となり得たであろう。即ち、この(6)歌もまた、先の(4)(5)歌同様旅人個人の感慨であるとともに、「古りにし里」を離れて今はこの宴に集う人々も一同に共感し得る望郷の念が表現されていたということができるのである。

次いで⑺歌を考えてみる。この⑺歌は、先の⑹歌の「古りにし里」が「香具山の古りにし里」と、まさしく旅人個人の故郷として限定的・具体的に提示される。それ故、この⑺歌の望郷の念は、⑹歌のそれを一層深めたものといえる。けれども、⑺歌に開陳された「香具山の古りにし里」に対する旅人の感慨は、相当根深くはあるが、さほどに痛切というわけでもないのではないか。何故なら、この歌には「忘れ草我が紐に付く」という表現があるからである。「忘れ草」は、『毛詩』衛風に「焉《いづく》にか諼《わすれぐさ》草を得て、言之《われこれ》を背に樹《う》ゑむ。」とあり、その「毛萇詩伝」に「諼《わすれぐさ》艸人をして憂へを忘れしむ。背は北堂なり」と注されている如く漢籍に由来する表現であり、集中では、

忘れ草　我《わ》が下紐《したびも》に　付けたれど　醜《しこ》の醜草《しこぐさ》　言《こと》にしありけり（4・七二七、相聞、大伴家持）

の如く、多くは恋の憂いを忘れる手段として詠まれている。ただその効果は、右の家持歌にも「醜の醜草」（12・三〇六二歌にも同一の句あり）と悪罵されているように、所詮は甲斐のないものでしかなかったのであり、そうしたことは、この宴に一座する者全員の等しく知るところであったろう。即ち、高齢の旅人が、忘れ得ぬ故郷追懐の情を忘れ得ぬ恋の執着に擬してかく表現したところに、所詮はかなわぬ望郷の念に対する旅人の「戯笑」（『釈注』）が込められていたと見るべきであり、また、かかる感慨は、その任務故に今は帰郷がかなわない当日の会衆一同もともに共感し得る感慨として、この宴の場にほろ苦い笑いを誘ったことと思われる。

さて、最後の⑻歌で旅人は、「夢のわだ瀬にはならずて淵にもありこそ」と再び吉野への思いを述べる。「夢のわだ」は⑸歌の「象の小川」が吉野川に落ち込むあたりである故、その不変を願う⑻歌の想念は⑸歌を引き継ぐものである。とはいえ望郷の対象の「昔見し」ままを願うことは旅人のみに固有の想念ではない。また、「我が行きは久にはあらじ」という帰京への見通しにしても、無期限ではないその任期故に地方官として赴任した者であれば誰もがかくありたいと願ったことと思われる。その意味で、この⑻もまた旅人の個人的感慨を表に立てつつ、そこに一座する人々も容易に共有し得る感慨を詠んでいるといえるであろう。

以上見た如く、この旅人の望郷歌五首には一貫して強い望郷の念が露呈している。けれども、そうした思いは、大宰帥という自身の現職からすれば直ちに実現するはずもないことは当の旅人が最も良く理解していたはずである。従って、これらの歌に旅人の強い故郷追懐の情が読み取れるにしても、それを必要以上に深刻痛切な思いとして捉えるべきでもないと考える。即ち、この五首に限って言えば、そこに開陳された旅人の望郷の念は、従来言われてきたような、旅人個人の都や故郷に対する痛切な追懐の情のみを述べたものではなく、旅人が、小野老を主賓とするこの宴の主人としての立場から、そこに一座する人々の共感や理解を得るべく、一同の望郷の念にも思いを致し、時には諧謔を交え、時には周知の歌を踏まえたりするといった、その場の親和を醸成するに相応しい表現を自覚的に選び取った結果としてあったと思うのである。その意味で言えば、⑸歌以下に詠まれた旅人の望郷の対象が、⑸吉野、⑹飛鳥、⑺飛鳥、⑻吉野の如く、所謂波紋型構成（『釈注』、なお⑷歌から⑻歌の構成については、五味智英「讃酒歌のなりたち」『国語と国文学』46―10、昭44・10に、⑷⑸⑹三首と⑺⑻二首とから成るという独自の構成論があり、また、米内幹夫「『帥大伴卿五首』再論」『大伴旅人論』翰林書房、平5に、⑸歌～⑻歌が⑷歌の追和歌であり、五首が旅人の再構成を経た歌との論がある。）の様相を呈して展開されているのであるが、自身の望郷の念を、その構成にまで目を配って組歌に仕立てあげるという、この五首の望郷歌に向かうその作歌の姿勢に、旅人の遊び心さえ見て取ることができると思われるのである。

4　旅人の望郷歌の特徴

本節では、旅人の望郷歌全体に見出される特徴とそこから考えられる若干の問題について述べてみたい。

万葉集は、家郷を離れた人々の望郷係恋の歌を数多く載せている。そうした歌と旅人の望郷歌とを比較したとき、旅人の望郷歌には、そうした歌に多く詠まれている「家」や「妹」に関わる表現がないということをその大きな特徴として指摘することができる。その理由としては、『私注』が、「或ひは此等の作が後に見える旅人の妻大伴郎女の没後の心境に通ずるためではなかろうか」（三三二歌「作意」の項）と述べたことが正鵠《せいこく》を射ていよう。即ち、旅人は、大宰府に赴任してほどなく妻大伴郎女を彼の地で喪ったのであり、それ以来奈良の「家」は、旅人にとってもはや望郷という意味では歌うに値しない「都なる荒れたる家」（3・四四〇）・「人もなき空しき家」（3・四五二）と成り果てたのである。逆に言えば、旅人にとっての「家」や「妹」は、亡妻を思慕するときにのみ詠むに値する主題となり得たのであり、その意味で、旅人にとって望郷歌と亡妻挽歌とは表裏一体の関係にあったということができるだろう。

かかる旅人の望郷歌の特徴と関わって想起される歌が、先の五首の望郷歌より以前に詠まれた、

やすみしし　我が大君の　食《を》す国は　大和《やまと》もここも　同じとそ思ふ（6・九五六）

という歌である。この歌は、神亀五年（七二八）に少弐石川足人《いしかわのたるひと》が都へ遷任する際の宴と思われる席で、当の足人から、

さす竹の　大宮人《おほみやひと》の　家と住む　佐保《さほ》の山をば　思ふやも君（6・九五五）

と問われての答歌である。この足人の問いは、先の四綱の⑶歌に類似する問いであるが、この時の旅人は、何故かかる公式見解ともいうべき素っ気ない答えを成したのであろうか。その理由はこの時期の政治情勢等（『全注』）様々に考えられようが、その可能性の一つとして本稿は、足人の問いそれ自体に解決の鍵があると考えている。即ち、足人の「大宮人の家と住む」という表現に旅人は興を削がれたのではなかったか。つまり、旅人にとって奈良の家はもはや「家と住む」に値しない所でしかなかったのであり、そうした旅人の思いが、「大和もここも同じとそ思ふ」という表現をこの一首になさしめた理由の一つではなかったかと思われるのである。また、このように考えたとき、第一節に見た大伴四綱の⑵⑶歌に込められた旅人への周到な配慮が一層理解されてくる。つまり、四綱は、右の足人と旅人の問答の経緯を承知していて、⑵歌には旅人の九五六歌の「やすみしし我が大君の食す国は」という表現を取り込んで、逆にそれを官人の本音としてある〈奈良の都を思う〉ことの根拠として用いて老の⑴歌に応じつつ、そうした方向に一座の空気を誘導して旅人の⑷歌への露払いとし、また、⑶歌を成すにあたっては、足人の九五五歌にあった

「家」に関わる直截な表現を避け、属目の「藤」を詠むことで奈良の旅人邸の「藤」を匂わせることによって、旅人の都への思いを引き出そうとしたと思われるのである。

ただ、旅人が「家」「妹」を詠まないとはいうものの、大宰府という異郷の地にあって、やはり「奈良の都」は、

大宰帥大伴卿、冬の日に雪を見て、京《みやこ》を憶《おも》ふ歌一首

淡雪の　ほどろほどろに　降りしけば　奈良の都し　思ほゆるかも（8・一六三九）

の如く、旅人にとって何かにつけ思い起こされる場所としてあった。つまり、「淡雪」の降りしく大宰府の雪景も、その風景そのままでは一首を成さず（大浜厳比古「老いと孤独と夢と（旅人覚書その二）」『新万葉考』大浜厳比古遺著刊行会、昭54）、「奈良の都」を思い起こす契機としてしか表現されなかったのであり、逆にそれだけ都への追懐の情は強いものがあったといえるであろう。けれども、旅人にとって、その真の望郷の対象は、先の(5)(8)歌に繰り返し詠まれ、また、

帥大伴卿、吉野の離宮《とつみや》を遥かに思ひて作る歌一首

隼人《はやひと》の　瀬戸《せと》の巌《いはほ》も　年魚《あゆ》走る　吉野の滝に　なほ及かずけり（6・九六〇）

の如く、当地の佳景に比して「なほ及かずけり」と絶対的に優越する場所として詠まれた吉野の地だったのであり、また、先の(6)(7)歌や、旅人が任果てて帰京した翌天平三年（七三一）、その六十七年の生涯を終えようとする直前においてさえなお奈良の自邸から、

三年辛未《しんび》、大納言《だいなふごん》大伴卿、奈良の家に在《あ》りて、故郷《ふるさと》を思ふ歌二首

しましくも　行きて見てしか　神名備《かむなび》の　淵《ふち》は浅《あ》せにて　瀬にかなるらむ（6・九六九）

指進乃　栗栖《くるす》の小野《をの》の　萩《はぎ》の花　散らむ時にし　行きて手向《たむ》けむ（6・九七〇）

と遥かに心を馳せていた、まさに「我が盛り」の日々を過ごした「古りにし里」飛鳥の地だったのである。

（大浜真幸・関西大学教授）

旅人の讃酒歌と憶良の罷宴歌

山上憶良臣宴を罷る歌一首

憶良らは　今は罷らむ　子泣くらむ　それその母も　我を待つらむそ（3・三三七）

大宰帥大伴卿《だざいのそちおほともきやう》、酒を讃むる歌十三首

A

① 験《しるし》なき　物を思はずは　一杯《ひとつき》の　濁れる酒を　飲むべくあるらし（3・三三八）

② 酒の名を　聖と負ほせし　古《いにしへ》の　大き聖の　言の宜しさ（3・三三九）

B

古の　七の賢《さか》しき　人たちも　欲《ほ》りせしものは　酒にしあるらし（3・三四〇）

賢しみと　物言ふよりは　酒飲みて　酔ひ泣きするし　優《まさ》りたるらし（3・三四一）

③ 言はむすべ　せむすべ知らず　極まりて　貴きものは　酒にしあるらし（3・三四二）

④ なかなかに　人とあらずは　酒壺に　成りにてしかも　酒に染《し》みなむ（3・三四三）

C

あな醜　賢しらをすと　酒飲まぬ　人をよく見ば　猿にかも似る（3・三四四）

⑤ 価なき　宝といふとも　一杯の　濁れる酒に　あにまさめやも（3・三四五）

⑥ 夜光る　玉といふとも　酒飲みて　心を遣るに　あに及《し》かめやも（3・三四六）

D

世の中の　遊びの道に　かなへるは　酔ひ泣きするに　あるべかるらし（3・三四七）

⑦ この世にし　楽しくあらば　来む世には　虫に鳥にも　我はなりなむ（3・三四八）

⑧　生ける者《ひと》　遂にも死ぬる　ものにあれば　この世にある間は　楽しくをあらな（3・三四九）

E　黙居《もだを》りて　賢しらするは　酒飲みて　酔ひ泣きするに　なほ及かずけり（3・三五〇）

1　はじめに

大伴旅人作歌の中にあって、万葉集中他に類をみない歌に「讃酒歌」一三首があげられる。「酒」をとりあげることは上代作品に多くの例をみることができる。だがそれらが祭祀や儀礼と関わり「讃酒歌」とは大きく異なっており、一三首はその点でまず特異な作品とされる（これを詳細に論じたものに岡崎弘也「大伴旅人の讃酒歌について」『国語国文　薩摩路』20〜24、昭51・3〜昭54・6などがある）。酒宴の歌のなかには、その目的により勧酒歌や謝酒歌などがあり、「長寿を保ち災厄を祓う働きを讃めたものか、その場に集会した人々の親和関係を強化する働きを讃めたもの」が多い（土橋寛『万葉開眼　下』日本放送出版協会、昭53）。しかし、「讃酒歌」がそれらとどれほど離れたものであるかはさらに検討すべきであろう。上代作品に例がみられないという特異性は、中国文学の影響によるという見方にも当然つながっている。また、その内容とは別に、一つのテーマを短歌一三首に連ねるという詠作方法も集中にあまり例をみない。そこで、「讃酒歌」においては一三首の構造性をいかに捉えるかということと、出典とする中国文学との関わりをどう捉えるかということとの二面にその理解の仕方が求められていく。だがその発想において特異であることは宴席歌一般に帰納され得ないとばかりもいえまい。出典との関わりおよび構造に関する論もつきつめればこの問題になろうかと思われる。この一三首について、大宰府における酒宴の席を想定し、その場における誦詠の方法と次第によるものと捉えられることがある（例えば井村哲夫「大宰帥大伴卿讃酒歌十三首」『万葉』123、昭61・2）。その一方で、構成は優れて文芸的な作品として文字を介することで成ったとし、披露の場などを考えることに否定的な見解もある（例えば浅見徹「猿にかも似る」『万葉』153、平7・3）。しかし、旅人の集中他の用例をみると、単に独詠的に成ったとは思われない面もあり、作歌意図がどこにあるのかは重要である。

またその直前におさめられている山上憶良の「罷宴歌」も集中に例をみない特異な歌といえよう。この歌は、従来宴を中座するおりの詠とされたが、近時の見方は終宴の際の挨拶がわりの歌とされている。しかし、そこで作者自身の名をまず詠み込み、待っている家族を理由に辞すことは特異である。終宴歌の例が少ないこともあろうが、宴席歌としてはこれもまた例をみないものである。そこで「罷宴歌」においては、その「子」をどう捉えるかが理解の中心となっている。筑紫関係歌群の中にあることからすれば、当時の憶良の推定される年齢は七十歳程であり、子の存在が疑問視されるところである。そこで歌中の「子」を実際の孫にあてるなどの理解もされたのであるが、例えば『注釈』は壮年期の作が好まれ筑紫で度々誦詠されたと推定することに解決を求めている。あるいは、一首は即興的に、老人が幼い子供を提示することに面白味がある（中根三枝子「罷宴歌と讃酒歌」『東洋』21—7、昭59・7）といった全くの虚構とする見方もある。ただし年齢的に全く不可能ではなく、当時にあっても珍しくないことはすでに指摘がある（中西進『山上憶良』河出書房新社、昭48）。そのことから晩年の憶良には子があったとすることも今なお説かれている（川口常孝「『古日』の論」『万葉歌人の美学と構造』桜楓社、昭48。原田貞義「酒と子等と—大伴旅人の『讃酒歌十三首』をめぐって—」『国語と国文学』69—2、平4・2）。問題は「子」の実在の有無が憶良作歌にどれほど意味をもつかということであろう。

「讃酒歌」および「罷宴歌」は、酒宴との関わりを想像させながらも、いずれも他に類をみないことからさまざまに論じられている。本稿では、そのような個性的な両者をどうみるかを述べてみたい。

2 「讃酒歌」内の出典

「讃酒歌」における中国文学などからの引用の顕著なことは、仙覚にはじまる諸注釈書にすでに指摘があることからも理解されよう。特に①～⑧の歌では顕著である。例えば①の歌では「酒の名を聖と負ほせし」とあるが、その典拠として徐邈《じょばく》伝の故事があげられる。禁酒令が出されていた時に泥酔した徐邈が「聖人に中《あた》れり」と言い訳をする話である。そこには「酒の清める者を謂て聖人と為し、濁れる者を賢人と為す」といった隠語のあったことも記されている。その言を旅人は「大聖人」と評したのである。また④の歌の「酒壺になりにてしかも酒に染みなむ」にも出典がある。鄭泉《ていせん》という酒好きの男の話である。鄭泉は死んだ後には陶家の側に埋葬するように遺言する。その理由は、百年の後に土となってまた酒壺に焼かれたいということにある。これを踏まえて旅人は、「中途半端に」人でいることを否定し、あるいは「いっそのこと」酒壺になりたいとしたのである。これらの歌は、その典拠の知識なしには一首の理解が及ばない。

さらに漢籍との関わりについては、歌中の語一つ一つにまでその指摘は及んでいる。「濁れる酒」は「濁酒」「心をやる」は「遺悶・遺情」などに、「この世」「来む世」は「現世」「来世」の、「価なき宝」は「無価宝珠」、「夜光る玉」は「夜光之璧」の翻訳語とされている（小島憲之『上代日本文学と中国文学 中』塙書房、昭39）。これらの全てが旅人の工夫によるとはいえないが、漢籍からの利用・影響がみられることは以上のとおりである。ただしこれらを利用するにあたって、旅人が実際にはどの書物を目にしたのかは諸説のわかれるところである。だが出典の詳細を求めることには限界があろう。「万葉歌の出典にあてるべき漢籍その他の文章は、特定の一、二に限定するよりも、むしろ出来うるかぎり多種多様な用例を候補として列挙しておいた方が現実的」（平山城児「讃酒歌の出典」『上代文学の諸相』塙書房、平5）である。つまり当時の一般知識としてあったことも当然考慮に入れるべきで、いちいちの典拠を求めながら作歌されたものとは限らないからである。例えば、②の「七の賢しき人」が竹林の七賢人のことであることはいうまでもない。阮籍《げんせき》・嵆康《けいこう》・山濤《さんとう》・劉伶《りゅうれい》・阮咸《げんかん》・向秀《こうしゃう》・王戎《おうじゅう》が「七人常に竹林の下に集い、肆意酣暢《しいかんちゃう》す（常に竹林の下に集い、酒を飲みくつろいだ）」ことによる。『世説新語』から引いたが『晋書』等にも同様の記述がみられる。これには『注釈』などが指摘するように懐風藻藤原麻呂の詩序に「千歳の間、嵇康は我が友。一酔の飲、伯倫は吾が師。」（嵇康は長い年月我が友とすべき人物である。酒を飲んで酔うことにおいては劉伶を吾が師匠とする。）といった例がみられる。竹林の七賢人は当時広く好まれたようである。また⑦⑧の歌が直接「酒」の語を含まない歌でありながら讃酒の意と理解されるのも、仏教思想が特別なものではなかったことに因る。歌は現世享楽的内容であるが、仏教の「飲酒戒」を念頭においての作といえる。

漢籍にその典拠を求めるべきか問題の残る語もある。契沖『代匠記』は「賢しら」の表記について「賢良ハ、賢良方正ナト云時ノ如ク、二字連綿カ」との案を示した。辰巳正明はこの考えを推し、「賢良方正」の翻訳語としての「賢しら」に旅人の作歌態度がうかがえるとする（「大伴旅人と中国文学」『万葉集と中国文学』笠間書院、昭62）。「賢良方正」は中国古代の官吏登用制度の一つで、才能・人格の優秀な人物を地方から推挙させ国政に参与させること、またその資格を得た人物も意味する。その「賢良」を否定することを旅人の反儒教的・反政治的な意識とみるのである。村田正博はこれを進め、宴席披露の場での二重の計算のうえに仕組まれた用字とするが、そこで指摘のあるように、「賢良」を旅人自身の用字とするには問題が残る（「大伴旅人讃酒歌十三首」『万葉集を学ぶ 第三集』有斐閣、昭53）。また、B歌の表記「賢跡」は関連するのか、全く無関係とするのかも問題である。個々の用字を一首の意趣にとどめるならばさほど重要ではないのかもしれない。だが「賢しら」否定を、一三首全体の性格として捉えるとすると無視はできない。これは次節の構造論とも関わる。

辰巳は「賢良」の理解を中国の反政治的隠逸詩との関わりに求め、とりわけ陶淵明の「飲酒二十首」との関係を強調した。だが陶詩の伝来が時代的に問題があることは辰巳も言及しており、直接の典拠とするには無理がある。さらにCの「猿」やBDEの「酔ひ泣き」などもそれぞれに典拠の指摘があり、「讃酒歌」の性格として論じられている（浅見徹前掲論文。柳瀬喜代志「旅人の讃酒歌に見える酔哭（泣）」について―阮籍の伝とのかかわり―」早稲田大学『国文学研究』

50、昭48・6。井村哲夫前掲論文など)。当該歌の多くに中国文学などの影響・利用がみられるのであるから「猿」や「酔ひ泣き」といった語もそのように捉えるということも一つの考えであろう。確かに、万葉集中で他に例の無い語である。しかし、その漢籍の内容が一首の意趣にどれほど関わるものか、①~⑧に比べて明確ではない。このように漢籍との関わりは用語・一首の内容理解についての指摘から、作品として全体をその影響下におく考察へと展開する。早く先の竹林の七賢人の一人劉伶の「酒徳頌」については賛否がさまざまに論じられてきた。そして数々の典拠とその解釈とにより、旅人の引用意識が論じられることになる。「讃酒歌」には万葉集中他に用例がみられないものが多く、そのことも一因となっていよう。これは同時に一三首が相互に関連しているかどうかということも関わる問題である。

3　「讃酒歌」の構造論

この一三首の構造に注目し言及する最初のものは、山田孝雄『講義』で、「十三首一体となりて、讃酒の意を完成するものなるべし」とする。その後、『窪田評釈』も、「十三首は連作であって、首尾一貫したもの」とし全体で有機的組織をもつとした。これらに対し作品としてのまとまりはないとする見解もあり、「讃酒歌」の主要な論点となってきた。武田祐吉は、「連作をもつて見るべきであるが、全体としての組織はない」とする(『全註釈』)。ここでいわれる「連作」であるか否かは、その定義によってゆれるところである。用語の安易な使用は混乱を生じることになろう。そこでここでは一三首の有機的組織の有無を問題としたい。同様の意見には、西郷信綱「必ずしも充分に展開しておらず、重複の気味もある」(『万葉私記』未来社、昭45)や小島憲之「十三首は同想同類の詩想を思うままに羅列的に連ねたものが多く、必ずしも首尾一貫し、整備完成した作品とは云へない」(前掲書)といった発言がみられる。これらの説は一三首を詳細に検討したというよりは、概観によるところである。近時の論は一三首の語句の検討・解釈・作歌意図などさまざまな面から言及がなされており、多くはその構造を認める方向にあると思われる。

まず稲岡耕二（「憶良・旅人私記―讃酒歌の構成をめぐって―」『国語と国文学』36―6、昭34・6）は、旅人の意図的構成をみ、それを憶良の長歌と比較した。諸注がAの一首を総括的抒情としたことをA～Eの五首全てに広げ、「酔ひ泣き」讃美と「賢しら」蔑視が「繰り返し」表れるとする。そして直接の中国文学の直接の引用が顕著な①②の組と主題の感想の③④の組とが、憶良長歌の［漢文序］に相当すると考えた。そして⑦⑧の組は「酒」の語の無い歌の組であるが、これを内容の補足展開の機能をもつ［反歌］にあて、それ以外のA～Eと⑤⑥とが［長歌］の叙述部にあたるとした。稲岡の説は、旅人・憶良にみられる漢文序に和歌を添えるという文学形式の新しさに注目したものである。そのうえで集中例をみない短歌一三首を連ねることの意味を長歌的機能という面で捉えたものである。

伊藤博（「古代の歌壇」『万葉集の表現と方法　上』塙書房、昭50）は、稲岡が「繰り返し」と捉えた五首が、変化と展開のみられる「同工異曲」の作とする。Aが「賢しら」「酔ひ泣き」を大まかに表現する「序章」、以下BCDEの四首で両者の対比を明確にしていく構造である。さらに、その間の組を成す八首も一種の起承転結の構造をとるとした。そして、A～Bの五首と①～⑧の四群を「柱」と「襖」の関係にたとえ、両者に微妙な展開があるとした。一例をあげれば、Bの「賢しみ」が②の「賢しき」と無縁でなく、Cの歌が③④と関連して登場しつつも⑤⑥を導き出す契機となっているといった関係である。同様にDの歌は⑥「酒飲みて心を遣る」と関連しつつ、「世の中の遊びの道にすずしきは」が⑦⑧の「この世にし楽しく」「この世なる間は楽しく」を呼び起こす契機となっているとした。一三首のこのような緻密な有機的構造を伊藤は、旅人がいわゆる「筑紫歌壇」での披露を考慮したためであるとして、そこに具体的な作歌意図をみている。

清水克彦（「讃酒歌の構造と性格」『万葉論集　第二』桜楓社、昭55、初出昭48）は、以上両者の説をうけて同様に五つの柱を考えながらも五首の相違を重視し、A～Eが「繰り返し」や「同工異曲」ではなく「深化発展」であるとする。まず、ABの歌が共に世俗との対比において酒を讃美しながらも、Aの一般的叙述からDの作者の個にそくした叙述へ深化する関係とする。つまりA「一杯の濁れる酒を飲むべくあるらし」の句とB「酒飲みて酔ひ泣きするし優りたるらし」の句には、単に酒を飲むことを良しとすることから具体的に一歩進めて、さまざまな飲み方から「酔ひ泣き」の状態を賞揚している関係といった見方である。CDは、前二首に対する評価としてCは世俗における「賢しら」の蔑視、Dは酒の世界における「酔ひ泣き」の讃美を展開し、Eで再び二つの世界の行為を対比しつつ、熟慮反省の結果としての「酔ひ泣き」讃美の情を述べるという構成であるとする。そしてそのような五首に挟まれた各二首は、それぞれ直前の一首と一群をなし、そのA〜Dの各歌の命題に関する「各論的性格」をもつものとしている。さらに、伊藤説の語句的関連については旅人の意図によるものであってほしいとしながらも、あくまで副次的な要素として、歌の理解を優先する捉え方をした。

広岡義隆（「讃酒歌の構成について」『三重大学教育学部研究紀要』34、昭58・3）は、広く構造論に当たり研究史としてまとめながら、丹念に考察を加えている。その結果として従来の説ではなお疑問点が残り、とりわけ諸説が二首一組と理解する③④の歌がその間で切れていることを強調した。それは、Bと④の歌が「らし」で結ばれ、④とCの歌が「む」で終わっていることによる。さらに④とCは助詞「に」の用字のうえでも対応するという指摘である。③④の組は二首一組とする八首のなかにあって明確な関連が示されることのない歌である。加えて内容的にも④の歌からは③までとは一転して、初句切れなど語気の激しさがますと説く。広岡が結句を重視した点はそれまでになかった視点として注目されるのではなかろうか。そして一三首が、起［A］承［①②B③］転［④C⑤⑥］結［D⑦⑧E］の構造をとるとする。これまでの諸説がA〜Eを重視した構造であるのに対して、一三首を等し並みに扱っている点、特に④とCとの対応を強調したところに特色がある。ただし、広岡も指摘するようにCの「似」には「にる」という訓の可能性があり、これについてもいまだ解決していない（これを論じたものに武智雅一「『猿二鴨似』の訓」『愛媛国文研究』11、昭37・2などがある)。また、集中の歌群を一作品単位としてどう認定できるかの試論であるためか、広岡説の構造では各章の歌数の均等性には欠けている。例えば伊藤はこの点について、宴席など具体的な誦詠の場を想定している。

西宮一民(『全注 三』)は、柱とする一首と続く一組の三首をひとまとまりとし、最終歌を一首独立させた五段からなるという構成を示した。それは、各段の第一首目が主題提示となり、次の二首一組が主題を詳しく具体的に、あるいは相対的に叙述することによって「効果的な説明」を施すとするものである。これは清水説に近いもので、一三首の切り方は等しく、各一組二首の見方も「各論的性格」とみることと近い捉え方である。しかし、清水が副次的要素とした語句的関連に重きを置く点で伊藤説を支持するものとなっている。これは各段の前段と後段とのつながり、あるいは前後の歌が、主として同語の多義性を利用して継承展開する方法との考えである。

ここまで構造論のいくつかを概観してきたのであるが、その問題点としては、語句的関連と、柱とされる五首と他の八首との関わりとの二点を、どう理解するかにつきるようである。そして、それを緊密な構成意識とするか、その意図はどこにあるかということになろう。だが諸説はいずれも合理的に過ぎるような感がする。この点に関しては以前に卑見を述べたことがある(拙稿「大伴旅人『讃酒歌』の構成をめぐって」『美夫君志』32、昭61・4)。旅人の構成としてみたとき、緊密なる有機的組織を考え語句を選んで、その関係を計算して歌を詠んでいったとすることに対する疑問からである。語句的関連についていえば、もともとが讃酒と題されたなかに同語が繰り返し使用されているのであるから、どこまでを旅人の意図とするかは恣意的になりがちである。一三首の並びを変えたとしてもまた同語あるいは類似の語句の重なりは出てくる。勝手な論法にすぎないが、それほど類似した歌が多いということが問題なのである。このことは、旅人の他の作品にも多くみられるところで、同類句が並んでいるものを当該歌群のみの特色とみなすことが出来ない面がある。

さらに、構造論の性格からすれば、新たに視点を設けることにより新たな構造が展開することが可能といえる。例えば岡崎弘也（前掲論文）は、伊藤説をうけながら、①〜⑧の四群八首については、「調べ」「トーン」の盛り上がりを視点におく。これは後に広岡が④の歌から語気が一転すると述べたことと同種の考え方である。同時に、稲岡説をうけながら長歌の構造にもあてはまるとする。稲岡・伊藤両説が並立することは、ここですでに構造論の許容性の一端を示しているのではなかろうか。岡崎は、漢詩の起承転結構造の影響も認め、さらに長歌の構想も認める方向ではあるが、新しい表現様式として「讃酒歌」が未完成と考えた。そして、旅人のこのような意図的配列のねらいを「リズムの構築」にあったとする。だが、短歌を並べることが「長歌のリズムに通じる」ものとなることに理解が及ばない。また、胡志昂（「『大宰帥大伴卿讃酒歌十三首』考」『芸文研究』56、平2・1）は五味説（後出）によりAを独立させ、稲岡説により長歌部［①②B③④C⑤⑥］とその反歌部［D⑦⑧E］に相当するとする。新たな視点としては漢詩の押韻法があげられる。広岡が結句に注目したのを一歩進め、結句の最終音［①「さ」②「し」B「し」③「し」④「む」C「む」⑤「も」⑥「も」］が漢詩的起承転結の構成に合った脚韻となっていることを指摘する。和歌誦詠の場合にことばの響きが重視されることはあろうが、そのときに意味を捨て最終一音に限定する意図に疑問が残る。漢詩と和歌とがその誦詠方法を等しくするものなのか理解が及んでいないところである。

構造論においては、一方で多様な視点を導入することでより緻密な構造を捉える方向が求められたようである。しかし、旅人の意図的構成としては大まかなものにとどめることを考慮すべきである。結果として構造がみて取れるということと意図的な構成とは必ずしも等しくはない。土橋寛（「酒を讃むる歌」前掲『万葉開眼 下』）は、全体を大まかな起承転結構造（起［A①②］承［B③④］転1［C⑤⑥］転2［D⑦⑧］結［E］）とするにとどめている。これは、一三首の語句的関連を重視せず整然とした構造ではないとしながらも、全くの無秩序でもないという立場からの考えである。このような立場で、早くから旅人の歌人としての資質にその構造の原因をみるのが五味智英（「讃酒歌のなりたち」

『国語と国文学』46—10、昭44・10）である。五味は第一首目Aの歌を独立させ、全体構造を予定したうえでの詠ではないとした。そしてそれに続く三首の組が、B〜Eが前二首の「結びの役割」となり、四群からなる起承転結構造（起［①②B］承［③④C］転［⑤⑥D］結［⑦⑧E］）を考えた。だが諸説と大きく異なる点は、その構造が旅人の意図的構成によるものではなく、旅人の「息の短さ」あるいは「浄瀉単位三首」により自ずからに成った結果とする。両説の態度には教えられるところが多いのであるが、三首一組の起承転結構造にもやはり問題が残る。

確かに、一三首の構造は均等に区切ることが理解しやすい。あとはその位置づけをどのように説明するかによって論の相違が生じてくる。だがその三首一組をして構造を説くことには納得しがたい点がある。そのことを広岡説は指摘しているのであるが、さらに進めて、柱とされるA〜Eの歌と二首一組の①〜⑧の歌との性格の相違を重視すべきと思われる。一三首の漢籍との関わりについては前節で述べた。①〜⑧の歌にあっては、典拠の知識なしには一首の理解が及ばないものや、当時広く普及していたと思われるものなどを利用し明らかにそれと解る引用態度のものである。これに対してA〜Eの歌では、引用意識が顕著であるとは思われない。確かに「猿」の語は他に類をみない。そのイメージは漢籍に依拠されたものかもしれないが、そこに興味が向かっているものとは思われない。いずれにしろ、一直線に酒を讃める意を歌うものと、「賢しら」なる者の否定と自らを「酔ひ泣き」として賞揚する歌とが、諸説の示す関係性で捉えることには疑問がある。例えばA〜Eの歌にみられる表現が相聞歌に共通することから、全体を旅人の相聞の抒情（具体的には亡妻にたいするもの）からみることがある（鮫島正英「讃酒歌の性格を考える—一三の語法を通して—」『論集上代文学　第八冊』笠間書院、昭52）。これはAの歌を、五味が先ず一首独立して歌われたとする考えと同じ捉え方であるが、それを全体に及ぼしている。五味は全てが同一基調の詠とはみられないという見方である。このことについては早く、曽倉岑（「大伴旅人—讃酒歌と漢籍・仏典—」『国文学』16—3、昭46・2）に言及がある。曽倉は、A〜Eの歌が他の八首と比較したときその中国文学からの影響は少ないことを論点においた。また影響が認められるとしても間接的なもので、旅人が中国的と意識して用いたかに疑問を提示した。そして中国文学等の直接的利用による①〜⑧の歌とA〜Eの歌との混在のありかたを「讃酒歌」を詠んだ時の旅人の「心がかなり微妙に複雑に揺れていた」ことに因ると結ぶ。中国文学等の利用について、当時の貴族間ですでに定着していた一般的知識としてあったものを考慮に入れるべきという指摘は注意されねばならない。全ての歌が意図的に典拠を求めながら作歌しているかどうかという問題である。これはまた旅人の一貫する歌群構成意識にも関わることである。山下清泉（「讃酒歌私論―大伴旅人の創作意識―」『成蹊国文』19、昭61・3）は、この二面性を山上憶良の作品との対応により成ったものと捉えている。憶良歌との関係については後述するが、構造をその踏襲による結果とし意図的配列とはみない点は清水説と等しい。だがA〜Eの歌の対応については、憶良歌との関わりだけでは理解できないところがある。

五味も前述したような構造を認めながらもそれは意図的ではないとする。そして具体的に、杯を手にした旅人が、「第一首目が一度、あと各組が一度づつといふやうに小休止を置いて」ポツリポツリと詠んでいったことにより自然と成り立ったものとする（前掲論文）。曽倉が旅人の心情の複雑さとするのもこのことを考慮しての指摘であろう。しかし、なお柱の歌と二首一組の調子の違いが交互に表出されるとすることには問題が残る。一三首はAの歌から順序よく詠まれていったものであろうか。胡（前掲論文）はそれを考慮に入れ、Aの歌が最後に一首付け加えたとする。このように一三首が全て同一基調の下での詠作とはみられないことは構造を論ずるうえで重要なことと思われる。近時、岩野圭子（「憂愁の詩人旅人―讃酒歌からの考察―その二・制作動機について」『国文目白』33、平6・1）は、まずA〜Eの歌が詠まれ、その後酔いが回るにつれて順次①〜⑧の歌八首が詠まれたとする。五味説をうけて、なお調子の異なる二様の歌作を具体的に考察している。

構造論諸説の多くは、その整然とした構造の指摘をもって旅人の構成意図の存在とみる。だがどこまでを意識的とみるかは、詠作過程の段階のどこにおいてみるかによって異なるものとなろう。旅人に全く歌群構成意識が働かなかったとは思われない。ただその意識が、この一三首の場合、有機的構造を意図したものでなく、羅列的なものであったのではないかと考えるのである。そのようなことから旅人の意図的構成を考えるとき、Aの歌から順に詠まれたとするよりも、つまり「柱」とされる五首と二首一組の歌を交互に詠んでいったとみるよりも、何首か詠んで後今ある形にしたとみる方が理解しやすいように思われる。旅人は他に巻三・四三八〜四四〇歌の「神亀五年戊申《ぼじん》、大宰帥大伴卿、故人を偲ひ恋ふる歌三首」では、死別数十日後の歌に、後年帰京の折りに二首加えて新たな作品世界へと展開する手法をとっている（拙稿「大伴旅人亡妻恋歌」『万葉集相聞の世界 恋ひて死ぬとも』雄山閣出版、平9）。あるいは巻五にみられる「追和」の歌々なども同様に考えることができる。これらは歌群構成が題詞・左注の有り様から知られるもので、その意図も明確である。それ以外にも例えば、伊藤博（「未逕奏上歌」『万葉集の歌人と作品 下』塙書房、昭50）は、巻三・三一五歌の旅人の吉野讃歌について、先の五味説をあげながら反歌がまず口をついて詠まれ、後に長歌が推敲を重ねて作られたとした。「讃酒歌」もそのような経過によって歌群としてまとめられたものと考える。即興的に詠まれた歌と、漢籍などの引用を意識しながら詠んだ歌とがそれぞれに作歌され後に交互に配置されたのではなかろうか。

4 「罷宴歌」における子の意味

宴を退くに際して山上憶良は「子」と「母」とを詠う。その「罷宴歌」に詠われた「泣く子」については先述したように問題が残る。だが、終宴の歌において憶良が家庭をもちだしたことの意味は、実子の有無によって理解される問題とは思われない。即興的に詠まれたとしても、ただ子煩悩ぶりをさらけだしたとか、自身の家族を詠むことに戯笑性をみることには疑問がある。そこに憶良なりの意図を考えることも必要なのではないか。

憶良は子に執した歌人といえる。この「罷宴歌」に限らず愛児を詠み、「子」と関わる作品を残している。個々の作品については森淳司に詳しい（「山上憶良と子等」『憶良　人と作品』笠間書院、平6）。そこで森は特に「三綱五教」の徳目から発するところにこれらの作品があるとする。「三綱五教」とは儒教的徳目として人が守るべき、君臣・父子・夫婦のそれぞれの間における秩序と、父の義、母の慈、兄の友、弟の恭、子の孝の五つの教えをいう。律令の条文にあり、憶良も「惑へる情を反さしむる歌」（八〇〇）の漢文序中に使用している。阪下圭八（「山上憶良における『子等』の問題」『文学』35―4、昭42・4）は、憶良が父子間の愛情を主題とすることの特異性を当時の社会的背景のなかで捉えた。万葉集中に家庭愛を詠うことが少ない理由を、単に当時の妻問いという婚姻形態などに止めるのではなく、母系制から父系制への転換、律令社会における家父長権の拡大という点に求めている。そのなかにあって憶良は、律令的権威を生活感情のなかに普遍的真実として主張したとする。憶良の子について現代的感覚にいう家庭愛などで解消されない社会性・精神性をみることには学ぶべき点が多い。

憶良の「子」をこのように捉えるとき、「罷宴歌」は単に諧謔歌としただけではおわらない。中西進（「罷宴の思想―山上憶良の罷宴歌について―」『文学』53―7、昭60・7）は、家庭を詠む意味を、中国文学にみられる隠逸の思想への関心によるとする。だが「公事における宴席から『帰』る意志」の表明とすることには疑問がある。「まかる」は単に退出する意ではない。他の用例では、「朝廷」を去る意（応神紀）であり、「大宮人」の行為（3・二五七）である。また采女（宮女）の死（2・二一八）の表現として用いられている。また中臣宅守《なかとみのやかもり》との別れ際、娘子が詠んだ歌（15・三七二五）にもある。これも単に「離れていく」の意ではない。配流による別離なのである。これらは私的な行為ではない。これは他動詞「まく」と対比すればいっそう明確で、この語は「大君のまけのまにま」と慣用的に使用されている。「まかる」とは官・公を離れることではなく、その延長上にある行為と思われる。中西が述べるように憶良に公事としての宴の意識はあろう。だがそこから離れるということではなく、その延長上に待っている家族を想定しているのが憶良である。それは官人として「遠の朝廷」に生活の全てを置いていることを意味している。天皇統治の下に等しくあることが「大君の遠の朝廷」における律令官人の自負でもある。

　中西は、憶良の「いざ子ども早く日本へ大伴の御津の浜松待ち恋ひぬらむ」（1・六三）をあげ、陶淵明「帰去来の辞」と同じく隠逸の志向態度とする。だがこの歌は遣唐少録という立場での作である。このような旅にあって家郷を思うことは、憶良に限るものではない。巻十五の遣新羅使人の歌々には憶良歌と同想のものが多い。律令制度の整備にともなって天皇による地方支配が官人によって代行される。そこには官人としての使命感も自負されたであろう。同時に、一方で新たに詠われるようになったのが家郷への思慕という歌題である。そこでは「家」と「旅」とが対比され、そのような「家」では「妹（妻・恋人）」が待つと詠われるのが一般的である。これらの歌に使命感の欠如をみてとれるが、その内容と官人としての職務とは別である。これらの望郷歌は公事を去ることを表明しているものではない。憶良は後に、遣唐使壮行に際し「勅旨《おほみこと》戴《いただ》き持ちて唐《もろこし》の遠き境に遣《つか》はされ罷りいませ」（5・八九四）と、その使命感を歌にしている。憶良自身も遣唐使としてそのような自負をもっていたのであろう。この態度は大宰府にあっても変わらずにあったと思われる。

　憶良は宴席を「まかる」ときに律令的権威に支えられて家族愛を詠んだ。それまで家郷思慕の対象として詠まれた「家」とは全く異なる世界である。漢詩文に学んだところもあったであろう。同時に、憶良にしてみれば、宴席での歌として親和性を志向するものでもあったはずである。けっして酒に抗して宴を去る意志表明とか自己主張をしたとは考えられない。ごく自然に詠まれたものと考える。宴の参加者もまた官人であり、その意を充分にくみ取ることができたのであろう。そうでなければ万葉集に残るはずはない。「遠の朝廷」である大宰府ならではの歌といえる。地縁血縁といったものとは離れた、地方における官人たちの新しい家族の姿がそこにはある。だがそれも理屈でしかない。官人としての自負とは裏腹に、自らを「旅」として「家」を想うこともまた官人意識なのである。それは「罷宴歌」直前の旅人の歌をみれば理解できよう。だが憶良には、そのような望郷歌は「敢へて私懐を布《の》ぶる」（5・八八〇

〜八八二）かたちでしか表出しないのである。

5　「讃酒歌」と「罷宴歌」の関わり

「讃酒歌」一三首を含め、三三八・小野老の歌から三五一・沙弥満誓の歌までの筑紫関係歌二四首について一括した雅宴の場が想定されている（伊藤博前掲書。伊丹末雄「咲く花の薫ふがごとく—藤花の宴から讃酒歌へ—」『美夫君志』28、昭59・3）。しかし、二四首全てを同一の宴席での歌とするにはなお問題がある。米内幹夫（「万葉集巻三雑歌部筑紫歌群の形成」『大伴旅人論』翰林書房、平5）は、題詞の用例検討などから細かい切り継ぎを指摘した。歌集編纂といった歌の記述過程を考慮に入れるとすれば同一の宴席とするには無理があろう。だが、「罷宴歌」と旅人とを全く無縁のものともできない。「罷宴歌」の唱われた酒宴に旅人が同席していたであろうことは異論のみられないところである。一回の宴席での歌々とするには題詞の問題が残るにしても、大宰府での幾度かの宴席を想定すれば、その折々の歌が一群となって巻三に残されたと考えられるから、両者は同質の場にあっての作といえよう。旅人の「讃酒歌」と憶良の「子」との関わりは、巻五「思子等歌」（八〇二、八〇三）にみてとれる。その反歌「銀《しろかね》も　金《くがね》も玉も　なにせむに　優れる宝　子に及かめやも」と「讃酒歌」⑤⑥とのあいだには、結句の類似と全体の構想が等しいことが指摘できる。また憶良歌がその序で「至極の大聖すらに、なほし子を愛したまふ心あり」とすることと、旅人①②の歌で「いにしへの大き聖」や「七の賢しき人」の飲酒の態度を讃美することが対照的である。このような指摘はさらに憶良のいわゆる嘉摩《かま》三部作（八〇〇〜八〇五）全体との関わりにまで展開をみる（山下清泉前掲論文など）。ここに憶良と旅人との関係性の一端がうかがえる。その両者の関係は早く高木市之助に多くの論（「二つの生」『吉野の鮎』岩波書店、昭16など）がある。高木はそれを旅人の「あそび」の世界と憶良の「なり」の世界との「反撥する関係」と捉えている。この関係性は、二人の作品のさまざまな点で論じられることとなる。井村哲夫（「憶良らの論」『憶良と虫麻呂』桜楓社、昭48）は、憶良が「情意的」な歌人であり、けっして旅人「讃酒歌」に歌われたような「賢しら」ではないとする。そして二人の関係を「同じ姿勢をとるもの同志のいわば〈せり合う〉関係」と捉えた。この関係性についてはは広く二人の作品を見渡す必要がある。今その余裕はないが、「罷宴歌」と「讃酒歌」とが二人の歌の交渉のなかで詠まれたことは重要である。土岐善麿（「旅人の讃酒歌について」早稲田大学『国文学研究』9・10、昭29・3）は、二人の関係を「一種ユーモアのうちに」捉え、ここで憶良は非難されているものではないとする。そして旅人が歌作を発意したとき「これまでの憶良の諸作がそれからそれへと記憶によび返され、かついずれも相当の秀歌であったから、それらを踏まえて、たちどころに連作中の数首を成し得た」とした。これは「讃酒歌」制作の過程を具体的に良く示している。第三節では、一三首のなかの数首が詠まれた後に今ある形に成ったであろうことを考えた。その最初の契機となったものが「罷宴歌」である。一三首全てを憶良との対比に置くことは難しいが、「讃酒」の意を「賢しら」の否定で成すことの発端には憶良が意識されていたのである。

旅人が「賢しら」に「酔ひ泣き」をもって抗する発想を得たということは、両者が比較できるところに置かれたということである。とすれば「賢しら」がいかなるものであっても、酒をとおしての評価が前提となろう。「賢しら」の語について第二節で問題としたのは「賢良方正」に対する意識であった。それがなぜ酒の世界で否定されることになるのか。中国文学に学んだ部分もあろうが、それだけでは対人的意識を前面に詠うこともなかったのではないか。そこで宴席の場において律令的発想を持ち込んだ、「罷宴歌」を直接の契機としておいてみたのである。だがそれは憶良当人が「賢しら」であったというのではない。「罷宴歌」は宴席歌として親和関係の強化を目したものであったはずである。それは第四節でみたように、家族を詠うことで、律令官人の情を以て宴を終える意図であった。その対比的な位置で詠われたのが「讃酒歌」である。おそらく何首かは宴席で披露されたものと考える。「讃酒歌」は憶良一人を標的としたものではない。憶良を契機としながらも、そこからさまざまに想い巡ったものが全て「私懐」の情の世界にまとめられた、「酔ひ泣き」の物言いなのである。旅人が事実酔っていたかは問題ではない。ちょうど憶良の「子」と同じように、旅人によって描かれた「酒」の世界がそこにある。さらにそれは、記載文学の「作品」として、歌を詠み足すことによって完成されることになったと考える。「賢良」における用字の問題もこのようなところで理解すべきであろう。「讃酒歌」については、当時の旅人身辺の状況との関わり、あるいは、結句に多用された「らし」の特異性についての問題を残した。これらも「酔ひ泣き」世界の表出と関わっている。

（加藤清・日本大学非常勤講師）

旅人の亡妻挽歌

A

神亀《じんき》五年戊辰《ぼじん》、大宰帥大伴卿《だざいのそちおほともきやう》、故人を思《しの》ひ恋ふる歌三首

愛《うつく》しき　人のまきてし　しきたへの　我が手枕《たまくら》を　まく人あらめや（3・四三八）

右の一首、別れ去《い》にて数旬を経て作る歌。

帰るべく　時はなりけり　都にて　誰《た》が手本《たもと》をか　我が枕かむ（3・四三九）

都なる　荒れたる家に　ひとり寝《ね》ば　旅にまさりて　苦しかるべし（3・四四〇）

右の二首、京《みやこ》に向かふ時に臨近《ちかづ》きて作る歌。

B

天平二年庚午《かうご》の冬十二月、大宰帥大伴卿、京に向かひて道に上る時に作る歌五首

我妹子《わぎもこ》が　見し鞆《とも》の浦の　むろの木は　常世にあれど　見し人そなき（3・四四六）

鞆の浦の　磯のむろの木　見むごとに　相見し妹《いも》は　忘らえめやも（3・四四七）

磯の上に　根延《ねば》ふむろの木　見し人を　いづらと問はば　語り告《つ》げむか（3・四四八）

右の三首、鞆の浦を過ぐる日に作る歌。

妹《いも》と来《こ》し　敏馬《みぬめ》の崎を　帰るさに　ひとりし見れば　涙ぐましも（3・四四九）

行くさには　二人我が見し　この崎を　ひとり過ぐれば　心悲しも〈一に云ふ、「見もさかず来ぬ」〉（3・四五〇）

右の二首、敏馬の崎を過ぐる日に作る歌。

C

故郷の家に還《かへ》り入りて、即ち作る歌三首

人もなき　空しき家は　草枕　旅にまさりて　苦しかりけり（3・四五一）

妹として　二人作りし　我が山斎《しま》は　木高《こだか》く繁く　なりにけるかも（3・四五二）

我妹子が　植ゑし梅の木　見るごとに　心むせつつ　涙《なみた》し流る（3・四五三）

1　旅人の妻の死

神亀五年（七二八）の夏に大宰帥大伴旅人の妻が死んだ。万葉集巻八、夏雑歌の部に、次のようにある。

式部大輔《しきぶのだいふ》石上堅魚朝臣《いそのかみのかつをあそみ》の歌一首

ほととぎす　来鳴きとよもす　卯《う》の花の　共にや来《こ》しと　問はましものを（8・一四七二）

右、神亀五年戊辰に、大宰帥大伴卿の妻大伴郎女《おほとものいらつめ》、病に遇ひて長逝す。ここに、勅使式部大輔石上朝臣堅魚を大宰府に遣はして、喪を弔はしめ并せて物を賜ふ。その事既に畢《をは》り、駅使と府の諸の卿大夫等と、共に記夷城《きいのき》に登りて望遊する日に、乃《すなは》ちこの歌を作る。

左注によれば、神亀五年に大宰帥大伴旅人卿の妻大伴郎女が病没したという。弔問の勅使として式部大輔石上堅魚が大宰府に遣わされた。それが夏、ほととぎすが鳴き、卯の花が咲くころだった。

大伴旅人自作の亡き妻を偲び恋うる歌が、冒頭の四三八歌である。その左注に「別れ去にて数旬を経て作る」とある。妻身まかって数十日、一か月後くらいの作であろうか。神亀五年五月か六月の作であろうか。

巻五巻頭に次の歌がある。

大宰帥大伴卿、凶問に報ふる歌一首

禍故《くわこ》重畳《ちょうでふ》し、凶問《きょうもん》累集《るいじふ》す。永《ひたふる》に崩心の悲しびを懐《むだ》き、独《もはら》断腸の涙を流す。ただし、両君の大助に依りて、傾《かたぶ》ける命をわづかに継げらくのみ。筆《ふみて》の言《こと》を尽くさぬは、古《いにしへ》に今にも嘆くところなり。

世の中は　空しきものと　知る時し　いよよますます　悲しかりけり（5・七九三）

神亀五年六月二十三日

この悲しみの歌を詠ませた「重畳する禍故」「累集する凶問」の中心に、妻の死があったことは疑いない。この歌は「神亀五年六月二十三日」とある。夏の終り近いころである。この一首が、旅人の作歌年時の明らかな、大宰府での最も早い作であるが、本稿冒頭の四三八歌こそ、その最初作歌であろう。

2　青木生子「亡妻挽歌の系譜」

昭和四十六年一月、『言語と文芸』七四号に発表された青木生子「亡妻挽歌の系譜—その創作的虚構性—」（『万葉挽歌論』塙書房、昭59）は、旅人の亡妻挽歌を柿本人麻呂歌集の亡妻挽歌との関連にまで着目し、人麻呂以来の亡妻挽歌の系譜に位置付けた最初の論文である。

たとえば土屋文明が、旅人亡妻挽歌A群の四四〇歌について、その『私注』に、

言葉が極めて自然なのが第一に心を引く。此の歌の如きは当時の作歌の常套手段一つを用ゐるでもなく、言はば平談俗語に近い表現ではないかと思はれる。作を支持して居るものは、全く作者の生活だけであることが知れる。旅人がかうした歌境を開いたのは、勿論意識した工夫ではなく、彼の人柄の自然のあらはれであつたらう。

と述べているのが、当時の大方の認めるところだが、青木生子は「旅人の生活や人間がそのまま出ていて真情のひびいている歌であるからといって、そこに全く他人の影響や作意を否定せねばならぬ理由もない」と論じ、第一首四三八歌こそは正真正銘の亡妻挽歌で、旅人が直接に愛妻の死を悼んで旅人にしてはめずらしくなまなましい歌で、旅人

の六十四歳の老齢を忘れしむるような作と言われるものが確かにあると言う。

しかしそれでも、この第一首に、山上憶良の六十九歳にして「かのみずみずしい日本挽歌が作られていたことを想起する」と言い、ここに何ら関連がないと言い切れるだろうかと問う。

これを第一首に置く「故人を思ひ恋ふる歌三首」中、あとの二首は大納言に昇進して上京の近づいた天平二年の作と思われるが、その「誰が手本をか我が枕かむ」（四三九）、「荒れたる家にひとり寝ば」（四四〇）と閨中の孤情を歌ったのは第一首（四三八）のヴァリエーションであることは確かで、この主題を亡妻挽歌の一般普遍的なものとみなしてしまう前に、山上憶良の「日本挽歌」の第一反歌、

家に行きて　いかにかあがせむ　枕付く　妻屋さぶしく　思ほゆべしも（5・七九五）

の影響が考えられないだろうかと言う。「我が手枕をまく人あらめや」と求める第一首に続いて二首まで添えて歌群としたその発想の根底には、憶良の影響もあながち無視できないと考えるのである。

そうすると、この後の旅人の「行くさには二人我が見し」（四五〇）、「妹として二人作りし」（四五二）にも、憶良作の「にほ鳥の　二人並び居　語らひし」（七九四）からの受容が考えられなくもない。そしてその憶良の「日本挽歌」（七九四、七九五）は柿本人麻呂作を踏襲したものであったから、旅人は憶良を通してか、あるいは憶良とともに、人麻呂作を何らか受容していることになる。

旅人亡妻挽歌第二群の第一首、

我妹子が　見し鞆の浦の　むろの木は　常世にあれど　見し人そなき（3・四四六）

は、人麻呂の亡妻挽歌、

去年《こぞ》見てし　秋の月夜《つくよ》は　照らせども　相見し妹は　いや年離《さか》る（2・二一一）

の発想を、憶良よりもはっきり和歌に定着させたものとみるのである。

これを青木は、「人麻呂作風の奥にあった愛惜の詠嘆を意識的に把握してきた」とし、旅人は憶良と同様に人麻呂流風を受け継ぐものであって、その流れを憶良以上に汲み取ったかと考えられることを指摘し、人麻呂歌集の亡妻挽歌との関連に言及する。

旅人の「敏馬の崎を過ぐる日」の作、

妹と来し　敏馬の崎を　帰るさに　ひとりし見れば　涙ぐましも（5・四四九）

行くさには　二人我が見し　この崎を　ひとり過ぐれば　心悲しも（5・四五〇）

は、人麻呂歌集の、

黄葉《もみちば》の　過ぎにし子らと　携《たづさ》はり　遊びし磯を　見れば悲しも（9・一七九六）

いにしへに　妹と我が見し　ぬばたまの　黒牛潟《くろうしがた》を　見ればさぶしも（9・一七九八）

と、発想、表現において全く無縁なものとは考えられないというのである。

旅人のおのずからなる心情の流露と見られがちなこの亡妻挽歌も、このように種々の影響を辿ることができると言う。

それは、亡妻をテーマに折に触れ、ものに臨んで作り出して来たもので、直接の体験感情は自己の内で濾過され、連続的に内蔵され、心境化されて表現を得るに至ったものである。そこには旅人の創作意図が十分に働いていると見ようとする。

その証左の一つがこの作における連作的性格である。「鞆の浦を過ぐる日に作る」三首（四四六～四四八）はかつて伊藤左千夫が万葉集における「唯一の連作」だと指摘したものであるが、青木は「故郷の家に還り入りて」の三首（四五一～四五三）も、それに優るとも劣らぬ例だとして、第一首（四五一）でまず家に入ったとたんの家全体の空しさ、第二首（四五二）で妻との記憶も深い庭の木立の様子、第三首（四五三）でその中でも格別故人の植えた梅の樹、というように「次第に推移ししぼられていく観点（景）と連鎖の妙をもって、亡妻悲傷（情）の漸進的昂まりが見事に歌い収められている」と論じた。

これは夙に五味智英『古代和歌』（至文堂、昭26）にその三首を論じて、「家、庭、一本の木と焦点を絞って、をはりに感情の最高潮を持つて来た連作である」とある。

青木はここから、伊藤左千夫が「鞆の浦のむろの木」三首を連作などという考えを毛頭持たずに偶然に成ったものだとする見方は賛成できないとして、これらは亡妻の嘆きを一貫させつつ、京に向かい旅立ち（鞆の浦三首、敏馬の崎二首）、そして佐保の家に帰りついた（三首）までの時間的経過のもとに連続せしめた八首の連作として記載されているのだと述べ、その前の「故人を思ひ恋ふる歌三首」も当然ここに直結されてよいとする。

旅人の亡妻挽歌は、亡妻を主題に私小説的世界を構成面において意図し、旅人なりに文学的創作的表現を志したものと考えられるのである。

3　伊藤博「旅人文学の帰結」

昭和四十七年七月、『専修国文』一一号に、伊藤博「旅人文学の帰結—亡妻挽歌の論」が発表され、改稿して上代文学会編『万葉集—人間・歴史・風土—』（笠間書院、昭48）に収められ、『万葉集の歌人と作品　下』（塙書房、昭50）の第八章「天平の貴族文学」の第三節として「旅人の亡妻挽歌」と題されている。

伊藤は前項青木生子の論を承けて、旅人亡妻挽歌全一一首（ABC群）を統一したテーマによる文学的虚構だと論じた。その論の根拠が「歌群の連作性」である。

まずA群、「故人を思ひ恋ふる」三首（四三八～四四〇）は、左注に記す歌詠の時期は異なるが、「枕《ま》く」ということ、言い換えれば、〝一人寝の悲嘆〟という点で一団をなし、作品的に同一次元に立脚することが明らかだとして、「創作期は別個であっても内面的には三首で一体をなす連作である」と言う。

その第一首四三八歌は、いかにも最初の歌らしく、妻亡き将来を、「我が手枕をまく人あらめや」というように漠然と嘆じて大まかであり、続く四三九、四四〇歌は、焦点を故郷における空間に注ぎ、「まく人あらめや」(四三八)の具体化を果すと同時に、その二首においても、「都にて」(四三九)から「都なる荒れたる家」(四四〇)へ、「誰が手本をか我が枕かむ」(四三九)から「旅にまさりて苦しかるべし」(四四〇)への変化の中に、景と情の連鎖の叙述において、具体性に関する求心的なしぼりの図があるというのである。

次にB群の五首(四四六〜四五〇)は、往路に妻と共に見た「もの」を、帰路には妻なしに一人で「見る」ことを嘆くという点で一貫しており、見ることの嘆きにおいて孤愁に耽る歌の集団であるとする。そして鞆の浦の三首(四四六〜四四八)は三首で、敏馬の崎の二首(四四九、四五〇)は二首で、それぞれまとまりがあり、鞆の浦の三首の結句の流れは、「見し人そなき」(四四六)──→「忘らえめやも」(四四七)──→「語り告げむか」(四四八)と、故人を追慕する人間の心情としてさもあるべき流れを素直に示しており、その三首の景物「むろの木」の表現に、第一首は冒頭歌らしく「むろの木」が「我妹子の見し鞆の浦」のものであることを歌って大柄で、第二首は「鞆の浦の磯」にあることを歌い、第三首はその「磯」を承けて、磯の上に「根延ふむろの木」であると、同一の対象を求心的にしぼりながら、それに応じて心情を推移させてゆくまさに典型的な連作であると言う。

次の敏馬の崎の二首も同様で、これを同じような歌のくりかえしと見るべきでなく、四四九歌は敏馬の崎に辿りついてそれを眼前にした瞬間の悲嘆であり、四五〇歌は敏馬の崎を後に振り切らねばならぬ時の悲嘆であり、その相違が生理的な「涙ぐましも」(四四九)と情緒的な「心悲しも」(四五〇)の違いとなって現われたのだと論じた。

最後のC群の三首(四五一〜四五三)は、故郷の家をめぐっての慕情という点で素材が一貫していることを述べ、その素材にかかわる情の流れは、故郷の家に辿り着いて己れをしめつける家全体の空虚感にうめくところ(四五一)から、やがて眼を転じて二人して作った山斎の荒れ果てていることへの悲しみ（四五二）、そしてその山斎の中で特に思い出のこもる妻の手植えの梅の木を見るたびに妻が偲ばれる（四五三）と、AB群とまったく一致した構成をたどりながら、しかも最も卓越した景・情連鎖のしぼりの景があることを指摘する。

以上、ABC群のそれぞれが同一趣向を持つ小さな連作として構成され、妙味ある推移を持つことを論じた。そしてさらに、ABC群全体の相において重視すべきこととして、ABCのそれぞれの小さな連作が互いにかかわりあって、全一一首に総合的な連作の美をもたらしていると言う。

C群の最初の歌、

人もなき　空しき家は　草枕　旅にまさりて　苦しかりけり（5・四五一）

は、言うまでもなく、A群の最後の歌、

都なる　荒れたる家に　ひとり寝ば　旅にまさりて　苦しかるべし（5・四四〇）

に直接応じたものであるとする。そしてこの四四〇歌と四五一歌とが呼応するということは、すなわち、それぞれがかかわって一団をなすA群とC群との全体が互いに響き合うということだと言う、これはいささか飛躍である。

ここから伊藤は、旅人亡妻挽歌一一首が、その部分においてもその全体においても、旅人自身によって企図されたところの連作であると断定する。そしてABC群はそれぞれ小連作を同一趣向のもとに構成し、全体が異郷（旅先＝筑紫）──→道上──→故郷（家＝奈良）という時間的、空間的な組織の中に、亡妻悲傷を通しての孤愁というテーマを追って統一されていると言う。

故人との思い出の地を通過する道上のB群五首は、異郷（旅先＝筑紫）の歌であるA群の最後に「旅にまさりて苦しかるべし」（四四〇）と言い、故郷（家＝奈良）の歌であるC群の最初に「旅にまさりて苦しかりけり」（四五一）と言っているのは、その五首が意識されているのであって、「ACの呼応が精彩を放つのも、中にBの五首が立ちはだかって、時間的、空間的にACをつきはなしているからにほかならない」と位置づけられている。

4　伊藤博の一一首連作説

伊藤の前記論文に残された問題は、その旅人亡妻挽歌全一一首が現存万葉集において一括して収録されていないことである。A群とBC群とに分割されていて、その間に他人の長短歌が合計五首（四四一〜四四五）介在しているのである。その分割されたものを一括し、連続させて、全体を連作と認めることは出来るのか。

伊藤の解答は、「旅人の亡妻挽歌一一首は、旅人の手許では組織的な一団をなしていたのだが、万葉集に収録されるにあたって、現存の形態に化してしまったのだと考えられる」というものである。

その旅人の一一首を抜き出して、その題詞と左注を原文のまま列記すると次のようになる（歌は歌番号のみ、歌は省略する）。

A　神亀五年戊辰大宰帥大伴卿思恋故人歌三首

四三八………

右一首別去而経数旬作歌

四三九………

四四〇………

右二首臨近向京之時作歌

B　天平二年庚午冬十二月大宰帥大伴卿向京上道之時作歌五首

四四六………

四四七………

四四八………
　右三首過鞆浦日作歌
四四九………
四五〇………
　右二首過敏馬埼日作歌
C　還入故郷家即作歌三首
四五一………
四五二………
四五三………

右において、ＡＢの題詞の傍線部は大伴旅人の書いたものでなく、編者の染筆とする。「大宰帥大伴卿」は言うまでもなく、Ａの題詞の「神亀五年戊辰」とＢの題詞の「天平二年庚午冬十二月」は、Ａに月名なくＢにそれがあるという不統一は旅人が書いたものならばありにくいことだろうというのである。

巻三の「挽歌」の部は四一五歌から始まって四三三歌まで全く年紀を欠き、旅人のＡ群の直前の四三四〜四三七歌群から急に年紀を持つようになり、後人の追補かと疑われる巻末歌（四八一〜四八三）の直前まで変わらない。旅人の歌群には年紀はなかったものを、編者が書き加えたのだろうというのである。

こうして確実に編者の書き入れと見られる部分を除くと、旅人のＡＢＣの題詞がまったく同一の型になり、ＡＢ群に付された左注もまたまったく同一の形式になって、全体がきわめて整然としてくることを指摘し、このことが、この残されたすべてが旅人の染筆であったことを証するのではないかと言い、Ａの題詞の中に「故人」ということばが使われていることも、旅人でなくては書けない表現だと言う。

「故人」とは、その実像が何であるか、旅人にしか分らない言い方である。歌を読めば亡妻であることがおのずから知られるが、それを編者が書くとしたら、かならずや「亡妻」「死妻」などの語が選ばれただろう。「故人」と書いたのは旅人本人に違いないと言う。

また、A群の中の左注の一つ「右二首臨近向京之時作歌」とB群の題詞「向京上道之時作歌五首」とは、形式・内容ともに深くつながるところから、左注も旅人の書いたものであると言う。

さて問題のA群である。A群の題詞には「神亀五年戊辰云々」とある。第一首四三八歌はそれに対応して矛盾がない。ところが四三九、四四〇歌の二首は、左注に「右二首臨近向京之時作歌」とあって、それは天平二年のことである。つまりA群は、神亀五年の歌一首と天平二年の歌二首とが、「神亀五年戊辰」の題によってまとめられていることになる。この珍現象がなぜ生じたか、先学は一様に苦しみ、さまざまな回答を出しているのだが、土屋文明は『私注』に次のように言う。

下の左注に依るに、上京の日に近づいた時の作であるといふから、天平二年十月乃至十二月の作であらう。妻の死後二年半ばかり後のことになる筈である。作者は妻を失つて間のない時の前作を心に持つて居て、製作の心理としては前作に引続くものとして作つたのであらう。其の二年半の間に入るべき作を後まはしにして、此の作を前作に並べて此所に戴せたのは編輯者の裁量によるのか、資料の関係によるのか分らないが、多分は思恋故人歌三首とあつた資料に編者が神亀五年を補つたものかも知れない。それは如何にもあれ、結果から云へば極めて自然な編次であつた。

伊藤博はこう考える。この一一首は旅人によってまとめられていた。そのうち、A群は「思恋故人歌三首」という題詞によって、すでに旅人によって一体のものとされていた。内容も一続きのものとして密着していたから、編者は四三八歌と四三九〜四四〇歌とを切ろうにも切れまい。やむをえず、三首を「神亀五年戊辰云々」のもとにくくってしまったのだと考える。先述のように、巻三の「挽歌」はA群の直前の四三四〜四三七歌から急に年紀を持つ形で統一されているのである。この年紀記載の姿勢を押し通そうとし、かつ一方において、資料の「思恋故人歌三首」の結果を尊重するということになれば、編者としては、現存万葉集のこの形式を採用するよりほかすべはなかっただろうと言う。

伊藤はさらに「逆にいえば、このように考えることによって古来の難問が簡単に解けるということは、旅人の手許においては、ＡＢＣが先刻指摘した整然とした形態をもってまとめられていたことを、保証するといえよう」と述べている。

この旅人の一一首は、継起する時間と空間のもとに、秩序をもって位置づけられ、首尾照応する組織の中に愛と孤愁のテーマを一貫して押し立てているばかりでなく、そこには、完備された題詞と左注とが、旅人自身によって整然とつけられていたということになる。つまり一一首が、旅人その人において、構想的にまとめられたところの「作品」であり、「創作」であったというのである。

一一首はあきらかに、旅人の文学的な虚構であると言う。

5　村瀬憲夫の神亀五年上京説

昭和四十八年三月、『名古屋大学文学部研究論集』二〇号に、村瀬憲夫「『日本挽歌』試考」がある。この論文は、旅人の「亡妻挽歌」と憶良の「日本挽歌」（5・七九四〜七九九）には発想の類似、表現の類似があることを検証し、そこから「日本挽歌」が「亡妻挽歌」を意識して作られたものであることを説いている。村瀬は「亡妻挽歌」A群の題詞に着目して、この題詞をそのまま信用するならば、神亀五年、妻が亡くなったその年に、旅人は都へ帰っていたことになるというのである。

巻三の題詞と、巻三編者の見識をもう少し信用して、ここは、題詞のままに理解したらよいと思う。とすると、
旅人は神亀五年に、一旦奈良の家に帰ったことになるのである。
と言う。
旅人は大伴氏の棟梁であるから、その棟梁の正妻の死に際して、遠く筑紫の赴任地での葬式をすませただけで、事が片付いたとは思われないと考えるのである。旅人は赴任地での葬式、供養をすませたのち、奈良へ一旦帰って、大伴氏一族としての事の処理に当たったのだろうと言う。その帰る時の歌が、

帰るべく　時はなりけり　都にて　誰が手本をか　我が枕かむ（3・四三九）
都なる　荒れたる家に　ひとり寝ば　旅にまさりて　苦しかるべし（3・四四〇）

の二首である。そしてその旅人の帰京に際して、憶良がたてまつったのが、あの「日本挽歌」であっただろうというのである。

伊藤の一一首連作論に対して、村瀬は、
旅人の創作意図によって、意識的に構築された「作品」であったかどうかには疑問を持つ。配列の結果、見事な連作となる作品とてある筈だし、その時その時に、前によんだ歌を頭におきつつ、現実をリアルに描いていけば、自然と連作になる場合とてある筈だと思う。四四〇と四五一の呼応にしても、四四〇の歌が常に頭にあったなら、ことさら構想を云々しなくても自然に四五一が生まれてきた筈である。

と述べている。

伊藤・村瀬両論を承けて、昭和五十四年十二月、米内幹夫は「亡妻挽歌の性格」（『万葉研究』4）を発表し、一一首を連作とする伊藤説を一応は肯んじ、諾いながら、村瀬の発言を支持し、「十一首の三つの部分がそれぞれ小連作を作成していることは否定しないが、これを全体としてみる時」、つまり十一首一連の「作品」とみる作品論にとっ

て、語句や歌の構成の類似は、これが旅人である限りにおいて有効ではないと論じ、旅人の歌には、別の機会に詠んだ作品、異なった環境のもとで詠んだ作品であるにもかかわらず、語句や構成の類似するものがきわめて多いことから、同じ発想、同じ類型による作品であっても、一連の作品として対応があるとは見ないのである。

しかし村瀬の神亀五年上京説は、今更言うまでもないことながら、その歌の「帰るべく時はなりけり」（四三九）の、帰る日を待ちに待って、今その時が来たという感慨も、まだ奈良の家を離れて一年を経ていないと思われるのに「都なる荒れたる家」という表現も、この上京にふさわしくないし、二首に共通する一人寝のわびしさは、妻の死からまだ時を経ていないところでは納得できない。それは第一首（四三八）の「わが手枕をまく人あらめや」の嘆きとは異なることを知るべきである。

6　遠藤宏の伊藤説検討

昭和五十三年三月刊行の『万葉集を学ぶ　第三集』（有斐閣）に、遠藤宏が「大伴旅人亡妻挽歌」の項を担当した。遠藤は伊藤博の論に対して、そのＡＢＣ各組の構造に関しておおむね肯定できるとするが、「連作」の規定に疑問を持つ。伊藤博の規定は「一つの主題を有機的、組織的な配列の中に押し立てた歌の集団という意味である」とし、伊藤左千夫の連作論のＢの三首が万葉集における「唯一の連作」という現実は「極端」だとして、一一首を全体としても連作だとするのだが、遠藤は、ＡＢ群がそれぞれ左注によって分割され、Ａ群は時間、Ｂ群は空間の点でそれぞれの作歌状況が違うという形になっていると述べ、「連作」の定義に、作歌の時や場所が同一かそれに近いという条件は除外したくないと言う。その通りだろう。

しかし遠藤は、Ａ群の場合、第一首は『神亀五年』とか『天平二年』とかに左右される読み」を「いっさい拒否するところで」この亡妻歌が成り立っているという伊藤博の見方に従って、Ａ群を連作と認めることは可能であると言う。伊藤博は、旅人が構えた本来の形態が、年紀をいっさい持たず、題詞や左注に漠然とした時の経過しか示していないことも、旅人のその創作意図と無縁ではないとして、遠藤の指摘する発言がある。

その伊藤の発言は、続いて、「もっといえば、『別去而経数旬』（四三八）が神亀五年のいつのことか、『臨近向京之時』（四三九～四四〇）が天平二年の暮のことであろうとかないとか、さらに『過鞆浦日』と『過敏馬埼日』とが等しく天平二年の歌であっても、その間に何日の距たりがあるだろうとかいった物理的な現象の詮索にとらわれる読みをいっさい拒否するところで、旅人が構えた一一首は成り立っているのである」とあるのだが、四三八歌の左注「別れ去にて数旬を経て作る歌」と四四〇歌の左注「京に向かふ時に臨近《ちか》づきて作る歌」は年紀は記していないが、作歌の時とその状況の全く異なることを明記していて、「神亀五年」とか「天平二年」とかに左右される読みを一切拒否するところで一一首は成り立っているとは言えないのである。遠藤が伊藤説に従って、「Aを連作と認めることは可能である」と言うが、それは認めがたい。

Bの場合も、遠藤は、前半と後半の作歌場所の違いはほぼ同一と見做すことも可能であると言う。一つの旅の道中ということであろうが、備前国鞆の浦と摂津国敏馬の崎とを同一とは見做しがたい。天ざかる鄙の地と畿内である。

遠藤は、「それを認めたとしても、前半と後半の連関はテーマ以外には明らかでない」と言い、伊藤の論にはその点についての指摘はないが、次のように考えることもできるだろうとして、第一首（四四六）には心情表現のことばが用いられていないので、この歌は旅中であることの状況説明、状況設定をしたものと見、第二首（四四七）はそれを受けて心情を直接的に「忘らえめやも」と叙し、第三首（四四八）はその「忘らえめやも」の具体的な動作を示したものと見る。そして、作歌場所を移した後半は前半のように三首でなく二首である、この歌数の差は、状況設定の役割を持つと見た第一首の役割が前半だけでなく後半にも及ぶものとは見られないかと言う。とすれば、B群の前半と後半はテーマの一貫性以外にも連関性を有するということになるだろう。遠藤は、「連作」の定義に固執する必要はなく、テーマの一貫性をB群に認めることができれば、伊藤説は成り立つだろうと言うのである。

C群の連作については問題はなく、多くの注釈書・論考がそれを認めているし、細部についても青木生子の論で十分である。青木以前に五味智英の『古代和歌』の発言があることは先述した。

ABC群全体一一首の構成については、伊藤博の「ABCは、それぞれ、小連作を同一趣向のもとに構成し、全体が異郷（旅先＝筑紫）→道上→故郷（家＝奈良）という時間的、空間的な組織の中に、亡妻悲傷を通しての孤愁というテーマを追って統一されている」という構図の発見は見事だと評価する。しかし、B群の位置づけに関してはもう一つ直ちに同調することをためらわせる面があると言う。伊藤の論はB群（道上の歌）を「旅」の範疇から除いているようだと言い、それは、伊藤の「家と旅―万葉歌の一つの方法」（『万葉集の表現と方法　上』塙書房、昭53、初出昭48）に「道中の歌を中に置いて異郷の歌と故郷とを対置させた構成がとりもなおさず『家』と『旅』との対比の手法を意図的に踏まえる構造である」との発言に明確化されていると言う。

遠藤は、B群は単にA群とC群を時間的、空間的に連結するのが役割でもなく、伊藤の言う「時間的、空間的にACをつきはなしている」のが役割でもないとして、四四〇、四五一歌の「旅」を伊藤がそれでは不充分だと言う「道中を含めた大宰府のすまい（『注釈』による）」こそが正しいと言う。四四〇歌の「旅にまさりて苦しかるべし」の「旅」は、筑紫での一人寝の生活であると同時に、道中での孤独な旅寝の生活を含んでいると見るのである。そして四四〇歌の「苦しかるべし」という「恐れ」（益田勝実「鄙に放たれた貴族」『火山列島の思想』筑摩書房、昭43）を受けてB群が歌われていると言う。B群によってその恐れは深まるのである。次のC群の第一首四五一歌の「旅にまさりて苦しかりけり」は、筑紫と道中での苦しさという二重の重みを受け止めることになると言う。B群の存在によってC群第一首の孤愁の度合いは倍加される。遠藤は、B群の位置づけをそのように考える。そしてC群の第二、三首は第一首を引き継いで、亡妻悲傷の情を高め、最終歌で最高潮へと持ってゆく手法、最終歌に向けてすべてを集結させてゆく手法には、例えば人麻呂の安騎野遊猟歌《あきののゆうりょうか》（１・四五〜四九）を想起させるものがあると言う。

伊藤博の一一首連作説について、旅人の手許にあった時の原題詞も左注も「まったく同一の型になり」、「まったく同一の形式にな」るとする点に、遠藤は、BC群の題詞が歌作の時点を示しているのに対して、A群の題詞は歌作の事情を示しているという疑問を呈し、次の三つの解釈の可能性を示した。

⑴　一一首は旅人によって一括されていたが題詞は全て付されていなかった。現題詞は編者の付したものである。

⑵　Aの「思恋故人歌」という表題はAに対してのみでなくBCの八首にも通用可能であるところから、Aの「原題詞」は存在したがBCの題詞はなかった。編者が左注に準じて付したものである。

⑶　Cの題詞には「同大伴卿」がほしいところで、いささか唐突の感のする題詞であり（左注であってもおかしくない）、また題詞の形式面からしても、BCはまとまっていた。別にAが存在した。そのような状態で旅人の手許にまとめられていた。

7　旅人の亡妻挽歌の位置づけ

亡妻挽歌の系譜を論じた青木生子は、亡妻挽歌の源流として、記紀歌謡から特に、孝徳紀に収載された中大兄皇子の妃造媛《みやつこひめ》の死に際し、野中川原史満《のなかのかわらのふひとまろ》が奉った二首をあげ、この中大兄の心になり代ってのいわゆる代作歌は、作者満《まろ》にとって亡妻をテーマにした文学的創作歌で少なからずあったはずであり、中大兄が「善きかも、悲しきかも」と感嘆したのには、これを自身の全き心とする一方に、作品から受ける感動もまた少なからずあったはずであって、ここに亡妻挽歌の創作と鑑賞、享受の在り方を潜めていると論じた。これに後の旅人によせる憶良の「日本挽歌」の作歌態度につながるものがあり、また献呈挽歌様式として人麻呂の宮廷挽歌、ひいては亡妻挽歌との関連にも考え及ばせるものがあると言う。

人麻呂の亡妻挽歌「泣血哀慟歌二首」（2・二〇七〜二一二）は、人麻呂が選びとった「妻の死」という主題の文学的創作であった。そしてそれは石見の妻との別離歌（2・一三一〜一三七）とともに、人麻呂の愛の精神構造から生れるべくして生れた作品だと言う。人麻呂にとって、妻の死こそ全力を以て歌わねばならぬ主題だったのである。

続いて憶良の「日本挽歌」（5・七九四〜七九九）はその前に置かれている「報凶問歌」（5・七九三）に応じて作られたが、憶良が強く意識し挑んだものは、人麻呂の「泣血哀慟歌」だったと言う。「日本挽歌」の詞句や発想の上で人麻呂の亡妻挽歌を学んだと考えられる点が多い。「日本挽歌」は人麻呂挽歌の伝統を憶良なりにしかも正統に継承した第一作であり、更には人麻呂を遡って、かの野中川原史満の献呈代作の亡妻歌「山川に　鴛鴦《をし》二つ居て　偶《たぐひ》よく偶へる妹を　誰か率《ゐ》にけむ」（紀一一三）とむしろ類似の結句、

…にほ鳥の　ふたり並び居　語らひし　心背きて　家離《さか》りいます（5・七九四）

と歌っているなど、長い伝統の意識的な継承がここにあったと述べている。

旅人の亡妻挽歌は、この自らの歌が作り出した憶良の「日本挽歌」との関連や影響の中に、憶良と同様に人麻呂流風を受けつぎ、人麻呂歌集の亡妻挽歌との関連も見られることなど、第二項に記した通りである。

青木生子は、これが天平十一年の家持の「悲傷亡妾作歌」一三首（3・四六二〜四七四歌、うち書持《ふみもち》歌一首）に意識され、人麻呂・憶良・旅人・家持の共通して歌った亡妻挽歌が一つの抒情の系譜として、ついには源氏物語の「あはれ」への流れに及ぶ見通しを示した。

伊藤博は、青木の論を高く評価し、旅人の亡妻挽歌一一首を即興歌の羅列ではない、構想的な創作としておさえた場合に看取される亡妻挽歌の系譜論、文学史論は、青木の論で尽されていると言う。

伊藤はまた、「彬彬の盛―万葉集の骨気と詞彩―」（『鑑賞日本古典文学　万葉集』角川書店、昭51）に、「家」と「旅」との対比の上で亡き人を哀傷するという伝統の方法に立脚しつつ亡妻悲傷を奏でる山上憶良の「日本挽歌」に対応し、そ

の続編を形成すると言う。この旅人の亡妻挽歌一一首は、あたかも憶良の「貧窮問答歌」のように、筑紫時代を総括した都の作として、旅人文学の帰結であると位置づけた。

憶良の「日本挽歌」の続編とは、それが旅人の妻の死をテーマとする歌であるとして、

　妹が見し　楝《あふち》の花は　散りぬべし　わが泣く涙　いまだ干なくに（5・七九八）
　大野山　霧立ち渡る　わが嘆く　息嘯《おきそ》の風に　霧立ち渡る（5・七九九）

に続く、「旅」から「家」までの亡妻悲傷の歌だというのだろうか。

遠藤宏は、青木・伊藤両論に対して、A群の六十四歳の旅人が詠出したなまなましい「閨中の孤情」（青木）は老いた旅人の幻想であると同時に、彼にとっては単なる亡妻挽歌の伝統の影響ではなく、文学的真実であって、そこに伝統を見ることは正しいが、さらに虚構性を見ることも必要と考える。そしてB群の場合も、青木が述べているように、野中川原史満から人麻呂・憶良と継承されてきた亡妻挽歌の伝統の存在を見ることができると言う。しかし、C群の場合は少しく異なるのである。

C群の第一首（四五一）は五味保義『万葉集作家の系列』（弘文堂、昭27）に人麻呂の「家に来て我が屋を見れば」（2・二一六）と同じ感じ方と指摘しているのだが、旅人の歌にはない「玉床の外《よそ》に向きけり妹が木枕」（2・二一六）という閨房の描写があり、第二首（四五二）の「妹として二人作りし」にしても、人麻呂の「二人我が寝し」（2・二一〇、二一三）とは前と同様の相違があるとして、C群の三首には亡妻挽歌の継承がないわけではないが、空閨という伝統的発想を超えた次元の「愛」が描き出されていると言う。つまり、AB群における伝統の直接的継承を経て、C群に至って旅人独自の世界が現出されていると考えられよう。A群に見る虚構性をも含めて、旅人の亡妻挽歌一一首はまさしく旅人その人の作品となり得ているというのである。

（小野寛・駒沢大学教授）

巻四の旅人関係歌

大宰帥大伴卿《だざいのそちおほともきやう》、大弐《だいに》丹比県守《たぢひのあがたもり》卿の民部卿《みんぶのきやう》に遷任《せんにん》するに贈る歌一首

君がため　醸《か》みし待《ま》ち酒《さけ》　安《やす》の野に　ひとりや飲まむ　友なしにして（4・五五五）

大納言《だいなふごん》大伴卿の和《こた》ふる歌二首

ここにありて　筑紫《つくし》やいづち　白雲の　たなびく山の　方にしあるらし（4・五七四）

草香《くさか》江《え》の　入江にあさる　葦鶴《あしたづ》の　あなたづたづし　友なしにして（4・五七五）

大納言大伴卿、新《あらた》しき袍《ほう》を摂津大夫《つのくにのかみ》高安王《たかやすのおほきみ》に贈る歌一首

我《あ》が衣　人にな着せそ　網引《あびき》する　難波をとこの　手には触るとも（4・五七七）

1　五五五歌の成立事情

巻四相聞の歌は、その制作時期を明らかにしないものが多いが、この歌には、丹比県守が民部卿に遷任する際に贈る歌という題詞が存在し、これにより歌の制作時期が推定されている。ところが、県守が民部卿に任ぜられた年というのが明らかではなく、続日本紀には、県守について次のように記されている。

天平元年（七二九）二月十一日（正確には神亀六年であり、八月五日に天平と改元）

大宰大弐正四位上多治比真人県守……を権《かり》に参議とす。

同年三月四日

天皇、大極殿《だいごくでん》に御《おは》しまして、正四位上石川朝臣石足《いはたり》・多治比真人県守・藤原朝臣麻呂に並に従三位を授けたまふ。

天平三年（七三一）八月十一日

詔して、諸司の挙に依りて、……民部卿従三位多治比真人県守……等六人を擢《あ》げて、並びに参議としたまふ。

これによれば、県守は天平三年八月にはすでに民部卿となっていることがわかるが、いつ民部卿に任ぜられたのかは記されていない。しかし、天平元年二月の条の、大宰大弐である県守を権に参議とするという記事が注目され、『金子評釈』は、県守は天平元年二月十一日に権参議民部卿の辞令を受けたとして、この歌の制作時期をそのまま天平元年二月のこととした。この、県守が権に参議となったときに民部卿にも任ぜられ、歌が詠まれたのであろうという推定は、近年の注釈書でも支持されている。

ただし、平山城児は「旅人の歌（巻四・五五五）の制作年代について」（『立教大学日本文学』13、昭39・11）において、この推定に異を唱えている。それは、県守が天平元年二月に民部卿に任ぜられたとしても、その任命の日付とほとんど同時に、その任命の事実を旅人が知り、この歌を詠むことが可能なことであろうかということである。つまり、県守が遷任された場合、その通達が中央官庁から大宰府まで届けられ、上京するまでの日数に留意する必要がある。そして、地方官が中央の官に遷任されるとき、正式の任官式は、本人が都へ着いてから行われ、その行われた日付が正式の記録に残るのであろうと思われる。そのように考えた場合、県守が大宰府を出発したのは十一月下旬から十二月上旬にかけてであって、旅人が県守に対して歌を詠める機会というのは、神亀五年の十月中旬から十二月上旬にかけてであるというのである。

確かに、権に参議になったとき民部卿も兼任したとしても、天平元年二月十一日という続日本紀に記されている日に、旅人が歌を詠んだとは考えにくい。送別の宴の場で詠んだとすれば、その宴が開かれたのはそれよりもかなり前のことであると考えるのが自然であろう。しかし、それは旅人が県守を眼前にしながら歌を贈ったとすることが前提となるのであり、注釈書のなかには、この歌が詠まれたとき県守は都にいたのではないかと考えているものがある。『代匠記』が、大帳使か朝集使として都へ上っていて、そのまま民部卿に任ぜられたとしているほか、『攷証』『窪田評釈』『全註釈』も県守上京中の歌と考えている。また『古典大系』は、「あなたのために作った待酒を安の野で独り飲むことであろうか。（あなたが都に転任してしまったので）ただ一人で」と訳しており、県守の遷任後詠んだものとした。

この県守の上京後に旅人が歌を詠んだという考え方は、迫徹朗が「大伴旅人は記紀を読んだか―『君がため醸みし待ち酒』の歌をめぐって―」（『尚絅大学研究紀要』19、平8・2）で支持しており、万葉集の記事により作歌時期を推測した上で、その事情を長屋王事件との関係から推定した。まず、五四九～五五一歌の題詞には、

　五年戊辰《ぼじん》、大宰少弐石川足人《たるひと》朝臣遷任し、筑前国の蘆城《あしき》の駅家に餞する歌三首

とあり、五年というのは、神亀五年のことである。また、五六七歌の左注には、

　以前は、天平二年庚午《かうご》夏六月に、帥大伴卿、忽ちに瘡《かさ》を脚に生し、枕席に疾苦《くるし》ぶ。

とある。万葉集巻四の歌はおおむね年代順に配列されており、これらに挟まれた五五五の旅人の歌は、神亀五年（七二八）から天平二年（七三〇）六月の間に詠まれたと推測される。また、天平元年二月十一日に、丹比県守・石川石足・大伴道足《みちたり》が権参議となったのは、長屋王事件に対処するためと考えられており、事実、その前日には長屋王宅は六衛府の兵に包囲され、当日は王の罪状糾問、翌日には王は自殺した。そして三月三日には県守・石足・道足らは昇叙したが、これは事件解決の褒賞と考えられる。となると、県守は二月十一日以前の、正月中か前年の末までには都に到着していたと見てよいのではなかろうか。県守の上京の真の目的は秘される必要があったろうから、大弐の職はそのままの一時的上京と知らされてあったと思われる。だから、旅人としては県守が帰任したら「待ち酒」を作って

接待しようと思っていたのに、九月の人事異動あたりで大弐を兼務のまま民部卿に任ぜられ、大宰府に戻ることはないことが分かった時点で、旅人は問題の歌を詠み県守に贈ったのではなかろうかというのである。

この歌の成立事情を考える場合、問題となるのは、県守が民部卿に任ぜられた時期が明らかでないことに加え、送別の時に詠まれたのではない可能性があることであろう。しかし、続日本紀には、県守の民部卿遷任の記事はないものの、万葉集において、前後に配列されている歌の題詞や左注に記された年により、神亀五年から天平二年六月までの間であることが分かる。そして、続日本紀の天平元年二月の条に、大宰大弐丹比県守を権に参議にするとあって、同年三月の条に、従三位を授けるとある記事には大弐の語はない。むろん民部卿の語もないのであるが、権に参議となるということは、中央の朝政に参加するということであるから、地方官の大弐から民部卿に遷任したのも同時期と考えてよいのではなかろうか。

歌が詠まれた時期については、遷任する際の歌であるからには、送別の宴で詠まれたと考えるのが常識的であろう。しかし、県守の人事は長屋王事件という非常時のものであり、翌月には昇叙していることからみて、県守が当時上京しており、この事件に関係していた可能性までも考えられる。いずれにしても、民部卿遷任時期以上に推測の域をでておらず、現状では、天平元年二月頃かとするのが穏当であると思われる。

2　五五五歌の待ち酒

旅人は、友のために作った「待ち酒」を安の野で友なしに飲むのだろうかと嘆いている。「待ち酒」については、たとえば『全注』が「訪れ来る人のために用意する酒」としており、諸注釈書ともほぼ同様である。そして、『代匠記』をはじめとして、古事記や万葉集の歌を引いている。

ここに、還り上りましし時に、その御祖息長帯日売《みおやおきながたらしひめ》の命、待酒を醸みて献《たてまつ》らしき。（仲哀記）

味飯《うまいひ》を　水に醸みなし　我《あ》が待ちし　かひはかつてなし　直《ただ》にしあらねば（16・三八一〇）

古事記の場合は、神功皇后が越前より大和へ帰って来た太子（後の応神天皇）のために献上したものであり、母が子の帰りを待つ酒である。そして、万葉集の場合は、やって来ない別れた夫を待つ酒である。また、「安の野」についても『代匠記』などが日本書紀の神功皇后摂政前紀、仲哀天皇九年三月二十日の条に、

層増岐野《そそきの》に至り、即ち兵を挙げて羽白熊鷲《はしろくまわし》を撃ちて滅したまふ。左右に謂《かた》りて曰はく、「熊鷲を取り得て、我が心則ち安し」とのたまふ。故、其処を号けて安と曰ふ。

とあることを引いているが、迫徹朗（前掲論文）は、この古事記と日本書紀の記事に注目し、単に「待ち酒」や「安の野」の語義の資料とのみ考えるのではなく、それらの語の典拠と見るべきではないかとしている。そして、旅人がこの歌を県守に贈った真意は、「都から帰ってくる貴方をもてなすには、九州にゆかりの深い神功皇后のように待酒を醸し、接待の場所も大宰府に近くて、しかも皇后が足を運ばれたという安の野にしようと考えていたのですが、帰還はないことが分かったからには、独り寂しく待酒を飲むことにしましょうか」といったところにあるのではなかろうかと述べている。

一方、中西進は「文人歌の試み—大伴旅人における和歌—」（『文学』52—12、昭59・12）において、旅人は交友の具として琴・詩とともに酒を詠むという中国における文人の詩と同質のものを和歌形式の中で試みたものであるとし、旅人およびその友人の酒を、古事記の「待ち酒」の歌である少名《すくな》御《み》神《かみ》の名のもとに醸造される歌と比べると、全く性格は異なり、古事記の「待ち酒」は即位儀礼に必要なもので、万葉では遣唐使に賜われるものとして登場する酒の源流をなすと述べている。そして、辰巳正明は「反俗と憂愁—大伴旅人—」（『万葉歌人論　その問題点をさぐる』明治書院、昭62）でこの考え方を支持し、それは中国詩に伝統的に見る酒と友との風雅の世界であり、友との良遊を意味するものであったとした上で、しかし、旅人はここで友を失い野にあって独り酒を飲むこととなる孤独を予見している。友と

野にあって酒を飲むのは風雅だが、独り野にあって酒を飲むことは、官に対立する在野である。野がそうした二義性をもつとすれば、旅人はいま後者における在野の孤独を予見していることになるだろうとしている。

旅人が、古事記の「待ち酒」や日本書紀の「安の野」を典拠として、歌を詠んだという考え方は、県守が上京中であり、その帰りを待っていたということが前提である。しかし、先に述べたように、この歌が県守を送別する時に詠まれたものであるのか、それとも都にいる県守に贈ったものかは明らかでない。もっとも、古事記の「待ち酒」を典拠とすることにより、神功皇后が遠くから帰って来る太子を待っていたように、旅人も都から帰ってくる県守を待っていたと考えることもできよう。ただし、神功皇后の酒は祭祀用の酒であり、献上される酒である。それに対して、旅人の酒は友と酌み交わすための「待ち酒」であった。やはり、性格が異なると思われる。

また「安の野」も、日本書紀には、神功皇后が敵を打ち滅ぼして心安しといったという地とある。それが神功皇后が関係するとはいえ、友を接待するにふさわしい背景であるといえるのであろうか。それに、旅人は、県守のために作った酒を「安の野」で独り飲むのだろうかと詠んでいるのであって、「安の野」で県守を迎えるつもりであったかどうかは示していない。それは、「待ち酒」が来訪する人のために用意する酒であるならば、県守が上京中であったか、大宰府にいたかによって異なってくる。上京中であるならば、遠くから帰ってくる県守を待つ酒であり、「安の野」で迎え、二人で飲むつもりであったが、帰還しなかったので、独り飲むことになってしまうのだろうかと詠んでいると考えられる。しかし、大宰府にいたならば、県守を待つのは自宅であると考えるのが自然であろう。そして、「安の野」は、県守と酒を飲もうとした地ではなく、独り寂しく酒を飲むための地として挙げたことになる。そこは、以前の、または送別の宴で県守と酒を飲み交わした地であって、友を偲んでやって来ようということなのか、あるいは、自宅で飲むよりも、友のいない孤独感をよりつのらせる場所である野で飲もうということなのであろうか。

ただ、いずれにしてもこの「待ち酒」は、二人の男性の私的な交流のための酒であることに注意しなければならない。神功皇后の例は母が子を待って作った酒であり、万葉集の三八一〇歌の例はやって来ない夫を待つ酒であって、ともに女性が相手を待って作っている。それに対して、旅人の場合は友のために作った「待ち酒」なのである。このように考えると、旅人が古事記や日本書紀にある神功皇后の記事を背景に歌を詠んだとは考えにくい。「待ち酒」は、神功皇后の「待ち酒」を意識したわけではなく、また、一般に女が訪れ来る夫のために用意する酒（『新編全集』）でもなく、交友の具として用いていると思われる。

3　五七四、五七五歌の問題

五七四歌は、第一句と第二句に訓の異同がある。第一句「此間在而」は、ほとんどの注釈書がココニアリテと訓んでいるが、『古典大系』と『桜楓社本』がココニシテと訓んでおり、『古典大系』は、巻三・二八七歌に「此間為而《ここにして》」、巻十九・四二〇七歌に「此間尔之氏《ここにして》」とあることによるとしている。また、第二句「筑紫也何処」は、『注釈』以前がほぼツクシヤイヅクと訓んでいることに対して、『古典全集』以後はツクシヤイヅチと訓んでいる。

まず、第一句は「在而」をアリテと訓むかシテと訓むかが問題となるが、二八七、四二〇七歌の例は「為而」「之氏」の表記であり、類似句ではあるが「在而」をシテと訓むべき根拠にはならないだろう。一方、「在而」をアリテと訓むべき例としては、「在而《ありて》後尔毛《のちにも》」（12・三〇六四）「安里弖能知尔毛《ありてのちにも》」（15・三七四一）をあげることができる。やはりアリテと訓むのが妥当である。次に、第二句は「何処」をイヅチと訓むのが、現在の通説となっているが、これは白藤礼幸が「『イヅチ』をめぐって」（『上代文学』13、昭37・11）において、イヅチは方向を、イヅクは具体的・限定的に場所を問う語であり、五七四歌は筑紫を自分の位置との関係で求めているのであって、方向を問うているとしたことが支持されたものである。そして、『全注』は「我が背子を何処行目《ゆかめ》跡《と》」（7・一四一二）が類歌には「愛《かな》し妹を伊都知由可米等《いづちゆかめと》」（14・三五七七）とあり、「何処」と記されていてもイヅチと読むべき場合もあることが知られると補足している。

この二首は、題詞に「和ふる歌」とあるように、旅人が大納言に任ぜられて上京した後、大宰府で同僚であった沙《さ》弥《み》満《まん》誓《ぜい》が贈ってきた次の歌に答えたものである。

まそ鏡　見《み》飽《あ》かぬ君に　後《おく》れてや　朝《あした》夕《ゆふへ》に　さびつつ居《を》らむ（4・五七二）

ぬばたまの　黒髪変はり　白けても　痛き恋には　あふ時ありけり（4・五七三）

ただ、旅人の二首が、帰京後に満誓の歌を受け取り、同時に詠まれたものかどうかは問題がある。五七四歌は、旅人が帰京後詠んだもので、「ここにありて」の「ここ」は、奈良の都の自宅であり、「白雲のたなびく山」は、西方の生駒山の辺りを眺めていっていると解釈するのが一般的である。ところが、五七五歌は序詞に「草香江」が詠まれており、これが難波江の東端、生駒山の西麓にあたるところから、旅人は難波か、難波を出発して草香辺りに来た頃に満誓の歌を入手したのであって、河内野付近に立ち、西の方を望んで詠んだ（『金子評釈』）とする説もあるのである。『釈注』も、帰京中の旅人に追いすがるように誰かに言付けた満誓の歌が、難波あたりで旅人の手に入り、旅人はそこで早速返歌を物したことが、第二首に草香江の景を呼びこむ一つの契機になったと考えても、二首の価値が変貌することはないと述べている。

確かに、序詞は眼前の実景を詠んでいると考えるならば、五七五歌は上京の途中で作られたとするのが妥当であると思われる。そして、他人に贈与する為に、読者を予定して作った（武田祐吉「大伴旅人」『万葉集講座 第一巻』春陽堂、昭8）という見方もある。旅人の作品の中で、序詞を使用しているのはこの一例のみであることや、五五五歌で用いた「友なしにして」の語句を再び使用していることなどは、満誓の歌に応じようという姿勢よりも、「草香江」の地を歌に詠むことが重要であったことを窺わせる。『釈注』は、「草香江」の地名が博多湾西部にもあったことを指摘し、相手の満誓に近いその海岸の映像を重ねることで友を思う心を強調し、二人の心が一体であることを伝えようとした意図がここにはあると述べているが、この歌は、満誓の歌を受け取って即座に作ったのではなく、満誓に贈ることを予定し、上京の途中で詠んだものではなかったろうか。そして、帰京後に満誓の歌を受け取り「和ふる歌」の第二首としたのである。

五七四歌の「白雲」は、懐風藻詩に「白雲一《もはら》に相思はむ」（百済和麻呂《くだらのやまとまろ》）、「心を馳せて悵望《ながむ》白雲の天《そら》」（藤原宇合《ふじわらのうまかい》）などと見える漢詩の表現をふまえている（村山出『憂愁と苦悩　大伴旅人・山上憶良』新典社、昭58）というが、石上卿《いそのかみきょう》の歌、

ここにして　家やもいづち　白雲の　たなびく山を　越えて来にけり（3・二八七）

との類似を指摘する注釈書も多く、『講談社文庫』は、ともに西王母伝説にある白雲謡によって遠方を示しているとする。旅人の作品には、他の歌人との間に類想をもつものがそれほど多くはないのであるが、遠藤宏は、「大伴旅人と虚構」（『万葉歌人の原点を探る』笠間書院、昭54）において、五七四、五七五歌などの類歌の例を示し、およそ半数が明白に贈るための歌、挨拶の歌であり、特定の相手に直接的に歌を示そうという場合には類型的な発想をとる傾向があるということではないかと思われると述べている。そして、これは、贈歌する際は手を抜いて作歌しているということを示しているのではないだろう。ぎりぎりの自分自身、己の全てを露呈することによって相手との間に生じる種々の障害・摩擦とでもいったものを回避する気持ちが、一般的・普遍的な発想・表現を用いる傾向として現れているのではないかという。

旅人の二首は、満誓の二首に答えたものではあるが、表現上あるいは内容的に明らかな対応がみられる歌とはなっていない。五七五歌の場合は、あらかじめ詠んであった歌を用いたためと思われるが、このようなことが原因となっているのかもしれない。

4　五七七歌の難波をとこ

旅人が、高安王に新しい袍《ほう》を贈ったときの歌であり、袍は朝服の最上に着る衣である。朝服は朝廷の公事に着る服（衣服令）で、続日本紀大宝二年正月一日の条に、親王と大納言以上がはじめて礼服を着、諸王臣以下は朝服を着るとある。旅人は大宰府からの帰途、難波で摂津職の長官であった高安王の世話になったのであろう。そのお礼として高安王に袍を贈ったのである。

題詞には「新しき袍」とあるが、和歌では「我が衣」といい、「私の衣は人に着せてはいけません。網を引く難波男の手には触れても」と詠んでいる。この下三句の解釈が諸注釈書で問題となっており、「難波をとこ」が誰を指しているかによって、次の六説に大別される。

A　難波の浦の海人…『拾穂抄』、『代匠記』、『童蒙抄』後説、『考』、『全釈』、『窪田評釈』、『佐佐木評釈』、『私注』、『古典大系』、『和歌文学大系』

B　旅人の使者………『新考』

C　高安王…………『童蒙抄』前説、『考』引用諸成《もろしげ》説、『略解』引用宣長《のりなが》説、『全註釈』、『古典集成』、『釈注』

D　高安王の部下……『注釈』、『古典全集』、『全注』、『新編全集』

E　高安王の自称……『古義』、『折口口訳』

F　新袍の制作者……『金子評釈』

A説は、もし御気にいらないならば海人すなわち漁師にでも与えて下さいというもの。B説は、新袍は筑紫の土産であり、難波の海人に託して贈ったようにいいなしたというもの。C説は、「此王かく賤官にておはすへきならぬ人の、官途の昇進もなく貧くおはせるをいたみて」（諸成説）とある以外は、戯れていったというものであり、親しみを表しているとする。D説は、『注釈』が「誰々様執事御中とか侍史とか御人々とかいふに近いものいひ」であり「先生のお口にはあひませんでせうが、お子たちにでも」という類であるとし、『古典全集』以下は、高安王の部下で使いにきた若い官人をさしたもので、戯笑的な口ぶりが感じられるとしている。そして、E説とF説は、ともに高安王から旅人に袍を贈ったと考えるものであって、E説は、題詞の「大伴卿」と「高安王」が入れ替わっているとし、F説は、題詞の「贈」の下に「於」が脱落しており「高安王ヨリ贈レル歌」と読むとする。いずれも高安王が、自分自身あるいは袍を卑下した表現と解釈するために、題詞を誤りとし変更するものである。

藤原芳男は「わが衣人にな着せそ」（『万葉』63、昭42・4）において、題詞を誤りとし、これを変更して解くEFの説は恣意に過ぎるとした上で、残りの四説についても疑問がないわけではないとする。まずA説は、もし御気にいらなければ海人に投げ与えても、などという回りくどい口上などはありうべくもない。B説は、摂津大夫に対して、ことさらその管内の難波の海人の手を通して物を贈るような口上は非礼である。C説は、旅人の贈った新袍が高安王の手に触れることは当然のことである。その場合「難波壮士乃（あなたの）手尓者雖触（触れるとしても）」の仮定表現は全く不自然といわねばならぬ。D説は、貴族官人階級の人達をあえて海人と呼ぶ非礼は当時としては考えられない。そして、袍は朝服ではなく、綿入れであり、新調したふだん着であって、早春の余寒にふさわしい筑紫がえりの贈り物と考えられ、「難波をとこ」は字義のままに王の治下の難波の浦の海人であり、「網引する難波をとこの手には」は、実は「ふる（旧）」を導き出すための序詞となっているのである。そうすると、「我が衣」というにかない、「新袍」であるからこそ「ふる（旧）とも」と呼応するのであると述べた。

また、井村哲夫「網引する難波をとこ—歌と舞と—」（『赤ら小船 万葉作家作品論』和泉書院、昭61）では、C説を支持しながらも、軽い戯れであるにせよ失礼であることは免れないとして、高安王に、網引する難波の海人を詠んで人に知られる歌が一つ二つあったと仮定する。そして、袍は舞楽の正装でもあり、難波おとこの網引の舞を舞う高安王に贈ったもので、旅人の歌は王の風流な難波おとこぶりを賞賛した諧謔ということになるとした。

「網引する難波をとこの手には」を「ふる（旧）」を起こす序詞とみることについては、『全注』が、行き過ぎだが「触る」に「旧る」を匂わせたという着想はおもしろいとし、『釈注』は「いかが」としている。このように、下三句の解釈は近年の注釈書においても定まっておらず、問題を残している。ただ、旅人の七〇余首の歌には、五七五歌以外序詞が用いられていないことや、序詞は眼前の実景を詠むと考えた場合、帰京後の作と考えられる五七四歌や「草香江」を詠んでいる五七五歌の後におかれるのは不自然であることから、序詞とは考えにくいのではないかと思われる。題詞を変更するEF説は除外するとしても、まずA～D説を検討する必要があろう。

袍が高安王に贈られたものである以上、それに触れるのは高安王自身、すなわちC説と考えるのが妥当であると思われる。仮定表現は不自然という批判については、「触るとも」のトモは確定的事実を仮定的に述べる用法（『古典全集』他）とされており、問題は、高安王を「難波をとこ」と呼ぶことの是非である。しかし、この問題を考える場合、新袍を「我が衣」といっている点に注意する必要があろう。これは、自分の着物を恋人に贈る歌として詠んだものではなかろうか。つまり、大納言旅人から摂津大夫高安王に袍を贈る歌ではなく、旅人自身を女性に、高安王をその恋人の漁師に見立てた虚構の歌ではないかと考えるのである。そのように考えると、「我が衣」は袍を卑下したものでもなく、高安王を「難波をとこ」と呼ぶのは失礼というのも当たらない。もちろん、このような歌を詠むことは戯れであり、親愛の情をこめたものと考えられるがいかがであろうか。

（上森鉄也・流通科学大学教授）

旅人の報凶問歌

大宰帥大伴卿《ださいのそちおほともきやう》、凶問《きようもん》に報《こた》ふる歌一首

禍故《くわこ》重畳《ちようでふ》し、凶問累集《るいじふ》す。永《ひたふる》に崩心《ほうしん》の悲しびを懐《むだ》き、独《もはら》断腸《だんちやう》の涙《なみた》を流す。ただし、両君の大助《だいじよ》に依《よ》りて、傾《かたぶ》ける命《いのち》をわづかに継《つ》げらくのみ。筆《ふみて》の言《こと》を尽くさぬは、古《いにしへ》に今にも嘆くところなり

世の中は　空《むな》しきものと　知る時し　いよよますます　悲しかりけり（5・七九三）

神亀《じんき》五年六月二十三日

1　はじめに

「大宰帥」は大宰府の長官。「大伴卿」の「卿」は三位以上の尊称であり、大伴旅人をさす。続日本紀には大伴旅人が大宰帥になった記事はないが、神亀四年十月阿倍広庭《あべのひろにわ》が中納言になっているのは旅人の転任による補塡人事で、その少し前に旅人は大宰帥に任命されたものかという（『完訳日本の古典　万葉集二』小学館、昭59）。本稿では、旅人の帥着任は神亀四年（七二七）十月の頃としておく。時に旅人は六十三歳であった。

2 「凶問」について

当面の歌の題詞に「凶問に報ふる歌」とあるが、その歌（七九三）の前に序文があり、この序文は後述するように書翰文のスタイルを踏襲している。

まず、題詞の「凶問」について。『代匠記（精）』は、「大伴卿ノ妻大伴郎女《いらつめ》死去セラレケルヲ聞テ、都ヨリ弔ラヒ聞エケル人ニ答テヨマルル歌ナリ」という。つまり、旅人の妻大伴郎女の死去という「凶事」に対する「弔問」の意に『代匠記』は解している。この弔問説は『全註釈』等にも採用されているが、井上通泰（「凶問」『万葉集雑攷』明治書院、昭7）によって、「凶事のしらせ」「凶報」「死亡の通報」の意であることが指摘され、現在それが定説となっている。

井上があげた「凶事のシラセ」の例を少し示そう。

・袁術伝二大祖凶問一（『魏志』卞皇后伝）
・詔秘二其凶問一（同、王基伝）

この井上説をうけて、小島憲之も「凶問」の例を多くあげる（「万葉集名義考」『上代日本文学と中国文学 中』塙書房、昭39）。

・豈図凶問奄至、痛惋清深（王羲之『全晋文』二五所収雑帖）
・因与大小号哭、知レ有レ変、及レ晨、果得二凶問一（『捜神後記』十巻本、巻三）
・有二沙門神素一…以先卒二於栖巌一、寛住二州寺一、先絶二凶問一明晩来告、乃知二其死一（『続高僧伝』一五、釈志寛伝）

そして、凶問は「凶聞」であり、凶事のしらせ、凶報の意と説く井上説の正しさを証明した。小島は、「問」は「法帖・尺牘《しゃくとく》類」に多く見られることに注意を促し、たとえば「昨得二書問一、所レ疾尚綴々、既不レ能二眠食一」（王羲之「豹奴帖」）の例にみるごとく「タヨリ、シラセ、様子の意」であることをも確認した。そして、わが上代の文献にお

いても、たとえば、
・皆承二大和尚之凶聞一（「凶問」に同じ）、惣著二喪服一、向レ東挙レ哀三日（『唐大和尚東征伝』）
・完士何難レ遇、徒悲凶問伝（『凌雲集』48、賀陽豊年《かやのとよとし》「傷二野将軍一」）
とみえ、『令義解』『令集解』の「賦役令」にも、役に赴いて死亡した者の処置法の一部「若《も》し家人の来たり取る者無くば、之を焼け」の注に、
・凶問既に告ぐれども、道路程有り、其迎接を待ちて、限りを過ぎて来たらざれば、即ち当所に於きて之を焼く
とみえ、「凶問」は法令の用語としても使用されていることをつきとめた。

これらから、小島は、「凶問」は死亡のしらせであるとする。そして、旅人の例も「凶報」（死亡その他の凶事の通知）に対して自分の心の中を答えた歌であると結論づけている。

さらに、「凶問」は仏典にもみえ、井村哲夫は「凶問を得、之を聞きて愁苦す」（『涅槃経』四相品下）をあげる（『全注 五』）。さらに小島も、慧琳《えりん》『一切経音義』（巻二五、涅槃経第五巻）に「卒得凶問」とあり、その慧琳の注に「問、信（しらせ）也」とあることを指摘している（「万葉語をめぐって」『万葉』98、昭53・9）。

その「死亡のしらせ」とは、異母妹大伴坂上郎女の夫である大伴宿奈麻呂《すくなまろ》が他界したという知らせであったらしい（後述）。

次に「報」にうつる。「報」は答え、返書の意。某人への返書であることをあらわす。小島前掲「万葉語をめぐって」には、王羲之の書翰文、所謂その「法帖」の返書の例をあげている。たとえば、
・十九日羲之報、近書反至也。得二八日書一…敬文佳不一一、羲之報（敬倫帖）
・七月十六日羲之報、凶禍累仍、周嫂棄背、大賢不レ救、哀病兼傷、切二割心情一、奈何奈何……羲之報（穆松帖）
などは、返書の一例である。

ところで、『文選』の巻四一には「書」を多数おさめるが、返書として書かれた書翰として、

・司馬遷「報二任少卿一書」

・楊惲「報二孫会宗一書」

などがあり、「報」は返書の意であることが確認できる。

もとにもどって、小島は「この旅人の『報二凶問一』は、大伴旅人周辺の凶問を聞いて旅人を慰める書翰、悼み状が某人—憶良などその一人か？—によって贈られ、その書状の返事がこれである」という。

3　序文の検討

さて、この序文の前半は原文では次のような対句になっている。

（禍故重畳（永懐二崩心之悲一

（凶問累集（独流二断腸之泣一

これは四六文体（駢儷文）にほかならない。この文体から見ても、旅人の並々ならぬ漢詩文の素養が遺憾なく発揮されている様子がうかがえる。

それはともかくとして、まずに序文の「禍故」の語についてのべよう。この「禍故」について、小島は、次のようにいう（『万葉以前』岩波書店、昭61）。

「禍故」は、「凶問」と共に書翰書儀語の一例である。契沖『代匠記』（精撰本）のあげた『文選』巻三十九司馬長卿「上レ書諫レ猟一首」の「禍故多蔵二隠微一」云々は、実は彼の誤読であり、「禍は固《まこと》に」（李善注本）「禍は故《もとより》」（六臣注本）などと訓むべきものである。またこの「禍故」の語は、渤海国文王妃の喪を弔う書にもみえる。すなわち続日本紀宝亀八年五月二十三日、光仁天皇の渤海国王への賜書に付随する「彼の国王が后の喪を弔して

曰く」の、

禍故常無く、賢室殞逝《ゐんせい》したまふ。聞以惻怛《ききてそくだつ》す、不淑《ふしゆく》如何にせむ。松檟《まつひさぎ》未だ茂らずと雖も、居諸《つきひ》稍《やや》くに改る。
吉凶制《さだめ》有り、之を存《とぶ》らふ而已《のみ》（原文漢文）

云々の国書の中にみえる（井野口注、『代匠記』もこの続紀の用例を示している）。つまり「禍故」は、凶事に関する書翰書儀語の一つといえよう。しかし、一般の漢籍類にはこの語の姿をみない。やはり書儀類に例をもとめねばならない。

吉凶に関する書儀については、すでに中国学者の研究に詳しく、まず敦煌文書（P. 3442）の京兆杜友晋撰『書儀』巻下には、凶事に関するあまたの文例を載せる。問題の「禍故」の例については、

・臣名言、不レ図禍故、伏承…謹言（皇后遭二父母喪一奉慰表）
・月日名言、不レ図禍故、…名再拝（□妻父母遭二父母喪一□書）
・月日名疏…禍故無レ常…名疏（弔三女聟遭二父母喪一書）

などとみえ、ここに、「禍故」の例が確認される。（中略）

この敦煌『書儀』は中唐のころかと推定され、大伴旅人の「禍故」の例よりも時代は降る。しかし前述の光仁天皇の渤海国王への国書の一句「禍故常無し」が、敦煌『書儀』の右の第三例「禍故無レ常」と全く一致する如く、敦煌『書儀』に遡る同類の吉凶書儀は中唐以前にも存在し、これらの書儀類のいずれかが少なくとも天平ごろには伝来していたものと思われる。（中略）この類の書儀の伝来によって、旅人の凶事に関する「禍故」が「凶問」の語と共に使用されたものといえる。現在なかなか用例の検出しにくい『禍故』も、書儀を利用した上代人には当時ひろく知られていたことばとなっていたのである。

次に「重畳」について例をあげよう。『文選』に、

・交加累積、重畳増益（宋玉「高唐賦」『文選』巻一九）

・山嶂遠重畳、竹樹近蒙籠（沈約「遊沈道士館」『文選』巻二二）

とみえ、「重畳」は「つみかさなる、かさなりあう」の意。左思の「呉都賦」（『文選』巻五）の「畳華楼而島峙」の六臣《りくしん》注に「銑曰、畳、重（也）」とあり、「重畳」は、同義語を重ねた連文である。また、初唐の謝偃《しゃえん》「踏歌詞三首、其一」の「春葉参差吐、新花重畳開」の「重畳」も重なりあっての意であろう。

次の「累集」は「累輯」におなじ。司馬相如《しばそうじょ》の「上林賦」（『文選』巻八）に「（樹木が）雑襲累輯、被山縁谷、循阪下隰」とあり、この「累輯」を五臣《ごしん》は「累集」に作っていることからそれがわかる。つまり、「累集」も「重畳」と同じく「重なり合う」意である。ただし、旅人が五臣の本文をみていたわけではない。私の管見の及んだ用例を示したのにとどまる。

よって、「禍故重畳、凶問累集」は、「不幸がかさなり、訃報が相次いできます」の意（『新編全集』）となる。

この「禍故重畳、凶問累集」について、井村『全注 五』に次のようにある。

凶問累集とは、弔報がしきりに到ることであるから、この時期旅人には妻の死の上にも、親しいひとの死を聞く嘆きが重なったらしいが、その弔報の一つに、弟宿奈麻呂《すくなまろ》の死があったという説がある。橋本達雄氏（「坂上郎女のこと一二」跡見学園女子大学国文学科報、昭四九年三月）は、宿奈麻呂が右大弁《うだいべん》になっていること（4・七五九左注）、当時の右大弁は従四位上もしくは正四位下で任ぜられていること、宿奈麻呂もおそらく従四位上で右大弁に就任したであろうこと、その従四位上になったのは神亀元年に従四位下になってからほぼ四年後、神亀四年あるいは五年に入ってからと思われること、天平二年六月旅人が脚を病んで遺言を伝えるべく都から弟の稲公《いなぎみ》・甥の胡麻呂《こまろ》を呼び寄せたときに宿奈麻呂の名が見えないのは尾山篤二郎説（『大伴家持の研究』）のようにこの時すでに死去していたからと考えられること。以上から、宿奈麻呂の死は神亀五年から天平二年六月までの二年間ばかりの内に絞られるとして、神亀五年六月現在、旅人が得た凶報はその宿奈麻呂の死を伝えるものであろうと推測している。宿奈麻呂との間に坂上大嬢《さかのうえのおおいらつめ》ら二女をもうけた坂上郎女《さかのうえのいらつめ》が、筑紫の兄旅人のもとに下ったのも、夫宿奈麻呂を失った後のことであろうと言うのである。同じ意見は、佐藤美知子氏（「万葉集巻五の冒頭部について―旅人・憶良の歌文―」大谷女子大国文第五号、昭五〇年五月）にもあって、大伴道足《みちたり》が天平元年九月右大弁になったのも宿奈麻呂の死の後を受けた任官と考えられるとしている。

佐藤氏はさらに、神亀五年三月五日に薨じた田形内親王《たがたのないしんのう》の名もあげている。その推定の根拠は、内親王の兄が坂上郎女の最初の夫穂積皇子《ほずみのみこ》であり、内親王の母石川大蕤比売《おおぬひめ》の喪事（神亀元年七月）には大伴旅人が派遣されているが、こうした使は死者と縁のある親しい者が遣わされるのが例であって、田形内親王らと大伴氏との間には親縁関係が有ったと考えられるから、旅人が受取った凶問の一つには坂上郎女から報じられた田形内親王の凶報もあったのではないかと言うのである。

次に「永」を「ひたふるに」と訓むのは、『名義抄』（法下四一）に「ヒタフル」とみえるのも、その根拠のひとつにあげられる。

次に「崩心」は、こころが崩れるような悲しみ。この語は、芳賀紀雄「終焉の志―旅人の望郷歌」によって、

・誠敬克展、幽顕咸秩、惟懐二永遠一、感慕崩心（『宋書』礼志）
・毎念二慈顔之遠一、泣血崩心、永無二逮及一（唐太宗「宏福寺施斎願文」）
・故寝食夢想、噬指之恋徒深、歳時蒸嘗、崩心之痛罔レ極（駱賓王「上二吏部裴侍郎一書」）

の漢籍の例が示されている（『女子大国文』78、昭50・12）。また『東大寺要録』巻八に「月殿に対して崩心す」の例があり（『古典全集』）、敦煌写本「常何墓碑」にも例があるという（『新編全集』）。

「独」を「もはらに」とよむのは、『全注』に指摘する如く、『周易』（晋）の「独行レ正也」の疏に「独、猶レ専也」

とあること、また劉歆《りゅうきん》の「移レ書譲二太常博士一」（『文選』巻四三）の「一人不レ能三独尽二其経一」の「独」を「モハラニ」と訓んでいる（慶安版41オ）こともその根拠のひとつとなる。

次に「断腸」について。「断腸」は腸を切られるほどの激しい悲しみ。「断腸」については、『代匠記』がその説明に「断腸　捜神後記曰。臨川東興有レ人入レ山得二猿子一帰。猿母自レ後至二其家一。此人縛二猿子於庭樹一。其母搏レ頰向レ人欲二哀乞一。此人竟殺レ之。猿母悲喚自投而死。此人破レ腸視レ之腸皆断裂」をあてている。『注釈』は『遊仙窟』の「空懸二欲レ断之腸一」および「誠知腸欲レ断」あげる。しかしいずれも「断腸」という熟語を示していない。「断腸」の語は、はやく漢の蔡琰《さいえん》「胡笳十八拍・其五」に「雁飛高兮邈難レ尋、空断腸兮思愔愔」の例をみる。また初唐詩に用例を求めれば、楊師道「隴頭水」の「笳添二離別曲一、風送二断腸声一」はその一例である。

次に「両君」にうつる。この語『論語』（八佾）に「邦君為二両君之好一有二反坫一、管氏亦有二反坫一」とある。当面の「両君」は、都にいる二人の官人か。両君は明らかでないが、後に旅人が自ら病んだ時に大宰府に呼び寄せた、異母弟の稲公と甥の胡麻呂（4・五六三）ではないかと『私注』は推測している（ただし、『仙覚抄』がはやくこの説を示している）。

「大助」はひとかたならぬお助けの意。『古典大系』が『日本霊異記』（下三二話）に「定めて知る、妙見の大助にして、漂へる者の信力なることを」とあることを指摘して以来、諸注これにしたがっている。「大助」は仏教語か（前掲『完訳日本の古典　万葉集二』、『釈注』）。

「傾命」の語は未だ検出できない。この「傾命」は尽きようとする余命の意か。孫楚「征西官属送二於陟陽候一作詩」（『文選』巻二〇）の「傾レ城遠追送、餞二我千里道一」の李善《りぜん》注に「傾、猶レ尽也」とある。

次に「継げらくのみ」については、『古典大系』に、

・文末を「ク語尾＋ノミ」とすると、感動表現となる。「動詞＋ノミ」で文末を言いきることは奈良時代にはな

かったが、上（動詞）を体言格にしていうことはあった。この場合は感動の意となるのである。（中田氏）

とある。

末尾の「筆の言をつくさぬ」は、『代匠記』が指摘する如く、『周易』（繫辞上）の「書不レ尽レ言、言不レ尽レ意」によったもの。言語ではとうてい表現できない、の意。小島は、その著『国風暗黒時代の文学 中（上）』（塙書房、昭48）において、「このたぐいの語句は書翰文の結びとしての常套語である」ことを指摘し、

・明早相迎、書不レ尽レ懐（魏陳思王、与二楊徳祖一書）
・心乎愛矣、書不レ尽レ言（梁元帝、与二武陵王一書）

などの例をあげている。そして「つまり、この結尾によって、旅人は書翰すなわち『書』の文体を意識したことがわかるであろう」と結論づけている。

そこで、この末尾は、「筆では言いたいことも充分尽くせないのは、昔も今も一様に嘆くところです」（『釈注』）の意となる。

4　歌の検討

ここでは、まず従来の当面の歌に対する注解を一瞥しておこう。

・仏教の「世間虚仮《こけ》」の思想を述べたもの。ただし、表現は『大智度論《だいちどろん》』などの仏典に見える「世間空」によっている。日本語としての世ノ中はヨ（寿命）のある間、すなわち一人の人間の生涯を意味するが、仏教では、「世間」は、現象世界・衆生・世俗など、広義に使用される。ここもその意。（前掲『完訳日本の古典 万葉集二』）

・（歌は）世の中とは空しいものだと思い知るにつけ、さらにいっそう深い悲しみがこみあげてきてしまうのです。の意。「世の中は空しきもの」は仏教語「世間空」「世間虚仮」の翻案で、世を「空し」と述べた、集中最初の用

> 例。「知る時し」の「知る」も思想的な思い知るの意を示す最初の用例。また、結句も、沈痛な悲しみをこめて「悲しかりけり」と述懐するのは、集中これ以外にはない。「悲しき」「悲しも」などと結ぶのが万葉の慣例であった。（『釈注』）

などとあり、現在これらが通説になっている。

また『全注』は、「空しきもの」の項目をたて、次のように言う。

> 諸法皆空《しよほうかいくう》。すなわち、一切の存在は因縁《いんねん》によって生 滅変転《しようめつへんてん》するもの（仮有《けう》）であって、それ自体に常 住《じようじゆうふ》不変《へん》の実体（実有《じつう》）はないという考え方。「苦シキ哉苦シキ哉、世間ハ空虚《くうこ》ナリ」（涅槃経 序品《ねはんぎようじよぼん》）。「世間虚仮《せけんこけ》、唯仏是真《ゆいぶつぜしん》」（『上 宮聖 徳法王帝説《じようぐうしようとくほうおうたいせつ》』「天寿国繡 帳《てんじゆこくしゆうちよう》」銘文）。ところで、「空し」という形容詞は集中に五つの用例しかない。この抽象的で観念的な形容詞は十分歌語にはなり切らなかったと思われる。五例のうち二例までが旅人作歌で、いま一例は天平三年帰京の際の歌「人も亡き空しき家は草枕旅にまさりて苦しかりけり」（3・四五一）。妻の姿の無い家が世間虚仮の如実の姿として歌われた。他の三例はみな旅人以後の用例である。「世間は空しきものとあらむとぞこの照る月は満ち欠けしける」（3・四四二「悲《かなし》㆓傷《ブル》膳部《かしはでの》王《おほきみヲ》㆒歌一首」、作者未詳、神亀六年）は、旅人の歌の影響かどうか明らかでない。憶良晩年の「士《をのこ》やも空しかるべき万代《よろづよ》に語り継ぐべき名は立てずして」（6・九七八）は、家持の「丈夫《ますらを》や空しくあるべき…」（19・四一六四）が真似たが、これらは男子一生の功業の有無を意味して使っている。こうしてみると、世間虚仮という観念をうつしたものとして歌に「空し」の語を使ったのは、旅人が最初ということになる。右の「悲㆓傷膳部王㆒歌」も、作者未詳とあるけれど、それは長屋王の長男として自縊《じい》した王への挽歌だから、憚りがあっての韜晦《とうかい》らしく、古典全集四四二番頭注に言うように、あるいはもしや旅人の作歌であったかと勘繰られないでもない。憶良の愛用句「世間はすべなし」が世間に飽くことなく執着し、関わろうとして揺れ動く意識の言葉であるのにくらべて、旅人の「空し」「悲し」は十分に観照的乃

至感傷的な気分の言葉であることも注意できる。

さて、前掲芳賀論文は、諸注が「世の中は空しきもの」を仏教語の「世間虚仮」「世間空」の翻案であるとするような、仏教の思想と当面の歌とをストレートに直結させる解釈の、そのストレートさに疑義をさしはさんでもいる。つまり、

世間は空しきものと有らむとそこの照る月は満ち闕《か》けしける（3・四四二）

にしても、実際は膳部王（長屋王の子）死を悲傷する例である。また、

人もなき空しき家は草枕旅にまさりて苦しかりけり（3・四五一）

の「空しき家」は、確かに空屋・空舎の謂だが、「人もなき」という妻の欠落がなせる比喩表現にほかならない。

という。そして、

旅人の「むなし」を初めとし、挙例のものはいずれも、自己の大切な人の喪失に際して、誰しも感ずるうつろさ、ぽっかりと穴のあいてしまったごときうつろさに端を発する用語と解される。それは、仏教の「空」の概念を基盤とするものではない。ただ、旅人の場合、「むなし」が「破壊《はえ》」「遷流」などの意をもつ、仏教語「世間」と結びつくところに問題が残るのである。旅人の「讃酒歌」に「世間《よのなか》の遊びの道に」（3・三四七）とはあっても、なお「世間はむなしきもの」という否定的見解に用いられた「世間」は、他の殆どの例と同様に、仏教に基づくとせざるをえない。（中略）つまり、この「むなし」は、あくまでも妻の死などによる不在感・空虚感を前提としつつ、仏教語「世間」と結んだ際に、「はかなし」に取ってかわられるごとき要素をも合わせて含んでいた、と察知される。

としている。

次の「いよよ」については、「いよいよの略」と言う以外、諸注に言及するところはすくない。わずかに『代匠記

(精)』が、「世中ハ空シキ物ト知時トハ、指当ラヌ程ハ只空シキ物ト聞テ、サコソト思ヒツルマデナカリシヲ、カカル歎ニ逢テ、身ニ知時ナリ。時シノシハ助語ナリ。イヨヨハイヨイヨナリ。知時ニ当テ、空シキ物ト思ヒシ時ヨリモ、イヨイヨマスマス悲シトナリ」とのべる程度である。

そのなかにあって、芳賀は前掲論文のなかで、旅人の吉野讃歌に見える

・昔見し　象の小川を　今見れば　いよよ清けく　なりにけるかも（3・三一六）

の「いよよ」に注目し、「いよよ」は、「昔」と「今」との比較を分明に示していると指摘する。そして、当面の序文と和歌にも「昔」(過去)と「今」(現在)との対比がみられるとし、当面の序文と和歌との関連をつぎのように要約している。

「禍故重畳」によって「崩心の悲しみ」をひたすら懐いていた折も折、「凶問累集」し「独《ひと》」り「断腸の泣」を流しつつ、「世間は空しきものと知った」その「時」に「いよよますます悲し」みがつのった、と把えるべきである。序の「悲」と歌の「悲し」とは「凶問」を契機としてかく対応するのである。

この吉野讃歌と当面の歌との連続性は、伊藤博「吉野讃歌から報凶問歌へ」(『万葉集の歌人と作品 下』塙書房、昭50)にも指摘されている。

「こうして、一首は鮮度に満ちあふれている。こういう深みのある歌が漢文を前に従え、それとの連繋で心の空しさを強調しているわけで、詩の形態の面でも、未曾有の新しさがある。(中略)当面の作は、都の「両君」に書牘文《しょとくぶん》として贈ると同時に、当時筑前国守として任にあった山上憶良にも披露されたらしい。作品の左に記す『神亀五年六月二十三日』は、おそらくその披露された日付で、亡き妻のための何らかの供養が行なわれた日であったと推定される」(『釈注』)。

(井野口孝・愛知大学教授)

龍の馬の贈答歌

伏して来書を辱《かたじけ》なみし、具《つぶさ》に芳旨《はうし》を承《うけたまは》りぬ。忽《たちま》ちに漢《あまのがは》を隔つる恋を成し、また梁《はし》を抱《むだ》く意《こころ》を傷《いた》ましむ。ただ羨《ねが》はくは、去留恙《きよりうつつみ》なく、遂《つひ》に披雲《ひうん》を待たまくのみ。

歌詞両首　大宰帥大伴卿

A　龍《たつ》の馬《ま》も　今も得《え》てしか　あをによし　奈良の都に　行きて来《こ》むため（5・八〇六）

B　現《うつつ》には　逢ふよしもなし　ぬばたまの　夜《よる》の夢《いめ》にを　継《つ》ぎて見えこそ（5・八〇七）

答ふる歌二首

C　龍《たつ》の馬を　我《あれ》は求めむ　あをによし　奈良の都に　来《こ》む人のたに（5・八〇八）

D　直《ただ》に逢《あ》はず　あらくも多し　しきたへの　枕《まくら》去らずて　夢《いめ》にし見えむ（5・八〇九）

1　成立

A・Bの歌の題詞「歌詞両首」の前の「書簡文」は、両首の作者大宰帥大伴卿（旅人）が奈良の都より送られて来た手紙（「来書」）に書いた返事で、この「書簡文」と歌に対して、C・Dの歌「答ふる歌二首」が奈良の都の人から届いた。

「龍の馬の贈答歌」は、配列されている前後の歌の記載年時から推して、神亀五年（七二八）七月二十一日以後、天平元年（七二九）十月七日以前の作と考えられる。「書簡文」の中に、「漢《あまのがは》を隔《へだ》つる恋」とあることから類推すると、神亀六年七月（神亀六年は、八月五日に改元して天平元年となる）の七夕前後の贈答と考えられる。

「書簡文」を書いた旅人は、大納言兼大将軍正三位安麻呂の長子として天智四年（六六五）に生まれ、元正天皇の養老二年（七一八）、五十四歳で従四位上、中納言。右大臣藤原不比等が薨じ、代わって最高権力の座に就いた右大臣長屋王の治世下となった養老五年、藤原武智《ふじわらのむち》麻呂《まろ》・房前《ふささき》等とともに従三位に昇り、聖武天皇の神亀元年（七二四）、武智麻呂・房前とともに正三位に昇進した。長屋王が左大臣に就任した年である。大宰帥として筑紫に下向したのは、神亀四年の十二月（旅人六十三歳）の頃のことであったろうか（五味智英「大伴旅人序説」『大成』）。十月六日に、従三位阿《あ》倍《べの》朝臣《あそみ》広庭《ひろにわ》が中納言に任じたことは、旅人の帥拝命と関係あるか。続紀にはなぜか旅人のことは記されていない。

大宰府赴任を左遷と考える説の有力な中にあって、五味前掲書の所見に従い、身分・地位・家柄・経験等から考えて順当な赴任であったと考える説も無視し得ない。しかし、旅人が赴任を喜こばなかったであろうことは、赴任後に生じた事情にもよるが、都から遠く離れた大宰府は老齢の旅人にとっては流謫の地・隠逸の地同然ではなかったか。藤原氏の抬頭による政治的疎外感の中から、旅人は自然『文選』をはじめとする中国の詩文にみる隠逸者の世界に引きこまれて行ったのではないか。中納言昇任から九年、大納言への昇任もないままの割り切れない気持で赴いた旅人に待っていたのは、老妻の死と長屋王の事件であった。

世の中は　空《むな》しきものと　知る時し　いよよますます　悲しかりけり（5・七九三）

神亀五年六月二十三日、老妻の死に遭遇して歌われたこの一首は、「彼をして作歌の道に深く踏み込ませる動機となったものと思はれる。」（五味前掲書）。漢文序「禍故重畳、凶問累集」は、いったい旅人の周りに何が起ったというのであろうか。翌年二月、都で起きた長屋王の死により旅人をして、ますます憂悶の淵に追いこんでしまった。そのことは、「大伴卿歌五首」（3・三三一～五）や「讃酒歌十三首」（3・三三八～三五〇）の歌の世界に窺い知ることができる。

長屋王事件の波紋の収まりかけていた七月、旅人の宅で七夕の宴が開かれた。憶良は、長歌（8・一五二〇）を披露した。その頃であろうか、奈良の都から旅人の元に一通の手紙が届いた。旅人は「書簡文」をしたため、A・Bの歌を贈った。間もなく、奈良の都から、C・Dの返歌があった。

2　「書簡文」の問題

先ず旅人が書いたと思われる「書簡文」の内容にふれておこう。

「伏して来書を辱くし、具に芳旨を承りぬ」とは、「お手紙有難うございました。御芳情身に沁みて嬉しゅう存じました。」（『全注』）という、奈良の都からの便りを受けとったことと、そのことに対する謝意が示されている。「来書」は、奈良の都に住む人から旅人に送られた書簡のことと考えられるが、「来書」の送り主についてもその内容についても、記載はなく不明。

この「書簡文」について、一方に、旅人からの手紙（万葉集には載せない）を受けとった奈良の都の人からのものとする考えがあり、そうだとすると「来書」を旅人の送った手紙とする考えが生じる。また、本文の構成に異同のあることを指摘する注釈書もある。

「具に芳旨を承る」は、相手の手紙を受け取った旨のあいさつであるが、手紙の目的・内容次第で「芳旨」をどのようにとるか、「しかと御意《ぎょい》のほど承りました。」（『釈注』）と相手の思いに応える意を汲みたい。「具に」とあることにより、長い文章、もしくは、軽い内容のものでないことが推測される。

次の「忽《たちま》ちに漢《あまのがは》を隔《へだ》つる恋を成し、また梁《はし》を抱《むだ》く意《こころ》を傷《いた》ましむ」のは、手紙をもらったうれしさから誘発されて起った感慨を述べたもので、「それにつけても、にわかにあなたが恋しくなって、天の河を隔てて逢えぬ織女の嘆き、梁を抱いて待った尾生《びせい》の傷心も、身につまされて思われます。」（『全注』）と訳される。「漢を隔つる恋」は、『文選』や『玉台新詠』などの影響の認められることばで、ここは七夕の時季にことよせて、筑紫と奈良とに離れてあるお互いの思いを天の川を挟んで隔てられている牽牛・織女星の恋に譬えたもの。譬えから、相手を女性とみるか、男性とみるか解釈が分かれている。

「梁《はし》を抱《むだ》く意《こころ》を傷ましむ」は、『文選』「琴賦」（嵆叔夜《けいしゅくや》）の一節「尾生以レ之信」の李善《りぜん》注に『荘子』（盗跖篇《とうせき》）の尾生の故事「尾生与二女子一期二梁下一。女子不レ来、水至不レ去、抱レ柱而死」を引いて、来たるべき人の来たらざるを空しく待っている尾生にわが身を置き換えて、親交の篤い女性への思いの切なる情を述べたもの、ととるか、待つ思いのせつなさを中国の典籍の文辞に求めて外交辞令として述べたまでのこととしてみるか解釈が分かれる。

「去留恙《きよりうつつみ》なく」とは、去ると留まると、行往坐臥、日々の暮らしがつつみなく。「去留」は、『文選』「文賦」（陸士《りくし》衡《こう》）の「定去留於毫芒」（去留を毫芒《ごうぼう》―微細なこと―に定む）や同じ『文選』「琴賦」の「委二性命一令任二去留一」（性命―天命―に委ねて去留に任《まか》す）や『遊仙窟』などに拠っているものと思われる。「恙く」は、後に憶良が「好去好来歌」（5・八九四）の中に「大伴の　三津の浜辺《はまび》に　直泊《ただは》てに　み舟は泊てむ　つつみなく　幸くいまして　はや帰りませ」と歌うように、事故・障害もなくの意。作者未詳歌に、「恙無《つつみなく》　福座者《さきくいまさば》」（13・三二五三）ともある。「披雲を待つ」の「披雲」は、『中論』や『晋書』（楽広《がっこう》伝）の故事により、人に会う喜びを敬って言う。「いつの日か、晴れてお会いできる時を、ただひたすら待ち望むばかりです」（『全注』）と訳される。ここも、単に親しみをこめた表現とみるか、相手に畏敬の念を示したやや外交辞令とみるか、相手次第で訳し方も異ってこよう。

この「書簡文」を旅人の書いたものとする通説（『攷証』・『新考』・『全釈』・『総釈』・『金子評釈』・『注釈』・『私注』・『古典大系』・『古典全集』・『釈注』など）に対して、旅人への奈良の都の人よりの返簡と見る説（『代匠記』・『略解』・『古義』・『全註釈』・『窪田評釈』・『全注』など）とがある。

古写本・伝本に、配列についての異同は認められないが、古注釈書には「書簡文」の位置ならびにA・B歌の題詞と作者についての注「歌詞両首大宰帥大伴卿」の位置をめぐって論議もある。また、『私注』は、旅人のための憶良の代作とする説もあげている。相手の奈良の都の人を誰と考えるか、また、その『書簡文』の主、その目的とも併せて俄かに決め難い問題をかかえている。

そこで、問題点となる通説に反する説を一瞥しておこう。先ず、『古義』に、

> 此ノ書牘（「書簡文」）は、必ず此間（B・CとD・Eとの間—筆者注）にあるべきを、旧本には甚く錯乱たり、そのゆゑは、まづ初二首は、旅人ノ卿より、都の朋友の許へ贈られし歌なり、さてそれに書牘も有つらむを、そは漏たるなり、かくてその旅人ノ卿の書牘并歌詞に答へられて、京の人の、此ノ書牘と、次の答歌とある二首とを、旅人ノ卿の許へ贈られけるものなり、

と、A・Bの歌のあと、C・Dの歌の前に「書簡文」を配置して書牘（「書簡文」）は奈良の都の人が、旅人に宛てたC・Dの歌に付したものであると位置づけている。

また、『窪田評釈』は、「旅人の歌の次ぎに置くべき京人の返翰が、何らかの事情で旅人の贈歌の前に置かれたのだと見る解」を支持、「書翰は署名が逸してゐるので、誰とも知れない。」としている。したがって「書簡文」にいう「来書」は、旅人より贈られ奈良の都の人の受け取った書翰で、A・Bの前にあるべきものであるが、失われて万葉集には載せられていない、と。

しかし、この「書簡文」を、C・Dの前に移すことについて『全注』は「みだりな処置」と断じている。「書簡文」の内容を吟味すると、漢籍引用の文辞から「龍の馬も今も得てしか」という歌の発想が生れてくるのであって、「龍の馬」や「夢の逢ひ」の歌から「書簡文」が綴られているのではなかろう。通説に従いたい。

3　A・BとC・D（贈答）の歌

Aの歌の「龍の馬」は、『文選』の「別賦」（江文通《こうぶんつう》）に「龍馬銀鞍」の句があり、その李善の注に「馬八尺以上為レ龍」とあり、「赭白馬《しやはくば》の賦」（顔延年《がんえんねん》）には、「驥《き》は力を称せず、馬は龍《りよう》を以て名づく」とある足の速い駿馬のこと。小島憲之「万葉集と中国文学との交流」（『大成』）には、『玉台新詠』「白銅鞮歌」（襄陽《じようよう》）の「龍馬紫金鞍」、「送遠曲」（謝朓《しやちよう》）の「方衢控龍馬」の翻読語の一例であり、「当時新しい歌語として歌人達に新鮮味を感じさせようとしたものであらう。」と指摘している。「書簡文」の文案作成過程から導き出された漢籍からの引用と考えてよいのではなかろうか。

「今も得てしか」のシカは、動詞の連用形や完了の助動詞ツの連用形テを受ける願望の助詞。今モは、「ほととぎす今も鳴かぬか」（18・四〇六七、8・一四七〇）、「夕影に今も見てしか」（8・一六二二、一六二七、12・二八八〇）、「今も見が欲し」（10・二二八四）等、下の願望表現と呼応する例が多い（『全注』）ことから、たったいま、すぐにでもの意。作者の下の句に示された奈良の都への念の強さ・大きさを表わしている。「あをによし」は、「奈良」にかかる枕詞。「天ざかる」筑紫を意識した使用かと推測される。

「行きて来む為」は、奈良へ帰りたい、帰郷したい、という思いではない。思いを果すために、行って来るために、お目にかかるために龍馬を欲しい、と言っている。相手への思いを示しているように思える。相手に来て欲しいとも求めていない。この作者の思いに立って、「書簡文」も理解されるべきであろう。

Bの歌の「うつつ」は、夢に対する現実。「逢ふよし」は、会えるてだて。「龍の馬」など得るてだてもないのだから、会えるてだてなどない、という絶望感。「ぬばたまの」は、アヤメ科のヒオウギの実が黒くなることから黒・夜・髪などにかかり、夜の縁で月や夢などにもかかる枕詞。「夜の夢にを」のヲは、上の語を指示する助詞。せめて、夜の夢に継ぎて見えて欲しい」。「継ぎて」は続けてで、願望の助動詞コソ（コスの命令形）と併せて思いの強さを表わしている。

　夢は、直接会うことのできない相手をせめて夢の中ででも会いたいと願う心情から、相手のことを深く思っていると、当人の心が身から抜け出していって相手の夢の中に現われるという俗信（遊離魂）があった。深く愛し合っているのに支障があって現実には逢えない時に、夢での出逢いが詠まれる。夫婦や恋人の例が多いが、肉親や友人どうしの場合もある。相手を夢みるために努力もし工夫もした。衣の袖を裏返し（12・二九三七）、下紐を解いて寝たり（4・七七二）、神に祈ったり（11・二四一八）。しかし、旅人の夢の歌は、相手にてだてを求めている。相手の行動に委ねている。しかも一首は、上三句を「現《うつつ》には　逢《あ》ふよしもなし　夢《いめ》にだに　間《ま》なく見え君　恋に死ぬべし」（11・二五四四）に拠り、下三句を「うつせみの　人目繁《しげ》くは　ぬばたまの　夜《よる》の夢《いめ》にを　継《つ》ぎて見えこそ」（12・三一〇八）に拠っている。

　C・Dの歌は、旅人の歌に対して返歌した奈良の都の人の歌である。

　Cの歌の「来む人のたに」は、「来る人の為に」である。タニはタメニと同じで、仏足石歌に「人の身は　得難くあれば　法《のり》の為《た》の（多能）　よすがとなれり」とあり、また、続紀天平勝宝元年四月の宣命に「国家護《みかどまも》るが為《た》には（多仁波）勝れたりと聞し召して」（巻十七）とある例に同じ。身近かに得られるはずのない龍の馬を鸚鵡返しに「求めむ」と述べる表現には、あいさつ歌としての外交辞令的口ぶりを感じる。しかし、『私注』は、「『龍の馬をあれは求めむ』と相手の言葉についてすぐに素直に出て来るのは、やはり恋愛者の心持からであらうか。役人同士などではかうは自然に出られないのではあるまいか」、として作者を女性だと想定している。

　次のDの歌の「直《ただ》に逢はず」は、じかに、直接に、逢わない。「あらく」は、有りのク語法、あること。「しきたへの」は、敷妙の、敷いて寝る栲《たえ》。寝具として縁のある枕・床・袖・衣・黒髪などにかかる枕詞。「枕去らずて」のサルは離れる意。枕を離れずに、寝る時はいつも。「夢にし見えむ」のシは強意の助詞。見ェは下二段動詞見ェの未然形。「あなたの夢の中に現われましょう」の意。旅人の歌をうけて、人を思うと相手の夢にあらわれることができる、という俗信によっている。この一首についても『私注』は、「恋愛相聞の意がいよいよ明瞭である」とし、作者を女性とみる考えを示している。

4　奈良の都の人とは誰か

「龍の馬の贈答歌」は、巻五の目次には「大宰帥大伴卿相聞歌二首」・「答歌二首」とあって、旅人が奈良の都の人に贈った相聞歌二首に対して、奈良の都の人が答歌二首を送ってきた、という体裁になっている。その旅人の贈答した歌の相手については、男とも女とも記載しない。

『私注』は、書簡文の中の「披雲を待たまくのみ」が、丹生女王《にうのおおきみ》の「天雲《あまくも》の　そくへの極《きは》み　遠けども」（4・五五三）と「両者の隔りを表現してあるのも思ひ合はされる。」と暗示したあと、「多分旅人と相愛関係にあった人であらう。」と推測している。「単なる交友関係、殊に官場に於ける交友などとしたのでは受け取りにくい。」とし、「大宰府に於ける旅人に相聞の歌を贈った者」には、巻四に丹生女王（五五三、五五四）が見えることを指摘、Cの歌の「作者及作歌」の項には、「『龍の馬をあれは求めむ』と相手の言葉についてすぐに素直に出て来るのは、やはり恋愛者の心持からであらうか・役人同士などでは、かうは自然には出られない」と言っている。さらに、

　コムヒトのヒトの用法なども心をつけて見るべきである。つまり表むきは外々しいが実は親しみ尊んだ語である。丹生女王の作は「古の人」（巻四、五五四）「人のかざしし（巻八、一六一〇）」等のヒトが旅人に宛て用ゐられて居るのは明らかだ。

とし、丹生女王とする考えを示している。

この『私注』の言に対して『注釈』は、「『鸚鵡返し式』な『儀礼的な歌』といふ風な従来の評言の間にあつて出色の言だと私は考へる」と評価している。また、『全注』・『釈注』等も『私注』説を支持している。

大星光史「大伴旅人と老荘神仙思想」（『文学』50―4、昭57・4）は、「旅人が愛していた女性」と具体的に名をあげていないが、松田好夫「大伴旅人」（『和歌文学講座5　万葉の歌人』桜楓社、昭44）は名をあげ丹生女王とみている。すなわち「書簡文」の「来書」を丹生女王からの書簡とみて、その書簡の中に巻四に載せる二首、

　丹生女王、大宰帥大伴卿に贈る歌二首

天雲《あまくも》の　そくへの極《きは》み　遠けども　心し行けば　恋ふるものかも（4・五五三）

古人《ふるひと》の　飲《たま》へしめたる　吉備《きび》の酒　病《や》まばすべなし　貫簀《ぬきす》賜《たば》らむ（4・五五四）

の歌が入れてあったのではないかと憶測している。旅人は、その女王の返書（「来書」）に対してA・B歌二首を贈った。そしてその返しが、C・Dであるとする。

神亀五年、旅人は、「故人《なきひと》を思恋《しのひ》ふる歌」、

愛《うつ》しき　人のまきてし　しきたへの　我《わ》が手枕《たまくら》を　まく人あらめや（3・四三八）

を、「別れ去《い》にて数旬を経て作る」とある。この歌が「贈答歌」に先だち丹生女王のもとに送られていたとしたら、たび重なる二人の贈答の可能性は高まる。

　丹生女王、大宰帥大伴卿に贈る歌一首

高円《たかまと》の　秋野《あきの》の上《うへ》の　なでしこが花　うら若み　人のかざしし　なでしこが花（8・一六一〇）

の歌が、その歌の返歌として旅人の元に届いたのかは不明ながら、この歌の作者丹生女王の回想によって二人の関係――「うら若み人（旅人）のかざししなでしこの花（丹生女王）――の密接な関係だったことが想像される。

「天雲の」歌の「心し行けば」（私の心さえ届けば）あなたは「恋ふるものかは」（私を惚れ返して下さるものでしょうか）

とやや疑問を投げかけ、次の歌「古人の」に、「もう忘れてしまったような昔の恋人の（古人の）下さった吉備の酒を飲めば、悪酔いし、吐逆するかも知れないから貫簀を下さい」と戯れ、くだけてまんざらでもない思いを示している。こうみてくると、大宰帥旅人の元に書簡を送っている女性は丹生女王一人であることから、女王を「龍の馬の贈答歌」の相手であると、自然絞られてくるように思われる。

しかし、その二人の深い関係、粋な歌のやりとりからすると、「龍の馬の贈答歌」には、同じ二人の贈答とは思えない点が認められる。その第一は、旅人の歌Aの結句「行きて来むため」は、私的な親密な愛情の表出とはなっていないのではないかということである。「行きて来むため」とは、またすぐ大宰府に帰ってくることを言う。お義理・義務感・あいさつ程度の表現に過ぎず、己を捨てて身を投じるといった男女間の愛情表現は示されていない。私的感情に埋没していない。距離をおいて相手に接している。なにかよそよそしい隔たりのある表現にとどまっているように思える。これは、十分胸襟を開いていない関係を感じさせないであろうか。

Bには、現実には逢えない男女がせめて夢の中で会いたいと歌う例をなぞりながら、あなたの夢の中に逢いに行くという強い思いはなく、夢の中にやって来て欲しいと相手に手だてを求め、あるいは、すすめている。

また、一方の「答ふる歌」Cは、さりげなく受け、Dにも二人の間には距離が感じられる。「しきたへの　枕去らずて」には、一見、男女間の贈答を感じさせながら、結句の「夢にし見えむ」は、『私注』の言うように「恋愛相聞の意がいよいよ明瞭」とはとれない。ややおざなりな感を否めない。

「贈答歌」は、恋歌仕立てになっていて親愛の情を交わしているように歌われてはいるが、決して恋愛の交歓にはなり得ていないし、男女間の贈答と特定できかねるのではないだろうか。

旅人との贈答歌の相手を丹生女王と考える説に対して、漢文で書かれた書簡文の作者を女性とみることは不適当だという判断から否定するのは、吉永登「大宰帥大伴卿の贈答歌」（『万葉　その探究』現代創造社、昭56）である。吉永は、

『私注』の言うように三首中二首まで「人」ということばが用いられている。旅人に歌を贈った京人も、その歌から見て女性のようであり、しかも「人」ということばを用いている。これが『私注』の京人に丹生女王らしさを認めたゆえんであろう。しかし、「人」ということばは『万葉集』中四〇二首の歌に用いられている。つまり一一首に一度という頻度であるが、そうした高い頻度を持つ「人」であってみれば、それを根拠にすることは危険というほかはない。それに京人はその歌から見たばあい、たしかに女性らしくはあるが、一面前章でも触れたように漢文で書かれた書簡の作者でもあるのである。漢文で書かれた書簡の作者である以上、これを女性とみることには難色があろう。

とされた。漢文の書簡を女性が書けたかどうかという問題については、『全注』が「貴族階級の女性のためには記室の代筆ということもあり得るだろう。」と述べられていて、後に、正四位上まで昇叙し、石田王《いわたのおおきみ》の卒時に挽歌（3・四二〇〜二）を献呈している丹生王と同一人物だとしたら、むしろ代筆は不用だったと考えるべきであろうか。

次に、村山出「隔漢の恋」（『憂愁と苦悩　大伴旅人・山上憶良』新典社、昭58）は、「生前の妻の面影を都に幻想しつつこの相聞贈答歌を創作」した、『龍の馬の贈答歌』は、すべて旅人一人の作とされた。それは、土田知雄「大伴旅人・京人贈答歌私考」（『語学・文学』12、昭49・3）が、「恋愛詩集『玉台新詠』に贈答詩を両方とも同一作者が創作するという手法が見られるが、この手法に旅人がヒントを得て創作を試みた」と説くことを認め、導き出された見解である。土田は、神亀六年七月七日、帥の家で七夕の宴が開かれた折りに作った憶良の長歌（8・一五二〇）に刺戟されて旅人は「龍の馬の贈答歌」を創作した、と説く。この土田の言う憶良の七夕歌が旅人の創作意欲を刺戟し、憶良に対抗する文学様式の構築を促したことは十分想像されることではあるが、「龍の馬の贈答歌」に及ぼして認め難いことは、次に述べる用字法の上からも言えるのではないだろうか。

万葉集巻五は、概ね一字一音の仮名によって表記されている。しかし、その表記は作者各々によって相当個性的な相異が認められる。

稲岡耕二「万葉集巻五の音仮名について―憶良の音仮名用字圏―」(『国語と国文学』37―6、7、昭35・6、7)には、詳細な音仮名用字の一字一字の検討の分析の結果、「龍の馬の贈答歌」にかかわる部分について次のように分析されている。

①「贈られた歌二首」八〇六と八〇七の用字は、七九三(旅人)と同じものであると認められる。(B用字圏・旅人用字圏)

②また、二首の用字は、七九六を除く七九四から八〇五までの一群の歌の用字(A用字圏・憶良用字圏)とは全く異質的であって、別人の用字と考え得るものである。

③「答える歌二首」八〇八と八〇九の二首の用字は、七九三から八〇七までのすべての歌の用字と異質である。

④八一〇と八一一とは、七九三および八〇六と八〇七の用字と同じと認められる。(B用字圏・旅人用字圏)

また、

⑤八一二の歌の用字は、巻五のどの歌の用字とも際立って異っている。A・B両用字圏外と認めるべきである。房前自身の用字かどうかは、明確でない。

旅人の作(七九三、八〇六〜七、八一〇〜一一)は旅人の用字圏に属する、憶良の作(七九四〜八〇五)は七九六歌の例外を除いて憶良の用字圏に属する。そして、「答える歌二首」の八〇八〜九歌と房前の八一二歌とが、旅人の用字圏にも憶良の用字圏にも属さない仮名の用字法であるということは、「答える歌二首」の歌が、旅人でも憶良でもないということである。用字法からすると、C・Dの歌を、A・Bと同一人、旅人の作歌とすることに無理があるように思われる。

しかし、A・BとC・Dの用字法の異なることは、「別人の作なることを装うためであろう」(土田前掲書)とする考えについては、別の角度から論じなければならないであろうが、もし仮りに、書簡文も贈答歌もすべて旅人一人の創作であり虚構作・文芸的創作であるとするならば、次のような疑問をどう解くことができるのであろか。すなわち、一連の作が文芸的創作であるならば、もう少し一連の結構が体を成していて然るべきではないかという疑問である。旅人書簡の前に、京人の書簡がなぜないのか。「淡等謹状」に答えた房前の書簡のように答歌に付した書簡文をなぜ欠いているのか。仮りに「書簡文」を京人よりのものとするにしても、文芸的創作であるならば一方の書簡の欠ける贈答は十分な体裁を成しているものとの判断はできない。整わない点のあることは、編纂時の混乱か、実際の贈答の記録保存の不備、もしくは不備とせざるを得ない事情（載せるに適わしくない内容など）の結果であって、創作時のままを今に伝えるとしたら至極整わない作品に思える。文芸的創作とするなら、たとえばあとに続く「淡等謹状」と同じように整った様式がとられていて然るべきではなかろうか。

5　「奈良の都の人」は房前

「龍の馬の贈答歌」は、長屋王事件の顚末がある程度おさまった六、七月の頃、房前からの便り「来書」をきっかけとして、旅人の返信と贈歌に房前からの返歌を加えて成ったものと判断する。贈答歌の相手を房前と考えることの第一は、あとに続く「日本琴の歌」（5・八〇九～八一一歌とその序）の贈答の相手が房前であることからである。また、両者ともに贈答により構成された、いわば一連の作と考えていいのではないかと思われるからである。『釈注』の、「この一群には日付がない。これは、次に解く八一〇～一二歌の一群と連なるような形で旅人の手許に保管されていたことに起因しよう」とされるように、巻五の形成過程からも証明されることであろう。（伊藤博「憶良歌巻から万葉集巻五へ」『万葉集の構造と成立 上』塙書房、昭49、初出昭46）

長屋王の変は、藤原氏の勢力と長屋王の対立から、藤原氏による謀略であったと説明されるように、事件当時、宇合《うまかい》が六衛府の兵を率いて王の宅を取り囲み、武智麻呂が王の罪の窮問にあたったと書かれている通りであったろう。しかし、この時、内臣房前の動静が記録されていないことから、房前は、兄武智麻呂等と政治的立場を同じくするものでなく、むしろ長屋王の側に属する人物であった、とする原田貞義「旅人と房前―倭琴献呈の意趣とその史的背景―」(『万葉とその伝統』桜楓社、昭55)の説がある。それによれば、房前は、長屋王の自尽によってその政治的基盤を失い、同時に官途の望みも絶たれた。神亀六年二月、長屋王自尽後の三月、早くも武智麻呂は大納言に進み、議政官首班の座を収め、やがて従二位・右大臣へとのぼる。しかし、房前はわずかに、同年九月中務卿を兼任するにとどまり、それ以後の昇叙のなかったことなどから、「房前は長屋王の自尽によって、その政治的基盤を失い、同時に官途の望みも絶たれた」とする。しかし、房前の内臣としての役割を重要視して、「事件に最も直接に関わるのは藤四子の中でも内臣の房前であったはずである。彼が天皇・后宮に最も近い位置にあったからである」(胡志昂「旅人・房前の倭琴贈答歌文と詠琴詩賦」『奈良万葉と中国文学』笠間書院、平10、初出平5)とする考えに与みし、なぜその房前が旅人に書簡を送ったのか考えなければならない。

旅人の大宰帥選任を藤原氏の謀略の第一の手と考えるか否定するかはともかくとして、長屋王の事件以後、旅人の動静を最も気にとめなければならないのは他ならぬ内臣の房前であった。その房前の立場上から発した書簡が「来書」であったと推測する。旅人の返信「書簡文」に、「漢」を言うのは、書簡のとり交わされた時期とも関わるが、懐風藻に載せる房前の五言詩「七夕」の一首が、旅人の脳裡をかすめたからではなかろうか。

帝里初涼至り、神衿早秋を翫《はや》したまふ。
瓊筵《けいえん》雅藻を振ひ、金閣良遊を啓《ひら》く。
鳳駕雲路に飛び、龍車漢流を越ゆ。
神仙の会を知らまく欲りせば、青鳥瓊樓《けいろう》に入るといふことを。

織女の乗る龍車が漢流を越ゆとうたう一句にかけて、都と筑紫とを隔てている道程を天の川に見たて、織女の乗る龍車を龍馬に見たててAの歌が作られているともいえる。

旅人は、房前の書簡にはまともには答えず、野心のないこと、反することのないことを示す方法として、生々しい文章によるよりも、歌によって相手に親近感を示したものと思われる。房前の返信は伝わらないが、その返歌は、旅人の歌の一部を繰り返すことにより、旅人の心情を十分咀嚼し己の言をその上に乗せて旅人の心に返しているとも言える。贈答歌の常套的手法にかなっているといえるのではないか。

房前の返歌に安堵した旅人は、工夫を凝らして「琴歌」を作り二心のないあかしを示したものと思われる。旅人の歌、

言問《こと》はぬ　木にはありとも　うるはしき　君が手馴《たな》れの　琴にしあるべし（5・八一一）

に対して、房前の返した歌は、全く旅人の上二句を繰り返して、「言問《こと》はぬ　木にもありとも」とし、「うるはしき君」を「我《わ》が背子《せこ》が」に置き替えて結句を添えたにとどまる。この手法は、「龍の馬の贈答歌」の対応と規を一にしている。

懐風藻に載せる房前の他の詩二篇によっても、房前は詩文の才に秀れ、人情の機微を察する知性に秀でていた。房前を胡志昂（前掲書）は、「もし、詩文を通して作者の性格や資質を推測することが許されるならば、そこに気配りがよく人情の機微を察する知性を有し、無理を好まず時勢の趨《おもむ》く所に従って処世するような人柄を見て取ることが出来る。」と評している。旅人は、その房前のことを、在京中の公務等を通してよく承知していたことから、詩文を選び、詩文に運命を託したものであろう。

中西進「文人歌の試み―大伴旅人における和歌―」（『万葉と海彼』角川書店、平2、初出昭59）には、旅人は「琴歌」によって政治的に争う意志のないことを表明し、あわせて「空しく溝壑《こうがく》に朽ちむことを恐」れ、わが風雅を語り合える

「知音」の友を求めた。風雅に身を処し、風雅においてのみ胸襟を開きうると判断した、と説く。

「龍の馬の贈答歌」は、旅人が房前に胸襟を開くに至る経緯を僅かに窺い知ることのできる残された貴重なあかしともいえよう。

（露木悟義・鶴見大学短期大学部教授）

日本琴の歌

大伴淡等《たびと》の謹状

梧桐《ごとう》の日本琴《やまとごと》一面　対馬の結石山《ゆひしやま》の孫枝《ひこえ》なり

此の琴夢に娘子《をとめ》に化りて曰く、「余《われ》、根を遥島《えうたう》の崇《たか》き巒《みね》に託《つ》け、幹《から》を九陽《きうやう》の休《うるは》しき光に晞《さら》す。長く煙霞《えんか》を帯《めぐ》らして、山川の阿《くま》に逍遥《せうえう》し、遠く風波を望みて、雁木《がんぼく》の間に出入す。ただ百年の後に、空しく溝壑《こうかく》に朽ちなむことのみを恐る。偶《たまさか》に良き匠《たくみ》に遭《あ》ひ、削《き》りて小琴に為《つく》られぬ。質麁《あら》く音少なきことを顧みず、恒に君子の左琴《さきん》とあらむことを希ふ」といふ。即ち歌ひて曰く、

いかにあらむ　日の時にかも　音《こゑ》知らむ　人の膝の上　吾が枕かむ（5・八一〇）

僕《やつかれ》、詩詠に報《こた》へて曰く

言問はぬ　木にはありとも　愛《うるは》しき　君が手馴《たな》れの　琴にしあるべし（5・八一一）

琴娘子答へて曰く

「敬みて徳音を奉《うけたま》はりぬ。幸甚幸甚」といふ。片時《しばらく》ありて覚《おどろ》き、即ち夢の言に感《かま》け、慨然《かいぜん》に止黙《もだ》あること得ず。故に公の使ひに付けて、いささかに進御《たてまつ》らくのみ。謹状す。不具。

天平元年十月七日に、使ひに付けて進上《たてまつ》る。

謹通　中衛高明閣下《ちうゑいかうめいかふか》　謹空

跪《ひざまづ》きて芳音《はうおん》を承り、嘉懽《かくわん》 交《こもごも》深し。乃《すなは》ち竜門の恩、また蓬身の上に厚きことを知りぬ。恋望《れんばう》の殊念《しゆねん》は、常の心の百倍なり。謹みて白雲の什《じふ》に和《こた》へて、野鄙《やひ》の歌を奏《まう》す。房前《ふさざき》謹状す。

言問はぬ　木にもありとも　吾が背子が　手馴れの御琴　地《つち》に置かめやも（5・八一二）

十一月八日　還使の大監《だいけん》に付く

謹通　尊門　記室《きしつ》

1　成　立

巻五にある大伴旅人と藤原房前の間に交わされた日本琴の贈答をめぐる書簡である。謹状冒頭の「大伴淡等」は大伴旅人のこと。続日本紀などでは「旅人」あるいは「多比等」と記されているが、天平勝宝八年（七五六）六月の東大寺献物帳に見える旅人旧蔵の槻弓《つきゆみ》についての記事にも「淡等」とある。『古典全集』は「謹状」を目上の人に書いた書状の意とし、この一行を巻五の編纂者が附した題詞としているが、ここはやはり同巻の憶良書簡に「憶良誠惶頓首謹みて啓す」と同じく書簡の冒頭と見、「謹みて啓す」と訓むべきであろう。

旅人は養老二年（七一八）より中納言を拝命しており、この時は大宰帥の任にあり、対馬を含む西海道九国三島がその管轄下に在る。筑紫赴任の時日は不明だが、帥の任官年限から考えて、神亀四年（七二七）の冬頃と見てよいであろう（佐藤美知子「帥時代の旅人とその周辺」『論集日本文学・日本語1 上代』角川書店、昭53）。

天平元年（七二九）は六月に藤原麻呂が天子受命の瑞祥とされる「図負へる亀」を献上したことで、神亀六年八月五日の詔により改元され、同十日に藤原夫人光明子《ふじわらぶにんこうみょうし》が立皇后された。溯ってこの年の二月に左大臣長屋王が誣告《ぶこく》に遭い自害させられ、三月に藤原武智麻呂《むちまろ》が大納言に進み、政府首班の座に納まっている。改元は常に多事の年に行われるものだが、天平元年は長屋王を執権者とする皇親政権に替わって藤氏の外戚政権が確立した年であった。

「高明閣下」は琴を贈る相手の藤原房前に対する尊称である。『公卿補任』によれば房前は天平二年十月一日に中衛大将に任ぜられたとあるが、この書簡によって神亀五年七月に中衛府が新設された当初から房前が大将を務めていたことが明らかである（笹山晴生「中衛府の研究」『日本古代衛府制度の研究』東京大学出版会、昭60）。房前は養老元年より参議、同五年より内臣を拝命しており、「常在二大内一、以備二周衛一」（続日本紀）を職掌とする中衛大将を兼任したことで、宮中の機密のみならず護衛も一手に握ることになる。

天平元年九月二十八日付で房前は中務卿を兼ねることになった（続日本紀）。京都から筑紫への下向日数は十四日を要するので、書簡を記す時に中務卿栄転の報はまだ大宰府に届いていなかったはずだが、事前の風評が旅人の耳に入り、それを祝賀する意味で日本琴が贈られたとする説がある（蔵中進「日本琴の歌」『万葉集を学ぶ　第四集』有斐閣、昭53）。そのような可能性も否定できないだろう。

日本琴と謹状を携えて上京した「使」の者は、返書を預かった「還使の大監」と同一の人物で、大宰大監の大伴百代と見られる。彼は翌天平二年正月の大宰府梅花宴で歌（5・八二三）を一首詠んでいる。

2　史的背景

従来この贈答書簡の史的背景をめぐって多くの考察が加えられてきた。長王と藤氏の対立に絡む旅人の立場に関して、

a大宰帥任命を長屋王打倒を画策する藤氏の謀略による一種の左遷と捉える（川崎庸之「長屋王時代」『記紀万葉の世界』お茶の水書房、昭27）

bこの任官に藤氏の意図が働いたとしても当時では順当な人事だったと見る（五味智英「大伴旅人序説」『万葉集大成10』平凡社、昭29）

という見解の違いは認められるが、旅人が旧豪族大伴氏の首長として心情的に王に傾いていたと思われ、王の失脚により政治的乃至精神的打撃を受けたと見られる点については、諸説に顕著な異論はないといってよい。筑紫に赴任した結果旅人が中央政界から疎外されたことは、養老四年不比等が病篤の際、征隼人持節大将軍を拝命した彼が副将軍以下を九州に留めたまま京都に召還されていた往昔《おうせき》と照合すれば明白である。従ってその九州赴任に藤氏の策略が働いた確率が高く、事件の後旅人も自らの境地を悟ったのであろう。栄枯盛衰の無常と仙境隠遁の思いを歌った「大伴卿歌五首」や「讃酒歌十三首」にその頃の旅人の絶望と消沈の心境を窺い知ることができる（胡志昂『奈良万葉と中国文学』笠間書院、平10）。

一方、藤原房前の立場について従来の諸説はおおよそ三つに分けられる。

1　藤原氏勢力の陰の実力者もしくは中心人物であった

2　長屋王派で武智麻呂と対立したため後に冷遇された

3　武智麻呂らとは距離を置き独自の立場を取っていた

1は兄の武智麻呂に先んじての参議就任、同五年の「内臣」拝任などから、不比等が次男の房前を自分の実質的後継者、長男の武智麻呂を法的後継者とする見方によって導かれる（野村忠夫「長屋王首班体制から藤四子体制へ」『律令政治の諸様相』塙書房、昭43）。長王事件の時彼が表立った動きをしなかったが、計画と遂行の中枢にあったと見る（渡辺久美「藤氏の四家」京都女子大学『史窓』33、昭50・3）。2は養老五年に房前が長屋王と共に元明の遺詔を受けていること、長屋王の変で動いた形跡がないこと、事件以後天平九年の死去まで昇叙がないことが論拠になる（高崎正秀「大伴旅人」『上古の歌人』弘文堂、昭36）。3は房前の内臣拝命に妻牟《む》漏《ろ》女王と妹光明子の生母である県《あがたいぬかいのみ》犬養《ち》三千代《よ》ひいては県犬養氏が介在し、長屋王排斥・光明子立后と続く一連の動きの中で、房前が武智麻呂らとは距離を置き、独自の立場をとる一因になったという（増尾伸一郎「『君が手馴れの琴』考」『万葉歌人と中国思想』吉川弘文館、平9）。房前の政治背景に関して史学の立場から綿密な研究がある（岸俊男『日本古代政治史研究』塙書房、昭41）。

房前の出世ないし婚姻に父不比等の意思が強く働いたことは疑いないであろう。それに事件の根底に皇位継承の資格をもつ長屋王が聖武帝の潜在的脅威であり、光明子立皇后の最大の障害であるという理由があったならば、倒長屋王に最も直接に関わるのは藤四子の中でも内臣の房前であったはずである。王が政府首班になるのと時を同じくして、房前が共に元明の遺詔を受け、重ねて勅詔を承って内臣を拝命するのも、朝廷権力を一分化する中で、政府に対し宮中の力を強化するための一措置であったと考えるべきであろう。近年出土された長屋王邸の木簡に垣間見る王の権勢を見れば、「内外を計会《はから》ひ、勅に準《なづら》へて施行し、帝の業を輔翼《たす》けて、永く国家を寧《やす》みすべし」（続日本紀）という内臣設置の意味が改めて知らされる。従って個人的に房前と長王との関係がどうであれ、政府と宮廷の間に対立が生じれば、房前は内臣として当然後者の意思を代弁せねばならない。聖武登極の時、生母宮子の称号を巡って王が公式令により宮子を「大夫人」とする詔勅に反発する事が起こった。この称号は内臣の房前が諮問を受けて案出された可能性が大きい。

一方史書に拠る限り、房前が事件の前面に出なかったのはその性格を映し出しているのではなかったかと考えられる。懐風藻に留《とどま》るその三篇の詩を見れば、「送別」に流れる細やかな叙情は詩人の文才もさることながら人情を察する才知が窺われ、「七夕」は天子の風雅に対する礼讃が一首の主眼であり、そこに内臣としての周到な心構えを見ることができる。更に「侍宴」では儒教の理念よりも老荘の無為思想において皇権を頌えたところに作者の政治観または処世術が反映されていると考えてよいだろう。もし詩文を通して作者の性格や資質を推測することができるならば、そこに人情の機微を察する知性を有し、無為自然の思想を心得、バランス感覚のすぐれた人柄を見て取ることが出来る。房前は多分その資質と性格のゆえに、兄よりも先に議政官になり、また長屋王政権下で複雑な政局に対処するため、女帝の信任を受けて内臣になったのであろうし、同じ理由に依り、彼は長王と藤氏との対立の中心に位置しながら、事件の表面に出なかったのではなかったか。しかし彼が積極的に関与はしなかったとしても、当時の政界を長王側と藤氏側に二分すれば、房前を藤氏勢力の大物と見るのはもとよりであろう。

長王失脚後の政界について、武智麻呂伝は次のように記している。

当二此時一、舎人《とねり》親王知二太政官事一、新田部《にひたべ》親王知二惣管事一、二弟北卿知二機要事一。其間、参議高卿有二中納言丹比県《たぢひのあがた》守《もり》、三弟式部卿宇合《うまかひ》、四弟兵部卿麻呂、大蔵卿鈴鹿《すずか》王、左大弁葛木《かつらき》王一。

このうち、皇親長老格の両親王を別にすれば、房前は「参議高卿」の上に臨み、以下県守の中納言拝命は天平四年、麻呂の兵部卿は同三年の任命であるから、王失脚後政府首班武智麻呂と内臣房前の二輪体制が続いたことが知られる。この時政権における内臣房前の位置は、大化元年六月藤原鎌足が内臣になった時「宰臣の勢に拠りて、官司の上に処り」とある（日本書紀）それと同じであること明らかである。家伝によれば、中大兄皇子を輔けて大化改新を遂行せしめた鎌足は、大化元年（六四五）に改新の功績により四位相当の大錦冠《たいきんかん》を授かり内臣を拝命し、白鳳五年（六五四）に従三位相当の紫冠、孝徳帝崩御後重ねて正三位相当の大紫冠に叙せられた後、天智八年（六六九）臨終直前に正一位相当の大織冠を授かるまで、実に十数年もの間に左大臣巨勢徳陀《こせのとくだ》や大臣蘇我連子《そがのむらじこ》等が相次いで没したにもかかわらず、昇官昇位がなかったのである。従って、内臣を拝命した房前は、兄武智麻呂が父不比等の官位を襲うのに対し、祖父鎌足の後を追うものとすれば、存命中の極位は正三位に止まらなければならなかったのであろう。つまり正三位は内臣たるものの極位という不文律がその頃あったと考えられるのである。その没後、「送るに大臣の葬の儀をもってせむをその家固く辞《いな》びて受けず」（続日本紀）とあるのは、房前の遺訓によると思われるが、重ねて正一位左大臣が贈られたのも鎌足に先例があったことで、内臣だった時のその重みを裏付ける（胡志昂「旅人・房前の倭琴贈答歌文と詠琴詩賦」『上代文学』71、平5・11）。

淡等謹状に『文選』・琴賦に倣ったものがあることは夙に契沖（『代匠記』）によって指摘され、語句出典ないし一篇の構成については小島憲之（『上代日本文学と中国文学　中』塙書房、昭39）、古沢未知男「『淡等謹状』と『琴賦』」（『漢詩文引用より見た万葉集の研究』桜楓社、昭41）によって詳細に検証されている。また書簡の趣意に関しては梶川信行「日本琴の周辺―大伴旅人序説―」（『美夫君志』32、昭61・4）に諸説が取り上げられている。

3　旅人の書簡

A　旅人が房前に対して帰京請託など政治的配慮を要請する

B　藤氏への敗北宣言としての政界離脱・世俗離脱の意思表示

C　中央の政界で不遇な房前を激励もしくは慰撫することが目的である

D　純粋に風雅の趣味、文学上の楽しみを親密な関係を有する房前に示す

このうち、Dは平山城児「大伴旅人」（『万葉集講座　第六巻』有精堂、昭47）等に見え、風雅・風流の在り方に関しては後述する。C、原田貞義「旅人と房前―倭琴献呈の意趣とその史的背景―」（『万葉とその伝統』桜楓社、昭55）は琴賦が嵆康《けいこう》の司馬政権に対する非協力的な反俗精神を具象するものとし、謹状も同様に捉えているが、房前の政治立場については先述した。B、中西進「文人歌の試み」（『万葉と海彼』角川書店、平2）も謹状に嵆康、琴賦と等しい超俗の処世姿勢を見い出し、旅人が琴賦をまねることにより、「世俗には無関心だという風雅の振舞いを自らに強いることで、辛うじて藤原氏への降状の屈辱を克服できた。」と指摘する。一方A、古沢（前掲論文）は謹状が琴賦に倣いつつも、それにはない上京請託の意図を「唯恐」以下の謙遜表現に看取している。旅人の作歌に望郷の悲願が多く詠まれており、それらも謹状の趣意を汲み取る有力な手掛かりになるであろう（芳賀紀雄「終焉の志―旅人の望郷歌―」『女子大国文』78、昭50・12）。

胡志昂前掲論文は淡等謹状の制作過程において、従来取り上げられた漢籍以外に『芸文類聚』や『初学記』といった類書の楽部琴条にみえる詠琴詩賦も作者の参考になったとし、それが『文選』・琴賦と異なる趣意を作品に盛り込むための糧となったと指摘する。謹状の「梧桐」は『文選』・琴賦の五臣《ごしん》注に始めて見えるが、これはむしろ馬融《ばゆう》の琴賦によったものと考えられる。また「空朽溝壑」云々梧桐の枯死を連想させる表象も嵇康・琴賦には見あたらないが、詠琴詩に

洞庭風雨幹、龍門生死枝。 ――謝朓《しゃちょう》・詠琴詩

半死無レ人レ覚、入レ竃始知レ音。 ――沈炯《ちんけい》・賦得為我弾鳴琴詩

という梧桐の生死を詠むものが少なくない。これは枚乗《まいじょう》の「七発」に「龍門之桐、百尺無レ枝、其中欝二結輪一菌、其根半生半死」との描述を典拠に踏まえているが、詩に詠まれる梧桐の半死状態は、知音の知遇が得られずに枯れていく姿として捉えられている。謹状の「空朽」云々はそこから想を得たこと想像に難くないであろう。

更に、琴娘子の歌に「音知らむ人の膝の上吾が枕かむ」とある表現も、丘遅《きゅうち》「題二琴朴一奉二柳呉興一詩」に類似する表象を見い出す。

辺山此嘉樹、揺影出二雲垂一。清心有二素体一、直幹無二曲枝一。

凡耳非レ所レ別、君子特見レ知。不レ辞レ去二根本一、造レ膝仰二光儀一。

琴を善く為る柳惲《りゅううん》（字は文暢）が丘遅（字は希範）の故郷呉興の太守を拝命したとき、琴の朴に題して贈った詩である。詩中の「嘉樹」とは、いうまでもなく梧桐のことで、琴に作られ君子の知遇を得るならば、根本を去ることも辞さず、その膝に付いて御姿を仰ぎたいというのである。詠琴の類題性や類書の利用状況からすれば、旅人はこの丘遅詩に想を得た蓋然性が高い。しかも丘詩も贈琴に付けての詠作であり、前半に梧桐の高潔な性質を述べ、後半は君子に知音を求めるという構想の上でも本篇と極めて近い。

旅人が嵇康の琴賦を殊に強く意識したのは、奈良期の文人間に竹林七賢の風流を好む風潮があったことと関係しよう（胡志昂「旅人作歌と遊仙隠逸文学」前掲書）。同時に謹状には琴賦と異なる一面を合わせ持っていることも見逃せない。琴賦との顕著な違いは琴が娘子に化したという夢に始まる。琴娘子の恐れる「百年之後、空朽溝壑」というのは、構成上確かに琴賦の「経㆓千載㆒以侍㆑價兮、寂神峙而永康」にあたるが、意味の上で両者はむしろ対照的である。李《り》善《ぜん》注はこの句に就き「價者、物之数也」と注し、数は自然の運勢をいうのである。因みに千載即ち千歳とは、『荘子』天地篇に「夫聖人（中略）千歳厭㆑世、去而上㆑仙」とある如く、聖人や仙人がこの世に姿を留める年数であって、永久と長存を意味する。桐は求むことなく寂として自然の運数を待つのみと嵇康はいう。一方、謹状では梧桐の寿命を「百年」というが、これは人間の寿命の限界を表示する数字である。中国詩に多くの例を見るのみならず、万葉集中でも憶良の哀世間難住歌序に「難㆑遂易㆑尽、百年賞楽」といい、俗道悲嘆詩序に「撃目之間、百齢已尽」といい、さらに沈痾自哀文の引いた古詩「人生不㆑満㆑百、常懐㆓千年憂㆒」には有限の人生と無限の憂愁との対照的な捉え方も見られる。つまり、作者はかかる時間観念の相違を当然知りながら琴娘子に琴賦と対照的な俗人の運命を負わせたので、彼女が辞を謙って「君子左琴」を願うのも極めて人間的だと言わざるを得ない。

また語句出典として潘岳《はんがく》の秋興賦によった「逍㆓遥山川之阿㆒」なる表現は、詠琴詩賦の類型にあてはまるが、「出入雁木之間」は嵇康の反俗思想と似て非なるものであった。この典拠は『荘子』山木篇に次のようにある。

弟子問㆓於荘子㆒曰、昨日山中之木以㆓不材㆒得㆑終㆓其天年㆒、今主人之雁以㆓不材㆒死、先生将㆓何処㆒。

荘子笑曰、周将㆑処㆓乎材与不材之間㆒。似㆑之而非也、故未㆑免㆓乎累㆒。

弟子の質問に対して、荘子は一応雁（有用）と木（無用）の間に処すると答えたが、すぐにこれを無為の道に似て非なるものとし否定した。これにつき郭象《かくしょう》注も「設将㆑処㆑此耳、此未㆑免㆓於累㆒、竟㆑不㆑処」といい、これは一仮定に過ぎず、それで俗世に累わされるのを免れないので、荘子の真意を「雁木之間」に竟いに処せずというところにあると説いている。旅人はもとよりこの典拠の意味を知っていたはずである。謹状はここで荘子の真意を問題にせず、その言葉のみを利用して処世の姿勢を表明し、それは琴賦の自然守真の思想と異質なものであるが、書簡の前後を一貫するには恰好な典拠といえる。いわば倭琴の自叙は、冒頭こそ琴賦を踏まえ琴木の高潔な生い立ちから語り出したが、無為自然に徹する意思がなく、むしろ世人同様の不安を訴えて知遇を求めるという二面性を合わせもっているのである。そこに俗世に無関心な姿勢を取ることで、逆に出自に見合う処遇を請託する意図を見いだすことはできるであろう。

娘子はもとより旅人の分身である。しかし書状ではそう単純にはならない。作者が夢に登場し先に彼女の請託を聞き入れ、そして慨然とした嗟嘆と共に倭琴を房前に贈り、夢言を伝える設定になっている。なぜなら、自分も風流を好む知音であるにもかかわらず、天離る鄙に滞留する身なので、倭琴の不運を救うべくもなかったからである。ここに梧桐の性質と旅人の風雅、倭琴の不遇と旅人の境遇が重なり合い、そして娘子の請託に対する旅人の返答は、一種の自己主張にもなる。淡等謹状の書簡としては型破りな虚構の手法は、そうした請願と主張を一書に盛り込むための工夫であり、「出┐入雁木之間┐」という有用と無用の間に身を置く処世態度も、世と争うつもりはないが世を捨てる考えもない意思の表明にほかならない。そして「言問はぬ樹にはありとも麗しき君が手馴れの琴にしあるべし」という旅人返歌の初句に文字どおりの意味をもたせれば、一首の前半と後半の屈折がそのまま旅人の心境を象徴するともいえる。つまり、自らの政争に対する無関心な高踏姿勢を表現する一方で、風流な器としてしかるべき処遇を主張するものと考えられるのである。旅人が贈琴書状を房前に謹上したのは、彼も風流人で且つ親交があったからであろう。と同時に、相手が自分を受け入れる立場にあるという判断も当然のことながら作者の意中にあったはずである。

4　房前返書

房前の返簡は大層簡潔で短い。これを武田祐吉（『全註釈』）は「儀礼的な返書および返歌であって、冷淡な態度」

だとし、年長の「旅人に対して礼を失し、文学の道においても一籌を輸している」と評している。対して「簡潔な表現だが、年長の旅人に礼を尽くして物語的な書簡の趣意を汲んで答え」たとの意見もある（村山出『日本の作家2 大伴旅人・山上憶良』新典社、昭58）

返書に旅人の歌文を指して「白雲之什」といい、自らの返書返歌を「野鄙之歌」と称するのは、『穆天子伝』に見える王母謡を典拠に踏まえて、謹状の趣意に巧みに答えていると考えられる（胡志昂前掲論文）。西王母《せいおうぼ》の白雲謡は単に旅途の遥かなるを謡うものではない。『穆天子伝』巻四に崑崙山《こんろんさん》に西遊する周穆王《ぼくおう》が西王母と出会い瑶池で酒宴を張った故事を記して次の贈答歌謡を録している。

西王母為二天子一謡曰：白雲在レ天、山陵自出、道里悠遠、山川間レ之。将三子無レ死、尚能二復来一。
天子答レ之曰：予帰二東土一、和治二諸夏一、万民平均、吾顧見レ汝。比及二三年一、将レ復二而野一。

王母謡はやがて山川の隔たりを越えて遥遥と東帰する穆天子に対し旅途の安泰と後日の再会を予祝し、天子の返歌は諸夏の万民を平和に治め、三年後にこの地に再帰することを約束した。つまり二人の唱和は、離別・遠行に対する再帰・再会の約束だったのである。この典故は、『文選』に見える謝玄暉《しゃげんき》の書牋《しょせん》「拝二中軍記室一辞二隋王一牋」にも用いられている。

軽舟反溯、予影独留。白雲在レ天、龍門不レ見。去レ徳滋永、思レ徳滋深。唯待二青江可レ望、候二帰艫於春渚一、朱邸方開、効二蓬心於秋実一。

隋王府《ずいおうふ》の文学であった謝玄暉が中軍記室を拝命し帰京する時、故主の隋王に辞する書であるが、ここで「白雲」云々は遥かな旅路の叙景のみならず、後日都の春渚で隋王の帰京を待望しその朱邸での再会を期する意味も白雲謡に負っている。西王母の白雲謡は、更に王勃詩等などでは「相思明月夜、迢遞白雲天（有所思）」と遠別の離愁と相思の想念を表すようになる。これが奈良朝の詩壇に伝わり、懐風藻にもこの典拠を用いるものは少なしとしない。わけて

も藤原宇合の詩「在㆓常陸㆒贈㆓倭判官留在㆒㆑京」に

馳㆑心悵望白雲天、寄㆑語徘徊明月前。日下皇都君抱㆑玉、雲端辺国我調㆑絃。
清絃入㆑化経㆓三歳㆒、美玉韜㆑光幾度㆓年㆒。知己難㆑逢匪㆓今耳㆒、忘言罕㆑遇従来然。

といい、辺地と京都に離れ不遇でいる二人の風雅才知の士が三年経っても逢えずにいるのを嘆いているが、ここで「白雲天」のみならず三年の歳月も含めて白雲謡を踏まえているのである。かくて典故に用いられた白雲謡は抑も遠道の離別と再会の約束を謡うのが、裏返して再会の果たせぬ遠別の悲愁を表すようになり、これが王勃詩などを通して奈良朝の漢詩文に定着したことは留意すべきであろう。

旅人にも「白雲謡」を詠み込んだ歌がある。

此間にありて　筑紫や何処　白雲の　棚引く山の　方にしあるらし（3・五七四）
草香江の　入江に求食る　葦鶴の　あなたづたづし　友無しにして（3・五七五）

二首は旅人が帰京した後、九州から贈ってきた沙弥満誓《さみのまんぜい》の歌に答えたものであるが、かつて親交を重ねた知友を遠方に思い、そして別れた今の寂しさをかこつという内容だからこそ、「白雲の棚引く」が歌われたのである。「白雲」の出典として今一つ挙げられるのは、『荘子』天地篇に「乗㆓彼白雲㆒、至㆓於帝郷㆒」とある表象である。この「白雲」は仙人の乗り物であり、琴楽などとは関係がないが、白雲の行き着く所の「帝郷」即ち神仙郷が帝都の意味にも用いられるので見過ごせない。天平八年の遣新羅使が誦詠する「詠雲」の古歌

青丹よし　奈良の都に　棚引ける　天の白雲　見れど厭かぬかも（15・三六〇二）

このなか「京師」に「白雲」という組合わせで京師を礼賛するのは、『荘子』の典故が背後にあったためだと思われる。そのうえ、遣外使が天離る鄙でこれを誦詠する時、そこに白雲謡に付き纏う遠道の旅愁も加味されていると考えられる。ここに「白雲」を巡る二つの典故の接点を見い出す。

淡等謹状に綴られたのは僻地に空しく朽ちることなく遥か帝郷にいる知音に逢いたいという倭琴乙女の乞願であり、これを夢に見た作者の吾が身につまされる慨然とした嗟嘆であった。そこに先述した宇合の漢詩と共通するものがあったこと明々白々である。そして、倭琴に言付けた知音との出合いは、正に遠方より贈答する二人の京師での再会にほかならず、このような思念を盛り込んだ書状は、正に「白雲之什」というに相応しい。それに対し、房前は「恋望殊念、常心百倍」と答え、「野鄙之歌」をもって「吾が夫子が手馴れの御琴地に置かめやも」と返歌する。歌中の「吾が夫子が」云々について、旅人の歌と合わないとの指摘もあるが、乙女すなわち旅人で、「御琴」の「こと」に「言・事」を掛けていると考えれば、房前は前章で見てきた贈琴謹状の趣意を正確に受け止め、且つ包括的に答えていることが分かる。返書返歌が礼儀的で冷淡なものと思われるのは、房前が贈琴歌文を純粋な文学的な遊びと見なかったからではなかったか。その場合相手の意図を汲み取って適切に応えればことは足りるであろう。

天平二年の末、旅人は大納言となって帰京し、三年後の再会を約束する穆天子の答歌通りになった。同年九月多治《たじ》比池守《ひのいけもり》の死去にともなう人事だが、池守の昇任も考えられるし、大納言が三人以上いることも先例のないことではない。房前が朝廷の機密を掌握している以上、旅人の昇任帰京は勿論予想できたのである。旅人の「白雲之什」に対し自分の返歌を「野鄙之歌」というのは、もとより謙詞ではあるが、「白雲在天」から歌い出す王母謡に対し、穆天子も「将復而野」と謡い収めるので、この白雲と野鄙の対応も作者の意中にあり、且つ応酬双方の了解事項とすれば、白雲謡の典故を用いた房前の返事は、正に巧みなものと言わねばなるまい。いわば、謹状の小説的技巧に対し返書には用典の巧妙さがあり、ここに官僚知識人であり懐風藻詩人でもあった房前の面目があったのである。

5　風雅の流れ

淡等謹状の趣意につき身の振り方に関わるいわゆる処遇請託を指摘する見解を「世俗的な解釈」とし「良き趣味を

解する意見とも思え」ず、日本琴贈呈を風流人の風雅な遊びと考える説がある（井村哲夫『全注　五』）。対して池田三枝子「大伴淡等謹状─その政治性と文芸性─」（『上代文学』72、平6・4）は「旅人が中国文人を規範とし、文芸性の高い書簡によって政治的要請を行うという文人官僚として身を処そうとしたこと」に謹状の文学的意義があったと捉え、正鵠《せいこく》を射ているであろう。

古代中国で名利得失に汲々するのは俗人だとして否定されるが、文士の立身出世は儒学思想によって経世済民を志すもので立派な君子の行うべき道であった。賢人は乱世にあって身を引いて隠遁し、聖世にあって出世して経世の才を振るうので、隠逸や超俗は名利に対する淡泊さを示すことはできるが、それを固持することは世の乱れを主張し、権力の不徳を表明することになる。ここに「朝隠」を標榜しあるいは「雁木」の間に処する理由があったのである。同様に応分の知遇を求めることは経世済民という大義名分があると共に、相手に逸才を知遇する名声を与えることができる。詩賦は政治との関わりが強い「言志」の文学であり、風雅の伝統である。そして詩賦を含む「文章は経国の大業なり」と宣言されることから文才すなわち経世の賢才という認識がある一方で、そうした志向のもたない文学は「雕虫小技」との誹りを免れないのである。

大陸の文物制度を積極的に取り入れた日本の上代においてそうした傾向を風流として受容した漢詩文を懐風藻に見ることができる。万葉集中でも旅人の帰京する時、憶良の作った「敢布私懐歌三首」がある。「天離る」鄙地の暮らしに伴う歳月流逝の嘆きや京師で主君知友との再会の思いを綴り、上京したい願いを託している。もとより憶良と旅人の関係は、旅人・房前のそれと同等に論じられず、作品の表現手法も異なるが、応酬双方とも風雅を心得る官人であったことは同じである。

（胡志昂・慶應義塾大学非常勤講師）

梅花の歌三十二首

梅花の歌三十二首　并せて序

天平二年正月十三日に、帥老《そちらう》の宅《いへ》に萃《あつ》まりて、宴会を申《の》べたり。

時に、初春の令月にして、気淑《よ》く風和《やはら》ぐ。梅は鏡前の粉《ふん》を披《ひら》き、蘭《らん》は珮後《ばいご》の香《かう》を薫《かを》らす。加以《しかのみにあらず》、曙《あさけ》の嶺《みね》に雲移り、松は羅《うすもの》を掛けて蓋《きぬがさ》を傾《かたぶ》け、夕《ゆふへ》の岫《くき》に霧結び、鳥は縠《うすもの》に封《と》ぢられて林に迷《まと》ふ。庭に新蝶舞ひ、空には故雁帰る。

ここに、天を蓋にし地《つち》を坐《しきゐ》にし、膝を促《ちかづ》け觴《さかづき》を飛ばす。言《こと》を一室の裏《うち》に忘れ、衿《ころものくび》を煙霞《えんか》の外に開く。淡然に自《みづか》ら放《ゆる》し、快然に自ら足りぬ。

もし翰苑《かんゑん》にあらずは、何を以《もち》てか情《こころ》を攄《の》べむ。請《ねが》はくは落梅の篇を紀《しる》せ、古《いにしへ》と今と夫《そ》れ何か異ならむ。園梅を賦《ふ》して、聊《いささ》かに短詠を成すべし。

正月《むつき》立ち　春の来《きた》らば　かくしこそ　梅を招《を》きつつ　楽しき終へめ　大弐《だいに》紀卿（5・八一五）

梅の花　今咲けるごと　散り過ぎず　我が家《へ》の園に　ありこせぬかも　少弐《せうに》小《を》野《の》大夫《だいぶ》（5・八一六）

梅の花　咲きたる園の　青柳《あをやぎ》は　縵《かづら》にすべく　なりにけらずや　少弐《せうに》粟田《あはた》大夫（5・八一七）

春されば　まづ咲くやどの　梅の花　ひとり見つつや　春日《はるひ》暮らさむ　筑前《ちくぜんの》守《かみ》山上《やまのうへ》大夫（5・八一八）

世の中は　恋繁《しげ》しゑや　かくしあらば　梅の花にも　ならましものを　豊後《とよくにのみちのしりの》守《かみ》大伴《おほとも》大夫（5・八一九）

梅の花　今盛りなり　思ふどち　かざしにしてな　今盛りなり　筑後守葛井《ちくごのかみふぢゐ》大夫（5・八二〇）

青柳《あをやなぎ》　梅との花を　折りかざし　飲みての後は　散りぬともよし　笠沙弥《かさのさみ》（5・八二一）

我が園に　梅の花散る　ひさかたの　天《あめ》より雪の　流れ来るかも　主人《あろじ》（5・八二二）（以下略）

1　はじめに

万葉集巻五に収載された「梅花の歌三十二首」（5・八一五～八四六）は、天平二年（七三〇）正月十三日大宰帥大伴旅人の邸宅で催された「宴会」の折に詠まれたものであることがその序文で明らかである。それはさらに「員外、故郷を思ふ歌両首」（八四七、八四八）と「後に梅の歌に追和する四首」（八四九～八五二）まで付加して、一大みやび歌群を形成している。この群詠は、万葉集中の宴席歌の中で数々の特徴を備えていて、ひときわ異彩を放つ。

即ち第一に、万葉第四期に比べて第三期までの宴席歌は回数・歌数共にきわめて少ない記録しか留めていない中で、三二首もの競詠が意識的に書き留められたということである。集中一〇首を越える記録は四種（18首…20・四四九六～四五一三／13首…17・三九四三～三九五五／11首…6・一〇二四～一〇二七と8・一五七四～一五八〇、8・一五八一～一五九一）しかないことや、応詔歌でさえ二二首中五首（17・三九二二～三九二六）しか記録されず、あとは「登時《そのとき》記さずして、その歌漏《も》り失《う》せたり」というのが実状だったことを考え合わせれば、梅花の歌は最初から正確な記録化が図られたことを示していて、むしろ異例に属する。文字化して記録に残すということは、第三者への披見が最初から目論まれているわけで、そこにはすでに文学意識を認めることができる。

第二に、宴席歌であるにも拘らず長文の序が付されていることである。先に序文が成ってそれを事前に参会者に回覧したことは考えにくいが、「請《ねが》はくは落梅の篇を紀《しる》せ、…園梅を賦《ふ》して、聊《いささ》かに短詠を成すべし」という歌会の目的は前以て一同に告げられたことだろう。出来上がった序文は開宴に先立って披露され、座の盛り上げと集中を誘ったか、あるいは後日歌の記録の清書化が行われた際に并せたものか。しかも四六駢儷体の華麗な文章で舶来の梅花を称え、これを倭歌と結びつけようとしたところに漢和融合の新文芸の創出への積極的な意志を読み取ることができる。

第三に、さらに員外歌二首と後追和四首を添えて歌巻としての完成を期し、それを都の吉田宜《よしだのよろし》に送ったことは、その場限りの狭い文雅に終わらせず、新文芸を中央詩壇に認めさせたいとの意図の表われであろう。事実宜の反応を引き出し、それを歌巻の末に添えたことは、意図した文雅の完成を示すものである。

第四に、この歌宴が大宰府の旅人邸で催されたことを考えると、漢風の風雅を中国への玄関口で尽くすことは奈良の都のみやびも超えんとする意欲的な姿勢を示すものであろう。筑紫という鄙に在るがゆえに、都への深い思いがかえってより純粋なみやびの追求意識をつのらせたのである。

第五に、天平二年正月という時は、旅人個人にとっては、妻大伴郎女の死から一年九ヶ月近く、長屋王の事件からは十一ヶ月ほどの隔たりである。二人に共通する梅への深い愛好を思えば、文雅の結晶を二人の魂に捧げてその鎮魂を祈るという配慮も見え隠れしてならない。少くとも長屋王の死に対しては表向きあまり積極的な態度を示すわけにはいかなかったから、宜宛に都へ歌巻を送ることは奈良詩壇に対する弔意をも意味するのではなかろうか。

このように考えると、この歌群にはさまざまな意図や思惑が内包されていて、単なる一時的な清遊として単純に読み過ごすわけにはいかないものがある。参会者全員がそのすべてを心得てはいなかったろうが、少なくとも歌宴を企画した数人は共通理解として胸に収めていたものと思われる。

一首々々の完成度にはばらつきがあるにしても、その全体を一作品と見做した場合、万葉史の流れの中で、さらに言えば文学史的にも白眉の存在たりえているものと言ってよいだろう。近年の研究成果をそのような方向で受け止め、従来あまり取り上げられなかった側面も含めて、改めて梅花の群詠を見直してみたい。

2　官人参集と序文

(1)　官人参集の目的

当日歌を残した三二人の内訳は、旅人以下大宰府官人が二〇名（官名不記の者も含む）、府所轄の九国三島のうち豊前・肥前・肥後・日向・多褹を除く五国二島の官人が一一名、ほかに造筑紫観世音寺別当が一人である。少数の在地出身者を含む可能性もないではないが、ほとんどが都から派遣された官人たちであることは留意しておく必要がある。

問題は遠方の官人たちが何の目的でこの日に参集したかであるが、明らかではない。これまで政治上の用務のため（藤原芳男「梅花の歌」『国語研究』28、昭34・4）とか朝集使として大宰府に上ってきた（益田勝実「鄙に放たれた貴族」『火山列島の思想』筑摩書房、昭43）とか、専ら政務に関係する理由が推測されている。この韻事雅会はその間を縫っての清遊と考えるのであるが、逆に韻事雅会という目的を第一義的に据えた可能性はないのか、改めて検討してみたい。

右の参会者たちは次の四グループに大別できよう。

(a)　帥《そち》、大弐《だいに》・少弐《しょうに》をはじめとする府の官人（二〇名）
(b)　筑前守《かみ》・介《すけ》・掾《じょう》・目《さかん》（四名）
(c)　豊後守・筑後守・笠沙弥《かさのさみ》（高位賓客グループ内）（三名）
(d)　壱岐守・目、対馬目、大隅目、薩摩目（五名）

(a)が大半を占め、かつ府の所在国である筑前の四等官が四名とも揃っているということは、この歌宴が(a)と(b)の集団を核として行うべく企画されたことを示している。

(c)の豊後守大伴大夫《だいぶ》が三依《みより》ならば（『代匠記』）御行《みゆき》の子であるから、旅人とは近親関係にある。また筑後守葛井《ふじい》大夫は大成《おおなり》のことだから、文雅の士広成《ひろなり》の兄で、歌舞の伝統の家の出身であり渡来系の風流人であった。さらに笠沙弥（麻呂、満誓《まんぜい》）は造筑紫観世音寺別当として養老七年（七二三）にはすでに下向していて、旅人とは深い親交があったばかりか、観世音寺の造営は大宰帥にとっても香椎廟宮の祭祀と共に重要な課題であったから（渡瀬昌忠「大伴坂上郎女（序説）大宰帥の家へ」『万葉の女人像』笠間書院、昭51）、当然無視するわけにはいかない。要するに、(c)の三名は旅人とは個人的に親密な関係にあったことが推測され、この雅会のために参加を要請して特別に招待した賓客たちであったと考えられる。第八首目までの高位賓客グループの中で、筑前守山上憶良と主人旅人を挟んでこの三名が五・六・七番目にまとまって座を占めるのもそれを配慮してのことであろう。彼らはのちに旅人上京にかかわって悲別歌を詠んでいる点も共通していて（三依…4・五七八　大成…五七六　麻呂…五七二、五七三）、旅人との昵懇の間柄を窺わせるに足る。だから(a)・(b)の官人に都雅の士(c)を加えて、この雅宴は企画されたものと考えられる。

では(d)グループの参加の理由は何か。職員令によると、国守の職掌のうち「壱岐、対馬、日向、薩摩、大隅等の国は、鎮捍、防守、及び蕃客、帰化を惣べ知れ。」という一項があり、これら三国二島が国防・外交といった国事上の任務について府の代行を委されていたことが判明する。現地で発生した具体的問題を処理する権限が与えられていたのだろう。このうち日向以外の二国二島が(d)グループに重なることは注目しなくてはならない。つまり壱岐・対馬は対新羅の、大隅・薩摩は対隼人の重大任務の年間報告のために府に参集していたのではなかったか。口分田を収公して班給し直すという太政官奏に対して、この年の三月に大隅・薩摩の二国はその対象からはずしてほしいと大宰府が申請していることから、この二国の場合は治政上の隼人対策を主たる目的とするものであったことが察せられる（村山出「梅花の宴」『憂愁と苦悩　大伴旅人・山上憶良』新典社、昭58）。朝集使として国郡の官人の考課にかかわる考文を提出するのであれば、前年のうちに済んでいなくてはならないから、やはりそれとは別の目的と考えられる。

正月の初め管内諸国の守たちが府の政庁で拝賀の儀式に参列し、饗宴が催されたことは朝廷に倣った行事としてあったろうが、それから十日以上も風流の宴のためにだけ逗留することは考えにくいのではないか。おそらく(d)の守たちは拝賀のみで国に帰還し、これと入れ替わるようにして目が国防等の報告のために府に上ったものか（壱岐守は二度目）。いずれにせよ、(d)グループはたまたま用務で府に居合わせたために、いわば飛び入り的にこの歌宴に参加することになったものと考えられる。その座も壱岐守（従六位下）以外は、位階の低いことにもよるが、官名不記の三名の直前、末席に近い辺りに集中している。

以上要するに、大宰府官人ⓐと筑前国の官人ⓑを中心として、それに旅人の親しい風流人ⓒを加え、さらに丁度府に在った二国二島の官人ⓓが参加を求められて、この三二名に及ぶ集団は形成されたのである。このように次々にさまざまな形の参加を得て文雅の拡大を図ろうとしたことが後日のものからも知られる（後述）。かく考えれば、拝賀に参列していたはずの四国一島の名が見えないのも不自然ではなく、ⓓを除けばむしろ宴のために招集された集団と見るべきである。即ち、梅花の宴はたまたま残っていた官人たちがいたから催されたのではなく、新年にかかわる諸儀式の一段落ついたところで、独自に企画されて実現したものと見ることができまいか。新年の集まりの中で話が具体化し、その企画者としては、旅人・大弐（男人《おひと》か）（少弐二人も加わるか）に憶良・満誓らの名が挙げられよう。そこで「落梅の篇」に倣うこと、序文を付して全歌を記録することなどが確かめ合われたはずである。こうして文雅を尽くすための宴としてこの歌宴は開催を見たのである。

(2) 序の作者

序文は『代匠記（初）』で憶良の作と推定して以来、『略解』・『攷証』・『古義』と受け継がれたが、近代に入って芳賀矢一・武田祐吉・『全釈』・『注釈』が旅人の作と認め、現在ではほぼ旅人作に傾いていると言ってよいだろう。

判断の唯一の具体的な手がかりは序文中の「帥老」という表現で、これが大宰帥大伴旅人を指すことは明らかだが、「老」を敬称と見るか自称と見るかで議論が分かれる。敬称なら旅人以外の作（近代では『私注』・『新編全集』では憶良作、宮嶋弘説〈「万葉集巻五の編纂者　附雑考」『国語国文』9—8、昭14・8〉では麻田陽春作）ということになるのだが、古沢未知男の「老」の漢籍の用例の詳細な検討結果（「『梅花歌序』と『蘭亭集序』」『漢詩文引用より見た万葉集の研究』桜楓社、昭41）によれば、尊称にも卑称にもいずれにも用いられるとしていて、この表現だけで決定することには無理が生じる。結局『代匠記（精）』のように「此序、未詳誰之作」とするほかはないのだが、次善の策としては旅人・憶良の他の文章と比較してどちらにより近いかという判断になる。

『注釈』は「憶良の他の文章と較べてもかういふ華麗な文章を彼の作とは認め難い。」と断ずるが、確かに憶良の理詰めの理窟に勝った文章とは趣を異にしている。どちらかと言えば、旅人の「梧桐の日本琴一面」の文章や「松浦川に遊ぶ序」（これも旅人説・憶良説があるが）により近いものがあろう。旅人・憶良に限らず当時の知識人ならこの程度の文章は書けたと見るならば、さらに作者の特定は混迷を増すが、文章上の比較検討はなお今後の課題として残されている。しかし文末の参会者への呼びかけはあくまでも主催者側のものであり、その「主人」は旅人なのだから、旅人あるいは企画者集団の立場で記されたものであることだけは動くまい。

序文は主催者側の意思を明示することに主眼があるのであって、個人の文章力を競うものではないから、署名がない方がむしろ自然である。三二首の歌にしても宴席歌だから本来作者を明記する必要はないのだが、歌巻として作品化して後に残すために名を書き留めたものと思われる。各歌のあとの小文字による注記的な表記はそのためであり、それは、「歌詞両首」（5・八〇六～八〇七）の「大宰帥大伴卿」や、「後の人の追和する詩《うた》三首」（5・八六一～八六三）の「帥老」や、「大伴《おほともの》君熊凝《きみくまごり》が歌二首」（5・八八四～八八五）の「大典麻田陽春《だいてんあさだのやす》が作」などの、実作者注記のしかたの意味するところとも関連してくる。さらに三二首に後続する員外歌や後追和に署名がないのも、そこまでを集団による創作という意識が働いていて、集団的な営為である限り集団の共有としてあえて個人名は必要ないとの認識に基づくものであろう。それは松浦川逍遥歌群（5・八五三～八六〇）にしても領巾《ひれ》麾嶺《ふりのみね》歌群（5・八七一～八七五）にしても同様で、複数の人物による共作を一作品に束ねて個々の作者名を明示してはいない。これは天平二年作のこの三大歌群に共通した基本姿勢として理解される。序文をも含めて知友との共作による高次の調和的世界の創造に重きを置くために、個人的要素はむしろ排除しようとする。従ってそこに個人を穿鑿することは集団的結晶の解体を意味することになりかねない。少なくとも歌群の鑑賞に当たっては、それを拒否しようとさえしているのである。

　ところでこの序が王羲之の「蘭亭集序」に倣ったものであることは『代匠記』以来説かれてきた。例えば中西進の指摘（「万葉梅花の宴」林田正男編『筑紫万葉の世界』雄山閣、平6）にもあるように、冒頭の書式や部分的表現に、大いに「蘭亭集序」を意識した跡が窺える。一方、全体の構成・記述順序などは初唐の王勃《おうぼつ》や駱賓王《らくひんおう》などの詩序を模してもいるとの小島憲之の指摘（「天平期に於ける万葉集の詩文」『上代日本文学と中国文学 中』塙書房、昭39）もある。

　また近時井村哲夫は、両序の厳密な比較検討の結果両者の性格の違いを明らかにし、歌序は模倣に非ず全く別物であるとの新見解を示した（「蘭亭叙と梅花歌序—注釈、そして比較文学的考察」『憶良・虫麻呂と天平歌壇』翰林書房、平9）。別に、懐風藻の詩序を伴う六編を吟味して下毛野《しもつけの》虫麻呂の序の構成が梅花の歌の序の記述順序と同一であるとの阿蘇瑞枝の指摘（「長屋王の変」『古代史を彩る万葉の人々』笠間書院、昭50）もある。

　懐風藻の詩序を点検して知られることは、高級貴族の私邸で文人たちを集めて競って詩宴が催され、初唐詩序の形式に則った序まで付して文雅の趣向を凝らしたことである。その顕著なるものが長屋王の場合であり、旅人・男人・憶良・百村《ももむら》らの歌宴の面々もその圏内にあったのである。だから梅花宴の歌序は、中国の詩序形式に倣う当時の流行に則り、わけても長屋王の詩宴とその趣向を踏襲していると言ってよいだろう。

　にも拘らず「蘭亭集序」との関係を全く否定できないのは何ゆえか。それは中西進が説いたように（前掲論文）、羲之ほか四一人の文人が永和九年（三五三）三月三日に会稽山山陰の蘭亭に集まって詩会を催したことに、旅人らが自分たちの集宴を擬そうとしたことにある。そこに世俗を脱した風雅な隠逸の境地を楽しむあり方を見出だし、梅花を核として倭歌によって新たな実現を図ることをそれに結びつけたのである。

(3) 落梅之篇

序文中の「落梅之篇」が何を指すかについては論議があったが、古沢未知男の詳論（「万葉『詩紀落梅之篇』続貂」『国語と国文学』38—5、昭36・5）によって、一々の詩を指すのではなく、主として六朝楽府の諸編の「梅花落」を指すのではないかと判断されて、落ち着きを見た。さらに個々の作品の具体的な検討も進み、注目すべき指摘が相次いだ。即ち、東茂美は江総《こうそう》の「梅花落」中の「胡地」に注目し、それが辺陬《へんすう》の地であることを旅人は意識していたろうと指摘し（「園梅の景—梅花宴歌と梅花落—」『古代文学』22、昭58・3）、辰巳正明は陳後主《ちんこうしゅ》・蘇子卿《そしけい》・張正見《ちょうせいけん》・江総などの「梅花落」が辺境の望郷詩であり、遠隔の人を懐う詩であることから、旅人たちが望京の念を込めて歌ったとする（「落梅の篇—楽府『梅花落』と大宰府梅花の宴—」『万葉集と中国文学』笠間書院、昭62）。中西進も「梅花落」の中心的特徴として北辺の風景の中に梅花が散ることを強調する（「六朝詩と万葉集—梅花落をめぐって」『万葉と海彼』角川書店、平2）。

さらに東論文は「梅花」の孤景が梅花を婦女と見る連想を生み、それから閨怨の風物と見做されて閨怨婦の心をうたった簡文帝《かんぶんてい》・徐陵《じょりょう》・楊炯《ようけい》・劉方平《りゅうほうへい》などの「梅花賦」「梅花落」を挙げる。中西論文も「梅花落」が女人の閨怨を歌う習慣を持つことを踏まえて憶良の一首（八一八）が成り、閨怨を嗅ぎ取った大伴大夫（八一九）が恋を取り上げたのだろうと解し、憶良の一首は「人間《じんかん》を離れて孤独に隠士として過ごすことをすまいという意味とこの孤閨の意味と」の「ダブルサウンド」の一首と把握した（前掲二論文）。

以上のように「梅花落」の詩群を背景に考えてみると、旅人の作（八二二）にはじめて詠み込まれる梅花と雪の取り合わせは、東論文の注に多く列挙した諸詩に拠るものであろうし、憶良の一首は孤閨の匂いを漂わせ、土師御道《はにしのみみち》の「梅の花折りかざしつつ諸人《もろひと》の遊ぶを見れば都しぞ思《も》ふ」（八四三）を受けて、望京の思いを浮上させて正面から定着させたのが「員外、故郷を思ふ歌両首」（5・八四七〜八四八）ということになるだろう。

とすれば、東論文が結論づけたように、「梅花宴の歌群は、旅人邸の園梅を媒材としつつも、うたうところは『梅花落』等に擬定した園梅の〈一景〉であったのではないか」ということになり、実景によるものではなく漢風世界の景を取り上げたことになる。『新編全集』でも大伴百代《ももよ》の作（八二三）に触れて、この日に落梅の見られた可能性は少ないとして、「宴そのものが文学的虚構の産物である可能性が大きい」とさえ言い切る。

実景としての落梅には問題があるにしても、開花から盛りへと移行する中で開宴されたことは十分考えられるから、眼前の園梅の景と梅花の詩賦群世界との融合の中で、漢詩ではなく倭歌の競詠によってそれを歌い上げ序文まで加える――これこそ彼らの目指した文雅に外ならない。虚と実の景、漢序と倭歌という二重の融合を集団の共作を通じて遂げる文学的営為は、この後の松浦川逍遥歌群や領巾麾嶺歌群にも見られて筑紫文学圏の最後を飾る頂点をなす。

3　梅花の歌の展開

漢風世界を濃厚に背景に持つことは大陸に相対する大宰府の催しとしていかにもふさわしかったが、だからと言って三二首のすべてを虚構と断ずるわけにはいくまい。

天平二年（七三〇）正月十三日は太陽暦の二月八日（グレゴリオ暦。ユリウス暦では二月四日）に当たるが、当時の梅は早咲きの野梅であることから、旅人邸の手入れの行き届いた開庭に植栽されたものであれば、二月上旬には十分開き初めていたであろうという（『全注』）。やはり開花を見なければ「園梅を賦して」とは言えないわけで、ある程度の盛りの時期が待たれていたのであろう。正月の十三日が選ばれたのも開花状況と関連するのではないか。

⑴　高位貴賓客八首

先掲の冒頭八首は、従五位以上（笠沙弥は無位だがもと従四位上）の主賓格の七首と主人旅人の一首から成り、この歌宴の中核をなす歌群である。

第一首は、大宰府の次官で、かつて憶良と共に首《おびと》皇子にも侍して講じた紀男人の開宴の挨拶歌である。琴歌譜（『片降』）や『古今集』の大歌所御歌（『大直備歌』）に伝わる「新《あらた》しき年の始めにかくしこそ千歳《ちとせ》をかねて楽しき終へめ」（『古今集』では「楽しきをつめ」）という元日の節の祝歌に、巧みに梅花を歌い込んでこの雅宴を寿いだ。

第二首の小野老《おゆ》は、「園梅を賦す」ことを踏まえて、この詩園に梅花がいつまでも咲き続けることを願うことで春を謳歌し、祝意を表した。

第三首は、粟田朝臣（人上か人か）が梅花に加えて伸びを増した青柳を新しく点じて、春の到来の喜びを継いだ。

第四首は、上国の国守の最初に山上憶良が詠んだもの。下二句の「ひとり見つつや春日《はるひ》暮らさむ」の解釈をめぐっては古来論議がある。即ち、「ひとり見ながら春の一日を過ごすことであろうか」と「や」を疑問に解した場合は、賓客として祝意を示したことにはならず、孤独の強調が全体の雰囲気を損ねるのではないかという疑念が生ずる。そこで「どうして私ひとりで眺めながら一日を過ごしたりしようか」と「や」を反語に解せば、全員で今日の一日を楽しもうと参会者を宴楽へと誘い込む呼びかけとなる。

憶良は宴席歌の名手であったから（在唐の一首、七夕歌、秋の七草歌、罷宴歌、書殿餞酒歌など）、これも筑紫での最大の宴であってみれば、集団に背を向けた個人的な不協和音をあえて唱えるはずはなかろう。宴の企画者の一人であればなおさらのことである。とすれば、並み居る官人集団に対しては、親和的に春の訪れを共に喜ぼうという気持を表明したと見る方が場に即したことになる。

だが、この「や」を疑問に解した者が座の中にいなかったとは限らない。その場合は「ひとり」の主体が問題になるが、井村哲夫は「この『独り』は孤芳の孤であり、会衆一同に対して今日一日は孤芳清閑《こほうせいかん》の遊びを共にしようと共鳴を求めたもの」（『全注』）と理解して、「独り眺めて暮らすとしようか」（同）の意で十分挨拶歌になる可能性を説く新見を示す。実はこの問題はこれ一首のみでは結着がつかず、旅人の主人詠と対応させて考える必要があろう（後述）。

第五の大伴大夫（三依か）の一首は、「ひとり」を二人に対する独りを示す恋歌仕立てと解して、恋心の苦しみから無心の梅花のいとおしさへと引き戻した。

これを受けて第六首の葛井大成は、二句を五句で繰り返す古歌謡の形式に則って花の盛りを謳歌した。ゆったりとした歌いぶりといい挿頭《かざし》にする風流を誘う呼びかけといい、風雅の伝統の家に育った者の歌にふさわしく、管弦に舞などを伴っての詠出ではなかったかと想像される。

笠沙弥（満誓）の第七首は、賓客の最後を飾って、梅花に第三首の青柳を取り合わせ、直前のかざしを動詞として取り込んで、飲宴を尽くせば散るのもいとわぬという表現でその盛りを愛で、正客らの歌の締め括りとする。

第八首の主人詠は、その「散る」を受けて落花を落雪に見立てる漢詩的発想と表現によって、「古」の「梅花落」に対して「今」の「落梅の篇」を「短詠」によって華麗に歌い上げ、序との呼応を図った。満誓の作を受け止めつつその前の大成の寿ぎの歌舞に讃辞を送って、主人として参会者一同に挨拶したことになる。

従ってこの八首は、〝1正月の梅花宴の開宴の祝歌→2園梅を賦してのテーマの基調の提示→3園梅に青柳を付した漢詩的世界の加味→4宴楽の盛り上げの呼びかけ→5梅花への集中→6梅花の盛りと風流の謳歌→7飲楽の称讃→8今の梅花落の詠出〟のように、梅花と飲楽と短詠の三つの「盛り」を促しつつ展開していることが理解される。それは先行の詠歌を承け序の精神を踏まえながら、伝統倭歌の歌謡的世界（1・6）と漢詩的世界（3・4・7・8）を撚り合わせつつ典雅な進行を見せる。まことに、「場の高官七首のつながりは一糸の乱れもなく、妙というべきである。（中略）天平の世の文雅は、後世の連歌の趣向を早々と先取っている。」と『釈注』に指摘する通りである。

以下二四首の展開の具体相については『釈注』の魅力に富む解読に譲って割愛せざるをえないが、いわばこの八首を基調としたヴァリエイションで、この範囲を逸脱するものはないと見られる。中で注目すべきは一連の挿頭歌群で（八二〇、八二一、八二八、八三二、八三三、八三六、八四三、八四六）、これらの作者の幾人かはいわば座の節目に着席していて、梅花をかざしながら琴に合わせて歌を詠じつつ舞などの所作事を演じ、場の盛り上げと歌の流れの転換を図ったのではないかと想像されるふしがある。

三二首もの歌が宴席歌として残されたということは、先に触れたごとくその場で記録されたからで、そのことはこの順序で詠出が行われたと考えてよいであろう。当日の歌から三二首を選んで再構成したとは考えにくい。とすれば、「園梅を賦す」という制約のもとで前詠歌（直前歌とは限らない）に想を発し、それを踏まえつつ自分なりの歌を詠むのが自然だろう。たとえ予作歌を携えて来ても、流れの雰囲気の中で微妙なアレンジを加えて全体から踏み出ないものを工夫したことと思われる。だから、付け合いの法則めいたものが厳として存在したわけではなくても、ゆったりとした調和的継承関係を保ちつつ歌会は進行したことであろう。その意味では、「開宴から宴酣へ、そして終宴まで、一座の人々の発想で自らに支配する一貫した気分の流れが認められる」という『全注』の指摘は、よく全体の状況を把えていると言えるだろう。（なお、三二首の連鎖的関係から宴席の座の位置の推定にまで展開した諸説については後藤和彦「梅花の歌三十二首の構成」〈『万葉集を学ぶ　第四集』有斐閣、昭53〉に具体的な紹介があり、またそれに対する批判説も含めて梅花の歌の把握の変遷を丁寧に整理したものに小野寛「場の問題　万葉集巻五を例として」〈『国文学』39―13、平6・11〉がある）

(2)　憶良歌と主人詠の呼応

さてここで、先の第四首の憶良歌と第八首の主人詠旅人歌との関係を改めて見直しておきたい。憶良の歌は、並み居る参会者に対しては、春のさきがけとしての梅の花を我も人も孤立して独り見ることを否定し、一同と共に終日遊びを尽くそうと呼びかけたものであったが、もし旅人が、当然それを承知しながら「ひとり見つつや…」に自身をよそえて受け止めたらどういうことになるか。実はこの雅会の開催の旅人の個人的な目的として、二年前に急逝した妻大伴郎女への鎮魂があったと思われるが（後述）、企画者の一人である憶良は全体への挨拶の裏に旅人への慰めの心をひそませているのではないか。とすれば「ひとり見つつや…」の部分は、「今年も去年と同様に、あなた様おひとりで梅の花を好まれた奥様への思いに浸りつつ、孤独の深まりの中で春の一日を寂しく眺め暮らされることでしょうか。ご心中深くお察し申し上げます。」という意味合いを響かせているのではないか。つまり参会者全体と旅人個人の両者への同時的歌いかけを二重構造的な作歌方法で果たそうとしたものと思われる。

旅人も敏感にそれを察知して、華麗な落梅の短詠の中でそれに応えようとしているやに思われる。旅人が「花」を歌う場合はやがて散るべき相として捉えていることが多く（5・八四九、八五一、8・一四七三、一五四二など）、一四七三歌などは明らかに妻の死を暗示していることから、「我が園に梅の花散る」は、旅人の心中では容易に妻の死につながる。従って下三句の流れ来る雪は漢風の詩的イメージの中に亡妻悲傷の孤独の涙を内包することになる。憶良によって示された「梅花落」の孤閨の情は、旅人によって受け止められて限りない自傷の涙として露呈する。旅人の歌は、このように全体に対しては外に向かって明るく開こうとする心を、憶良のいたわりに対しては内に深く沈潜していく心を以て対応しようとしていると思われる。憶良がひとりを、旅人が散る花をそれぞれ肯定的に取り上げて一瞬参会者に異質な感を抱かせたのも、こうした意味の重層的性格に起因するものと考えられる。

(3)　亡妻悲傷

旅人の主人詠の裏に込められた亡妻追慕のこころは、多くの悲傷歌に顕在化するが、中でも帰京に際しての一一首から成る歌群（3・四三八～四四〇、四四六～四五〇、四五一～四五三）はその典型である。それは「愛しき人」（四三八）・「妹」（四四七、四四九、四五二）・「吾妹子《わぎもこ》」（四四六、四五三）なる語が妻であることを明確に打ち出し、「苦しかるべし」（四四〇）・「涙ぐましも」（四四九）・「心悲しも」（四五〇）・「苦しかりけり」（四五一）・「心むせつつ涙し流る」（四五三）など、感情表現も直截である。そのあり方は、妻が生前夫と共に馴染んだ思い出深い事物を介して、残された夫旅人の悲苦を深める構図がとられる。だからそれは、亡妻の追悼歌群であるよりは旅人の自傷歌群の色合いの方が濃厚である。

その一一首の頂点は、「我妹子が植ゑし梅の木見るごとに心むせつつ涙《なみた》し流る」（四五三）という最後の一首であった。妻の遺愛の梅の木に嗚咽を抑えきれない旅人の姿は、実は当該の梅花の宴での主人詠の内なる思いにそのまま重なってくる。ただの正月の宴ではなく、梅花と執拗に結びつけたということは、「梅花落」もさることながら、都での郎女の梅花好きに根ざしていて、筑紫に下向した神亀五年（七二八）の春には官邸の梅の盛時も落花も共に眺めた思い出がなお鮮やかに残っているからではないか。一同には表向きにしなかったにせよ、宴の企画者たちはそれを心得ていて、いとうべき行路死者にも似た最期をこの地で遂げた大伴郎女の鎮魂につながることを願ったのではなかったか。梅花の盛りを賞で、雅会が成功することが、その魂にも喜びと安らぎを与えることになると考えたのではなかろうか。そのような隠された目論見の上に立って、憶良と旅人の心理的贈答が交わされたのであろう。

4　員外歌と後追和

以上の三二首にはさらに「員外、故郷《ふるさと》を思ふ歌両首（八四七〜八四八）と「後に梅の歌に追和する四首」（八四九〜八五二）の二群が後続する。

(1)　員外歌二首

この「員外」は最近の諸注に見られるように「梅花三十二首の員数外の人の意」（『古典集成』）の意に解するのが穏やかであろう。ならば署名のないこの作者はだれか。『代匠記（初）』で憶良と推測して以来江戸時代はことごとくこれを踏襲するが、近代に至って旅人説が有力となった（前掲宮嶋論文は、麻田陽春説）。

これは、後続の一連の作（八四九〜八五二、八五三〜八六〇、八六一〜八六三）と共に都の吉田宜のもとへ送った事実から、発信者が自作に名を明記しないのは当然である。差出人の名は不明だが、宜の返書の丁重な敬意表現から推定すれば旅人以外には考えられないだろう。しかもこの二首の発想と歌詞は巻三・三三一歌の旅人作と酷似し、「雲に飛ぶ薬」を素材とする神仙思想への傾斜も旅人の強く志向したものでもある。「表向きは旅人、実際はその内意を受けた憶良」（『新編全集』）という考え方もあるが、稲岡耕二の用字法の検討結果によっても旅人説が支持される（「員外思故郷謌両首・後追和梅歌」『万葉表記論』塙書房、昭51）。

ならばなぜ主人である旅人が員外の体裁をとるのか。この歌は、第一首で老いの衰えを嘆き、仙人の霊薬によってさえ若返りが不可能であることを述べ、最後の唯一の手段すら失ったかに見せて、実は第二首でそれが都を見ることによってだけは可能性が生じてくるという図式を用いている。副主題の嘆老から主題の望京へと見事に転換した連作である。梅の盛りから落花への移行は、自己の生の凋落への連想を生んで第一首は発想されたが、鄙に在ることがそれを一層救い難いものに決定づける。第二首の「賤しき我が身」とはまさに鄙の気にまみれたわが身の意に違いなく、鄙に染まりきった意識の強さが都への帰還の願望をつのらせている。八四三歌で土師御道ははからずも「都しぞ思ふ」と望京の念を表にあらわにしたが、それを鄙における老残の身とかかわらせて旅人は改めて取り上げたのである。御道が都と等質の諸人の遊びの賑わいの中に都を思いやっているのに対して、旅人の場合は、「我が盛り」「我が身」と徹底して自己に執したところからの省察である。それは、先の集団詠に対して、宴からいくばくか時と場を変えて独りある形での感懐ということになる。

つまりここで員外とは三二人以外の他者を指すのではなく、梅花の宴とは場を別にする個を意味しているのではないか。だからそれが旅人の作であっても支障はないことになる。「梅花落」の詩賦群を背景として三二首はすでに故郷を思う心をかかえ込んでいたわけだが、梅花を賞美して歌宴を催すという都ぶり自体望京に支えられればこそである。それも都からの官人たちが行うのだから、雅会を一層華やぎに満ちたものにせんと全員の意志が結集し、それが最高潮に達すれば家郷を偲ぶこころが表面に流露するのもむしろ当然である。旅人はその内包された都への思いを自らの嘆老と結びつける形で個人的に深化結晶させたのであったが、それは鄙に在る都の官人たちの、こころの昂まりの代弁でもあった。

(2)　後追和四首

望京歌に次いで、梅花の宴歌群に後日追和したこの連作の作者も、旅人とするほか憶良・陽春・旅人周辺の女性など諸説あるが、宴の集団から離れた独詠の形で旅人の手に成ったものと考えるのが自然であろう。前掲稲岡論文も用字法の精細な検討を通してそれを証明している。「ひとり見つつや春日暮らさむ」という憶良の温情溢るる問いかけに対して、その具体相を詠んでそれに応じた形となっている。のみならず、第一首の「雪」と「散る」との組み合わせは八二二、八三九、八四四歌などに、「今盛りなり」の第二・第三首は八二〇、八三四歌に、梅花を酒に浮かべる風流は八四〇歌にそれぞれ想を得て、梅花の宴の雰囲気に浸りながら、独り思いを深めている。いずれも盛りの梅花を素材としてことごとく懇願や願望に彩られている点が共通していて、「四首、時間の経過をたどってくりひろげられ、八五二は八四九に、八五一は八五〇に対応して、例の四首波紋型の構成のもとにまとまっている。」(『釈注』)。

その中心は第二・第三首の「見む人もがも」にある。梅花の盛りは「思ふどち」と共に楽しむべきものであるのに、それがいない。「見む人」の存在の願望は、「独り」に対するわれと「二人」の実在の希求であろう。すでに三一人の官人たちと観梅を共にしているのだから、それ以外の人で会おうにも容易に会えない人である。とすればそれは、限りなく梅の花を愛して死んでいった妻大伴郎女ではなかったか。書簡という形式に組み込まれた時点では相手の吉田宜を意味することになろうが、あくまでもそれは二次的なものであり、独詠的発想の当初において旅人の心奥にあったのは亡妻の幻影であったろう（すでに伊藤博は、八一八の憶良歌が旅人の心を強くとらえ、「見む人もがも」に亡妻を見ていることを指摘しており〈「園梅の賦」『万葉集の歌人と作品 下』塙書房、昭50〉、『全注』も亡妻が念頭にあろうとする）。

だから第四首の夢想世界での梅花の擬人化はその幻影と重なってくる。雪にまさるとも劣らぬ純白さと、妻が生前深く愛惜したこととにおいて、梅花がまさしく妻の身にも等しいものと看て取って、それを地に散らしめ鄙の地にまみれさせたくはなかったのである。その魂を救い上げて高貴でみやびやかな遇し方を強く欲したのであった。

5　三歌群の内的連関

(1)　三群のつながり

以上のA梅花歌三二首、B員外歌二首、C後追和四首の三群は梅花宴関係歌群として括られるが、文学的にいかなる内的関連性を有するか。

BはAに貫流する望京の思いを顕在化させたものであったが、この両首だけで十分鑑賞に耐えうるものであるのに別に特立させなかったのは、それがCと共にAと分かちがたく結びつくものであることを示している。ということは、A～Cが一括されて鑑賞することが期待されているということだろう。主人である旅人が員外者でありうるのは、三二人の集団の外にあってAを享受する者の立場を擬していることになる。その意味ではCの追和に近い性格を有する。

Cは題詞に明示する通り後にAに追和した歌群で、各歌に「梅の花」を詠み込むばかりか、その発想・表現がいかに元歌に拠っているかは『釈注』に詳しく触れる通りである。この四首は、雅宴の余韻いまださめやらぬ中にあって、雪と白さを競う盛りの梅花を凝視する現実から、もう一人の幻影の像を虚空に描き、さらにそれが梅花の精となって夢幻空間においてみやびと悦楽の極みを共に尽くそうという方向へと進展する。つまりBがみやびを追求する集団詠の深層を露呈させたとすれば、Cは到り着いたみやびの究極を抉り取って見せる。三二首の長大な集団詠が拡散の方向へ進みかねない流れをこの二群で締め括って、序文の高い格調を再び取り戻し、ここで追求しようとしたみやびとは何であったかを改めて認識せしめたものとなっている。Aの集団詠に対してB・C共に個人詠として対をなし、員外者が新たな文学的参加をすることによって、筑紫における園梅の賦の世界は完成を遂げる。

それればかりではない。Cの「見む人もがも」というさらなる存在への強い希求は、第三の享受者をこの文雅世界の中に誘い込まんとするものであることに気付く。それは具体的には、作歌当初は個人として亡妻を思い描き、披露に際してはその聞き手を想定し、書簡として送った場合はその受け取り手への語りかけとなる。従って宜の返書と返歌（特に八六四歌）はそうした誘い込みに対する反応の表れである。つまり追和歌群は中心歌群の不参加者としてそれに付加すると同時に、さらに第三者の反応歌群を喚起する機能を持つものとして設定されているのである（後述）。

(2)　吉田宜

以上の梅花宴関係歌群と次の松浦川逍遥歌群（八五三〜八六〇、八六一〜八六三）は一括されて都の吉田宜の元へ四月六日付で送られたことがそのあとの七月十日付の宜の返書と返歌で明らかだが、なぜ宜がその対象に選ばれたのか。宜は百済の知識人吉太尚の子で、医術を伝え儒道に長じていた（『文徳実録』）。天平二年の三月には陰陽・医術と七曜・頒暦は国家の要道であるとして老博士たちに弟子を取ってその業を伝習させようとし、宜はその筆頭に挙げられている（太政官奏）。さらに神亀のころは方士の一人に数えられてもいた（家伝下）。のみならず懐風藻に二首の詩（七九、八〇）を残し、その一首は長屋王邸で詠まれたものである。

これらの事実から、その学才と詩才は高く評価され、長王亡きあと奈良詩壇で長老格の一人として重きをなした人物であったことが考えられる。卒年七十歳を仮に天平十年時とすれば、天平二年当時は六十歳を越えていて六十六歳の旅人とは年齢的にも近い。長王とのつながりと神仙思想への志向を合わせ考えれば、華麗な文雅と幻想的虚構を親しく披露するには最もふさわしい相手であったことになる。

その宜から意図が正当に理解され、新体の文芸が高く評価されれば、旅人らの試みは成功したことになる。さらに鄙のみやびが宜を通じて中央の文人たちに紹介されれば、天下を瞠目させることにもつながる。そのような正当な理解者と共鳴する享受者の拡大を旅人らは狙ったものと思われる。集団詠のすべてを記録し、序を加え追和歌群まで添えて文学性の完璧を図ったことは、それを内部的な狭い自己満足に終わらせず、外に発信して正当に享受されることを期待したものだろう。長王亡きあと、しらぬひ筑紫にわれらありと、中央詩壇に正面から挑んで新体の文学創造を誇示しようとする意図を、宜に白羽の矢を立てることで実現しようとしたのだろう。

果たして宜は、多少の外交辞令や誇張は含まれているにせよ、文飾を凝らした返書で熱っぽくこれに応えている。まず「心神の開け朗かなること、泰初が月を懐《むだ》くに似、鄙懐《ひくわい》の除《き》え祛《さ》ること、楽広《がくくわう》が天を披《ひら》くがごとし。」と、旅人の「芳藻」を読んだ喜びを述べ、梅花の群詠については「杏壇《ぎやうだん》各言の作に類ひし」と、松浦川歌群については「衡《かう》皐税駕《かうせいか》の篇に疑《に》たり」と最大級の讃辞を惜しまず、「耽読吟諷し、戚謝歓怡《くわんい》す」と全面的に受け容れて、追和歌（八六四〜八六五）や返歌（八六六〜八六七）まで添えている。この重厚な集団的文雅が宜を圧倒したことは確かなようで、旅人の目論見はまんまと図に当たり、雅会の企画者たちと共に大いに満足を覚えたに違いない。

こうして書牘《しよとく》という手段による時空を超えた形での文芸の交換は、より高次のみやびの構築をもたらしたことになる。さらにその背景に長屋王の存在があるとするならば、長王の霊前にこれを捧げ中央詩人たちにかつての春日の詩宴を偲んでもらうことを通して、詩壇のパトロン的中枢であった長王を哀悼し、その魂を慰撫しようとも考えたのではないか。長王の好みだったらしい梅や柳をふんだんに詠み込んだ歌詠を捧げることは、不運の長王の鎮魂にはふさわしかろう。表向きに弔意をあらわにするわけにはいかなかったから、自分たちの漢倭融合の先端の文芸によって王の文雅を偲び、その死を深く悼んだものと思われる。

このように考えると、梅花宴関係歌群は、表面はあくまでも新体の文学創造を天下に示さんとしたものであったが、その意欲的な進取性は、今は亡き長屋王と大伴郎女の追悼と鎮魂を最もみやびやかな形で図らんとする、旅人のひそやかで切実な意思に強く支えられたものであったと推測される。

6　結　び

梅花を賞でて酒を酌み交わし周囲の友と歌を詠み合うこと自体まさに文人たちのみやびそのものであったが、記録化した全歌の前後に序文と追和歌群を付して遠隔の知友に示すことは、みやびの永遠化の達成であった。宴席歌を口誦による一回限りの消滅しやすいものから、時空を超えて鑑賞に耐えうる歌巻として昇華せしめ、作品として固定化したのである。それはさらに披見された相手の反応歌群を喚び起こしてさらに完全なものとなる。

これを創作と享受という関係で把え直すとおよそ次のように考えられる。序文を承ける形の中心歌群は第一次の創作者集団の共詠によって成るが、追和歌群は不参加者として中心歌群を享受すると共に、同じ立場にある他者に対して第一次共作者集団と同じレベルの感慨と共鳴を促す役割を果たす。それによって創作者集団と享受者集団の境は取り払われ、享受者からの積極的な参加によって両者の一体化した感動の交響が生み出される。さらにそれらの提供を受けた第二の享受者の反応も第三の歌群として全体に加えられ吸収されて、全体の歌群はさらに拡大化する。こうして創作者集団（中心歌群）＋不参加者集団（追和歌群）＋享受者集団（反応歌群）という三層構造によって文雅の一大創造は完成を遂げる。歌を提供された者が鑑賞と同時に自らも歌作を加える行為を重ねて文雅の輪を拡大していくのである。いわば享受者が次々と創作者に参加・転換することで、集団詠の昂揚をさらに増大させる。新しい歌群が付加されるたびに、それを含み込んだ全体歌群の理解と鑑賞の質もまた更新されていくことになる。この構造は後続の松浦川逍遥歌群にも領巾麾嶺歌群にも認めることができ、旅人を中心とする筑紫文学圏の一つの達成と見てよいであろう（拙稿「天平二年作歌群の追和歌」『文学論藻』72、平10・3）。

（なお、小稿に示した私見は拙著「筑紫文学圏論　大伴旅人・筑紫文学圏」〈笠間書院、平10〉の諸論に基づく）

（大久保広行・東洋大学教授）

松浦河に遊ぶ序と歌

松浦河《まつらがは》に遊ぶ序

余《やつかれ》、暫《たまさか》に松浦の県《あがた》に往きて逍遥《せうえう》し、聊かに玉島の潭《ふち》に臨みて遊覧するに、忽《たちま》ちに魚を釣る女子等に値《あ》ひぬ。花の容《かほ》双びなく、光《て》りたる儀《すがた》は匹《たぐひ》なし。柳の葉を眉の中に開き、桃の花を頬の上に発《ひら》く。意気雲を凌ぎ、風流は世に絶えたり。僕問ひて曰く「誰が郷誰が家の児らそ、けだし神仙ならむか」といふ。娘等《をとめら》皆咲《ゑ》み答へて曰く「児等は漁夫《あま》の舎《いへ》の児、草の庵の微《いや》しき者なり。郷もなく家もなし。何そ称《あ》げ云ふに足らむ。ただ性《ひととなり》水に便《なら》ひ、また心に山を楽しぶ。あるときは洛浦《らくほ》に臨みて徒らに玉魚を羨《とも》しみし、あるときには巫峡《ぶかふ》に臥して空しく烟霞《えんか》を望む。今邂逅《たまさか》に貴客《まらひと》に相遇《あ》ひぬ。感応に勝《あ》へず、輙《すなは》ち欸曲《くわんきよく》を陳《の》ぶ。今より後に、豈偕老《あにかいらう》にあらざるべけむ」といふ。下官《やつかれこた》対へて曰く、「誰《を》々《を》、敬《つつし》みて芳命を奉《うけたま》はらむ」といふ。時に、日は山の西に落ち、驪《り》馬《ば》去なむとす。遂に懐《くわい》抱《はう》を申《の》べ、因《よ》りて詠歌を贈りて曰く、

あさりする　漁夫の子どもと　人は言へど　見るに知らえぬ　うまひとの子と（5・八五三）

答ふる詩《うた》に曰く

玉島の　この川上に　家はあれど　君をやさしみ　顕はさずありき（5・八五四）

蓬客《ほうかく》等《ら》の更に贈る歌三首

松浦川　川の瀬光り　鮎釣ると　立たせる妹が　裳の裾濡れぬ（5・八五五）
松浦なる　玉島川に　鮎釣ると　立たせる児らが　家道知らずも（5・八五六）
遠つ人　松浦の川に　若鮎《わかゆ》釣る　妹が手本を　我こそまかめ（5・八五七）

娘等の更に報ふる歌三首

若鮎釣る　松浦の川の　川並の　なみにし思はば　我恋ひめやも（5・八五八）
春されば　我家《わぎへ》の里の　川門《かはと》には　鮎子《あゆこ》さ走《ばし》る　君待ちがてに（5・八五九）
松浦川　七瀬の淀は　淀むとも　我は淀まず　君をし待たむ（5・八六〇）

後の人の追和する詩三首　帥老

松浦川　川の瀬速み　紅の　裳の裾濡れて　鮎か釣るらむ（5・八六一）
人皆の　見らむ松浦の　玉島を　見ずてや我は　恋ひつつ居らむ（5・八六二）
松浦川　玉島の浦に　若鮎釣る　妹らを見らむ　人のともしさ（5・八六三）

1 成立

天平二年（七三〇）の暮春ころに、肥前松浦郡に遊覧した折の作品である。序文および歌の作者とも異論がある。成立の時期は、後に続く吉田宜《よしだのよろし》の書簡から見ると、都にいた宜は天平二年四月六日に大宰府の帥の大伴旅人から、梅花の歌と松浦河の歌などの作品を書簡として受け取ったことが知られる。そこで宜は「梅苑の芳席に、群英藻《ぐんえいさう》を摛《の》べ、松浦の玉潭《ぎよくたん》に、仙媛《せんゑん》と贈答したるは、杏壇各言《ぎやうだんかくげん》の作に類ひし、衡皐税駕《かうかうせいか》の篇に疑《に》たり」と応え、四首の追和歌を詠み（5・八六四—八六七）七月十日付で返信する。さらに、筑前の国司であった山上憶良も松浦河遊覧に参加できなかったことにより、松浦河の歌に追和（5・八六八—八七〇）していることから見て、この松浦河遊覧は、大宰府長官の旅人が幾人かの役人を従えて松浦河に出掛け、それを素材として成立した作品であり、それを旅人が知人や仲間たちに示したものであることが知られる。

松浦は肥前の国の郡名で、現在の佐賀県東松浦郡と唐津市を中心とする一帯である。松浦河は玉島川とも呼ばれる景勝の地で、神功皇后《じんぐうこうごう》がここで占いのために鮎を釣ったという伝説がある（記・紀・風土記）。一一首の歌には神功皇后の鮎釣り伝説を踏まえたと思われる歌が蓬客らの歌以後に見られ、松浦河への関心が神功皇后伝説にあり、それを仙女との邂逅へと変えているのが当該作品であることが知られる。

作品は序文と歌とで一体化されているところに特徴があり、これは大宰府時代の旅人や憶良の作品に現れる形式であることが知られる。また、当該作品はさらに詳しく見ると序・歌・答詩・更贈歌・更報歌・後人の追和歌から構成されていて、この構成について小島憲之は初唐の好色小説の『遊仙窟』に倣うものとしている（「遊仙窟の投げた影」『上代日本文学と中国文学 中』塙書房、昭39）。題詞の「松浦河に遊ぶ（遊於松浦河）」は、歌に漢詩のような題を意識して付けたものであり、懐風藻の漢詩の題に見られる「遊吉野川」などと等しい。中国の詩人たちに倣い、松浦河に遊覧したという意味である。

2　漢文序

序文の内容は、たまたま松浦河に遊覧したところ、魚を釣る類い無い風流な女子らに出会い、その女子らとの問答と歌を詠むことになった事情が記される。彼女らに神仙か否かを問うと、彼女らは漁夫の卑しい娘であり、ただ水や山を楽しむばかりで、時に洛浦の魚を羨み巫峡の烟霞を望むばかりであったが、今、貴人に会い感動し思いを述べたが、今後老を偕《とも》にしましょうと望まれる。彼女らの申し出を謹しんで承ったと答えたが、日はすでに山の西に落ち帰る時になったので、心の内を述べて歌を詠み贈ったという。この序文の趣向は、漢籍の神仙譚風を強く露出するものであることが知られ、また、それらの個々の出典については契沖の『代匠記』が最もよく指摘している。そこでは『史記』の「司馬《しば》相如《そうじょ》列伝」の「有二凌レ雲之一気」、『弁正論』の「誰子誰弟。唯性便水、復心楽山」、『論語』の「智者楽レ水、仁者楽レ山」、『淮南子』の「臨レ河而羨魚レ不レ如二帰レ家織レ網。乍臥巫峡」、『毛詩』の鄭風《ていふう》の「邂逅相遇適二我願一兮」、謝霊運《しゃれいうん》の「酬従弟恵連詩」の「款曲洲渚言」、張平子《ちょうへいし》の「東京賦」の「而今而後」、『遊仙窟』の「余答曰。下官是客触レ事卑微」、『文選』の応休璉《おうきゅうれん》「与満公琰書」の「白日傾レ夕、驪駒就レ駕」、呂安の「与嵆康書」の「日薄二西山一則馬首靡レ託」などが挙げられている。

遊覧の折に神仙に会ったという、この神仙的趣向から見れば、そこには契沖の一部指摘する『遊仙窟』が思い起こされるのであり、今日の注釈書においても土屋文明のように「遊仙窟の直接の模倣」(『私注』)とまでいうように、『遊仙窟』からの影響が指摘されている。あるいは、古沢未知男も『遊仙窟』からの影響を認めた上で、洛浦・巫峡の漢語からは『文選』の賦に載る宋玉《そうぎょく》の高唐賦と曹子建《そうしけん》の洛水賦を指摘(「『遊於松浦河』と『遊仙窟』並に『洛神・高唐賦』」『漢詩文引用より見た万葉集の研究』桜楓社、昭39)するように、漢文世界に広く語られている神仙譚の趣を述べていることは知られる。このような神仙譚が日本漢詩の懐風藻において詠まれるようになるのは、すでに吉野遊覧の詩においてであり、葛野王《かどののおおきみ》の「竜門山に遊ぶ」の詩では、山水の吉野に遊び役人の煩わしさから逃れたことの喜びを述べ、鶴に乗って蓬莱の国へ行った王子喬《おうしきょう》のような仙術を得たいものだという。持統・文武朝ころに吉野は神仙世界と考えられるようになり、吉野では神仙に逢うことが出来ると思われたのである。また、吉野には在地的な漆姫《しっき》や柘媛《しゃえん》の仙女の伝説が語られ、それらが詩歌に詠まれるようにもなる。

こうした、神仙の女子が登場しその神仙と贈答をするという趣向の作品は、この松浦河遊覧以外では、「竹取の翁」の登場する翁と娘子たちとが歌を贈答する作品があり、これは憶良が作者と考えられている(中西進「竹取翁歌の論」『万葉集の比較文学的研究』講談社、平7)。また、神仙の女子ではないが、琴の精霊が女子となり夢の中で贈答する、旅人の房前宛《ふささき》の「梧桐の日本琴一面」の謹状の書簡がある。さらに、松浦佐用姫《さよひめ》の伝説を素材とした作品（5・八七一―八七五）も、旅人が関与していると見られる。伝憶良の作は、季春の月に竹取の翁が丘に登り遠く望むと羹を煮る九人の美しい女子に会うという話である。翁は女子らに呼ばれ羹を煮る火を吹くように頼まれ、女子の傍らで火を吹いていると、女子らは誰がこのような翁を呼んだのかと戯れ合う。そこで翁は「慮《おも》はざる外に、偶《たまさか》に神仙に逢へり。迷惑《まよ》へる心敢へて禁《さ》ふる所なし」と、なれなれしく近づいたことを謝して歌を贈るのであり、女子らはその歌に一人一人応じて行くのである（16・三七九一―三八〇二）。季春の丘辺で遠くを望むというのは国見の形式を踏むものであるが、そこに神仙の女子らが登場するのは、万葉集巻一巻頭の雄略天皇の求婚の歌を想起させる。国見の儀礼的性格が、ここでは神仙譚へと変質していることが知られる。また、旅人が房前に謹状した梧桐日本琴の書簡によると、対馬の結石山《ゆいしやま》の孫枝で作った琴が、夢に娘となって現れ、その生い立ちを語り、何れ朽ち果てることを恐れていたところ、良匠に会い小琴となったことを喜び、君子の左琴を願うものであるといい、歌を詠み、これに旅人が和す（5・八一〇、八一一）のである。松浦佐用姫の歌は、物語と歌に対して後人・最後人・最最後人の追和歌からなり、構成において一定の形式を踏む傾向が見られる。そのような構成の作品の中に当該の作品も加わるのである。

3 作　者

このように神仙の女子や琴の化した娘と歌を贈答するという趣向の作品は、当時においてかなり新鮮な内容であり、その構成の方法も斬新であったといえる。伝憶良の竹取の翁と娘たちとの贈答は、あきらかに『遊仙窟』まがいであり、翁の教戒（年老いた父親を車に乗せて山に捨てに行き、帰り際に父親から車はまたお前を捨てる時に息子が使うから持って帰れといわれ、後悔して父親を連れ帰った）に感銘した神仙の女子たちは「死も生きもおやじ心と結びてし友や違はむわれも寄りなむ」（16・三七九七）というように、翁に心も身も委ねると歌う。知恵のある老人と若く美しい神仙の女子との好色風流という趣向の孕む諧謔性は、ありきたりの神仙譚を意図しているものではない。そのことを十分に理解したサークルがなければ、このような作品を生み出すことは出来ないであろう。

そのような趣向を凝らした作品と呼応するようにあるのが、旅人の梧桐の琴の娘の歌である。旅人が大宰府へ赴任した翌年の神亀六年（七三〇）二月に長屋王事件が起きる。帰るべき懐かしい奈良の都に藤原政権が誕生したことは、旅人に一抹の不安を与えたに違いない。奈良への望郷の念の強まる中に、旅人は都の藤原房前に帰郷のお願いをしたという指摘がされる。それゆえに、ここには旅人の政治的な運命を読み取ることもできるし、また、嵆康《けいこう》の琴の賦などの琴の意味性（知音・交情）を読み取ることもできる（最近の論として、胡志昂「倭琴贈答歌文の趣意」『奈良万葉と中国文学』笠間書院、平10、池田三枝子「『大伴淡等謹状』—その政治性と文芸性」『上代文学』72、平6・4がある）。何よりも二人の間に琴を介在させたことの意味は、琴の知音性や友情を示唆することは明らかである。あるいは、『呂子春秋』にあるような伯牙《はくが》と鍾子期《しょうしき》をめぐる友情の故事も暗示されているように思われる。伯牙は琴の名手であり、鍾子期はそれを良く聞き分けた。しかし、鍾子期が死ぬと伯牙は琴を破り二度と弾くことはなかったという。この故事は懐風藻の詩人にも取り上げられていて、琴と友情との結び付きの理解はなされていた。これは琴をめぐる友情の厚さを示す故事であるが、旅人が房前に琴を贈るという行為は、政治性の前に友情を重んじようとする態度にあるのだろうが、琴が娘に化して詠んだ歌には「如何にあらむ日の時にかも声知らむ人の膝の上わが枕かむ」（5・八一〇）と、琴の娘の思いでありながらも、そこから旅人の思いも伝わって来る。この梧桐の日本琴を受け取った房前は「言問はぬ木にもありともわが背子が手馴の御琴地に置かめやも」（5・八一二）と応えたのは、あり来りの挨拶の歌ではないことを示唆している。

いずれにしても、このような神仙の女子や琴の娘を登場させて歌を贈答するという発想や形式を取るのは、中国趣味に深く関心を示す知識人の風流である。松浦河遊覧の当該作品もそうした発想や形式を踏むことから推測すれば、憶良や旅人に等しい中国趣味に関心を持つ者が作者であろう。契沖は「古来憶良の作とす。今按《おもふ》に然らず。是は旅人卿の作なるべし」（『代匠記』）といい、その理由として旅人は大宰府の九国二島を管摂する任務を負うので何処へでも行くことが出来たが、憶良は筑前守であり他国に赴くことは出来なかったので作者ではないという。この旅人説を支持するのは『新考』、『全註釈』、『注釈』などであり、憶良説は『私注』の主張するところであるが、この両説に対して土居光知は複数作者説を提起している（「『万葉集』巻五について」『古代伝説と文学』岩波書店、昭35）。土居は漢文序と答詩（八五四）までは旅人の手になるものであるが、蓬客・娘等・後人と続く歌はそれぞれ複数の作者が考えられるという。その理由は、蓬客、娘等、後人とあるのを無視してはならないこと、それぞれの歌の漢字表記に違いが見られたこと、後人の作にある「帥老」は旅人のことではなく大宰府で留守居をしていた人の作であり、帥老は誤りであることなどを挙げている。あるいは、序文と八首目までを麻田陽春《あさだのやす》とする説（宮嶋弘「万葉集巻五の編纂者　附雑考」『国語国文』9―8、昭14・8）も見られる。今日、この複数説を支持する論が見られる一方に、旅人単独説も強く見られる（森敦司「仙女への恋―大伴旅人」『万葉の虚構』雄山閣出版、昭52。清水克彦「仙媛贈答歌の性格」『万葉論集』桜楓社、昭45）。

序文と続いて詠まれる仙女の歌、それに答える歌は、一人の手になることが一致した見解であり、作者は異論もあるが旅人とする説が多い。以後の蓬客・娘等・後人の歌に複数性が認められるというのが複数作者説の根拠である。特に、後人の追和歌三首は同行出来なかった者が、松浦河遊覧の話を聞いてそれを羨むという内容であるから、蓬客や娘等の歌とは明らかに異なる。さらに、後人の歌の作者が「（都）帥老」（都帥老は都督帥老の意味）とあり、これを認めれば帥老は旅人その人を指すことから、複数作者説が妥当な見解ということにもなる。それは土井光知が表記の異なりからも説いていることであり、以後に原田貞義（「『遊松浦河歌』から『領巾麾嶺歌』まで」『北大古代文学会報』3、昭42・11）や稲岡耕二（「巻五の論」『万葉表記論』塙書房、昭51）などにも説かれるところとなる。ただ、後人である「帥老」を土居光知のように、後に書き込まれたものであろうから「抹殺」（前掲書）するというのは適切でない。後人の歌は「釣るらむ」「居らむ」「見らむ」のように推量によって詠まれ、蓬客らの歌の贈答を伝聞して詠んだというものであるから、それが旅人であるとすれば全体に不都合が生じることになる。それで帥老が抹殺されることになるのだが、しかし、この作品は初めから松浦河で偶然に仙女に出会い、あたかも『遊仙窟』の張氏と十娘の風流に近づく状況にあったということが主旨の神仙的好色譚なのであり、そこには全体を神仙譚として構成しようとする意図が見える。それを考えるならば、作者は全体が「帥老」と考えるのが妥当であろう。帥老は梅花の歌の序文にも見られ、これは旅人を指し、尊称であるよりも旅人が号として意識的に用いたものであろう。旅人単独説に立つ清水克彦は、作品の構成や感情などに旅人の性格が濃く現れているといい、蓬客は作者の影でもあり、序文から娘等の歌までを匿名としそれらを帥老が誰かから入手したかの如く装っているのは、旅人の《韜晦》の姿なのだと考える（前掲書）。もちろん、これのみで旅人単独説が認められるわけではないが、「帥老」を合理的に理解するためには、旅人単独説が説得性があると思われる。

4　蓬客と娘との交情

蓬客らの歌と続いて詠まれる娘等の報える歌は、男女の情を契ることを予測させる交情歌である。序文によれば、玉島川に遊覧すると鮎を釣る女子らに値ったという。蓬客らの歌と娘らの贈答の歌では、この鮎釣りが全体の話題となっている。蓬客らは、

松浦河で鮎を釣る妹の裳裾が濡れている（5・八五五）
玉島の川で鮎を釣る彼女たちの家がどこか知られない（5・八五六）
松浦川で若鮎を釣る妹と共寝をしたいことだ（5・八五七）

という。女子の裳裾が濡れている様子に心がそそられ、彼女らの家を伺い、共寝を願うのが蓬客である。これに対す

る娘らの応じる歌は、

川波のように並にあなたのことを思いはいたしません（5・八五八）

わが家の里の川には、あなたを待ち兼ねて鮎が走っています（5・八五九）

松浦の川が淀んだとしても、私は淀まずあなたを待ちましょう（5・八六〇）

というのである。娘たちの答える歌は、蓬客らの要求に応じる内容である。序文においても、神仙の女たちは「今邂逅に貴客に相遇ひぬ。感応に勝へず、輙ち欵曲を陳ぶ。今より後に、豈偕老にあらざるべけむ」というように、積極的である。

ここに鮎を釣ることと男女が情を交わすこととが一体となっているのであるが、鮎釣りが話題となるのは、先に触れた神功皇后伝説との結び付きがある。肥前風土記の松浦郡には、神功皇后が新羅を征伐するに当たり、玉島の小川で食事をし、針を釣り針とし、裳の糸を釣り糸とし、ご飯粒を餌にして岩の上に登り「朕《あれ》、新羅《しらぎ》を征伐《う》ちて、彼が財宝を求《ま》がまく欲《おも》ふ。其の事、功成《いさをな》りて凱旋《かちかへ》らむには、細鱗《あゆ》の魚、朕が釣緡《つり》を呑め」と祝《ちか》いをして釣り糸を垂れると、その魚を得たという伝説である。それでこの国の婦人は針で鮎を釣るのであり、ただ、男が釣っても得られないという。この話は古事記にもあり、それで女性たちは裳の糸で鮎を釣ることがいまでも行われていると記す。だが、この神功皇后の伝説から松浦河の神仙の娘との交情という主旨は直接に生まれてこない。ただ、『遊仙窟』がそうであるように、男女の交情の贈答にさまざまな故事が隠されているのであり、鮎釣りが神功皇后の故事を導いていることは確かであろう。序文においても神仙の女の美貌の表現は『遊仙窟』の描写を直感させるし、また、『論語』の智水仁山や「洛神の賦」あるいは「高唐の賦」を暗示させるという具合である。

松浦河遊覧の蓬客と娘らとの贈答も、鮎を釣るということによって男女の交情を喚起するものであるらしいことが窺われるのであるが、その理由は見いだせない。ただ、後漢ころの成立である『列仙伝』において、鄭交甫《ていこうほ》という男が漢水のほとりで長江と漢水の二人の神女に出会い、次のような交情の歌を詠んだというのである。

橘は柚子《ゆず》といいます。私はそれを筥に盛り、漢水に浮かべて流しましょう。また、私はその傍に付き添い、香ぐわしの草を採って食べましょう。これで私の望みもお分かりのことと思われます。なにとぞあなたの佩玉《はいぎょく》を頂戴したいのです。（鄭交甫）

橘は柚子といいます。私はそれを箱に盛り、漢水に浮かべて流しましょう。また、私はその傍に付き添い、香ぐわしの草を採って食べましょう。（神女）

橘と香草とが男女を結び付ける材料であるが、その意味するものは結婚の約束であるらしい。橘を贈り香草を共に食べることが、男女の約束を暗示する。松浦河での鮎釣りの意味も、男女の交情を示唆するとすれば、それは神功皇后の鮎釣りにおける「祝い」（先に結果を想定し、Aなら可、Bなら否と神に誓う方法）であるように思われる。神功皇后の「其の事、成功りて凱旋らむには、細鱗の魚、朕が釣緡を呑め」というのが「祝い」の内容であるが、それは男女の約束の祝いに置き換えられて、鮎が釣れるならば男女の約束が叶えられるということであり、それが蓬客らと娘らとの贈答歌に暗示されているのではないかと推測される。

5　山水遊記から神仙好色譚へ

松浦河遊覧のこの作品は、その基本を山水遊記に置いていると思われる。もとより、山水への接近は『論語』の智水仁山の思想や老荘的隠逸の思想の中に育まれて来た。自らが山川に逃れて隠逸の立場を取ることも、また、山川に遊び神仙に出会うことも、後漢以後に一つの理想として漢文世界には存在した。ところが、一方に春秋戦国時代の宋玉の作と伝えられる「高唐の賦」や「神女の賦」が登場することで、この山水遊記の中に神女との情交の物語が加わることとなる。「高唐の賦」は楚王と雲夢の沢の台に遊んだ時に、昔先王が高唐に遊び夢に神女（巫山《ふざん》の娘）と会い情を交わしたことが語られ、また、「神女の賦」では楚王と雲夢に遊んで宋玉が夢に神女と出会い情を交わしたことが語られるのである。これらは『文選』では《情》の部に分類されている。『文選』の載せる宋玉の作品には、さらに「登徒子好色の賦」があるように、早い段階で好色と風流とを結び付けた詩人である。それがさらには神女（風流）へと結び付けられて、その流れは魏の曹子建の「洛神の賦」にも継承されるのであり、あるいは、晋の陶淵明の『桃花源記』にも変容しながら受け継がれる。しかも、この『桃花源記』を継承するのが、張文成《ちょうぶんせい》の好色小説の『遊仙窟』であった。

後漢に山水へ接近する者は逸民としての性格が強く、山水に理想の生き方を求めたのであったが、六朝期に山水への接近を示すのは、神仙思想を強く持つものではあるものの、その実態は健身や養性を目的とすることにある。金谷園の主人である石崇は「思帰引」に「また服食を好み気を飲む。志は不朽にあり、傲然として凌雲の操がある」（『文選』）といい、『抱朴子』の作者である葛洪《かっこう》も、名山大川には神仙がいて「有道の者が登れば神が必ず助けて福をもたらし仙薬が出来る」（『抱朴子』）と述べている。名山大川へと遊ぶのは、まさに健身・養性を求めることであり、それは六朝的な神仙思想であるのだが、健身・養性に対して神女に出会ったという神仙譚も六朝的である。

当該の序には松浦の県に往き「逍遥」したという。この逍遥というのは『荘子』の逍遥遊篇を示唆するものであり、逍遥遊篇では「藐姑射の山に神人があり住んでいる。神人の肌はまるで氷のように真っ白で、矍鑠《かくしゃく》として若者のようだ。五穀を食べず、風を吸い露を吸い、雲気に乗り、飛竜を御し、四海の外に遊ぶのである」という。神仙の山には神人がいて肌は白く身体は若者のようで云々と記すのであるが、おそらく、逍遥という言葉の中に、このような神人との出会いが予期されていると見られる。その神人が神女となり、神女の容姿は「高唐の賦」や「神女の賦」あるいは「洛神の賦」に描かれるように、美しさは秀絶である。それが六朝期の仙女となり、ついには『遊仙窟』の十娘の風流へと至るのであろう。序文にも神仙の容姿が詳しく描かれるのは、この流れにある。

6　今風の風流へ

また、先の『列山伝』は鄭交甫が漢水のほとりで長江と漢水の二神女に出会い、交甫は神女から帯び玉を貰おうと交情の歌を歌い掛けたのである。その結果、神女から帯び玉を貰うのであるが、懐に入れて数十歩行くと帯び玉は消えて、神女たちも消えていたという話である。こうした幻想性は洛水の神女の話や桃花源の話、あるいは『遊仙窟』の話など、それらは神仙譚の特質であるが、後の人の追和の歌が蓬客と娘との交情を伝聞のものとして詠まれているのは、こうした神仙譚の幻想性を意図しているからであろう。稲岡耕二はこれが仙女像を消して一層夢幻的なものにするものだ（稲岡前掲書）といい、また井村哲夫も夢幻譚と化す仕組みであったという（『全注　五』）。そのことから見ても、当該作品が統一した構成のもとに、神仙譚として仕組むことに配慮を見せていることが知られるのである。

このような神仙譚を構成する松浦河遊覧の世界は、風流を意識することによるものである。ここでの風流というのは、明らかに『遊仙窟』にしばしば用いられる風流（恋愛）であって、それは男女の好色風流である。山水遊覧の詩歌は懐風藻にも万葉集にも見られるが、それらは儒教的、老荘的自然観によって成立するものであり、好色風流を意図するものではない。したがって、松浦河を舞台に男女が交情の歌を贈答するという好色風流は、何よりも『遊仙窟』が重要なテキストであった。

そうした好色風流が大伴田主《おおとものたぬし》と石川郎女《いしかわのいらつめ》の贈答歌（2・一二六―一二七）のように現れる時代を迎え、そこでは風流の古風と今風とが論争される（辰巳「風流論」『万葉集と比較詩学』おうふう、平9）。今風の風流が石川郎女の求める好色風流であったのだが、松浦河で出会った神仙の女との風流は、この今風の風流（恋愛）が追求されたのである。都人たちの憧れる神仙世界が吉野にあり、そこは儒教的・老荘的な風流の場所であった。吉野の仙女との繋がりにおいて松浦河があることを高木市之助は指摘するが（「玉島川」『古文芸の論』岩波書店、昭27）、しかし、この両者には大きな断絶もあろう。なぜならば、吉野は天皇を中心とする聖なる山水の地であり、仙女に対してはあくまでも遠い伝説として、あるいは憧れとしてあるに過ぎない。それに対して松浦河の仙女は、蓬客と情を交わす対象となったからである。そこに松浦河遊覧の特徴が指摘できるのであり、そこには旅人の風流を評価しなければならない。それは胡志昂が指摘するように、旅人の風流が処世における有用と無用の間に身を置く態度に発するものであるともいえる（「旅人作歌と遊仙隠逸文学」前掲書）。

旅人の今風への指向は、この松浦河遊覧の作に限らない。讃酒歌一三首の孤独感も梅花の宴の風雅も、いわば旅人の今風の風流を示すものである。神亀元年暮春の吉野の作はいかにも儒教風で古風な内容であるが、大宰府に至り旅人の風流は今風へと大きく変質した。そこには都＝儒教、大宰府＝老荘という対立する構図が意識され、積極的に大宰府の文化価値を見いだそうとする態度が現れたのである（辰巳「万葉集と東アジア」『万葉集と中国文学　第二』笠間書院、平5）。その大宰府の文化的価値こそ、旅人においては老荘神仙の織り成す今風の遊仙世界であったのである。

（辰巳正明・国学院大学教授）

松浦佐用姫の歌群

大伴佐提比古郎子《おほとものさてひこのいらつこ》　特《ひと》り朝命を被《かがふ》り、使ひを藩国《はんこく》に奉《うけたま》はる。艤棹《ふなよそひ》して言《ここ》に帰《ゆ》き、稍《やくやく》に蒼波《さうは》に赴《おもぶ》く。妾《をみなめ》松浦《まつら》〈佐用姫〉い、この別れの易きことを嗟《なげ》き、その会ひの難きことを嘆く。即ち高き山の嶺に登り、遙《はろ》かに離《さ》り去《ゆ》く船を望み、悵然《ちやうぜん》に肝《きも》を断ち、黯然《あんぜん》に魂《たま》を銷《け》つ。遂に領巾《ひれ》を脱きて麾《ふ》るに、傍の者涕《ひとなみた》を流さずといふことなし。因《よ》りてこの山を号《なづ》けて、領巾麾嶺《ひれふるみね》といふ。乃《すなは》ち歌を作りて曰く、

遠つ人　松浦佐用姫　夫恋《つまごひ》に　領巾振りしより　負へる山の名（5・八七一）

後の人の追和

山の名と　言ひ継げとかも　佐用姫が　この山の上《へ》に　領巾を振りけむ（5・八七二）

最後《いとのち》の人の追和

万代《よろづよ》に　語り継げとし　この岳に　領巾振りけらし　松浦佐用姫（5・八七三）

最々後《いといとのち》の人の追和二首

海原《うなはら》の　沖行く船を　帰れとか　領巾振らしけむ　松浦佐用姫（5・八七四）

行く船を　振り留みかね　いかばかり　恋《こほ》しくありけむ　松浦佐用姫（5・八七五）

1　松浦佐用姫の伝説

大伴佐提比古の事跡は、日本書紀宣化二年（五三七）十月の条に

天皇《すめらみこと》、新羅《しらき》の任那《みまな》を寇《あたな》ふを以ちて、大伴金村《かなむらのおほむらじ》大連に詔《みことのり》して、其《そ》の子磐《いは》と狭手彦《さでひこ》とを遣して任那を助けしむ。

と見える。一方、松浦佐用姫については、肥前風土記の松浦郡「鏡の渡」の条に、書紀と同じ記事を掲げた後、

（狭手彦が）命《みこと》を奉《うけたまは》り到り来《まか》、この村に至り、すなはち篠原《しのはら》の村の弟日《おとひ》姫子《ひめこ》を娉《つまど》ひて婚《まぐはひ》を成しき。容貌美麗《かほうるは》しく、特《こと》に人間《ひとのよ》に絶《すぐ》れたり。分《わか》別るる日、鏡を取りて婦《をみな》に与へき。婦、悲しみの渧《なみた》を含《ふふ》みて栗川を渡るに、与へられし鏡、緒《を》絶えて川に沈みき。因《よ》りて鏡の渡《わたり》と名づく。

と見え、女の名を弟日姫子とし、二人の出会いに加え、褶振《ひれふり》の峰の名の由来について

大伴の狭手彦の連、発船《ふなたち》して任那に渡る時に、弟日姫子、ここに登りて、褶を用《も》ちて振り招《を》きき。因りて褶振の峰と名づく。

と語り、姫子と狭手彦の悲別伝承を載せている。

肥前風土記では、多くの伝説や伝承がそうであるように、弟日姫子伝承にも尾ひれが付いており、この話にもいわゆる「三輪《みわ》型」と称される伝説が加えられている。つまり、狭手彦と別れた後、夜毎に男が姫子の許を訪れ朝には帰ったというのである。その顔が狭手彦と良く似ていたので、姫子は怪しみ密かに続麻《うみを》を男の衣の裾に結び、男の行き先を尋ねて行くと、褶振の嶺の沼の辺りに至り、そこに一匹の蛇が眠っていた。姫子の従女の知らせに驚き親族が駆けつけて見ると、蛇も姫子も共に死んでいた。そこで嶺の南に墓を造って埋葬したというのである。

さらに後世になると、柳田国男が「人柱と松浦佐用媛」（『柳田国男全集　九』筑摩書房、昭37）など、多くの論の中で紹介しているように、松浦佐用姫にまつわる伝承は様々に形や内容を変えながら西国一円のみならず、北は東北の岩

手県にまで全国広く語り継がれていたようである。ただ、上掲の作品にあっては、あくまでも佐用姫と狭手彦の悲別を主題としているため、風土記後半部の三輪型の伝承については触れていない。

当該作品の漢文の序にも、それに続く五首の歌にも、解釈の上で特に問題とすべき点もないので、以下簡単に意訳だけを示しておこう。

大伴の佐提比古は特に勅命を被り任那に遣わされた。出船の準備をし青海原に船をこぎ出した時、愛人の松浦佐用姫は別れは易く会うことの難きことを嘆き、高い山の嶺に登りはるかに去り行く船を望み、肝は断たれ魂の消え入るほどの悲しみを抱いて、ついに領巾を脱いで振った。それを見た傍らの人は皆涙を流した。それでその山を領巾麾の嶺と名付けたという。そこで作られた歌は、

遠い人を待つという名を持つ松浦佐用姫が夫恋しさに領巾を振って以来、付けられた山の名である。

後人追和

山の名とともに言い継げよとてか、佐用姫がこの山の上で領巾を振ったのだろうか。

最後人追和

万代に語り継げというので、この山で領巾を振ったのだろう。松浦佐用姫は。

最々後人追和二首

海原の沖を去ってゆく船を帰れと願って領巾を振ったのだろうか。松浦佐用姫は。

去り行く船を引き留めかね、どんなに悲しかったであろうか。松浦佐用姫は。

2　歌群の作者と問題の所在

上掲のように松浦佐用姫歌群は漢文序と短歌、それに後人、最後人、最々後人の追和という五首の歌から成ってい

る。とりわけ、後の人に次々と追和させるという趣向に特徴を有する作品である。ただ、これらの序や歌には、松浦佐用姫を主題にして制作した契機はもちろん、これを詠んだ作者の意図、さらに肝心の制作者の名すら記されていない。

それ故、これらの歌群については、特に序と歌の作者が誰であるかという問題が、この作品の前後に配された歌の作者の帰属問題とも関連して大きな争点となっていた。そこでまず、多くの紛議を呼んできた作者の問題から論じてゆこう。

古くは目録に従い、一連の作を憶良作と見なし、『童蒙抄』や『考』・『略解』・『攷証』など近世の注釈者の多くはそれを支持していた。その中にあって、一人契沖の『代匠記（精）』だけが目録に疑問を呈し、この作品の直前に載せられている旅人あての憶良の書簡の内容から見て、彼が松浦に行っていないことは明らかであるとして、

歌モ序モ共ニ大伴卿ノ作ナルベシ。憶良ハ筑前国司ナレバ、（別勅ナドニ依ラズハ）タヤスク境ヲ出テ他国ニ赴クベキニアラズ。

と記し、序と初発の一首を旅人作とし、以下の四首を「誰トモ知ラズ」と説いていた。

その契沖説を支持したのは『新考』以下、『全釈』・『総釈』・『金子評釈』・『窪田評釈』・『佐佐木評釈』・『全註釈』・『古典集成』など近代の注釈者であった。

ただ、沢瀉久孝は『万葉歌人の誕生』（平凡社、昭31）において、「最々後人追和二首」の仮名の表記法に注目し、「麻都良佐欲比売」の表記法が憶良書簡の八六八歌と同じであること、「トドミ（留み）」という古語が憶良の八〇四歌以外には見られぬこと、「ミ」（乙類）の仮名に憶良作以外には使用例の見えない「尾」の文字が充てられていることなどから、最々後人の二首は憶良作である可能性が高いことを示唆した。加えて、佐用姫歌群に追和した八八三歌の三島《みしまの》王《おおきみ》の作は、八七五歌の後に載せられるべきなのに、憶良の七首の作の後に載せられていることから、八八二

歌の後の「天平二年十二月六日筑前国司山上憶良謹上」という左注は漢文序まで遡るものと見て憶良説を支持した。また、『私注』も巻五を憶良の歌集と見て、作者を記さぬ歌は全て憶良作とし、序と続く一首を憶良作、その後の四首を大宰府官人等による文学的営為であろうと論じていた。

一方、清水克彦「憶良作品攷続貂」（『女子大国文』5、昭32・3）は、最々後人の二首の内容が、

（1）佐用姫の心情を慮り、同情しているという点で前の三首と異なること。

から少なくともその二首は憶良作であろうと説いていた。

沢潟も、その後『注釈』の中で前説を撤回し、一案としながらも

（2）八七二歌と八七三歌はおうむ返しの歌で同一人物が自問自答した作と見えること。

（3）序中に見える「佐用嬪面」の表記が八七三歌とで同じであること。

（4）「返」の仮名が松浦河に遊ぶ歌の八五四歌と八七一歌だけに使用されていること。

などを論拠として、この一連の作は旅人の手元でなされたもので、憶良から最々後人追和の歌以下の九首が贈られてきた事情を明らかにするために、序と三首の歌を付したのではないかと論じ、天平二年十二月六日の憶良「謹上」の左注は八七四歌以降の九首を指すものと見て、それ以前の序と歌を旅人作とする説を提起した。

それより早く巻五の用字法に注目していた土居光知は、

（5）松浦佐用姫の用字法が序と本歌、後人、最後人、最々後人で異なること。

（6）後人、最後人、最々後人の語を無下に無視するべきではない。

として、序と八七一歌は旅人、八七二、八七三歌は別人、八七四歌と八七五歌は憶良の作であると論じていた（『古代伝説と文学』岩波書店、昭35）。

こうした沢潟の別案や土居の説とは別に、久米常民も、

（7）序中の「傷此易別　歎彼難会」という句が、旅人と児島との唱和歌（九六五、九六六）にも見え、共に『遊仙窟』から引かれていること。

から序と八七一歌を旅人作と見ていた（『万葉集の誦詠歌』塙書房、昭36）。小島憲之も

（8）序の典拠として使用されている『遊仙窟』や『文選』の「洛神賦」が旅人の日本琴の歌や松浦河に遊ぶ歌と同じであって、旅人の方がより可能性が高い。

と述べ（『上代日本文学と中国文学　中』塙書房、昭39）、大浜厳比古は制作の意趣にかかわって、

（9）旅人は自らを佐提比古に擬し、憶良を佐用姫に擬し悲別を歌ったもの。

と解し、八七四以下の歌と八七三歌以前の作の間には、一線を画すべきであると説いていたのである（『新万葉考』大浜巌比古遺著刊行会、昭54）。

拙稿「『遊於松浦河歌』から『領巾麾嶺歌』まで」（『北大古代文学会報』3、昭42・11）でも用字法と旅人と憶良の作品の贈答応酬から見て、序と初発の歌は旅人作であるという説に与し、稲岡耕二（『万葉表記論』塙書房、昭51）や伊藤博（『万葉集の構造と成立　上』塙書房、昭49）、林田正男（『万葉集筑紫歌群の研究』桜楓社、昭57）、石田公道「大伴旅人における中国的志向　3」（『北海道教育大学紀要』24—2、昭49・1）もそれに賛同していた。ただ、中西進は、最々後人二首は憶良作とした上で、序以下の三首は作者は異なるものの、旅人であるとは断定できないと述べていた（『山上憶良』河出書房新社、昭48）。なお、『古典集成』と最近刊行された伊藤博『釈注』でも、序と最初の歌を旅人作とし、後人、最後人の作は旅人か某大宰府官人か不明とし、最々後人の二首の作者は憶良であろうとしている。

3　憶良説の再登場

このように、旅人説が大勢を占めている一方で、全く新しい視点から論じ、序と歌の作者を憶良と見るべきである

とする説も提起された。その口火を切ったのは木下正俊「『返』の仮名から」(『国語国文』36—8、昭42・8)で

(1)遊於松浦河歌と領巾麾嶺歌の双方に見える「返」の文字を「へ」に使用し得るのは音仮名の受容史の上から見て、大宝二年に遣唐使として長安に赴いた憶良以外には考えられない。

として、それらの作者を憶良であるとしたのである。さらに、吉井巌「サヨヒメ伝説と山上憶良」(『国文学』23—5、昭53・4)も

(2)序と八七一歌が旅人作ならば、八六八歌の憶良作に余りに素直に同調していることが不審である。

(3)旅人は悲劇的な虚構の世界にはかかわらぬ。

(4)領巾麾嶺歌は憶良の八六八歌の世界の文芸的具体化であり、反復的変奏である。

とし、大浜の挙げた(9)の論拠を加えて、これらを憶良の文芸的創造とみた。また、植垣節也「山上憶良—領巾振り伝説歌の表現を通して—」(『論集万葉集』笠間書院、昭62)も

(5)用字法の相違は論拠として薄弱であること。

(6)遊於松浦河歌と領巾麾嶺歌の構成上の類似もどうにでも解釈できること。

(7)「言ひ継ぎ語り継ぎ」と歌うのは憶良の特徴であること。

などから憶良作を支持した。こうした論拠に基づき現在、『古典全集』や井村哲夫『全注 五』などが憶良説を採用している。

以上のように、最々後人の二首は憶良作とする点では一致しているものの、序とそれに続く三首の作者については旅人説と憶良説が真向から対立した形になっているのである。

しかし、上述の憶良説については多くの疑問がある。まず用字法だが、それはあくまでも作者判定の傍証の一つにすぎないものである。しかし、それを作者を判別する有力な示差的特徴となし得ることは、巻五の憶良や旅人、それに周囲の官人たちとの仮名の相違、巻十七以降の家持とその他の歌人たちの用字法、田辺福麻呂歌集の表記法を見れば瞭然であろう。

4　憶良説に対する疑問

それはおき、憶良説に対する疑問を挙げるならば、

（1）「返」の仮名は、遊於松浦河歌の最初の贈答歌（八五四）と、ここの二箇所にしか見えぬ特殊な仮名で、両作の筆録者が同じであるという証左の一つにはなろう。しかし、それを「へ」の音として使用できたのは、大宝二年に渡唐した憶良以外になかったとするならば、なぜ彼は他の作品では一度も使用しなかったのであろうか。ちなみに、巻五の憶良作には「へ（べ）」（甲）の音の使用例が、日本挽歌他に一〇例見えるが、全て「弊」の文字を当て、領巾麾嶺の歌でも沢潟が憶良作と推定した八七四歌では「返れ」の語にさえ「可弊礼」と表記し、書殿餞酒の歌でも同様に「飛び返る」の語に「等比可弊流」と表記しているのである。従って、「返」の仮名は非憶良説の有力な論拠とはなし得ても、憶良説を支持する論拠とはなし得ないとするのが常識ではあるまいか。

（2）他方、旅人作と自署する作品には「へ」（甲）の使用例がないので、彼がどんな仮名を使用したか不明だが、「返」を除く他の用字法が、土居・稲岡も指摘するように旅人のものであることの埋由は説明できない。

（3）筆録者が後人、最後人、最々後人と作者の違いを明記し、しかも清水を始め諸氏が指摘しているように、それぞれの歌の内容も違い、その上用字法も異にしているのに、それらを無視する根拠は何処にあるのかということである。ちなみに、吉井は旅人は悲劇的虚構に関心を持たないことを憶良説の論拠として挙げているが、まこ

とに宜なる説で八七一歌と最々後人の二首の歌風の違いに、それが如実に現れてもいるのである。
(4)吉井は憶良説の論拠の一つとして、彼がしばしば「反復的変奏」を試みていることも挙げている。確かに憶良は「令反惑情歌」には「貧窮問答歌」、「思子等歌」には「老身重病経年辛苦及思児等歌」と同じ主題で繰り返し歌を詠んでいる。しかし、それは旅人も同じであって、讃酒歌一三首や吉野讃歌を始め、亡妻挽歌の、

愛《うつく》しき　人のまきてし　しきたへの　我が手枕を　まく人あらめや（3・四三八）
帰るべく　時はなりけり　都にて　誰が手本をか　我が枕かむ（3・四三九）
都なる　荒れたる家に　一人寝《ね》ば　旅にまさりて　苦しかるべし（3・四四〇）
人もなき　空しき家は　草枕　旅にまさりて　苦しかりけり（3・四五一）

など、多くの類同・同想歌を作っており、憶良だけの特徴とは言えない。
(5)「言ひ継ぐ」「語り継ぐ」は確かに憶良の好んで使用した語である。しかし、それは憶良の特徴であると同時に、万葉集にあっては口碑や伝説を歌う時の言わば通常の句でもある。その意味で誰の作であるにせよ、こうした伝説歌に使用されなければ、むしろ不思議とさえ言える歌語なのである。
(6)長歌を得意とし、その後も相次いで長歌を制作している憶良が、伝承の由来を語る漢文の序まで付しながら、なぜ領巾麾嶺歌の場合のみ短歌でしか歌わなかったのかというのも大きな疑問の一つであろう。
(7)最大の不審は、歌群の直前に載る憶良の松浦巡行の願いを認めた書簡に対し、旅人は何の応答もしなかったのかということである。これまで互いに歌を贈答応返しつつ、歌を詠んできた二人である。それに返歌をしなかったとすれば無論異例のことである。しかも、憶良が大伴氏の祖である佐提比古の伝承を持ち出し、懇請していているにもかかわらずである。
(8)巻五前半部は、後に述べるように旅人の作品を中心に編まれており、事実この歌群も帰京後に旅人は三島王

に示したと見えて、その追和歌が収録されている。これを憶良作とすれば、旅人がなぜ他人の作を王に示したのかという疑問も生じる。

このような多くの疑問と、旅人説として諸氏の挙げた論拠を勘案すれば、領巾振りの嶺の序と最初の歌は、旅人が憶良の書簡に応えて制作し、それに配下の官人に追和させ、最後に憶良が最々後人として和したと見るのが妥当であろう。

5　松浦佐用姫歌群制作の契機

ではなぜ松浦佐用姫の歌の作者を巡って、これほど紛議を呼んだのであろうか。それは行き着くところ、巻五所収の作品を個々ばらばらなものとして論じてきたことにある。

早く大浜が前掲論文で指摘し、拙稿「憶良の『五蔵の欝結』—憶良の書簡と『松浦佐用姫歌』の制作事情をめぐって—」（『万葉研究』13、平4・10）でも論じたように、巻五前半部の編纂法の特色は、憶良や旅人らの作品や書簡を単に年代順に並べたのではなく、各々の作品がいかなる経緯で、どんな意図の下に詠まれたのか、それが判るように配列されている点にある。

無論、松浦佐用姫の歌群も例外ではない。そこでこれらの歌群が制作されるに至った経緯を簡単に振り返り、旅人が歌文を制作した契機を探ってみることにしよう。

まず、旅人から日本琴をめぐる藤原房前《ふささき》との贈答歌文（八一〇～八一二）を示された憶良は、同じ和琴を弾いて神をよせ、新羅を平定したという神功皇后《じんぐうこうごう》伝説に取材した鎮懐石の歌（八一三～八一四）を詠み旅人に献上した。

それに触発されて旅人は、同じ神功皇后の鮎釣り伝説にちなんだ松浦河に遊ぶ歌の序と贈答歌二首（八五三～八五四）を制作する。その作に旅人は配下の官人らに「蓬客」（八五五～八五七）「娘等」（八五八～八六〇）に擬して追和をさせている。その一方で、旅人が都の吉田宜《よしだのよろし》に梅花の歌群（八一五～八五二）に添え、遊於松浦河歌を送っていたことは宜の返書（八六四～八六七）によって知られる。

当然、旅人は憶良にも松浦河に遊ぶ歌を披露している。それが天平二年に帥邸で開かれた七夕の宴席であったことは、巻八の雑歌の部に、「天平二年七月八日の夜に、帥の家に集会す」（8・一五二三～一五二六歌の左注）と見えることによって明らかである。

ただ、吉田宜に送付してから三ヶ月も遅れたのは、旅人にはもとより期するところがあったからであろう。巻八を見ると、七夕の夜には慣例として帥邸で宴を催されていたようである。宴の中心をなしていたのは漢詩の披講にあったろうが、和歌に関しては憶良の独壇場であったようで、彼以外には誰一人として七夕の歌を詠んでいない。

この年も常のごとく憶良は七夕の歌を披露しようと待ち構えていた。そこへ旅人がやおら件の松浦河に遊ぶ歌を持ち出したのである。四月と七月こそ違え、年に一度だけ河畔で乙女らと出会う。そうした点が七夕伝説と一脈相通じるものがあったからである。

歌を示された憶良も、それに対して無視はしなかった。憶良の返歌が「帥老」と注記されている「後人追和三首」（八六一～八六三）であることは、前掲の拙稿『遊於松浦河歌』から『領巾麾嶺歌』まで」の論でも指摘した通りである。

松浦河に遊ぶ歌を示された憶良は、自邸に戻るや直ちに松浦の地を巡行したい旨の書簡を認め、それに短歌三首を添えて旅人に送付する。

憶良、誠惶《せいくわう》頓首《とんしゅ》、謹啓す。

憶良聞く。方岳諸侯と都督《ととく》刺史《しし》とは、並《とも》に典法に依りて、部下を巡行し、その風俗を察《み》ると。意内に端《はし》多く、口外に出だすこと難し。謹みて三首の鄙《いやしき》歌《うた》を以て、五臓の鬱結《うつけつ》を写《のぞ》かむと欲《おも》ふ。その歌に曰く、

松浦潟《まつらがた》　佐用姫の児が　領巾振りし　山の名のみや　聞きつつ居らむ（5・八六八）
足日女《たらしひめ》　神の尊《みこと》の　魚《な》釣らすと　み立たしせりし　石を誰《たれ》見き〈一に云、鮎《あゆ》釣ると〉（5・八六九）
百日《ももか》しも　行かぬ松浦道《まつらぢ》　今日《けふ》行きて　明日は来なむを　何か障《さや》れる（5・八七〇）

　天平二年七月十一日に、筑前国司山上憶良謹上す。

がそれである。書簡の内容を意訳すれば

私は、国守たる者、典令に従い国内を巡行し、その風俗を視察して廻ると聞いております。しかるに、私の心の内には曰く言い難いわだかまりが積もっておりますので、謹んで腰折れ三首を詠み、胸中のうっとうしい気分を晴らしたいと存じます。

というものである。また三首の歌とは次のような内容のものである。

松浦潟で佐用姫の子が領巾を振ったという、あの山の名だけを聞いていなければならないのでしょうか（実際に見ることもできずに）。

息長足姫、あの神功皇后が魚（一云、鮎）をお釣りになるというのでお立ちになられた御立たしの石はどなたが見たのでしょうか（私はまだみておりません）。

百日もの長い日数を要する長旅でもない松浦路、今日行き明日には帰って来られるというのに、（視察してくるのに）どんな支障があるのでしょうか。

書状と歌は、上官である旅人に隣国肥前の国の松浦の地を巡行したい旨を訴えたもので紛れはない。それをするに憶良は、新たに佐用姫の「領巾振りの嶺」、神功皇后の「御立たしの石」という松浦の地にゆかりのある二つの故事伝承を挙げて訴えたわけである。

その松浦佐用姫の歌に感興を覚えた旅人は、領巾振りの嶺の歌の序と歌を制作する。それに府の官人らに後人、最後人として追和をさせたのは、先の松浦河に遊ぶ歌と同様である。それをもって彼は、憶良に特別に隣国巡行の許可を与える返書としたのである。憶良は直ちに松浦の地に足を運んだろう。旅人の佳恵に対する憶良の返礼が、「最々後人追和二首」であったのであろう。

ところで、憶良が二首の追和をした時期である。沢潟を始めとして多くの論者は「敢えて私懐を布《の》ぶる歌」（八八〇～八八二）を献呈した天平二年十二月六日ではないかとしている。しかし、憶良が松浦河の歌群を初めて目にしたのが七月八日、松浦巡行を願う書簡を送ったのが七月十一日である。とすれば、旅人は遅くとも七月の内には、これらの歌群を制作し、松浦巡行を認める返書を添えて返したと見るのが穏当であろう。

仮に旅人の返書が遅れ、八月に入ってからであったとしても、憶良の追和の二首が四ヶ月の後の十二月、しかも、旅人の帰郷時の慌ただしさの中であったというのは、余りにも遅すぎはしまいか。やはり、「書殿にして餞酒する日の倭歌四首」との間に、時期的に一線を画すべきではあるまいか。

6　むすび―伝説とフィクション

最後に、なぜ旅人は日本琴の歌や松浦河に遊ぶ歌のように、作品をフィクション仕立てにしなかったのかということである。彼は当該歌においては、漢文序の中に『遊仙窟』や「洛神賦」の文辞を引き創作はしているものの、内容は肥前風土記の前半部の記述を、ほぼそのまま踏襲しているのである。すなわち、領巾振りの嶺というのは、松浦佐用姫が佐提比古との悲しい別れに耐えかねて領巾を振って以来名付けられた山の名であるというだけのことであって、この作に限っては、旅人が構えた虚の領域は皆無と言ってよい。その点で、先の夢物語仕立ての日本琴の歌や乙女らと偶然に出会い歌の贈答を行ったとした松浦河に遊ぶ歌とは大きく異なっているのである。

それにつけて、かつて益田勝実が「説話におけるフィクションとフィクションの物語」（『国語と国文学』36―4、昭

34・4）の中で、

伝承的フィクションは、他の時代、他の場所での伝承説話の型を借り受けるのであって、伝承説話は神話的伝承以来、日々の生活経験から生まれる新しい説話を次々に付け加えていっているが、人々の空想の開放の制約としても作用する傾向を持つ。

と論じていたことが思い起こされる。とすれば、現に肥前の国で語られていた佐用姫伝承に寄り添って、全くの創作的フィクションを仕上げるのは逆に難しいということになる。

そして、氏はさらに

古代の口承説話史のフィクションに関するそういう基本的傾向を、かりに見定め得るとして、伝承的フィクションをいくら積み重ねても、フィクションの創作にはならないことから、創作的フィクションの出現の契機を別に発見しなければ、それが物語文学史とかかわり得ないのは、当然のことである。

とも論じていた。松浦佐用姫伝承に漢文的文飾を施すことはできても、佐用姫と佐提比古との悲別伝承の内容に手を加え、創作的フィクションにまで持ってゆくことは難しく、それをするには、別の意趣や契機がなければならないというのである。

もっと言えば、「史実」として語られている伝説や伝承から、何らかの形で離れなければ、創作的フィクションに仕上げることはできないということでもある。例えば、先に旅人が行ったように、それが神功皇后伝承に基づくところの年中行事であることには全く触れず、偶然に松浦の河畔で鮎を釣る乙女らに出会ったということにして『於遊松浦河歌』を制作したようにである。

（原田貞義・東北大学大学院教授）

香椎廟奉拝の時の歌など

冬十一月、大宰《ださい》の官人等《くわんにんら》、香椎《かしひ》の廟《みや》を拝《をろが》みまつり、訖《を》はりて退《まか》り帰る時に、馬を香椎の浦に駐《とど》めて、各《おのもおのも》懐《おもひ》を述べて作る歌

帥《そち》大伴卿の歌一首

A
(1)いざ子ども　香椎の潟《かた》に　白《しろ》たへの　袖さへ濡《ぬ》れて　朝菜摘みてむ（6・九五七）

大弐《だいに》小野老《をののおゆ》朝臣《あそみ》の歌一首

(2)時つ風　吹くべくなりぬ　香椎潟　潮干の浦に　玉藻刈りてな（6・九五八）

豊前守《とよくにのみちのくちのかみ》宇努首男人《うののおびとをひと》の歌一首

(3)行《ゆ》き帰り　常に我《わ》が見し　香椎潟　明日《あす》ゆ後《のち》には　見むよしもなし（6・九五九）

帥大伴卿、吉野の離宮《とつみや》を遥かに思ひて作る歌一首

B
隼人《はやひと》の　瀬戸の巌も　鮎走《あゆはし》る　吉野の滝に　なほ及《し》かずけり（6・九六〇）

帥大伴卿、次田《すきた》の温泉《ゆ》に宿り、鶴《たづ》が音《ね》を聞きて作る歌一首

C
湯の原に　鳴く葦鶴《あしたづ》は　我《あ》がごとく　妹《いも》に恋ふれや　時わかず鳴く（6・九六一）

1　三つの場面

ここでは、大伴旅人にかかわる作品群をとりあげる。冒頭の題詞には「冬十一月」とのみ標示され、年次は記載されていない。年次については、これに先立つ九五〇〜三歌の題詞に示された「（神亀）五年戊辰《つちのえたつ》」を承けると見るのが通説だが、これに続く九六二歌の題詞には「天平二年庚午《かのえうま》」とあって、巻六に「神亀六（天平元）年」の標記が存在しないことから、この作品群を天平元年（七二九）の作と捉える余地も残されている。

だが、これらが収録されている巻六は、吉井巌が指摘するように、養老七年（七二三）の吉野行幸にはじまり、天平十六年（七四四）まで、途中作歌を欠く年がありながらも、忠実に年月を追って作歌を並べようと努めており、強い歴史的関心をもって編纂された雑歌集と認められる（「万葉集巻六について」『万葉集への視角』和泉書院、平2、初出昭56、および『全注』）ことから、年次に関する記載は充分信頼できよう。そこで、通説のごとく、神亀五年（七二八）十一月、すなわち大宰府に赴任してまだそれほど時間が経過していない頃の旅人にかかわる作品群として、以下、読解を進めていく。

五首は題詞の書式によって、三つの場面に分けられよう。

本稿は、(1)〜(3)の三首によって、第一の場面Aが構成されるとする立場にたつ。ところが、三首を「香椎潟」での一連の作とするこの見方に対し、豊前守宇努男人の(3)について『拾穂抄』は「是も同時の帰路によみたるにや　又住果て帰京の比よみしなるべし」と両説を併記、『総釈』や『窪田評釈』は前の二首とは異なる場を想定、また、『古典全集』では三首一連の作として「ここは豊前守宇努首男人を見送りがてら参拝した」と捉えていたものが『新編全集』においては削除され「作者宇努男人は中央に帰任する挨拶をしに大宰府に来たものか」と改訂されているところを見ると、後者は第三首を切り離す方向で捉えているらしい。これらの理解は、豊前守が「大宰の官人等」に含まれないことによるとみられる。しかし、『釈注』がこうした解釈に留意しつつ、「香椎潟」への執着を歌う内容と題詞の型とが前二首と等しい点を考慮して、「男人は『等《たち》』の中に入るとも考えられる」と述べるように、三首を一連と捉えるのが穏当。少なくとも、巻六の編纂者は、作歌事情を説明する「冬十一月、大宰の官人等～各懐を述べて作る歌」を総題として掲げ、以下三首の前に「官職名」＋「作者名」＋「歌一首」の形の作者標記を並べることによって、三首を同じ場での詠と捉えていたことがうかがえる。

第二の場面は「隼人の瀬戸」の景と故郷吉野の景とを対比させるB、第三の場面は「次田温泉」で聞いた鶴の声を通して亡き妻を追慕するCの、旅人詠が各一首ずつで構成される。次田温泉が現在の筑紫野市二日市温泉を指すのに対し、隼人の瀬戸は長田王《ながたのおおきみ》が「隼人の薩摩の迫門」（3・二四八）と詠んだ現在の黒の瀬戸とする『冠辞考』以来の説と、関門海峡の早鞆の瀬戸を指すとする説（吉田東伍『大日本地名辞書』冨山房、明34。花田昌治「『隼人乃湍門』考」『万葉』29、昭33・10）とが対立し、どちらとも決め手に欠ける情況である。

だが、いずれにせよ、この五首は各場面に大伴旅人がかかわっているとともに、大宰府を離れた地名が詠まれている点でも共通する。大宰帥時代の旅人の作を見るに、神亀五年夏の「記夷城《きいのき》」（8・一四七二）、神亀六年二月ころの「安野《やすのの》」（4・五五五）、天平二年（七三〇）の「松浦《まつら》川」（5・八五三～八六三、内八六一～三のみ作者を「帥老《そちらう》」と明記）を除けば、当地の地名を題詞や歌中に示すものは少なく、神亀五年十一月の五首すべてに香椎潟、隼人の瀬戸、次田温泉といった地名が並ぶのは、際だった特徴といえる。

そこで、従来の諸注を参照しつつ、本稿なりに五首を読み、大宰府赴任一年目の冬十一月における旅人をとり巻く情況とABCの配列の意味について考えてみたい。

2　香椎潟での三首

「香椎廟」は、福岡市東区香椎にあり、『八幡宇佐宮御託宣集』や『八幡愚童訓』によれば、神功皇后《じんぐうこうごう》を中心に八幡神と住吉神を合祀して神亀元年（七二四）に創建されたという、対新羅関係において重視される廟（宮）である。日本書紀・続日本紀を通じて香椎廟関係の記事は天平九年（七三七）まで見られないけれども、神亀五年十一月の旅人等の奉拝を伝える当該歌注記によって、神亀年間における香椎廟の存在とその祭祀が確認できる。渡瀬昌忠は、神亀五年十一月の祭祀（秋祭）において、大宰帥旅人は天皇の代理として参拝し、筑前国守の山上憶良以下、国司・郡司等が祭儀に奉仕していたと推定している（「香椎廟宮祭祀」『山上憶良 志賀白水郎歌群論』翰林書房、平6、初出昭50）。また、新垣幸得は、『香椎宮編年記』によって、大宰帥が国郡司等を率いて香椎廟に奉拝するのは重要な年中行事で、毎年十一月六日に行われたと指摘（「『時風』再攷」『上代文学』38、昭51・11）、『全注』以下の諸注、いずれもこれに従っている。なお、神亀五年の十一月六日は、太陽暦の十二月十一日にあたる。

(1)において、まず注意されるのは、初句の「いざ子ども」という呼びかけの表現である。集中六首を数えるこの表現について、中西進は、いずれも仲間の官人たちに対して呼びかけたもので、官人を指す「コドモ」は「いざ子ども」という慣用的な用法以外には用いられなかったことを指摘、また記紀歌謡に「いざ吾君《あぎ》」（記三八〈紀二九類同〉、紀三五等）なる表現が見られることから、元来「吾君」であったものがさらに親愛の情をまして「いざ子ども」の形に代用されるようになって定着したという（「在唐の一首」『山上憶良』河出書房新社、昭48、のち『中西進万葉論集 8』講談社、平8、初出昭45）。これによれば、旅人は宮廷における遊興の場面で口誦される伝統的表現を借用しつつ、香椎廟における一連の祭祀を終えたこの場面で、風雅の遊びを企図して(1)を詠んだと考えられる。

慣用的用語といえば、三句目「白たへの」も「袖」を導く枕詞として集中で多用される。この「白たへの」について、『総釈』『窪田評釈』『全註釈』は、参拝の時に白い着物を着ていたことによるという。だが、祭儀の場面で着用していた着物を終了後の開放的な場面でなお着用していたかどうか、証拠はなく、やや疑問が残る。ちなみに、都人たちが海辺でみずから行為する情景を詠んだ歌としては、

釧《くしろ》つく　答志《たふし》の崎に　今日《けふ》もかも　大宮人の　玉藻刈るらむ（1・四一、人麻呂）

をはじめ、巻三・三六〇歌（赤人）、巻七・一一五七歌（作者不明）、巻七・一二一八歌（藤原卿）などがあり、男性の手の動きを「白たへの袖」を持ち出して強調した例としては、

……うらぐはし　布勢《ふせ》の水海《みづうみ》に　海人舟《あまぶね》に　ま梶櫂貫《かぢかいぬ》き　白たへの　袖振り返し　率《あど》ひて　我《わ》が漕《こ》ぎ行けば……

（17・三九九三、大伴池主）

などを指摘できるので、あえて参拝時の白装束にこだわらなくともよかろう。

これに対し『釈注』は、たおやかな女性的な映像、眼前に海女たちの朝菜採りの情景をよみとり、「白たへの」の枕詞としての表現性を重視した理解を示す。海辺を旅する都人の作には、海女への関心を詠んだ、

潮干《しほかれ》の　三津《みつ》の海女《あまめ》の　くぐつ持ち　玉藻刈るらむ　いざ行きて見む（3・二九三、角麻呂《つののまろ》）

玉藻刈る　海人娘子《あまをとめ》ども　見に行かむ　船梶《ふねかぢ》もがも　波高くとも（6・九三六、笠金村《かさのかなむら》）

……阿胡《あご》の海の　荒磯《ありそ》の上に　浜菜摘む　海人娘子らが　うながせる　領巾《ひれ》も照るがに　手に巻ける　玉もゆら
らに　白たへの　袖振る見えつ　相思ふらしも（13・三二四三、作者不明）

風のむた　寄せ来る波に　いざりする　海人娘子らが　裳の裾濡れぬ（15・三六六一、遣新羅使人）

などの例がある。また、(1)では「朝菜摘み」ともある。「朝菜」とは『窪田評釈』がいうように「朝餉の副食物で、その時が朝餉以前であり、晨朝の参拝であったことに即した語」と解せられるけれども、「菜摘み」は「この岡に菜摘ます子」（1・一）を示すまでもなく、女性の仕事として捉えられることが多い。これらを踏まえると、海女たちの海藻を刈る姿を認め、われらも朝菜摘みをしようと呼びかけた、とする解釈も充分になりたつと思われる。この場合、「白たへの」は、眼前で作業する海女たちの手の動きを意識した表現ということになろう。

作者の意図がいずれであったか、決め手には欠ける。だが、ここで重要なのは、公的な性格をもつ香椎廟奉拝を離れたところで、私的な風雅の遊びを旅人が企図するにあたって、部下たちの関心を引き寄せるのにこの枕詞が効果的

に利用されたらしいということである。これに下接する「袖さへ濡れて」は「解放感のよく表われた句」(『古典集成』)で、『金子評釈』はこの句を評し、「この一句あるが為に、朝菜摘が衣袂の沾《ぬ》れをも厭はぬ程興味深いものと受け取られ、随って『摘みてむ』に力強い示唆を与へ」ているという。「てむ」は、未来における完了を予想する表現で、文脈上勧誘の意となる。「いざ子ども」と呼びかけ、「朝菜摘みてむ」と歌い収める本歌の呼吸に、『総釈』は作者旅人の「長官らしい品格」をよみとっている。

これに関連して、青木生子は「終始従者等と共にある団体的心情」のうかがえる柿本人麻呂の伊勢行幸時の留京作歌(1・四〇〜二)と比較しつつ、この歌について「そのひろやかな明るい心情は、部下に及ぼす上役の心情であると同時に、旅人その人の人柄からにじみ出てゐるやうな個人的抒情でもある」とし、「この歌にして、はじめて旅人の公的面が彼の抒情の実質において結実してゐる」と指摘している(「旅人の抒情の位相」『日本抒情詩論』弘文堂、昭32)。また、ここに「高踏的な詩精神」の萌芽をよみとり、のちに「梅花の宴」を主催する旅人の姿を重ねてみることもできよう(参照、林田正男「大伴旅人と筑紫歌壇」『万葉集筑紫歌群の研究』〈以下万葉集を略記〉桜楓社、昭57、初出昭49)。

＊

(2)については、まず題詞に示す作者の官職名に問題がある。諸注指摘するように、作者小野老は当時「大宰少弐」であり、「大弐」とは極官を記したものらしい(5・八一六歌など参照)。林田正男の推定によれば、小野老は神亀五年に大宰府を去った少弐石川足人《いしかわのたるひと》(4・五四九〜五五一題詞)の後任かという(「小野朝臣老論」前掲『筑紫歌群の研究』初出昭45)。なお、氏名姓の順に書かれた「小野老朝臣」は敬称。この部分の題詞のありようは、記載された時期および編纂上の問題を提起する。が、本稿ではこれ以上深入りしない。

「時つ風」の解釈をめぐっては、時代とともにさまざまな説が展開された。近世以前には、季節を問わずひとしきり荒く吹く風(『仙覚抄』『管見』)や、時に随って吹く風(『管見』『代匠記』)、はげしき風(『童蒙抄』)、潮時の風(『考』

『略解』『古義』他）、時ならず吹く風（『攷証』）などの説があり、近代に入ってからは潮時の風と捉える説が有力視されながら、『講義』は『代匠記』に近い解釈をとり、また高木市之助は、広義の「季節の風」すなわち「その地方の或る季節にきまつて吹く風」と考えた（「天ざかるひな」『古文芸の論』岩波書店、昭27、初出昭22、および『古典大系』）。

これらに対して近時、新垣幸得は、毎日定期的に吹く海陸風の海からの風で、潮汐や季節には関係なく、福岡における吹きはじめを午前九時、普通の風速を毎秒五メートルと実証した（前掲「『時風』再攷」）。この説は、「時つ風吹くべくなりぬ」における助動詞「べし」の「体験に基づく物事の当然的なあり様の判断」（中西宇一『古代語文法論 助動詞篇』和泉書院、平8、初出昭44）を示す用法に照らしても矛盾がなく、『全注』以下の諸注に採用され、現在定説となっている。⑴の旅人の呼びかけに応じて、海の遊びをするのは今のうちだ、ということを強調するにあたり、毎日同じ時刻に吹く風を持ち出したとする新垣説で解すると、他説に比べ情況の変化が急激である点で、聞き手に最もつよく迫る表現となりえているように思う。

一方、下の句については、次のような類歌・類句が指摘されているが、この捉え方をめぐっても問題がある。

夕《ゆふ》さらば　潮《しほ》満ち来《き》なむ　住吉《すみのえ》の　浅香《あさか》の浦に　玉藻刈りてな（2・一二一、弓削皇子《ゆげのみこ》）

時つ風　吹かまく知らず　吾児《あご》の海の　朝明《あさけ》の潮《しほ》に　玉藻刈りてな（7・一一五七、作者不明）

高木市之助は、⑵は後者に負っているとし、志摩国の阿胡浦で時つ風に吹かれて玉藻を刈っている古歌の境地をそのまま香椎に置き換えて詠んだもので、そこには老の東方への郷愁が揺曳していると解する（前掲「天ざかるひな」）。『代匠記（精）』『注釈』は類歌として後者のみを掲げ、『金子評釈』は巻七・一一五七と巻二・一二一の順に歌を示し、「同想同型の作。殊に前首は一心同体、何れを影とも形とも弁知し難い」という。

対して『釈注』は、一刻も早く恋を成就させることを願う譬喩歌となっている前者（2・一二一）と関係づけ、さきに示した⑴に女性的映像をみる解釈を⑵に展開させる。すなわち、「時つ風」に干渉や噂、「潮干の浦」に干渉も噂もない状態、「玉藻」に美しい女性を寓意していると解し、表面上の意味とは別に「土地の風景への執心」が込められていると見るのである。

もっとも、実際に(2)と並べてみた場合、情景や語句の対応が密接なのは、明らかに後者（7・一一五七）の方である。その点への言及がないまま女性像に結びつけていく『釈注』の説には、いささか強引な印象を抱かざるをえない。しかるに、林田正男は、小野老の集中三首の歌のうち、(2)を含む二首に弓削皇子の歌（集中短歌八首）と二箇所の類同があることを指摘、巻七の「時つ風」などは他にもみられる語句なので、むしろ巻二の弓削皇子の歌を念頭において歌作した可能性が高いという（「筑紫歌群の類歌性とその周辺」前掲『筑紫歌群の研究』初出昭47）。かくて、小野老が弓削皇子の作を踏まえて詠んでいたことが説き明かされるに及んで、『釈注』の解釈は、(1)の読みとも併せ、つよい説得力をもつことになる。

(2)の歌からは、郷愁ではなく、旅人の志向する風雅の世界を、同行の老が的確に承けて応じた点をよみとって評価すべきであろう。大久保広行は、小野老について「長屋王左大臣・旅人中納言時代に右少弁として太政官の構成員の一人であり、歌に巧みであるところから、旅人に親しく遇せられていた」と推測、「かつてのかかわりを持ち越したきわめて親密な人間関係の中で、都の知識人としての誇りに満ちて、天ざかる鄙のみやびの形成に力を揮い、旅人の意思の実現に積極的に貢献した」人物の一人と的確に位置づけている（『筑紫文学圏論　大伴旅人　筑紫文学圏』笠間書院、平10）。

＊

(3)について、(1)(2)と別時の作という見方があるけれども、題詞の書式から見て同じ場での作として捉えるべきこと、はじめに述べたとおりである。では、歌の内容は前の二首とどのようにかかわっているのであろうか。

「行き帰り常に我が見し」は「往復するたびにいつも私が眺めていた」の意。「行き帰り」には、戻ってくる意を強く押し出した用例（13・三三〇一、19・四二四二など）と、往復するたびにの意で解すべき用例（6・一〇六五、10・一八八一、19・四一六六など）とがあるが、(3)のそれは後者に属す。

九国二島は大宰府の被管であったことから、豊前守であった作者も随時大宰府に出向いていた。「行き帰り」とは公務を携えての豊前国庁と大宰府との往復である。その男人はこのとき大和に遷任することが決まり、大宰府に挨拶に来たのち、旅人等とともに香椎廟の祭祀に参加したのであった。(3)は(1)(2)と同時の作とみなされるけれども、作者男人にとっては香椎潟の見納めという特殊な事情があった。この歌が「所懐を述べているだけで、香椎潟の特色は何も描かれていない」（『全註釈』）のは、その故であろう。

男人の懐いの深さに関連して、諸注は、養老四年（七二〇）に男人が豊前守に任ぜられたことを伝える『政事要略』（廿二）の記事を示し、以来神亀五年までの九年間、異例の長きにわたってその任にあったことを指摘する。上句に対比される「明日ゆ後には見むよしもなし」という感慨が、九年間の歳月の重さを伴って表出されたと解するのである。

そのような中で『金子評釈』は、養老四年の記事は「介」の誤りではないかと推測する。『政事要略』には、「旧記云」として、養老四年の隼人征伐に際し男人が将軍となったと伝えるものの、続日本紀にはその年の二月、大宰府から隼人反乱の奏上があって、三月に旅人が征隼人持節大将軍になったことが記されているだけで、男人の将軍であったことは書かれていない（なお、山田英雄は、旧記とは「宇佐託宣集」を指し、「将軍であったことは誇張の言である」と指摘している〈「征隼人軍について」『日本古代史攷』岩波書店、昭62、初出昭44〉）。金子元臣はこの点に注目し、隼人反乱当時、位階の低い男人が将軍にはなりえないはずだと説き、『政事要略』の記事には誤りがあると断ずる一方、当時豊前介であった男人は大将軍旅人の部将として働いており、旅人が帥として再び筑紫に来てからまた被管の関係を生じたことから、両者の間には公務以外に深い交情があったと見る。『政事要略』の記事に誤りがあるかはともかく、(3)もまた「かつてのかかわりを持ち越したきわめて親密な人間関係の中」で詠まれたものであることは注意しておくべきであろう。

なお、豊前国府から大宰府へは、香椎の浦を通らない、いわゆる「田川道」（続日本紀天平十二年十月九日条初見）をとるのが近道とされ、香椎を男人が通る理由をかれが信仰する宇佐八幡社と香椎廟との関係に求めようとする見方（『全注』）もある。けれども、一般的には駅家の整備されている北九州経由のコースが利用されていたらしく（林田正男「旅人の帰京行程」前掲『筑紫歌群の研究』初出昭51、および『新編全集』）、豊前国府と大宰府との往復に際して香椎の浦を経由することに問題はない。

このように見ていくと、(3)は男人の個人的な事情にあまりにも即きすぎており、(1)(2)の志向する風雅の世界とはかけ離れているように感じられる。しかし、「常に我が見し」と「見むよしもなし」とを相反的に応接させ、現在の情景を描写しないことには、(1)(2)に対する何らかの配慮があったようにも思われる。男人はこの時、旅人や老たちによって眼前にくりひろげられる風雅の世界を満喫したはずである。にもかかわらず、みずからは風雅にかかわる歌を詠まなかった。そこには残る者と去る者という立場の違いが明確にある。

そうだとすれば、旅人や老の歌にみられる風雅への志向は、これから都に向かう男人を念頭において展開されたものであったかもしれず、男人の歌はそのことをふまえた答礼の性格をもっていたとも考えられよう。現在の情景描写に代えて、前二首にともに用いられている「香椎潟」を示し、男人は、旅人たちとともにいられる筑紫での最後の場面でくりひろげられたできごとのすべてをその語に盛り込もうとしているのではなかろうか。そうした歌い方の中に、旅人や老への感謝や名残惜しさが込められていることになる。

3　吉野望郷

Bの歌意は一読明瞭。その中で「隼人の瀬戸」の比定地について議論があることははじめに述べた。薩摩の黒の瀬戸と解する場合、香椎や次田温泉と空間的にかけ離れてしまうため、早鞆の瀬戸説が注目されたのであったが、『私注』がいうように養老四年旅人が征隼人持節大将軍としてその地に赴いた時の印象によったとも、長田王の作（3・二四八）に誘引された作とも見られ、歌そのものも、村山出『憂愁と苦悩　大伴旅人・山上憶良』（新典社、昭58）が指摘するように吉野の回想が中心となっているので、実景を見ての作ということにあえてこだわる必要はない。

高木市之助『大伴旅人・山上憶良』（筑摩書房、昭47）は実景説の側にたちつつ「彼がこの歌で吉野を『鮎走る』と望郷したのも、畢竟はその清けさであるべき」であって、「この清流にこの鮎が右往左往する清けさ」こそが「この歌の望郷につらなる詩想の中心ではなかったか」と説いた。一方、非実景説にたつ村山出（前掲書）は「吉野への憧憬と望郷にともない過去の隼人の瀬戸の印象がせりあうように想い起こされたのであろう」とし、「大伴氏繁栄の機会となった壬申の乱初発の地吉野への思慕」が微妙にないあわされているようだと説く。これは、巻三・三三一～五歌の望郷歌について鈴木日出男（『古代和歌史論』東京大学出版会、平2、初出昭57）が指摘した、「都と鄙《ひな》の二元的発想に終始してはい」ず、「平城京以前のやや土着的な大和回帰が含まれている」という旅人歌の特徴をBの歌にも認め、吉野へ回帰する心情に踏み込んだ発言として注目される。

さらに鈴木利一「隼人の瀬戸の巌も」（『大谷女子大国文』24、平6・3）も非実景説だが、大宰府を通じて六年に一回行われる隼人朝貢が天平元年に予定されており、その準備の過程で奏上の当事者たる旅人が隼人に関する情報に接して「隼人の瀬戸の巌」の句を案出したとする新見を示しつつ、「鮎走る」には躍動感あふれる繁栄の時を含意、その背景には旅人が若き日に見た吉野の景、かつて聖武の行幸に供奉して晴れやかな思いにひたれた吉野の景が、再び眼前のものにならぬままここですべてを終えねばならぬのかという思いを抱き、願うべき至上の地として「鮎走る吉野の滝」が想念に浮かんだと説く。「鮎走る」「鮎子さ走る」は旅人・家持父子の作にしばしば見られ、特に家持初期の「安積皇子挽歌」（3・四七五）では躍動感や繁栄の時を象徴させるBの用法を忠実に学んだ形跡が認められる。隼人朝貢とのかかわりについては可能性の域を出ず、実景説のなりたつ余地はなお残っているけれども、旅人の想いが何故吉野に向かうのかについての解答がここには示されている。

4　亡妻追慕

Cの題詞の「次田温泉」は『和名抄』に「筑前国御笠郡次田」とある所で、大宰府の都府楼址より南へ約二キロメートルの地にある。旅人がこの地に赴いてCを詠んだのが香椎廟奉拝の帰途かどうかは定かではない。大宰府に近いので時々立ち寄ることがあったとも考えられる。

この歌の表現をめぐっては、類歌として、

朝ゐでに　来鳴くかほ鳥　汝《なれ》だにも　君に恋ふれや　時終《を》へず鳴く（10・一八二三、作者不明）

が指摘されている（『代匠記（精）』『攷証』『全注』など）。これとCとを比較してみると、前者に見える「朝」のような時間を特定する表現がCにはなく、「ゐで（堰）」と「湯の原」とでは前者は具体的な一点、後者はやや広範囲な空間を指している。阿蘇瑞枝『全注　十』は一八二三歌の方が「時間場所を具体的に指示している点で、素朴さを保っている」という。

一方、野田浩子は、旅人の歌には「同語を一首中に繰り返すものが数首ある」として「〜思へば〜思ほゆ」（3・三三三）や「見る」をくりかえす例（3・三一六、四四六、四四七）とともに「鳴く」をくりかえすCを挙げ、さらに「葦鶴」の語は巻四・五七五歌にも用いられてることから、「表現も素材もあまり豊かではないということになろうか」と述べている（「沫雪のほどろほどろに降りしけば」『万葉集の叙景と自然』新典社、平7、初出昭63）。だが、Cは一八二三歌をふまえている可能性があり、Cにおける「鳴く」のくりかえしを他と同列に扱えるかについては微妙な面もある。

また、鈴木利一は「鶴」を詠む集中四六首のうち「葦鶴」は四例のみで、いずれも旅人の身辺で用いられていることに注目、大伴氏の本貫である難波の景物であることを明らかにし、Cの「葦鶴」は筑紫で詠まれているものの、ちょうど一年前に妻と後にした難波の地での思い出を背景にしているという。そのうえで「我がごとく妹に恋ふれや」（ソンナハズハナイノニの意を含む）という、木下正俊のいわゆる「疑問条件法」（参照『万葉集語法の研究』塙書房、昭47）によるやや理屈に傾いたきらいのある表現は、同じ鶴の声でも妻の記憶とともにある難波の葦鶴の声とは違うという思いの結晶化されたものと捉えている（「湯の原に鳴く葦鶴は」『大谷女子大国文』22、平4・3）。

これによれば、旅人のCは亡妻追慕の歌を作るに際し、望郷の念と切り離してはなりたたなかったことを示す。もっとも、のちの「亡妻挽歌十一首」（3・四三八〜四四〇、四四六〜四五三）においては、伊藤博がいうように「家」と「旅」を対比させて筑紫・道中・奈良のそれぞれで妻と共有した記憶を顕在化させているわけだが（「家と旅」『万葉集の表現と方法 下』塙書房、昭51、初出昭48）、望郷の主題性はCにおいてはまだ明確ではない。それはCが妻を喪ってからまだ半年余りしか経過しておらず、旅人自身、大宰帥の任期がいつ果てるともこの段階では分からなかったことによろう。亡妻追慕に望郷の主題を組み合わせる方法が確立するのは、旅人の帰京の時点まで待たねばならなかった。しかし、旅人の「亡妻挽歌」の道中の歌における、各地点で拠り所を求めては妻との思い出にひたるという発想は、すでにCにも見ることができるわけで、作歌の基盤の面から改めて注目すべきであろう。

5　神亀五年冬の旅人関係歌群

大宰府での日々の生活を離れ管内の各地に出向くものの、旅人の心はやはり望郷、亡妻追慕へと向かってしまうのであった。とくに、風雅の遊びを企図し集団の場における「高踏的な詩精神」の萌芽をみせたA(1)から、その後のBCへの展開は、ひとたび集団を離れたときの旅人の内面のゆれをうかがわせる。ここにとりあげた旅人の歌の一つ一つについては「いずれも低調」（平山城児『大伴旅人逍遥』笠間書院、平6）と、一般に評価は低い。しかし、風雅の遊びといい、望郷といい、亡妻追慕といい、ここには以後旅人の作歌活動の中でくりかえし現われる主題が集約されており、神亀五年十一月の時点においてこれらの主題がいかに表現されているかは、おおいに注目される。

そこではじめに述べた、大宰府を離れたところで（ただしBについて非実景説にたてば大宰府での詠の可能性も考えられるが）詠まれた、題詞や歌中に当地の地名を示す歌の集合体というもう一つの特徴を考えあわせると、ABCはそれぞれ無関係に成立したものでなく、「旅先での思い」を歌ったものとして意図的に組みあわされたものではないかとも思われてくる。しかも、主題は三つに分散しているように見えて、実はABCそれぞれの表現の背後に望郷の主題をよみとることができた。A(1)では永年豊前国の国司であった宇努男人が任果てて都へ向かうに際し、都人《みやこびと》らしい風雅の遊びを企図していたが、その裏には旅人自身の都を思う気持ちが大きく動いていることを見落とすわけにはいかない。

半年余り前、故郷を遠く離れた大宰府へ赴任してまもなく妻を亡くした、当時すでに老境の旅人は、大宰府を離れ、公務を忘れることによってしか心を晴らすことができず、そのような場面場面で故郷への思いをつのらせていくのは当然のことであったと思われる。

もっとも、旅人がABCを一つのまとまりとして、詠作当初から認識していたかどうか。偶然、この時期に望郷の念をかきたてられる場面がうち続いただけということも考えられる。

しかし、旅人の作品には、短歌を並べ数首単位で一つの群を形成する例が目立つ。年代を追ってみると、巻三の

「帥大伴卿が歌五首」（三三一〜五）の望郷歌が早く、これは林田正男（前掲「小野朝臣老論」）によれば神亀六年（七二九）三月四日の小野老の従五位上への十年ぶりの昇叙を祝う宴で詠まれた老の歌（三二八）に続いて詠まれたもので、その後「酒を讃《ほ》むる歌十三首」（三三八〜三五〇）へと展開する。旅人の帰京後に成立する「亡妻挽歌十一首」はそうした方法論の集大成というべき作品で、明確な主題を示しつつ、青木生子（「亡妻挽歌の系譜」『万葉挽歌論』塙書房、昭59、初出昭46）がいうように「亡妻をテーマに折にふれ、ものに臨んで一貫して奏でられる悲傷の声」が、「連続して記載」されているわけである。

ＡＢＣの展開は、主題性はあらわではないものの、時間・空間を異にする歌同士をつなぎあわせて一種の旅日記のごとき体裁を作りだしている点では、「亡妻挽歌」のありように近い。けだし「亡妻挽歌」は、この手法をとりこんで発展させたものではなかったか。そうだとすれば、遅くとも「亡妻挽歌」詠作の時点では、亡き妻をしのぶＣを介しつつ、ＡＢＣを旅日記的性格をもつ一連の歌群と認識していた可能性が高い。

そのような意味で、神亀五年十一月の一連の歌群は、大伴旅人の作家論・作品論を展開するうえで、きわめて重要な位置をしめるということができよう。

（山崎健司・奥羽大学助教授）

水城での別れの歌

冬十二月、大宰帥大伴卿《だざいのそちおほともきやう》の京《みやこ》に上《のぼ》る時に、娘子《をとめ》が作る歌二首

凡《おほ》ならば　かもかもせむを　恐《かしこ》みと　振りたき袖《そで》を　忍《しの》びてあるかも（6・九六五）

大和道《やまとち》は　雲隠《くもがく》りたり　然《しか》れども　我《あ》が振る袖を　なめしと思《も》ふな（6・九六八）

右、大宰帥大伴卿、大納言《だいなふごん》を兼任し、京《みやこ》に向かひて道に上る。この日に、馬を水城《みづき》に駐《とど》めて、府家《ふか》を顧《かへり》み望《のぞ》む。ここに、卿を送る府吏《ふり》の中に、遊行女婦《あそびめ》あり、その字《あざな》を児島《こしま》と曰《い》ふ。ここに、娘子この別れの易《やす》きことを傷《いた》み、その会《あ》ひの難《かた》きことを嘆き、涕《なみた》を拭《のご》ひて自《みづか》ら袖を振る歌を吟《うた》ふ。

大納言大伴卿の和《こた》ふる歌二首

大和道の　吉備《きび》の児島を　過ぎて行《い》かば　筑紫《つくし》の児島　思ほえむかも（6・九六七）

ますらをと　思へる我《あれ》や　水茎《みづくき》の　水城の上《うへ》に　涙《なみた》拭《のご》はむ（6・九六八）

1　贈答の場

本歌群は、巻六・九五五歌から九七〇歌までの「大宰帥大納言大伴旅人関係の歌」（『釈注』）の中に位置を占め、大宰府時代の歌に限ればその掉尾《とうび》に位置する。左注に記すように、大宰帥大伴旅人の上京に際して「遊行女婦」児島が贈った二首と、これに和した旅人の二首の贈答である。

天平二年九月八日に大納言多治《たじ》比池守《ひのいけもり》が薨じ（続日本紀）、旅人は大納言に任じられた。巻十七・三八九〇歌の題詞には「天平二年庚午《かうご》冬十一月大宰帥大伴卿被レ任二大納言一兼レ帥如レ旧」とある（『公卿補任』は十月一日とする。続日本紀には記事を欠く）。大宰帥兼任である。

娘子は「遊行女婦」で名を「児島」と言い、また「筑紫娘子」とも呼ばれ、巻三には「筑紫娘子贈二行旅一一首　娘子字曰二児島一」の題詞をもつ次の歌がある。

家《いへ》思ふと　心進むな　風《かざ》まもり　よくしていませ　荒《あら》しその道（3・三八一）

坂上郎女《さかのうえのいらつめ》関係の歌と共に収められ、天平二年夏六月に帥旅人を見舞った駅使（大伴稲公《いなぎみ》、大伴胡麻呂《こまろ》）たちを送った時の歌（『注釈』）、旅人より一足先に帰京した坂上郎女一行への送別の歌（『釈注』）、相手は特定しえないが、「上京する旅行者に贈った歌」（『和歌文学大系』）、「遊女が都に帰る人に歌って聞かせていた半ば職業的流行歌」（西宮一民『全注 三』）などの見方がある。

「遊行女婦」、あるいは「何々娘子」と呼ばれる女性たちは、「酒宴の接待役」を主とする「職業的遊女」（土橋寛『古代歌謡の世界』塙書房、昭43）であり、集中にも官人の地方在任中や帰京の宴席などで彼女たちの歌った歌は多い。児島は大宰府圏においてそのような役割を負うていた女性であろう。土橋前掲書は遊女の歌の二つの傾向として、「祝宴の賀歌」、「酒宴での送別の歌」を取り出したが、児島の二首はいずれも送別の歌である。

万葉集には、旅人の餞別の宴が数次にわたり設けられたことを記す。①「大宰帥大伴卿被レ任二大納言一臨二入レ京之時一、府官人等餞二卿筑前国蘆城駅家一歌四首」（4・五六八〜五七一）、②「書殿餞酒日倭歌四首」（5・八七六〜八七九）、及び「敢布二私懐一歌三首」（5・八八〇〜八八二）である。①には筑前掾門部連石足《かどべのむらじいそたり》、大典麻田連陽春《あさだのむらじやす》、防人佑大伴四《よ》綱《つな》らの歌を録し、②は山上憶良の七首である。①は「蘆城駅家」が当日旅人の取ったルートとは反対側のいわゆる田河道沿いにあること、「大和辺に　君が発つ日の　近づけば　野に立つ鹿も　響めてそ鳴く」（4・五七〇、麻田陽春）

とあることなどにより、まだ出発に間のある時期の餞別の宴と推定される（『注釈』。林田正男「旅人の帰京行程―宮本氏説に関連して―」『万葉』91、昭51・3）。もっとも、鹿の鳴くことは必ずしも実景ではなく、『詩経』小雅の「鹿鳴」など、送別詩の趣向に倣ったものと見られる（木下正俊『全注　四』『釈注』『和歌文学大系』『新古典大系』）。②は左注に「天平二年十二月六日、筑前国司山上憶良謹上」とあり、おそらく①よりは後、当該歌群の直前であろう。すなわち、旅人は十二月の上旬には京に向かって出発したものと思われる。五味智英（「大伴旅人序説」『大成』）は「十一月一日に辞令を受け十二月十日に出発した」と推定する。本歌群は出発当日の、水城の上に立っての別離のそれである。

左注に「馬を水城に駐めて、府家を顧み望む」とある。水城は大宰府西北の平野部が狭くなった部分に人工的に築かれた土塁で、大宰府を守る防塁である。東は大野山の山裾から西は脊振山《せぶりやま》の先端（古松）まで、約一、二キロメートルにわたり、東西にそれぞれ城門が設けられていた（石松好雄「大宰府発掘」『大宰府』吉川弘文館、昭62）。日本書紀天智三年是歳条に「対馬嶋・壱岐嶋・筑紫国等に防《さきもり》と烽《すすみ》とを置く。又筑紫に、大堤を築きて水を貯えしむ。名づけて水城と曰ふ」とあり、翌年には大野城（大宰府庁の北方）及び椽《き》（基肄）城が築かれた（天智紀四年八月条）。白村江《はくすきのえ》における敗戦を機に防備を固めたものとされる。水城は大宰府の城門のごとき体をなしていたのである。

境界において神を祈り、あるいは親しい場所・人と別れを告げるのは旅立ちの歌の伝統である。「従㆓藤原宮㆒遷㆓于寧楽宮㆒時、御輿停㆓長屋原㆒廻㆓望古郷㆒作歌」（1・七八、題詞）、「長屋王駐㆓馬寧楽山㆒作歌」（3・三〇〇、三〇一、題詞）などにより、それが知られる。とくに本歌群には、場所・人と別れを告げる離別の場が想定される。

この度の「卿を送る府吏」たちがどこまで同行したかは詳らかではないが（天平二年夏に旅人の疾病を見舞った稲公らの帰京の場合は、大監百代《ももよ》らが夷守《ひなもり》の駅家まで送っている。五六七歌左注）、ひとまず水城の地で、旅人は最後の遠望をなしたものと思われる。児島もまた、この場所で旅人との永遠の別れを惜しんだのであろう。

なお、左注の「於㆑是娘子傷㆓此易㆑別、嘆㆓彼難㆑会、拭㆑涕」は『遊仙窟』の「下官拭㆑涙而言曰、所㆑恨別易会難」

を踏まえた表現である（『注釈』。小島憲之「漢籍の受容―唐代小説『遊仙窟』の場合―」『国語国文』36―9、昭42・9。小島論は、旅人の二首めの「涙拭はむ」もまた『遊仙窟』の「拭レ涙」の翻案とする）。小島は左注を記した者として、巻六の編纂者（家持）の可能性を指摘する。

これに関していえば、旅人の記名が娘子歌の題詞に「大宰帥大伴卿」、旅人歌の題詞に「大納言大伴卿」とあるのは対応を欠く。上京前後の歌群で同様の形をもつのは、巻四の「大宰帥大伴卿上京之後、沙弥満誓《さみまんぜい》、贈レ卿歌二首」に応ずる「大納言大伴卿和歌二首」（4・五七四、五七五）以外にない。但し、この場合は「大伴卿の京に上りし後」であるから、厳密には状況が異なる（帰京直後の旅人に対する大宰府〈筑紫〉側からの歌に「大宰帥大伴卿」と記されることは、満誓歌の他に筑後守葛井大成《ふじいのおおなり》の歌〈4・五七六〉がある）。これに照らして考えれば、本歌群は旅人の歌稿をもとにして、左注、題詞等を含め、巻六編集時に整えられたものと見られる。

旅人の大納言遷任、上京をめぐる歌群は他にもあり、巻三（四三九、四四〇、四四六～四五三）、巻四（五六八～五七六）、巻十七（三八九〇～三八九九）の各巻に散在する。この様相は、編集上の意図（部立）や歌稿の管理者の違いなどに関係しているのであろう。

2　娘子「児島」の歌

娘子の二首は、一首めで「振りたき袖を忍びてあるかも」と行動を自制し、二首めでは堪えきれずに敢えて袖振りを行なったことを歌う。阿蘇瑞枝が「涕を拭ひて自ら袖を振る歌を吟ふ」（左注）に基づいて、「この二首は『袖振る歌』と称すべき」「別離の曲」というように（阿蘇『万葉和歌史論考』笠間書院、平4）、別れの行為としての袖振りが二首の表現のかなめである。

まず、一首めの第三句「振痛袖乎」のフリタキの訓には異説がある。助動詞タシの確例が平安末期であることから

「フリイタキ（振り痛き）」と訓む説（森野宗明「『たし』の研究」『国文学』4―2、昭33・12。「助動詞タシの源流私見」『文学・語学』17、昭35・9）であり、『古典大系』『注釈』（フリタキの訓のまま訓義は森野論による）などがこれに従う。これについては、平安朝ではタシは「庶民階級の人々の用ゐる俗語、卑語」であったために「物語、日記類には、絶えて現れ」ず、「万葉集のこの一例も、（中略）遊行女婦『児島』なるものがよんだ歌であつて、どうも俗語乃至方言的臭味が強い様に思はれる」（浜田敦「助動詞」『大成』）という説により、「振りたい（と思う）」の意に解しておきたい。森野論の「当然うんと振るに違いない袖を」の解では「忍びてあるかも」への接続が不自然であり、ここは「願望の助動詞と見ないと解けない」（『釈注』）からである。

さて、袖振りの自制は、前半三句に示されるように、旅立つ相手旅人への憚りによるものである。「凡ならば」は古注以来、おおかた「貴方様（の身分）が並の方であるならば」と解されている。集中のオホニは、「オホニ見る」（2・二一九、3・四七六、4・五九九、7・一三三三）、「オホニ言ふ」（7・一二五二）、「オホニ思ふ」（10・一八一三、14・三五三五）など、ほぼ主体の動作に関して用いられており、一方、「吹く風もオホニは吹かず」（13・三三三九）、「立つ波もオホニは立たず」（13・三三三五）など、自然現象に関して用いられる例もある。ところが、吉井巌『全注 六』が指摘する通り、「〜ガオホナラバの用法は集中ここのみ」であり、しかも主語（ホナラバの対象）は明示されない。従って、ホナラバの主語に何を補うかによっては他の解釈も可能であるが、第三句との関連を重視し、「あなた（の身分）」を主語と見る解が無難であろう。

袖を振ることは、互いの魂の交感、一体化を希求する呪術的行為である。集中では、男女間の相聞を主として、ことに別れの場面の歌に表現されることが多い（「白妙の袖の別れは惜しけども」〈12・三一八二〉、「白妙の袖の別れを難みして」〈12・三二一五〉）。旅行く人を送る際にも、この行為は広くなされる。別れに際しての袖振りは、必ずしも男女間のことに限定されず、やや様相を異にする側面もあるものの、袖振り自体の目的は、当然同様の意義を担っていたはずである。

　別れに際する袖振りには、人目を避け、袖振りを自制する歌（11・二四九三、12・三一八四）があることに顕著なように、夫婦・恋人などのごく慣れ親しんだ者同士に交わされる傾向が強い。しかし袖振りを自制する意識は、袖振る行為そのものより、男女の関係の個別的状況（段階）に原因があると見られる。娘子が旅人とどれほどの関係であったかは不明であるが、ここは内密の思いを表示する袖振りとは思えない。また別離の袖振りは、一面で慣習化・挨拶化していたようである。大宰府圏で活躍したとおぼしい娘子と旅人の間が、始めから袖振りを断念せざるをえないほどの疎遠な間柄だったとも考えられない。とすれば、水城の別れの場は府吏の多数居並ぶ、半ば公的なそれであったはずであるから、別離の場の厳粛な雰囲気が身分上の隔たりを一層強く意識させ、袖振りを自制させたというのが真意であろう。加えて、そこには「遊行女婦」としての娘子の歌の性格もある。遊行女婦による送別の歌は土橋前掲書が明らかにしている通り、「恋歌的」であり、「媚態的」でさえある（4・五二一「藤原宇合《うまかひ》大夫遷任上レ京時、常陸娘子贈歌」、9・一七七六、一七七七「石河大夫遷任上レ京時、播磨娘子贈歌二首」、9・一七七八「藤井連遷任上レ京時、娘子贈歌一首」、15・三六八二「娘子」〈遣新羅使歌群〉、15・三七〇五「対馬娘子名玉槻」）。土橋前掲書はそのような遊女の歌として児島の歌を挙げていないけれども、本歌もその例外ではなかろう。

　一方、別れの歌には、離れ行く相手を留めるために袖や領布を振ると表現するものがある。

海原《うなはら》の　沖行く船を　帰れとか　領布《ひれ》振らしけむ　松浦佐用比売《まつらさよひめ》（5・八七四、最最後人追和歌）
行《ゆ》く船を　振り留《とど》みかね　いかばかり　恋ほしくありけむ　松浦佐用比売（5・八七四、同）
八十《やそ》梶《か》掛け　嶋隠《しまがく》りなば　我妹子《わぎもこ》が　止《と》まれと振らむ　袖見えじかも（12・三二一二）

これらによると、別離（航路）の袖振りには船、もしくは相手を留めようとする意味があったかのようである（袖振りと領布振りは同質の行為と見做される）。娘子の第一首を「袖を振てとゞめたくもおもへど云々」（『攷証』）とするのはこの立場であるが、これらはおそらく、離れ行く二人の存在の同化を希求する袖振りの意味を拡大、強調した別離の歌の表現と見るべきではなかろうか。右の例をもって娘子歌の袖振りを相手を留めるための行為とするのは、早計であろう（但し、後述のように、娘子の袖振りそのものは佐用姫歌群の領布振りを意識している可能性がある）。

解釈上の難解さを含むのは二首めである。本歌はまず、「大和道は雲隠りたり」といい、「然れども」の逆説句を挟んで「我が振る袖をなめしと思ふな」と呼びかける。この前後半の関係が判然としないのである。「然れども」が何を承けるかについて、従来の解釈を整理すれば、次のようになる。

A　前半の「大和道は雲隠りたり」を承けるとする説（『略解』『古義』『全釈』『私注』『古典大系』『古典集成』『古典全集』『新編全集』）

B　前歌の後句「振りたき袖を　忍びてあるかも」を承けるとする説（『全註釈』『評釈』）

C　前歌の後句と当該歌の前半とを承けるとする説（『釈注』）

A説は、「帰路の遠き事をいひて、しかれども見えずなるまでも」（『略解』）の解を継承したものだが、一、二句の意味する内容については、「さうした一方ならぬ旅に出で立たれる君ではありますが」（『私注』）と上道する相手に主眼をおく解、「ですから私の振る袖はお見えにならないでしょう」（『古典大系』）と二人を隔てる距離に主眼をおく解、そして、「雲に隠れてお姿は見えないけれども」（『新編全集』）と見送る歌い手に主眼をおく解などがあって、「大和道は雲隠りたり」についての理解は、決して一様ではない。

『全註釈』を始めとするB説は、「然れども」を前歌の後句を承けると見ることにより、A説の難点を克服しようとした。身分の隔たりの意識から自制した袖振りを、堪え切れずになしてしまった反省が「なめしと思ふな」の表現となるとの理解である。娘子の二首が、「完全な連作」（『全註釈』）であり、袖降りの自制から敢行へと変化する過程を含んで、連続した意識のもとに詠まれているのは事実であろう。しかし、B説は「本歌の上二句に提示された条件があるのに、これを無視している点が致命的欠点」(『全注 六』)と指摘される通り、一、二句が浮いたものとなってしまう。B説に立つ『窪田評釈』が、「思慮を圧しつくして感傷に陥らしめたのは『倭道は雲隠りたり』といふ光景であるが、それと『我が振る袖』との間には飛躍があり過ぎて続かないので、上の歌の『忍びてあるかも』を介入させて続けた形のものである」と評するのも、このあたりの事情を示す。

Cは最近の『釈注』による新説である。『釈注』は「『しかり』が何を承けるかは、難解。『畏みと振りたき袖を忍びてあ』れども、『大和道は雲隠り』ておるので、の意」とする。「大和への道は雲の彼方向こうにはるばる続いております。あなたがその向こうへ行ってしまわれるのが堪えきれずに、恐れ多いと思いながらもこらえきれずに振ってしまう袖、この私の振る舞いを……」の口訳に示されるごとく、直接的には前歌を踏まえた解釈といえる。

前歌との関係いかんにかかわらず、袖振りは大和道の雲に閉ざされている状況に逆らってなされ、そのことが「なめしと思ふな」の結句を導いたというのが本歌の論理である。従って、問題は「雲隠りたり—然れども—袖振る」の関係をどのように把握するかにある。もともと、一、二句の指示する意味が大和道の遠さや自らの感傷(別離の術なさ)であっては、袖振ることと逆説ではつながらない。袖振りは距離の隔絶感や別離の術なさを埋めようとする行為でもあるからである。とすれば、袖振りと逆説的に結ばれうる一、二句の意味は、「雲隠り」て姿が見えないということになるであろう。

本稿では、次のような「雲」その他の障害物に隠れる(隠れない)こととの関連で袖振りをいう歌の存在をもって、「雲に隠れて見えないけれども」の解によっておきたい。

妹《いも》があたり　我《あ》は袖《そで》振らむ　木の間《ま》より　出《い》で来《く》る月に　雲なたなびき(7・一〇八五、詠月)
汝《な》が恋《こ》ふる　妹の命《みこと》は　飽《あ》き足《だ》らに　袖振る見えつ　雲隠《くもがく》るまで(10・二〇〇九、七夕)
妹が門《かど》　いや遠そきぬ　筑波山《つくはやま》　隠れぬほとに　袖は振りてな(14・三三八九、常陸国東歌)

袖振らば　見ゆべき限り　我《あれ》はあれど　その松が枝《え》に　隠《かく》らひにけり（11・二四八五）

第二首は、姿の見えなくなるまで妹（織女）が袖を振っていたことを歌うが、他の三首は、対象が障害物に隠れない（隠れる）こととの関係で袖振ることを歌う。即ち、袖振りと障害物との対立項を軸に表現が構成されている。これらを参酌すれば、本歌が「雲隠りたり」（障害物）と「袖振る」ことの二項を「然れども」で結ぶ関係は、いちおう了解できるであろう。

かく考えてきてなお、この解釈に立つ諸注の幾つかが疑念を表明しているように、「雲隠りたり」（姿が見えない）けれども袖を振るという論理関係が十全に成り立つかどうかに一抹の不安が残る。筆者はかつて、一、二句の表現が天候の実情（雲行きの怪しさ）に関しており、そのような状況と袖振りという取り乱した行為は齟齬し、相反する関係に立つのではないかと推論したことがある（「言挙げと言忌み―万葉集羇旅離別歌二、三の解釈をめぐって―」『同志社国文学』11、昭40・2）。一案として掲げるに留め、本稿では上記の結論によるものとする。

3　旅人の和ふる歌

旅人は同じく二首の歌をもって和している。娘子を思いやる歌と自己の内面を省みる歌とである。

一首めは、娘子の二首めの「大和道は」を契機に発想される。解釈上の問題はほとんどない。「吉備の児島」（かつて島嶼をなしていた児島半島）を通過する折にはあなたのことを思い出すだろうというのは、むろん娘子に対する忘れがたい感懐の表現である。諸注は本歌に高い評価を与えていない。「地名と人名との連想は、わざとらしいと言へば言へようが、大体大納言兼大宰帥と遊行女婦の関係は淡々たる行きずりの興味であらうから、かうした言ひ方も許されよう」（『私注』）とするのはやや詳しい説明であるが、多くは、「機智のある作だが、児島の歌の真剣なのにくらべて、ひどく遊戯的である。別れを惜しむ情はあらわれていない」（『全註釈』）とする解に示されるように、地名と人名を結びつけただけの軽い返歌と捉えている。対して、『窪田評釈』は積極的な評価を与え、「心は我もそなたを忘れまいといふことであるが、それを具象化するに同名の関係で帰路の経過地点である児島を捉へ、それに寄せてゐるのは、それが永遠性をもつてゐる土地であるが故に、おのづから何時までも忘れまいといふ含蓄をもつて来る」（『窪田評釈』）と理解し、『釈注』がこれに賛同している。

いずれ挨拶歌には相違ないとしても、この歌に機知的な軽さのみを読むのは当たらないであろう。当座に即した機知ばかりではなく、帰路の地名に重ねて娘子の名を記憶し、惜別の念を表現することには旅人の強い思いが託されていたとしてよいのではなかろうか。

二首めはマスラヲ意識に関して別離の思いを表出するが、注釈書でマスラヲの語義を詳述するものはほとんどない。「立派な男」（『全釈』）、「勇気あり教養ある男子」（『窪田評釈』）など古注以来の解を引き継ぐものの多い中、「ここでは分別ある男子といふ程の意であらう。たけき男子といふのとは幾分違った用ゐ方である」（『私注』）とする指摘、「ここでは旅人は武人の家である大伴家の一人として自分を『ますらを』といったのである」（久松潜一『万葉秀歌 三』講談社、昭51）とする指摘が、方向を異にしつつ目立つぐらいである。

集中に表われるマスラヲの語義、ないしそれが担う意識については多くの論がある。雄々しい、立派な男子とされる旧来の見解に対して、川崎庸之（「大伴三中の歌」『文学』15―1、昭22・1）、西郷信綱（『日本古代文学』中央公論社、昭23）、上田正昭（「社会と環境―ますらを論を中心として―」『解釈と鑑賞』24―6、昭34・5）の各論は官僚貴族という階層性を取り出した。それらを受けて遠藤宏は、「原義が『優れた男』である」ことを認めつつ、「階層の面から見ればほぼ官人階級に限定される」こと、内実として「大丈夫に足るものという倫理的・道徳的規範」の伴う意識であることを主張した（「万葉集作者未詳歌と『ますらを』意識」『論集上代文学 第一冊』笠間書院、昭45）。さらに稲岡耕二は、人麻呂の歌以降に一般化する「大夫」の表記などに触れつつ、和銅以前の歌では「勇武の男あるいは剛強の男に近い意識」

が強く、奈良朝以降では「宮仕えする男」、「官人としての意識が濃厚」になると結論した（「軍士作歌の論」『国語と国文学』50―5、昭48・5）。ここに、マスラヲの語義は通時的な位相から具体化されたといえる。

　マスラヲの自負を表明する歌には幾つかの傾向がある。一つは、

ますらをや　片恋《かたこひ》せむと　嘆けども　醜《しこ》のますらを　なほ恋ひにけり（1・一一七、舎人皇子）

ますらをと　思へる我《あれ》を　かくばかり　恋《こひ》せしむるは　からくはありけり（11・二五八四、作者未詳）

ますらをと　思へる我《あれ》や　かくばかり　みつれにみつれ　片思《かたもひ》をせむ（4・七一九、大伴家持）

など恋に懊悩する自己を自嘲的に歌うもので、相聞の中に一貫した位置を占めている（前掲遠藤論参照）。二つは、公人、官人としての意識を強く喚起する歌である。この群には、

大君《おほきみ》の　任《ま》けのまにまに　しなざかる　越《こし》を治《をさ》めに　出《い》でて来《こ》し　ますら我《われ》すら　世の中の　常《つね》しなければ…

（17・三九六九、大伴家持）

ますらをは　名をし立つべし　後《のち》の世に　聞き継ぐ人も　語り継ぐがね（19・四一六五、大伴家持）

ますらをと　思へるものを　大刀《たち》佩《は》きて　可爾波《かには》の田居《たゐ》に　芹《せり》そ摘みける（20・四四五六、葛城王《かつらぎのおほきみ》）

のように、自らその自負を意識するもののほか、

ますらをの　行《ゆ》くといふ道そ　凡《おほ》ろかに、思ひて行《ゆ》くな　ますらをの伴《とも》（6・九七四、聖武天皇）

唐国《からくに》に　行《ゆ》き足《た》らはして　帰り来《こ》む　ますら健男《たけを》に　御酒《みき》奉《たてまつ》る（19・四二六二、多治比鷹主《たじひのたかぬし》）

大君の　命《みこと》恐《かしこ》み　あしひきの　山野《やまの》障《さは》らず　天離《あまざか》る　鄙《ひな》も治《をさ》むる　ますらをや　なにか物思《ものも》ふ（17・三九七三、

大伴池主）

のように、歌い手が他者に対してマスラヲたることを鼓舞、宣揚する形も多い。

稲岡のいうマスラヲ意識の通時的変容と交差して、一の群が一貫するのに対して、二の群はほぼ後期に集中する。

それに伴い、葛城王の歌（20・四四五六）のような、恋愛以外の私的行動（情動）との相克のなかでマスラヲ意識を把握する歌が増え始める。旅人の本歌は、「ますらをと思へる我を（も）」（2・一三五、11・二八七五、4・七一九）の歌い出しをもつ点で、表現としては相聞的類型に立ちながらも、それが表わすマスラヲの意義は、官人としての自負であろう。遠藤前掲論が「大部分が恋との連関において歌われる」「負の『ますらを』歌」（マスラヲたりえないことを歌う歌）の例外的なものと位置づけ、林慶花が「この『涙』が官命を遂行する意志に反する意味をもつ」（「マスラヲ考—大伴家持歌を中心に—」『国語と国文学』76—8、平11・8）とする通りである。娘子に対する私的感情というより、官命を帯びての出立に際して思わず感傷的になったことへの自省である。歌の場もまた私的なそれではない。ここには、官人意識の高揚と別離の感傷との相克があるといえよう。本歌を構成する「ヤ……ム」の文型が、この表現を支える。

木下正俊によれば、「ヤ……ムを含む一人称主格の疑問文」は「腑甲斐ない自分の〝現在〟のあり方をじれったく思いつつそれをどうすることもできない」内容を表わす文型である（「〝斬くや嘆かむ〟という語法」『万葉集研究 第七集』塙書房、昭53。『古典全集』に「このヤは第五句と応じて疑問的詠嘆を表す」とある）。木下論は本歌について、「作者がどうすることもできないのは涙が流れて止まらぬ状態であり、それを自らを主格に置いて、『涙流さむ』とも言わず『涙拭はむ』と言い、意志に基づく動作性動詞拭フを用いているところに、周囲の人びとの眼を意識する旅人の性格が現われている」と説明している。「涙拭はむ」は前述のごとく『遊仙窟』の翻案語と見做されるにしても、本歌には娘子歌（左注によれば「涕を拭ひて自ら袖を振る歌を吟ふ」と説明される）に真向かう表現性を見るべきである。旅人の性格云々はともかく、官人、公人としての自負と感情（行動）との相克を担ってこの表現はあるといえよう。

以上、旅人の二首は前歌においてより直接的に娘子への惜別の情に即し、後歌においてより自己の内面に即して対応し、ともどもに別離の思いを述べた形と認められる。

なお、上記の歌（九六六、九六七）を含めた古代の「大和道」について、阪下圭八（「古代大和道考」『月刊百科』昭

53・3）は、「西海より瀬戸内を東進して大和に到る」「海路」に限定されるという（旅人の上京が海路、陸路のいずれをとったかをめぐって論じられる問題に関わる。松田芳昭「鞆浦之天木香樹」『国語と国文学』34―1、昭32・1。宮本喜一郎「大伴旅人の帰京行程」『万葉』28、昭33・7。林田前掲論。平山城児『大伴旅人逍遥』笠間書院、平6）。確かに、「吉備の児島を過ぎて行かば」（九六七）の表現や「右の三首、鞆の浦に過《よき》る日に作る」「右の二首、敏馬《みぬめ》の崎に過る日に作る」（巻三・四四六歌以下の「天平二年庚午冬十二月、大宰帥大伴卿向レ京上レ道之時作歌五首」中の左注）に即してみると阪下説が自然なようにも思われるが、巻十七・三八九〇歌以下の別途に帰京した傔従《けんじゅう》等の歌（歌群―あるいは部分的に―は、大宰府下向時のものと見る説もある）の題詞に、ことさら「上レ京之時傔従等別取二海路一入京」とあること、『延喜式』（民部下）の規定に「新任官人赴レ任者、皆取二海路一、（中略）其大弐已上乃取二陸路一」とあるのによれば、海路と断定することは躊躇される。大和道とは「結局、海路を主とした大宰府、奈良京間の道をいうのであろうか」（『全注　六』）という推論に従い、旅人の場合は陸路の可能性が強いと見ておきたい。

4　歌群の問題

娘子歌と旅人歌の関係については、娘子の第一首と旅人の第一首、娘子の第二首と旅人の第二首が対応するという見方（『窪田評釈』）、旅人の第一首が娘子の第二首に、第二首が娘子の第一首に和したものという見方（『釈注』）がある。いずれの読みをよしとすべきかは、にわかに定めがたい。娘子の二首が内的な展開をもち、旅人の二首が相手への思念と自らの内省へ向いて連関することについては、すでに考えた。今は、この二首ずつが内的に呼応して別離の贈答を構成している点を確かめるに留めたい。

ところで、歌群の全体的評価という点では、前項までに関説したように、娘子歌に高く旅人歌に低い傾向は否めない。例えば高木市之助は、一首めの「激情」をこらえる「静の姿」から、二首めの「狂気のように袖をうちふる動の姿」へと展開する娘子の歌に、「貴族婦人などに求められない人間本来の姿」を認め、対する旅人歌を「洒落」のみの歌（第一首）、「修辞」としては「調子が上すべりしている」歌（第二首）と評する（「女性三題」『高木市之助全集 四巻』講談社、昭51、初出昭39）。諸注についてもこのような、いわば歌い手の人物論的視点に比重をかけた読みが主流であったといえる。

しかしながら、本歌群は贈答の呼吸を体して離別歌の典型をなしている。数次にわたる餞別の場で旅人自身の歌があるのは本歌群のみであることをも含め、旅人の側から見ても新たな評価を与えられるべき余地がある。集団ないし対人関係の中で社交的詠歌をよくするのも大宰府時代の旅人の詠歌態度である。そして、贈答・唱和においてさえ、ともすれば述懐に傾斜しつつ歌うのが旅人の傾向でもある。「和歌」とある歌に限っても、弔問の勅使石上堅魚《いそのかみのかつお》への和歌（8・一四七二）、少弐石川足人《いしかわのたるひと》への和歌（6・九五六）などには、そのような傾向が著しい。本歌群もこうした旅人の社交的詠歌、筑紫歌壇の集団的な環境で培われてきた贈答や唱和の方法の一つとして位置づけられるであろう。

このことに関わって、歌群の製作の動機ないし表現を支える枠組みとして、考えたいことがある。松浦佐用姫と大伴佐提比古《さでひこ》の伝説に基づく序文および歌群（5・八七一〜八七五）との関係である。

本歌群の左注が『遊仙窟』の表現を踏まえることは、先に触れた。実は、佐用姫歌群の序文にも、「(佐用嬪面)嗟二此別易一、歎二彼会難一」の同様の表現を見る。のみならず、この場面の設定と児島が袖振りに及び、佐用姫が領布振りに及ぶことは見事な相似形をなしている。用語・表現や発想の面に指摘されることがらは、歌文の製作に当たってのごく常識的な営みともいえようが、この両歌群の傾向の類似は単なる偶然とは思われない。

佐用姫歌群の成ったのは、巻五における配列からして天平二年冬の旅人上京の直前と推される。のみならず、沢瀉久孝によれば、追和歌群を加えて旅人に示されたのは餞宴の席であろう（『万葉歌人の誕生』平凡社、昭31。但し、個々の歌の作者については諸説がある）とし、井村哲夫もその歌群の製作事情について、「旅人送別の心をこめ」た宴席でなされたものではないか（『全注 五』）との興味ぶかい推論を示す。極めて蓋然性は高いであろう。児島がその場に侍っていたかどうかは分からないが、おそらく彼女は佐用姫歌群（の趣向）を知っていたのではあるまいか。とすれば、旅人の出立にあたり、児島は佐用姫の立場をみずから演じたことになる。旅人歌が「涙拭はむ」と承けていることは、旅人もまたその意図を充分理解していたものと思われる。二人の贈答歌の形成に与かる一つの要素として想定しておきたい。

むろん、本歌群は具体的な場と状況に即したものでもある。解釈の問題を通して触れたように、娘子の二首には表現の上で舌足らずの要素があった。俗語「振りたき」の使用や、集中孤例の対象を明示しない「凡ならば」の用法などを含め、ここには口語的口吻が濃厚に窺えもする。そのような内実を含みつつ、本歌群の表現と傾向には、いわゆる筑紫歌壇の中で培われたみやびやかな精神が投影されていると思われる。

（駒木敏・同志社大学教授）

記夷城での報和の歌

式部大輔《しきぶのだいふ》石上堅魚朝臣《いそのかみのかつをあそみ》の歌一首

ほととぎす　来鳴きとよもす　卯の花の　共にや来《こ》しと　問はましものを（8・一四七二）

右、神亀《じんき》五年戊辰《ぼじん》に、大宰帥大伴卿《だざいのそちおほともきやう》の妻大伴郎女《いらつめ》、病に遇ひて長逝《ちやうせい》す。ここに、勅使式部大輔石上朝臣堅魚を大宰府に遣はして、喪を弔はしめ并せて物を賜ふ。その事既に畢《をは》り、駅使《やくし》と府の諸の卿大夫《きやうだいぶ》等と、共に記夷城《きいのき》に登りて望遊《ばういう》する日に、乃《すなは》ちこの歌を作る。

大宰帥大伴卿の和ふる歌一首

橘の　花散る里の　ほととぎす　片恋しつつ　鳴く日しそ多き（8・一四七三）

1　従来の見方

大伴旅人が、神亀四年（七二七）のいつ大宰帥に任命されたか明らかではないが、おそらく十月頃に任命され、年内に大宰府に下向したと推察される。そして、着任した翌年の楝《おうち》の花が咲く四月初旬（後述）に、同行した妻大伴郎女が長逝したと推定されるのである。

それが契機となって、旅人の「凶問に報ふる歌」（5・七九三）（序文に「禍故《くわこ》重畳《ちようでふ》し」とあるように、妻大伴郎女のみを対象とするのではないが）や、憶良の「日本挽歌」（5・七九四〜七九九）（亡妻は、憶良の妻とする『代匠記（初）』から始まる説と、旅人の妻とする吉永登「日本挽歌は誰のためのものか」〈『万葉 文学と歴史のあいだ』創元社、昭42〉や、佐藤美知子「『万葉集』巻五の論―旅人の妻の死をめぐって―」〈『国語国文』44―5、昭50・5〉に代表される旅人の妻とする二説があったが、現段階では、『新編全集』が「旅人の妻を失った立場に同情し、なり代って詠み、献上した」とする様に旅人の妻とし、憶良が旅人になりきりながら、亡妻を詠出しているとされる。）が詠まれた。また、旅人の亡妻挽歌群（3・四三八～四四〇、四四六～四五三）もそれが契機となって詠まれた。そして、これらの歌は注目され研究も進んでいる。

当該歌も左注に記されたようにこの亡妻と深く関わっており、一連の亡妻関係歌群の中に含まれる作品である。しかし、従来関係歌と利用されることはあっても同列に扱われず、注目されることも少なく、言及もほとんどない作品となっている。その原因は何処にあるのであろうか。それは他が直線的に亡妻大伴郎女を悼み、また、残った者の悲痛さを詠出しているのに対して、当該歌は巻八の夏雑歌に配列されるように、初夏の景物である「ほととぎす」が中心となって構成され、また、詠出された場も宴席であった。したがって、関係歌ではあるが異なる世界の作品と捉えられたからであろう。

また、従来の挽歌研究は、たとえば、橋本達雄「万葉悼亡歌の諸相」（『万葉宮廷歌人の研究』笠間書院、昭50）が説く様に、女が詠う挽歌の伝統から、人麻呂によって夫が妻の死を悼む系譜へと変質し、更に文芸として成立していると考えられるが、旅人や憶良の亡妻関係歌群は、この万葉集の亡妻挽歌史の系列の中で展開されてきた。しかし、当該歌は贈答歌の形式を採り、また詠出された場も特殊であって、直ちに亡妻挽歌史の系列に入りにくい作品であったことも遠因であろう。

従来の当該歌に対するこの様な捉え方を踏まえつつ、作品を直視することにより、当該歌のあり様を再確認することにする。

2　妻長逝と制作との時期

当該歌の制作された背景は、左注に拠って比較的明らかである。しばらく左注を中心に背景を確認することにしよう。まず、「長逝す」とあるが、旅人の妻である大伴郎女が何時長逝したかを確認しておこう。正確には不明である。しかし、幸いに憶良が旅人の亡妻を詠出した「日本挽歌」の第四反歌に、

妹が見し　楝の花は　散りぬべし　我が泣く涙《なみた》　いまだ干《ひ》なくに（5・七九八）

と、「妹が見し楝の花は散りぬべし」の語句があった。「楝の花」は集中に三例ある。それは憶良歌と、次の天平十三年（七四一）の、大伴書持《ふみもち》（一首目）と家持（二首目）との贈答歌、

玉に貫く　楝を家に　植ゑたらば　山ほととぎす　離れず来むかも（17・三九一〇）

ほととぎす　楝の枝に　行きて居ば　花は散らむな　玉と見るまで（17・三九一三）

である。「ほととぎす」を中心に、「楝」「橘」によって初夏が詠出されている。四月二日に書持が奈良の宅より贈った歌に、四月三日に家持が久迩京《くにのみやこ》より報えた歌である。この贈答歌の日付によって明確な様に、楝の花が散りはじめるのは、陰暦の四月上旬であることが明らかになろう。もちろん、奈良と大宰府との地理的距離や、平地と山頂との高低差を考慮すべきであるが、旅人の妻大伴郎女が長逝したのは、神亀五年（七二八）四月上旬ごろと推定される。

この四月上旬説を総括し更に詳細に説く井村哲夫説がある。井村は『全注』において、吉永前掲書や佐藤前掲論文を紹介し、さらに「日本挽歌」の左注の「神亀五年七月二十一日に、筑前国守山上憶良上る」に注目し、憶良が七月二十一日に献上した意味を考察した。妻大伴郎女が四月上旬に長逝したとすれば、七日毎の法要の最後である四十九日は過ぎていることになるとして、「その後ことさらに哀悼の詩文と歌を寄せる日としては、百日の供養がふさわしいであろう。」とした。そして、七月二十一日が妻大伴郎女の百日とすれば、その命日は四月十日となると推定する

のである。氏寺を設け、新羅《しらき》の尼（3・四六〇〜六一、尼理願挽歌）も寄住させている大伴氏を考える時、亡妻の百日の法要供養は想定され、四月十日命日説は魅力的な説である。

では次に「望遊する日」とあるが、本歌は何時制作されたのであろうか。当該歌は、勅使式部大輔石上朝臣堅魚が大宰府に遣わされて、喪を弔はしめた時に詠出されたのであった。喪葬令《そうそうりょう》に、

> 凡そ京官《きゃうくわん》の三位以上、祖父母、父母、及び妻に喪の遭《あ》へらむ、四位父母の喪に遭へらむ、五位以上身喪《みさう》しなば、並に奏聞《そうもん》せよ。使を遣りて弔はしめよ。（『律令』日本思想大系、岩波書店、昭51）

によるものである。

さて、大宰府と京との所要日数は、例えば『延喜式』に拠れば、筑前国へは、上り二十八日下り十五日とある。これから類推すると、妻の死の報告され弔問使が到着するまでに、約一月半以上の日数が必要となる。ただし、前記の吉永登は、訃報による勅使であり、通常の駅使より早いとして、報告がなされ弔問使が大宰府に到着する日数を、公《く》式令《しきりょう》に拠って、駅使の一日の行程は十駅以上として算出し、十五日もあればよいとした。また、佐藤美知子は、詳細な文献調査の結果、約一ケ月近くかかったとした。両説によれば、妻大伴郎女が長逝した四月一日から十五日後の四月二十五日頃から五月上旬の間に勅使が到着し、喪を弔う行事が行われ、その後宴が開かれ本歌が生まれたことになる。

この制作時期を当該歌の内容から確認しておこう。本歌では、「ほととぎす」が来鳴き、「卯の花」が間もなく咲き乱れ、「橘の花」が散ると詠出している。これを実景に基づく世界と捉えると、「ほととぎす」が鳴きはじめるのは四月上旬から、「卯の花」が咲きはじめるのは、「ほととぎす」が鳴きはじめるのとほぼ同時期である。ただし、家持歌に、

大伴家持が霍公鳥《ほととぎす》の歌一首

卯の花も　いまだ咲かねば　ほととぎす　佐保の山辺に　来鳴きとよもす（8・一四七七）

とある様に、「ほととぎす」より後に日を想定することもできよう。一方、「橘の花」は、

家婦が京に在す尊母に贈らむために、誂《あとら》へられて作る歌一首　并せて短歌

ほととぎす　来鳴く五月に　咲きにほふ　花橘の　かぐはしき　親の御言　朝夕に　聞かぬ日まねく　天離《あまざか》る
鄙にし居れば　（略）（19・四一六九）

と詠出される様に、五月の花として捉えられていたようである。これらから、当該歌の制作時期は、夏の四月上旬から五月上旬の間と推定され、更に、「橘の花」に注目した時、五月上旬の可能性が高いことになる。

3　当該歌の背景（左注の望遊）

次に、当該歌の宴はどの様なものであったであろうか。やはり、左注に「その事既に畢り、駅使と府の諸の卿大夫等と、共に記夷城に登りて望遊する日に、乃ちこの歌を作る。」とあった。おそらく勅使としての公的行事が終了したのに対する、旅人の返礼を兼ねた宴であったと推察される。大宰府には、背後に大野山（四一〇メートル）があり、

大伴坂上郎女、筑紫の大城の山を偲ふ歌一首

今もかも　大城の山に　ほととぎす　鳴きとよむらむ　我なけれども（8・一四七四）

と、大宰府から帰京しても郎女が懐かしく偲ぶ大野山が存在するのに、わざわざ南に一〇キロメートルも離れた記夷城（基山）（四〇四メートル）に登っての宴であり、「駅使と府の諸の卿大夫等」とあるので、勅使一行と大宰府の主な官人達が参加した大規模な宴であると推察される。

記夷城は、現在は「基山《きやま》」とされるが、古くは「椽《き》」（日本書紀）、「基肄《きい》」（続日本紀）、「基肄の山」（肥前国風土記）とされてきた。福岡県筑紫野《ちくしの》市原田《はるだ》と佐賀県三養基《みやき》郡基山《きやま》町との間にある山である。周知の様に、天智二年（六六三）八月、白村江《はくすきのえ》において日本軍が大唐軍に大敗をし、翌天智三年（六六四）には、「対馬島・壱岐島・筑紫国等に、防《さきもり》

と烽《とぶひ》とを置く。又、筑紫に、大堤を築き水を貯へ、名けて水城と曰ふ。」（日本書紀）とある様に、国の守りをかため、天智四年（六六五）の八月に「達率《だちそち》憶礼福留《おくらいふくる》・達率四比《しひ》福夫《ふくぶ》を筑紫国に遣して、大野と椽、二城を築かしむ。」（日本書紀）とある様に、百済の亡命貴族で兵法指南の人々の助言を受けて、朝鮮式山城が大野山と基山とに築かれたのであった。基山の山城の記夷城は、山頂を含む主要部を延長約四、五メートルの土塁で囲み、要所は石垣で固めてあり、その中に七群四〇棟前後の礎石建物の遺構が確認されている（『続日本紀　一』新古典大系、岩波書店、平1、補注）。大規模な山城であったことが推察される。天智朝のこの山城は、文武天皇二年五月（六九八）に、二城ともが修繕された記事が続日本紀にある。もちろん推定であるが、旅人達が訪れた三十年後の神亀五年（七二八）にもその多くの建物が存在していたのであろう。旅人はそこで大規模な宴を開いたのである。

この地は、現在はハイキングコースとして愛好されている。福岡と佐賀の県境に位置する記夷城のその山頂からの眺望は格別であって、筑前、筑後、肥前の各地に目をやることができる。

旅人が大宰府から三キロメートルの地にある次田の温泉に訪れるのでなく、わざわざ一〇キロメートル先まで足を運んでいるのは、やはり格別の眺望を求めてのことと推察される。

また、この宴は餞宴ではない。大宰府と都とを行き来する官人たちが、餞別の宴を開くのは、大宰府から四キロメートル東南の「阿志岐《あしき》」が多い。葦城駅家《あしきのうまや》があったからである。旅人が任を終えて大平二年に上京する時も、「大宰帥大伴卿、大納言に任ぜられ、京に入らむとする時に、府の官人ら、卿を筑前国の葦城の駅家に餞する歌四首」（4・五六八〜七一）とある様に、葦城の駅家であった。つまり、公の餞宴は葦城の駅家で多く開催されたが、当該の宴の目的はその様な餞別にないことが明らかになろう。

以上のように記夷城を捉えてくると、左注の「望遊」の語が重要視されてくる。当該歌の制作されたその場は、山頂から各地の勝景を遠望し、また、その地の夏の景物を賞美し、それを愛でて遊ぶことにあった。つまり、遊覧の宴であったのである。旅人の亡妻が背後にあることは当然であるが、その主たる目的は、風流風雅な宴の開催であったことに充分留意すべきである。その意味では、一年半後の天平二年の「梅花宴」に近い趣向の宴であったと考える。その「梅花宴」の作品の中にも、記夷城ではないが大野城の梅と雪とを用いた大伴百代《ももよ》の文学的虚構作品（5・八二三）がある。旅人が主催した宴の目的をこのように風雅の中で捉える時、歌の理解にも変化が生ずるであろう。

4 歌内容

では、当該歌の内容を見てみよう。まず、石上堅魚歌から見てみる。堅魚歌に対しては、早く『代匠記（初）』が、「大伴郎女身まかられけるを、天子より大伴卿をとふらはせたまふ勅使に、堅魚朝臣筑紫へ下られける時の哥なれは、なき人と共にやこしと、郭公にとはましものをとなり。」と説くように、亡妻大伴郎女を背景においての諸説が多いが、井手至『全注』が、「問はましものを」とあって実際には口に出して尋ねなかったのは、「伴侶を無くした大伴旅人の気持を忖度《そんたく》して、一緒とか連れあいの意味を喚起する『共（伴）』の語を禁句として口にしなかったことが言いたかったのであろう。」としていることが注目される。妻を亡くした悲嘆の中にある旅人に、弔問の勅使堅魚がたとえ和歌世界においても、妻と「共にや来し」と問うであろうか。堅魚歌は、現実の悲しみとは無縁の風雅の和歌作品と捉えるべきと考える。

また、前述したように「望遊」と言う遊覧の宴において制作された作品であったことも留意しなくてはならないであろう。やはり、堅魚は「望遊」の折に、現実に接した「ほととぎす」の鳴き声に詩的感興を示し、その「ほととぎす」を擬人化して、そこに「卯の花」を登場させて、「問はましものを」と詠出した和歌作品と推定される。「卯の花」と「ほととぎす」とを取り合わせた作品としては、後の例になるが家持歌に、

独り幄《とばり》の裏《うち》に居りて、遥かに霍公鳥の喧《な》くを聞きて作る歌一首　并せて短歌

高御座《たかみくら》　天の日継《ひつぎ》と　皇祖《すめろき》の　神の命の　聞こし食《を》す　国のまほらに　山をしも　さはに多みと　百鳥《ももとり》の　来居て鳴く声　春されば　聞きのかなしも　いづれをか　別《わ》きてしのはむ　卯の花の　咲く月立てば　めづらしく鳴くほととぎす　あやめぐさ　玉貫くまでに　昼暮らし　夜《よ》渡し聞けど　聞くごとに　心つごきて　うち嘆きあはれの鳥と　言はぬ時なし（18・四〇八九）

行くへなく　あり渡るとも　ほととぎす　鳴きし渡らば　かくやしのはむ（18・四〇九〇）

卯の花の　共にし鳴けば　ほととぎす　いやめづらしも　名告《の》り鳴くなへ（18・四〇九一）

ほととぎす　いとねたけくは　橘の　花散る時に　来鳴きとよむる（18・四〇九二）

右の四首、（五月）十日に大伴宿禰家持作る。

の作品がある。題詞に記されているように、現実のほととぎすの鳴き声に触発されての作品である。長歌において「卯の花の咲く月立てばめづらしく鳴くほととぎす」と、「卯の花」を合わせて登場させて詠出し、更に第二反歌においてもそれが繰り返されている。堅魚歌と同様の世界が描き出されているのである。

やはり、堅魚歌は、記夷城における初夏の実体験から、夏の代表的な景物である「ほととぎす」を中心にした風雅な文学作品であったと考える。また、『全注』の説くように、堅魚歌は問い歌ではなく、答えを想定しない宴席の独立歌であった可能性が高い。

さて、このような堅魚歌は、同席の旅人の詩心に強い刺激を与え、それが旅人の詩的感興へと繋がったようである。堅魚歌にただちに「和」したのである。では、旅人歌を見てみよう。旅人歌は、堅魚歌に「和」しているに違いないが、不思議な内容の歌となっているのである。堅魚歌の「ほととぎす」を受けて詠出されたはずであるのに、その記夷城の山で鳴く「ほととぎす」は、いつの間にか「橘の花散る」里で鳴くと詠出しているのである。山で鳴いていた「ほととぎす」が、里で鳴く「ほととぎす」に捉え直されているのである。

「望遊」の折りの山の実体験から出発し、風雅の中で詠出された堅魚歌の世界から、里の橘の花が散る中で鳴く「ほととぎす」の世界へ視線を転換させた目的は、やはり、山から里への場面転換であり、大宰府の「ほととぎす」に目を転じさせることにあったと推察される。

さて、旅人歌の、「ほととぎす」は「片恋しつつ鳴く」のであった。この「橘の花散る」「里」の大宰府においての「ほととぎす」の「片恋しつつ鳴く」世界を詠出する旅人の制作意図は、どこにあったのであろうか。

これらから想起されるのは、旅人歌に対する諸注の、例えば『代匠記（初）』が「此国には冥途の鳥といひならはせり。」と説き、更に、「橘のちるをは、妻の身まかられけるにたとへ、ほとゝきすのなくをは、恋したひて啼によせたり。」と説いたように、中国故事の「蜀魂《しょっこん》伝説」の利用が考えられる。つまり、位を譲って山中に隠棲した蜀王望帝《ぼうてい》の魂が化してホトトギスになったと言う中国故事が、日本風に理解されて、ホトトギスと故人とを関わらせて詠出する手法は、早く弓削皇子《ゆげのみこ》と額田王との、

　　吉野宮に幸せる時に、弓削皇子、額田王に贈り与ふる歌一首
古に　恋ふる鳥かも　ゆづるはの　御井《みゐ》の上より　鳴き渡り行く（2・一一一）
　額田王の和《こた》へ奉《まつ》る歌一首　倭京《わきやう》より進《たてまつ》り入る
古に　恋ふらむ鳥は　ほととぎす　けだしや鳴きし　我が思へるごと（2・一一二）

の贈答歌において、天武天皇を背景において試みられていたと考えられる。これと同手法が、旅人の中にあったと推察される。

旅人は、神亀元年（七二四）三月の聖武天皇吉野行幸の折りと推定される従駕作品（3・三一五、三一六）を制作している。その作品では、『論語』（雍也）の「知者ハ水ヲ楽シビ、仁者ハ山ヲ楽シブ」や、聖武天皇即位の宣命の中の「万代尓不改常典止」などの、漢籍や宣命を取り入れて、斬新な和歌制作をしていた。

このような趣向を持つ旅人は、「ほととぎす」を詠出した堅魚歌に和するにあたって、中国故事の蜀魂伝説を利用し、亡妻を「橘」に、我が身を古へを恋する鳥「ほととぎす」に置き換えて詠み、その「ほととぎす」は「里」の大宰府で鳴いていると詠出したと推察する。妻が四月上旬に長逝し、早くも五月となった。その五月の花である「橘」、それも大宰府の橘が散る里を想起し、亡妻を追慕し悲しさの止めえぬ我が身の姿を、中国故事を用い客観的技巧的に作品として詠出していると考えるのである。

山の「ほととぎす」を、わざわざ里の「ほととぎす」に詠み換えて詠出した意図はここにあると考えられるのである。旅人は堅魚の風雅な初夏の季節歌の世界に対して、中国文学の世界を導入し、亡妻を主題とする新たな亡妻歌の世界を詠み添えて、贈答歌を鮮やかに転換させるとともに、この贈答歌をより厚みのある作品群にしていると考える。

つまり、第一首目の堅魚歌が、「望遊」と言う場の要請からも、夏の景物である「ほととぎす」と「卯の花」とを主として詠出し、第二首目の旅人歌はその堅魚歌の「ほととぎす」に触発され、中国故事を背景に持つ亡妻歌の作品に転換させたのである。この贈答歌は一首一首の世界とともに、旅人の絶妙で機知にあふれた「和」の巧みさに目を向けるべきであろう。

5　旅人の亡妻関係歌

前記した様に、旅人の亡妻歌は、「愛しき人・我妹子・妹」などの語を用いて、亡妻を直接追慕して詠出する一二首の作品があるが、当該歌には直接亡妻を示す語はなく、亡妻歌と言うよりは、亡妻に関係する歌として捉えられている。この点について今少し言及しておく。

旅人歌には、当該歌と同様に関係歌とする説が存在する「次田《すきた》温泉《ゆ》に宿る歌」がある。

帥大伴卿、次田の温泉に宿り、鶴が音を聞きて作る歌一首

湯の原に　鳴く葦鶴は　我がごとく　妹に恋ふれや　時わかず鳴く（6・九六一）

である。この作品は旅人が大宰府から三キロメートルほどの地にある次田の温泉に宿り、その折の鶴が音が旅人の琴線に触れて詠出されている。旅人は、ここでは「ほととぎす」ではなく、「鶴」の鳴き声に耳を傾けている。

この「次田温泉に宿る歌」の鶴が音に対して、例えば、『古義』は「温泉のあたりの原野に鳴鶴は、吾妹に恋る如く、妻恋をすればにや、いつといふ時を定めたることもなく、常になくらむとなり、」と説き、吉井巌『全注』も、旅人の亡妻とは関わらせないで解釈している。

一方、『新考』『全釈』『全註釈』『窪田評釈』『注釈』『釈注』など多くの諸注が亡妻との関係で説く。例えば『釈注』は、「旅人は大宰府で妻大伴郎女を亡くした。その妻を恋い慕う心で、鶴の鳴く心に思いを及ぼしているのであろう。」とするように、鶴が音と亡妻とを結びつけて解釈している。この解釈の揺れについて今少し触れておこう。

集中「鶴」は約四五例ある。そして確かに、

天平三年辛未《しんび》の秋七月に、大納言大伴卿の薨ぜし時の歌六首（内一首）

君に恋ひ　いたもすべなみ　葦鶴の　音のみし泣かゆ　朝夕にして（3・四五六）

のように、挽歌世界の中で鶴が音を用いる歌は存在するが、これは相聞歌を挽歌に転用した特例に近く、圧倒的に多くは、

天皇の御製歌一首（天平十二年、藤原広嗣《ひろつぐ》の乱による東国巡行関係歌）

妹に恋ひ　吾の松原　見渡せば　潮干の潟に　鶴鳴き渡る（6・一〇三〇）

大伴坂上郎女《さかのうへのいらつめ》、竹田の庄より女子大嬢《むすめだいぢやう》に贈る歌二首（内一首）

うち渡す　竹田の原に　鳴く鶴の　間なく時なし　我が恋ふらくは（4・七六〇）

のように、羇旅などにおいて相聞世界の中で用いられているのである。旅人歌に対しては、従来はあまりにも過敏に

反応し、作品を亡妻大伴郎女と関わらせて反応し過ぎているのではなかろうか。旅人歌に亡妻の姿を重ねる背景には、全旅人作品の七六首中、直接亡妻を詠出する一二首の存在を過大に捉え、そして旅人作品の中心に捉える姿勢からである。しかし、旅人自身にとっての亡妻歌は、多彩な旅人文学の一分野にすぎないのではないか。それは、亡妻歌として著名な巻五巻頭の「凶問に報ふる歌」でさえ、序文に「禍故重畳し、凶問累集す。」とあるように、亡妻大伴郎女のみを意識して制作した作品でないことから明らかであろう。亡妻を中心に置いて旅人作品を捉えることの危険性に注意すべきである。

さて、「次田温泉に宿る歌」は、相聞的世界の中で捉えるのが穏当であろう。亡妻を背景に置く『釈注』も、さらに言及して「第三句以下、旅人のものにしてはいささか理屈がすぎているように感じられる。」とする。つまり、亡妻関係歌として捉えながら、主内容の下三句の表現に戸惑いを吐露しているのであるが、この戸惑いは、次田の温泉での歌を亡妻関係歌に入れたことによって生じていると考える。

一方、贈答歌の答歌であり同様の事情ではないが、当該歌の第二首目の旅人歌も、その成立事情に留意した時、当初から主観的に亡妻の追慕を意図して詠出された作品ではないことに注意すべきである。堅魚歌によって生まれた旅人の文芸作品なのである。

6　贈答歌の意味

当該歌は贈答歌である。第一首目の堅魚歌と第二首目の旅人歌から成っている。そして、旅人歌は答歌の位置にあるのである。当該歌に対しては、まず、無心に第一首目の堅魚歌を理解すべきであり、次に第二首目の旅人歌を理解すべきであって、決して旅人歌から入って理解をすべきではない。したがって、堅魚歌と旅人歌とを同世界で捉える可能性はあるが必然性はないと考えるのである。

更に、第二首目の旅人歌について付言しておくと、旅人にとって正妻大伴郎女の死は切実な現実であり、逃れられない悲しみとして受け取っていたと推察されるが、その現実の抒情と、旅人が和歌で詠出する抒情とは区別すべきある。和歌の制作は、客観的で自ずから虚構を含むものであるからである。したがって、亡妻歌であるからと言って、安易に現実の妻の死とその折りの旅人の主観的心情とを、作品の中に取り入れて解釈することは慎まなければならない。旅人の亡妻歌は、旅人自身があくまでも文学作品として、また、夫ではなく天平貴族層の歌人として作品を制作していると考えるからである。

（佐藤隆・中京大学教授）

旅人の萩の歌

(a)　大宰帥大伴卿《だざいのそちおほともきやう》の歌二首

我《わ》が岡《をか》に　さを鹿《しか》来鳴《きな》く　初萩の　花妻問《はなづまと》ひに　来鳴《きな》くさを鹿（8・一五四一）

我《わ》が岡の　秋萩の花　風を疾《いた》み　散るべくなりぬ　見む人もがも（8・一五四二）

(b)　三年辛未《しんび》、大納言《だいなごん》大伴卿、奈良の家《いへ》に在《あ》りて、故郷《ふるさと》を思ふ歌二首

しましくも　行《ゆ》きて見てしか　神奈備《かむなび》の　淵《ふち》は浅《あ》せにて　瀬にかなるらむ（6・九六九）

指進乃　栗栖《くるす》の小野《をの》の　萩の花　散らむ時にし　行《ゆ》きて手向《たむ》けむ（6・九七〇）

1　はじめに

萩は、万葉集中にもっとも多く詠まれている植物として知られ、作歌は一四一首を数えている。大伴旅人が萩を詠んでいる歌は、集中に三首（九七〇、一五四一、一五四二）、ちなみに、大伴家持には一五首がある。

萩の歌は万葉集の全巻にわたってみえるが、特に巻八と、巻十の「秋の雑歌」・「秋の相聞」に集中的に収められ、時代的に言えば、飛鳥・藤原京時代は少なく、奈良朝にいたって多い（森淳司「人麻呂歌集の景物」『万葉とその風土』桜楓社、昭50。下田忠「万葉の萩」『福山市立女子短大紀要』18、平4・3）。右に挙げた四首は、天平初年の作である。

旅人の全作歌七六首（大宰府遷任以前二首、以後七四首）に占める萩の歌の比率は、梅に関する歌（七首）の比率が約

九％であるのに対して約四％と高くはないけれども、旅人自身の作歌、及び旅人の死（享年六十七歳〈懐風藻〉）に関わる歌（3・四五五）から、旅人が萩に対してひととおりではない愛着を持っていたことが窺える。

2　大宰帥大伴卿の歌二首

神亀五年（七二八）の初めに、妻大伴郎女《おおとものいらつめ》（系譜未詳。大伴氏の女）を伴って筑紫に下った旅人の大宰帥としての大宰府滞在は天平二年（七三〇）末までのおよそ三年間であった。着任して間もなく、おそらく神亀五年初夏に任地で大伴郎女を喪っている（8・一四七二左注）。それは、妻の死を悲しむ旅人の心を察して憶良が作った挽歌、

妹が見し　楝《あふち》の花は　散りぬべし　我《わ》が泣く涙《なみた》　いまだ干なくに（5・七九八）

の、「楝の花」（栴檀の花）が散り行く頃であった。女の身での大宰府までの長旅の疲れがもとになっての死であったか、と思われる。意にそわない鄙の地への赴任、同伴して来た妻の死、と旅人の心情には憂の色が漂っていた（五味智英『万葉集の作家と作品』岩波書店、昭57、初出昭29）。

(a)群の二首は、題詞に「大宰帥大伴卿」とある、大宰府在任中の作歌である。神亀五年、旅人は六十四歳であった。

(1)　さを鹿と萩

一五四一歌は、岡にやって来て鳴きたてる「さを鹿」を、「初萩の　花妻問ひに」来て鳴くと見立てて歌っている。これは旅人に始まる発想ではないが、自然界における花と動物との生命力の合一を歌う美しい想念の世界である。集中三五首の歌に「さを鹿」の語がみえ、うち一四首は萩との取り合せで歌われている。萩と鹿との関わりは深い。

「鹿」は、『和名抄』に「牝鹿米加」と注し、仁徳紀には「時ニ二鹿《カ》臥《ス》レ傍ニ。将レ及ニ鶏鳴《アカツキ》ニ一、牡鹿《シカ》謂ニ牝鹿《メシカ》ニ一曰。」（三十八年条）との古訓もある。牝鹿はメカ、牡鹿はカともシカとも呼んでいたものと思われる。

集中には「妻恋に　鹿《か》鳴く山辺の」（8・一六〇〇）・「秋萩を　妻問ふ鹿《か》こそ」（9・一七九〇）とある。一五四一歌には、原文「棹牡鹿」とあり、同様の表記が巻八・一五八〇、一五九八歌、巻十・二一五〇歌にあるほか、棹四香（8・一五四七）・竿牡鹿（6・九五三）・竿志鹿（10・二〇九四）と表記するものがある。この歌のサ・ヲは共に接頭語と解すべきであろう。歌は二句目で切れ、「鹿」が「初萩の　花妻問ひに」来て鳴くと詠まれている。

「初萩」は、原文には「先萩」とある。ハツハギと訓んでいた旧訓を『略解』がサキハギと改め、『金子評釈』・『佐佐木評釈』・『折口口訳』・『全釈』・『新考』・『私注』等が従っているが、その年初めて咲いた萩の意で、ハツハギと訓むのが穏当であろう。その萩の花を鹿の妻と見做して、「花妻問ひに」と歌うハツハギには、処女妻が意識されている。「花妻」の語に巫女《ふじょ》的なものを想定して森朝男が「この『花妻』は訪い来る神を待ち迎える初々しき聖処女であり、訪う鹿は神に擬せられている」と説いている（「四季歌の祝祭論」『古代和歌の成立』勉誠社、平5）ように、古代、鹿は神の使いであった。ただし当面の作歌には、さほどにそうした面の強調はない。

集中ハナヅマ（ハナツツマ）の語は、当面の旅人の作のほかに二例ある。一つは、大伴家持の越中国での歌で、ナデシコのような「花妻」を詠むもの、

……　なでしこを　やどに蒔《ま》き生《お》ほし　夏の野の　さ百合《ゆり》引き植ゑて　咲く花を　出で見るごとに　なでしこが
その花妻に　さ百合花《ゆりばな》　ゆりも逢はむと　慰むる　心しなくは　……（18・四一一三）

一つは、東歌（相模国の歌）の一首、

足柄《あしがり》の　箱根の嶺《ね》ろの　にこ草の　花つ妻なれや　紐解かず寝む（14・三三七〇）

である。これらは、二例ともに「花のように美しい妻」の意。一五四一歌の旅人の「花妻」は、「花である妻」の意である。

萩が鹿に妻問われるものとして詠まれているについては、『略解』に、「芽子《はぎ》の咲ころ、鹿の其芽子原に馴るゝもの

なれば、芽子を鹿の妻として花づまとは言へり」とあるなど、諸説があるが、「芽子」の「子」という文字からの連想とも考えることができよう。萩すなわち鹿の妻とする発想についての諸説を検討して吉永登（『万葉 その探求』現代創造社、昭56、初出昭49）が説くように、つまりは、萩の花の咲く頃が鹿の発情期で雄鹿が相手を求めて盛んに鳴きたてる様を言ったもの、と考えられる。東光治『万葉動物考 続編』（人文書院、昭19）に、「鹿は萩の花の咲き盛る九月半ばになると交尾期に入って鳴き出すものである。」と解説している。

『倭名抄』（巻十）は、『楊氏漢語抄』に萩の異名として「鹿鳴草」とあるを引き、『万葉集品物解』（鹿持雅澄）は「鹿鳴草とかくは、集中にも、波疑《ハギ》をば鹿の妻問フよし、其ノ後も鹿に多くよみ合セたる意にて付たるなり」と、呼称の由来を説いている。

鹿が鳴きたてるのは、萩を妻として恋するからである、との美しい空想があった。

妻恋に　鹿《か》鳴く山辺の　秋萩は　露霜寒み　盛り過ぎ行く（8・一六〇〇）
奥山に　住むといふ鹿《しか》の　夕去《よひ》らず　妻問ふ萩の　散らまく惜しも（10・二〇九八）
秋萩の　散り行く見れば　おほほしみ　妻恋すらし　さを鹿鳴くも（10・二一五〇）

と、鹿の妻問いが歌われている。さらには、

三諸の　神奈備山に　立ち向かふ　三垣《みかき》の山に　秋萩の　妻をまかむと　朝月夜　明けまく惜しみ　あしひきの
山彦とよめ　呼び立て鳴くも（9・一七六一）

と、鹿が秋萩である妻と共寝をする、と歌う歌もある。

第二句の「さを鹿来鳴く」が第五句では「来鳴くさを鹿」と転倒されている。『新考』が、第二句と同様に第五句を「さを鹿来鳴く」と訓み改めているのは採れないし、後にも採られてはいない。この箇所は、『全釈』が「同形の反復では、この内容としては、余り調子が軽くなり過ぎるからかうしたのであらう」と説き、高崎正秀が「二句の

『さを鹿来鳴く』を、五句に『来鳴くさを鹿』と形を変えて繰り返しているのは巧みで、妻亡き後の作者の心持ちが滲みでている」（「大伴旅人」『上古の歌人』日本歌人講座、弘文堂新社、昭43）と説く。ここは、旅人の技巧である。

第二句と第五句とに同語を繰り返す歌に、

我《われ》はもや　安見児《やすみこ》得たり　皆人の　得かてにすといふ　安見児得たり（2・九五、藤原鎌足）

があった。歌は音楽性に富んでいて「人間は嬉しいときや、感動した時は、必ずため息は偶数になる」（犬養孝『万葉の人びと』ＰＨＰ研究所、昭53）と言われるように、鎌足のこの作は喜びに溢れている。

旅人の一五四一歌にも鎌足の作同様のリズムのよさはあるが、鎌足が采女安見児を得て狂喜しているのとは違って、妻問う鹿を目にしての、しんみりとした哀感が漂っている。中西進（「秀歌鑑賞」『大伴旅人 人と作品』おうふう、平10）が、「しきりに妻を求める男鹿は、随流する亡妻思慕が時として意識の表面に浮上してきたものに違いない。わかりやすく、鹿は旅人の投影だといっても、そう誤解されないだろう」と説くように、ここでの鹿は旅人の投影であった。繰り返し表現による、心情の流露は強い。

(2)　旅人の「我」

「初萩」を取り上げた前歌に対して、一五四二歌では「散るべくなりぬ　見む人もがも」と、花の散るのを惜しむ気持ちが詠まれている。一五四一歌の冒頭にも見える「我が岡」がどこを指してのものかは、疑問の一つである。「大宰府の近くにある岳」（『窪田評釈』）を言うとし、また、「ワガは吾が住む、吾が近くの意で親しみ呼んだのである。大宰府での作とすれば、地形もよく適ふ」（『私注』）ともある。更に具体的に、「旅人が『わが岳』と呼んだ山は大野山でなければならない。もちろん大野山といっても、現に四王寺山と呼ばれている大野城の本体を必ずしも指すものではない。（中略）大野城から地つづきの『山稜』を旅人は『わが岳』と呼んでいたに違いない」（平山城児「大伴旅人の足跡をたどる―帥老之宅・芦城駅家・鞆・敏馬など―」『大伴旅人逍遥』笠間書院、平6、初出昭59）とする説もある。しかし、ここは「旅人の大宰府邸宅にあった岡」（『釈注』）であろう。

梅の花　散り紛《まが》ひたる　岡びには　うぐひす鳴くも　春かたまけて（5・八三八）

は、天平二年正月十三日（太陽暦二月八日）旅人の大宰府邸宅で開かれた「梅花の宴」の参会者の一人の作であるが、ここに言う「岡」は邸内にしつらえられた庭園の岡である。宴は、庭の梅の花を愛でてのものであった。

妹として　二人作りし　我が山斎は　木《こ》高く繁く　なりにけるかも（3・四五二）

と、旅人は奈良に帰ってから佐保の邸宅の「山斎《しま》」を詠んでいるが、大宰府の邸宅内にも築山があり、秋ともなればそこには萩の花が咲き乱れ、鹿がやってきて鳴き立てたのであろう。そうした山も池もある庭園を、「我が岡」と言っているのである。旅人の大宰府邸が岡の上にあった訳ではない。

一五四二歌は、そこに秋萩の花が咲いて散りそうだから、せめて一緒に見る人があってほしい、というのである。前歌が、鹿の「妻問ひ」を歌ったものであるのに対して言えば、人の――ここでは作者（旅人）の――恋心を表している。「見む人もがも」と、散り行く花を一緒に見ることを欲している相手に亡妻大伴郎女が意識されていることは想像に難くない。

歌の「調子には前の歌（筆者注、一五四一歌）よりも、更にしみじみとした所がある」と『私注』にはある。『折口口訳』が言う「人に来てくれ、といひ送った歌」というのではない。

おそらく旅人の作と思われる類歌に、

我が宿に　盛りに咲ける　梅の花　散るべくなりぬ　見む人もがも（5・八五一）

「梅花の宴」の前年の作に、

我が岡に　盛りに咲ける　梅の花　残れる雪を　まがへつるかも（8・一六四〇）

がある。

八五一歌は『注釈』に「前者（筆者注、一六四〇歌）の上三句と後者（同、一五四二歌）の下二句とを結び、『岡』を『やど』に改めれば右の作（同、八五一歌）と寸分相違の無い作となる」と指摘されている類似の歌である。『注釈』の説をふまえて米内幹夫（「類型の獲得とその用語」『大伴旅人論』翰林書房、平5）は、「一五四二番歌は萩であって梅花ではないが、花の散るのを惜しむという共通の心情が、自ずと殆ど同じ句を呼び込むのである」と説いている。八五一歌と一五四二歌との、先後関係は明らかではない。『私注』は、一五四二歌の注のなかで「恐らくは此の歌の方が前ではあるまいか。梅の歌よりは遥かに勝つて居るやうに思はれる」と言い、『全釈』は、「これは梅の後に作つたか」と言うが、八五一歌は「梅花の宴」の追和歌であるから天平二年春の作。八五一歌の方が先の作であろうと、私には思われる。

一五四二歌について『金子評釈』に、「洗練が行き届いて、表現が煩冗でないだけ、梅の歌の方が優つている」とあるのは、『私注』とは全く反対の評であるが、歌の評価は多分に主観的な面があるので、優劣の決定はなし難い。

ここに挙げた八五一歌にみえる「我が宿」や、一五四一、一五四二、一六四〇歌の「我が岡」、四五二歌の「我が山斎」のような言い回しは、旅人の作に多用されている。すなわち、「我が園」・「我が盛り」・「我が命」・「我が紐」・「我が衣」・「我が身」・「我が行」等がそれであり、何もかもを自分に引き付けて歌っている感がある。これらの語の多用に旅人の自意識の強さが窺われ、これは旅人作品の特徴の一つをなしている。

このように、旅人の作品に頻出する「我が」について平山（森淳司編『万葉集研究入門ハンドブック』第二版、雄山閣、平6）は、「特殊なニュアンスを含む言葉で、その執拗な反復使用に旅人の自我への執着をみる」と説いている。これを受けて加藤清（「旅人作歌の性格―七九三番歌を中心として―」『美夫君志』43、平3・10）はその表現について「旅人作歌の自己への執着は、自己を見つめる態度であって、ありのままの自分の表出と一致するものではないだろう。旅人が自らを歌うということは、自身を見つめ、己れを客体化した結果のものと考えてよいのではないか」との考えを深めている。加藤論文は七九三歌についての論であるが、当面の作歌を理解するうえでも示唆に富んでいる。

こうした「我」の表出について、青木生子が「旅人の中には風流も無常観もなじみ合つて彼の不如意な人生の生活心情を形成してゐるのである。そしてその生活感情の中に沈みこむところに生じた境涯的な『我』が、これまでの作家に見られなかつた旅人の特殊ないはゆる短歌的抒情を醸成したものであつた」(「旅人の抒情の位相」『日本抒情詩論』弘文堂、昭32)と述べている。青木論文に「境涯的な『我』」と表現された旅人の自意識は、名門大伴家に生を享けた旅人のプライド、更には性格そのものでもあったといえよう。

(3) (a)群のまとめ

二首の作歌は、萩の花の季節であるから、おそらく天平二年の秋のことであったろう。「大宰帥大伴卿の歌」と題詞にあるだけで、作歌の事情は判らない。この年の十月に旅人は、大納言に昇任している(『公卿補任』)。昇任の日付けは、続紀にも記載はないが、丁度萩の花咲く頃のことで、妻に先立たれてから二年余、悲しみもいくらかは癒されてきていた。人は悲しみにうち拉がれている時、鳥の声さえも耳に入っては来ないものである。そうしたさまを柿本人麻呂は、「泣血哀慟歌」において、亡き妻を求めて畝傍山《うねびやま》の麓をさ迷いながら「鳴く鳥の　声も聞こえず」(2・二〇七)と歌っている。旅人は今、「さを鹿」の鳴き声を耳にしている。が、それは「妻問ふ雄鹿」の声であった。

旅人は、所詮叶わぬこととは知りながら、さを鹿の如くに我もありたい、との哀感を募らせている。鹿の鳴き声を聞くにつけても、思われるのは亡妻のこと。昇任の喜びも、やがて帰京の日を迎えることとなる喜びも、妻と共にすることのできない淋しさに繋がってしまうのである。ここの「萩」の歌二首は、深く亡妻思慕に関わっている。

この年の暮れに旅人は、旅中にもしきりに亡妻を偲びながら帰京している。老齢の旅人は、六十六歳であった。

3　大納言大伴卿、故郷を思ふ歌

天平二年末、大宰帥の任を終えて帰京した旅人は、翌年五・六月ごろから病床にあった。さらなる望郷の念は、邸宅のある平城京に帰りついても止むものではなかった。大宰府における、「帥大伴卿の歌五首」、

我が盛り　またをちめやも　ほとほとに　奈良の都を　見ずかなりなむ（3・三三一）
我が命も　常にあらぬか　昔見し　象の小川を　行きて見むため（3・三三二）
浅茅《あさぢ》原《はら》　つばらつばらに　物思《ものおも》へば　古りにし里し　思ほゆるかも（3・三三三）
忘れ草　わが紐に付く　香具山の　古りにし里を　忘れむがため（3・三三四）
我が行きは　久《ひさ》にはあらじ　夢のわだ　瀬にはならずて　淵にもありこそ（3・三三五）

において、平城京（三三一）・飛鳥（三三三、三三四）・吉野（三三二、三三五）と、それぞれの地を恋い続けた旅人は、帰京後なおも魂のふるさと「飛鳥」・「栗栖の小野」への思慕を続けているのである。「天ざかる鄙」にあって、

雲に飛ぶ　薬食むよは　都見ば　賤しき我が身　またをちぬべし（5・八四八）

と、帰ることを願っていた都にある今も、老齢にして病の床にある旅人の悲しみは癒されることはない。大宰府で「ほとほとに　奈良の都を　見ずかなりなむ」（3・三三一）と気弱いところを見せていた旅人は、肉体的にも精神的にもかなり衰弱していた。

(1)　「指進乃」栗栖の小野

九七〇歌で旅人は、「栗栖の小野」の萩の花が散るころに行って手向けをしよう、と詠んでいる。ふるさと思慕の念は深い。初句の原文「指進乃」は、「栗栖の小野」の枕詞と解されるが、枕詞とみるにしても、訓にも語義にも問

題がある。訓は、サシスキノ（旧訓）・サシススノ・サシスミノ・サススミノ・サシグリノなどさまざまに試みられているが、確かなものはない。語義については、サススミノと訓む吉井巌『全注』が「もっとも妥当であろう」として引用している『童蒙抄』に、「工匠の墨尺を引く時、糸を繰り出してさすもの也。若し此義を言ひたるか。さすすみのくると続けたるは、と角くり出すものなれば少より所あり」とあるのも一説の域を出るものではない。サススミノと訓んで、枕詞とする説に今は従うことにするが、あるいは、別の訓みをもつ地名であるかもしれない。

続く、「栗栖の小野」は、確かな所在は不明としながらも、九六九歌との関連からこれも飛鳥の地名と見るのが通説となっている。万葉集に「栗栖の小野」が登場するのは、九七〇歌一首のみである。雄略記には、天皇の歌として、

引田《ひけた》の　若栗栖原《わかくるすばら》　若くへに　率寝《ゐね》てましもの　老いにけるかも（記歌謡九四）

があり、ここにあげた歌謡の「栗栖」は、普通名詞で栗林の意と解説されている（『古典大系』・『古典集成』・『新編全集』）。ところが九七〇歌の「栗栖」は、諸注多くが飛鳥の地名だというのである。ところが、『和名抄』には、大和忍海《おしみ》郡に栗栖の地があり、『大和志料』・『大日本地名辞書』もそれを引用して「栗栖」の項目を立てている。そこは、葛城山の東麓、南葛城郡忍海村（現在の北葛城郡新庄町忍海）である。（荒野と等質の概念を含む）「大野」に対して「小野」の語は、人の住まう所をいう（神堀忍「宇智の大野―上代語彙『大野』の原義―」関西大学『国文学』45、昭46・7）。「栗栖の小野」は、人の住まう所、すなわち村里であった。

ところで、旅人の父親は、続紀に「難波朝《なにはのみかど》　右大臣大紫《だいし》長徳《ながとこ》之孫《うまご》、大納言贈従二位安麻呂之第一子也」（天平三年七月二十五日の条）とある大伴安麻呂である。母親については従来不明とされているなかに、巨勢郎女《こせのいらつめ》を母とする説（尾山篤二郎『大伴家持の研究』大八洲出版、昭23）があり、平山（「大伴旅人」『万葉集講座　第六巻』有精堂、昭47。のち「旅人小伝」前掲『大伴旅人逍遥』）、村山出（『憂愁と苦悩　大伴旅人・山上憶良』新典社、昭58）らが従っている。

それが、安麻呂が巨勢郎女を妻問う折りの歌に、

大伴宿禰、巨勢郎女を娉《よば》ふ時の歌一首　大伴宿禰、諱《いみな》を安麻呂といふ。難波朝の右大臣大紫大伴長徳卿の第六子にあたり、平《な》城朝《らのみかど》に大納言兼大将軍に任ぜられて薨ず。

玉葛　実成らぬ木には　ちはやぶる　神そつくといふ　成らぬ木ごとに（2・一〇一）

巨勢郎女の報へ贈る歌一首　即ち近江朝《あふみのみかど》の大納言巨《こ》勢人卿《せのひときやう》の女なり。

玉葛　花のみ咲きて　成らざるは　誰《た》が恋ならめ　我は恋ひ思ふを（2・一〇二）

と、万葉集にあるところからの推定であるとしても十分に考えられることではあろう。巨勢郎女は、大納言巨勢人の娘であった。そして、「巨勢郎女は、栗栖の里に居をかまえていた」（尾山・平山・村山、前掲書）。巨勢は、現在の御所市大字古瀬を中心とする曾我川上流の峡谷地帯である。葛城山麓を広く支配していたのは葛城氏であったが、そこに含まれる古代豪族巨勢氏の勢力範囲は『和名抄』にいう「栗栖」の辺りにまで及んでいたのではなかろうか。ならば、旅人の母親巨勢郎女の出身地は栗栖の里であったろうと推定することは不可能なことではない。さらに、栗栖の里に妻問いをした安麻呂と巨勢郎女との間に生まれた旅人の誕生の地は「栗栖の小野」であったと考えることもできよう。

ここで、なお、勝手な希望的推測を記すことが許されるならば、「栗栖」が『和名抄』に記されているように大和忍海郡の地名であるならばそれに関わって、歌中の「指進乃」は、オシミノと訓めはしないか。そして、それは、「楽浪《ささなみ》の　志賀の唐崎」（1・三〇）をいうように、広く栗栖周辺を含む地名と解せないだろうか。また、周辺一帯には萩が群生していて、旅人の心を離れない所となっていたのではなかろうか。

(2)　手向け

もうひとつの疑問は、「手向け」の語にある。この語『和名抄』には、「道神太无介乃賀美」とあり、本来は、「神仏に幣物を供えること」、また「旅中平安を祈るためにたむける所」(『時代別国語大辞典 上代編』三省堂、昭42)をいう。とすれば、ここにいう「手向け」は、どこで、どうしようというのだろうか。

『新考』は、「故郷の神か、または先祖の墓などへ手向せむとなるべし」と説く『略解』の説や、「多向六《タムケム》は、土地《ウブスナノ》神などへ供養《タムケ》むの意にて、よまれしなるべし」との『古義』の説を退けて「こは筑紫にて死別して故郷に還し葬りけむ妻大伴郎女の墓にたむけむと云へるなるべし」と説き、『窪田評釈』がそれを承け、益田勝美(「鄙に放たれた貴族」『火山列島の思想』筑摩書房、昭43)も同様に説いている。そうならば村瀬憲夫(「『日本挽歌』試考」『名古屋大学文学部研究論集』20、昭48・3)が説くように旅人は大宰府在任中、都での亡妻供養、大伴氏としての事の処理などのために一旦帰京した可能性もある。なかに『私注』が「手向は神へとするよりも亡妻へとするほうが切実に響くけれども、亡人に対してタムケする習はしが、此の頃既に存したか否かは明かでない」と疑問を残しているのは、致し方のない結論というべきか。

集中のタムケ(特に「手向」、「峠」を詠み込むところの三〇〇、四二七、五六七、一〇二二、一七三二、二四一八、二八五六、三一二八、三一二七、三二四〇、三七三〇、四〇〇八の一二首)について検討した平山(「旅人の歌二首について」前掲『大伴旅人逍遥』)は、一二首の例をみても、現在のわれわれがするように、死者の墓そのものに手向けをする例は見あたらないことを説いて、九七〇の旅人歌にも相聞歌としての面を見出そうとしている。平山論文が挙げる一二首中の三分の一はもともと相聞に部立てされている歌でもあるところから、そうした見方もできようが、九七〇歌も含めて「手向け」を詠む歌のすべてが「相聞的な意味を持っている」と言い切るには疑問がある。一二首中の多くが「妹(恋人)」に逢える(或いは、逢えない)と歌うのは、手向けを十分にした(或いは、しなかった)ための結果を言っているものと思われる。

伊藤博(「万葉歌人の死」『万葉集の歌人と作品 下』塙書房、昭50)は、「栗栖の小野の神に、その萩を手向けて神祭りをしようというので、おそらく萩祭りをいうのであろう」と言い、「またまもなく恢復して、故郷の萩祭りでもきっとできると呑気にかまえていたようだ」とも続けているが、「萩祭り」とはどのような祭りをいうのだろうか。死期の近づいていた旅人が、そこまで大様でいられたとは、私には考えられない。

吉井『全注』が、「萩の花」は「手向けむ」の目的語で「行って萩の花を手向けたいものだ」の意と説くのはそのとおりであるが、萩を、それも「散らむ時に行って手向ける」というのはやはり釈然としない。

この歌の「手向け」は本来の意味の旅中での祈願、と見るべきであると、私は思う。旅人のこの作は、自身が黄泉の国に向かう折りに自らが為す「手向け」を意図しているものではなかろうか。

「手向け」を詠む歌に、例えば、

周防《すはう》なる　磐国山《いはくにやま》を　越えむ日は　手向よくせよ　荒しその道（4・五六七）

があり、これは、道の神に行路の無事を祈る歌、

白波の　浜松が枝の　手向くさ　幾代までにか　年の経ぬらむ（1・三四）

は、かつて岩代《いわしろ》の地の神に手向けをしたであろう有間皇子を偲ぶ歌である。

また、憶良の作には、

若ければ　道行き知らじ　幣はせむ　したへの使ひ　負ひて通らせ（5・九〇五）

がある。ここに言う「幣《まひ》」は、手向けの品（お供え）であるが、幼子が迷いなく冥途に行き着けるようにとの願いが歌われている。「峠」がタムケの語源であるとも説かれるように、「手向け」は、当事者（旅行く人）が自身の為に、異境に入り行く時になされるものであった。集中の「手向け」を歌う作歌に、墓前への手向けをいうものも、旅行く当事者（あるいは当事者に近い人）以外の人が為す手向けを歌う例も見当らない。死期の迫りつつある事を自覚した旅人の思いは、母親の里であり、自らの心のふるさとでもある「栗栖の小野」に及び、そこに咲く萩を自らの生命と

重ねているのである。旅人歌の「手向け」は、死後の世界に赴く道筋において幽明境を分かたんとする所での（その地に坐す神への）自らの手向けを想定しているのであると思われる。わざわざ、「栗栖の小野」と場所を限り、「萩の花　散らむ時」と時を限っているのは、他ならぬその頃の自らの死（心のふるさとに帰り行く時）を予期し、死出の道中において手向けをする我が身を思い描いてのことであった。

(3)　(b)群のまとめ

九六九歌に「萩」は詠まれていないが、「神奈備の淵」を、「しましくも　行きて見てしか」と強い願望をもって歌っているところに注目したい。この箇所を『佐佐木評釈』が「暇があったならば、暫くでも行って見たいものである」と〔訳〕しているのには従えない。ここはもっと切迫した気持ちで、「ほんの、ちょっとの間でも行って見たい」の意と解さねばならない。

丘を廻って飛鳥川の流れる飛鳥の里こそ、そこに幼年期・少年期を過ごした旅人の忘れがたい故郷であった。旅人の思いは、かつて、「夢のわだ　瀬にはならずて　淵にもありこそ」（3・三三五）と、吉野川の清流に抱いた憧憬と同じものである。ところが、この歌では「しましくも　行きて見てしか」と強く歌い起こしているところに、切迫感があり、人生の終焉が近いことへの旅人の自覚といったものがある。そう思ってみれば、「神奈備の淵」と歌うのもそこが他ならぬ神の坐す所である、との意識が旅人にはあったからといえよう。

(b)群の作歌は、二首ではあるが、前者は「飛鳥」を、後者は「栗栖の小野」のある巨勢の里を「故郷《ふるさと》」と歌っている。これを平城京（都の地）・飛鳥（幼年期・少年期を過ごした地）・吉野（行幸従駕の地）への思慕を詠んでいる先掲の「帥大伴卿の歌五首」と並べて見れば、五首一組と二首一連との違いはあるけれども、それぞれに懐しい地への思慕を連ねていることがわかる。

旅人作品の中には、(a)群、(b)群のほかに巻四・五七四歌と五七五歌、巻五・八〇六歌と八〇七歌のように、二首一組として収載されているものが多い。(b)群の二首において、旅人は、幼・少年時代を過ごした飛鳥と、誕生の地であったかと思われる栗栖の小野とに限りない思いを馳せているのである。芳賀紀雄（「終焉の志―旅人の望郷歌―」『女子大国文』78、昭50・12）は「望京」と「望郷」とを弁別する熟語を提示している。旅人にとって「望京」の対象は「かつて行ったことも住んだこともある所」であり、「望郷」の地は「魂の帰り行くことを欲する所」であったといえよう。

4　むすび

かくのみに　ありけるものを　萩の花　咲きてありやと　問ひし君はも（3・四五五）

は、旅人の死後間もなくの、資人《しじん》余明軍《よのみょうぐん》の一首である。余明軍は、おそらく旅人の臨終を看取ったひとりであった。旅人の心のうちを知り尽くしていた作者の心痛は、ひととおりではなかったことであろう。「秋の花　咲きてありや」は、病床にある旅人からの問い掛けの言葉、最後の言葉であった。この問い掛けは、文雅を好んだ旅人にこそ似つかわしい。

萩の花の散り行くときを我が最期と予測し、死後にもふるさとに帰り行くことを願い、自らが為す手向けを思い描きながら「天平三年七月二十五日（太陽暦九月四日）」に「大納言従二位大伴宿禰旅人」（続紀）は、佐保の宅で六十七歳の生涯を閉じたのであった。

旅人の心のふるさとは、「栗栖の里」と「飛鳥」であった。萩の花は、母親の里（自らの誕生の地であったかも知れない村里）に咲く、脳裏を去ることのない花であった。

（北谷幸冊・相愛女子短期大学教授）

吉田宜の書簡と歌

①宜啓す。伏して四月六日の賜書《ししよ》を奉《うけたま》はる。跪《ひざまづ》きて封函《ふうかん》を開き、拝して芳藻《はうさう》を読む。心神の開朗《かいらう》なること、泰初《たいしよ》の月を懐《いだ》くが似《ごと》く、鄙懐《ひくわい》の除袪《ちよきよ》すること、楽広《がくくわう》の天を披《ひら》くが若《ごと》し。

②辺城《へんじやう》に羈旅《きりよ》するが若きに至りては、古旧を懐《おも》ひて志を傷《そこな》ひ、年矢《ねんし》停まらざるは、平生《へいぜい》を憶《おも》ひて涙《なみた》を落とす。但し達人のみ排《はい》に安みし、君子のみ悶《いきどほ》ることなし。伏して冀《こひねが》はくは、朝には翟《きじ》を懐《なつ》けし化《くわ》を宣《の》べ、暮《ゆふへ》には放《ほしきまま》 なる亀の術《じゆつ》を存し、張《ちやう》・趙《てう》を百代に架《こ》え、松《しよう》・喬《けう》を千齢《せんれい》に追ひたまはむことを。

③兼ねて垂示《すいじ》を奉《うけたま》はりし、梅苑の芳席の群英の摛藻《ちさう》、松浦《しようほ》の玉 潭《ぎよくたん》の仙媛《せんゑん》の贈答は、杏 壇各言《きやうだんかくげん》の作に類し、衡皐税駕《かうかうせいか》の篇に疑《に》たり。耽読吟諷《ぎんぷう》し、戚謝歓怡《せきしやくわんい》す。

④宜が主に恋ふる誠、誠は犬馬《けんば》に逾《こ》え、徳を仰ぐ心、心は葵藿《きくわく》に同じ。而れども碧海《へきかい》地を分かち、白雲天を隔《へだ》つ。徒《いたづ》らに傾延《けいえん》を積み、何ぞ労緒《らうしよ》を慰めむ。

⑤孟秋節《まうしうせつ》に膺《あた》り、伏して願はくは、万祐《ばんいう》の日に新たなるを。今相撲部領使《すまひのことりつかひ》に因りて、謹みて片紙を付す。宜謹みて啓す。不次。

諸人の梅花の歌に和《こた》へ奉《まつ》る一首

後れ居て　長恋せずは　御園生《みそのふ》の　梅の花にも　ならましものを（5・八六四）

松浦《しようほ》の仙媛の歌に和ふる一首

君を待つ　松浦《まつら》の浦の　娘子《をとめ》らは　常世の国の　天《あま》娘子かも（5・八六五）

君を思ふこと未だ尽きず、重ねて題《しる》す二首

はろはろに　思ほゆるかも　白雲の　千重に隔てる　筑紫の国は（5・八六六）

君が行き　日《け》長くなりぬ　奈良《なら》道《ち》なる　山斎《しま》の木立も　神《かむ》さびにけり（5・八六七）

天平二年七月十日

1　書簡と歌との関係

天平二年（七三〇）七月十日の日付をもつ吉田宜《よしだのよろし》の書簡と四首の歌とが、同年四月六日付の大伴旅人からの来簡に対する返書であることは、『代匠記（精）』の「遊於松浦河序」および贈答歌が旅人作であることを証明した六つの根拠のうちの第三と第四とでおおよそ明らかであろう。

次ノ吉田連宜ガ状ニ伏奉賜書ト云ヒ、恋主之誠ト云ヒ、心同葵藿ト云ヘルハ、同輩ニ報ズル文体ニ非ズ。憶良ハ従五位下、宜ハ此時従五位上ニテ伯仲ノ間ナレバ、カヤウニハ書ベカラズ。定テ是帥ヘノ返簡ナル証。是三ツ。又兼奉垂示、梅花芳席、群英摛藻、松浦玉潭、仙媛贈答ト云ヘルモ、帥主人ナリケル故ニ径ニ梅花芳席ト云ヘリ。仙媛贈答モ、同人ノ体ナリ。是四ツ。

これに対して憶良宛書簡であるとする『私注』の反論があったが、巻五の歌群の仮名字母の書き分けの検討からも、四月六日付の来簡が旅人のものであることが証された（稲岡耕二「大伴旅人・山上憶良」『講座日本文学2　上代編Ⅱ』三省堂、昭43）。宜書簡と歌とが旅人宛であることは、この作品を読むさいの前提であって、作品の表現からも大宰帥たる旅人に対する思いが読みとれるものと考える。

この書簡と歌とを読むにあたって、さらに留意したいのは、書簡と歌との関係である。つまり宜書簡のばあいは、書簡が歌の序的な役割をしているのではないということである。形式のうえでも書簡の末文が「宜謹啓、不次」と閉じられてから、歌四首が記され、そのあとに日付が記されている。つまり歌は書簡の余白に書き込まれた体なのである。このことは当該歌群の直後に掲載されている憶良の天平二年七月十一日付書簡との対比によってより明らかになるだろう。憶良のばあいは前文、主文とあり、主文中に「其謌曰」と三首の歌が掲げられ、日付、末文と続く。このばあいは宜書簡とは対照的に、歌の前の文はあくまで歌の制作状況を記した序的な役割を担っているものなのであって、歌こそが主文の内容の中心となる構成である。このように形式面のみからでも、宜歌は書簡に附された形であることが知れる。内容からも同様のことが指摘しうるものと考える。つまりこのばあいの歌は書簡の内容を歌の形で反芻《はんすう》するものなのである。そう考えることによって、書簡の構成と歌四首の構成とがみごとに対応関係をなしていることが分かるのである。

2 書簡の構成

当該歌は書簡の内容と密接に関わるので、歌を理解するにあたって、書簡の構成をたどっておく必要がある。この書簡は内容・形式上から五つの段落に分けて考えることができる。冒頭に掲出した本文に便宜、①から⑤の数字を記しておいた。まず①では書簡を受け取った喜びを表すにさいして、『世説新語』に拠る士大夫の高雅なさまをいう評語をもって来簡のうるわしさをいう。ついで②は、①の来簡の高雅なさまをふまえて「達人・君子」たる境地に達した旅人を讃え、さらには青史《せいし》に名をとどめるべく善政を布《し》き、加えて長生せんことを祈念する。③では、旅人よりあわせて送られてきた、梅花宴と遊松浦河との歌群のそれぞれの特性を規定し、喜んで耽読したことをいう。④では一転して、遠く離れた地にいる旅人に対する思慕の情を懇切にいう。⑤は時候に掛けて相手の多幸を祈る末文で、それに結語が続く。
この書簡の五つの段落に対して、八六四、八六五歌は①②をふまえた③に対応し、八六六、八六七歌は④に対応するよう構成されていると考えられる。
旅人より送られてきた二つの歌群の意味を対照的に捉えて規定している箇所は、いうまでもなく③である。それに応じて八六四、八六五歌は詠まれている。しかし私は③の前提として①②があることに留意したいと思う。③に見える二つの歌群を示す対偶構造は、①をふまえた②においてすでに明確になっているのである。順序立てていうと、②で提示された対偶構造を③において旅人の二つの歌群に重ね合わせて、それに基づいて八六四、八六五歌は詠まれているのである。この点を明確にするためには、②の部分をもう少していねいに読んでみる必要がありそうだ。

3　「至若」の文形式

この段落の文構成を明確にするために、対句構成に留意して原文を引いておく。

　　　羈《ア》旅辺城　懐《イ》古旧而傷志、
至若
　　　年《ウ》矢不停　憶《エ》平生而落涙。
　　　――――　達《オ》人安排、
　　　　　但
　　　　　　君《カ》子無悶。

さてここでまず問題となるのは、「至若」がどこまで係るのかということである。諸注は例外なく、エの文末まで係るとして、アからエまでの四句が、「旅人の文詞を受けてい」（『全註釈』）ったもの、また「旅人の心境を述べた」（『注釈』）ものと理解したり、より具体的に「旅人書簡中の言葉を引用したもの」（『釈注』）とする解釈もある。微妙なニュアンスの差はあるが、いずれにしても「至若」に導かれる四句が、旅人の来簡に記されていた心情を表すものであるとする点においては共通する理解である。そのうえ「但」に導かれるオ・カの対句についても、アからエに提示された旅人の心情を「慰める」（『全註釈』）言辞とする理解が一般である。

しかしながら、このような理解に対して、まず構文のうえからの疑問がもたれる。ふつう「至若（如）」に導かれ掲示される語句は主題として、述語に相対する構造をもつ。典型的な例を挙げておく。

学士多称二於世一云。至レ如下以レ術取二宰相・卿・大夫一、輔二翼其世主一、功名倶著中於春秋上、固無二可レ言者一。（『史記』游侠列伝）

このばあい、「至如」は「功名倶著二於春秋一」の句まで係り、そこまでをまとめて主題として掲示し、「固無二可レ言者一」をその述語とするのである。このような「至若」の文形式をふまえたうえで、宜書簡の当該箇所をみると、諸注のように「至若」をアからエの四句にかけて理解したばあい、その主題に対する述語は、「但」以下のオ・カの二句ということになる。したがって諸注とも訓読文においては、「（ア〜エ）が若きに至りては、但し（オ・カ）」と主題（ア〜エ）に対して述語（オ・カ）の構文として把握しているようである。しかしこのように主述関係を理解すると、解釈に困難がともなう。げんに『全註釈』の文脈不明の直訳風解釈以外の諸注においては、文脈を通そうとするために、この箇所を単純に本来の主述関係の構文として解釈しているものはない。最近の一例としてアからカまでの『釈注』の解釈をみておこう。

「辺境の砦《とりで》に身をさらし、在りし昔を懐かしんでは心を傷《いた》め、年月は去って帰らず、若き日を偲んでは涙を落とす」と仰せになっておりますが、しかしこういう場合でも、達人は物事の移ろいに安んじ、君子は独りあって憂えがないと申します。

原文では主題（ア〜エ）と述語（オ・カ）との間には「但」一語が置かれているだけなのに、この構文理解よって文脈を通そうとすると、どうしてもいま傍線を付したような補訳箇所が必要とならざるをえず、訳文においては原文の主述構文の面影はなくなってしまい、逆接の重文に置きかわってしまうのである。いま『釈注』を例とし挙げたが、この箇所の構文理解に関しては近年の諸注ともに大同小異であるといえよう。

では「至若」の文形式をふまえたうえで、主述関係を明確に表した形での解釈をするにはどうしたらよいだろうか。私は、「至若」が係る箇所はアとウとであると考える。つまり「至若」はアとウとを主題として掲示し、それぞれ述語イとエとに相対していると理解するのである。同様の構文をもつものとして次の例がある。

但季世慕レ栄、幽棲者寡。或復才為レ時求、弗レ獲レ従レ志。至レ若二王弘之払レ衣帰レ耕一、踰二歴三紀一、孔淳之隠二約窮岫一、自レ始迄レ今、阮万齢辞レ事就レ閑、纂二成先業一。浙河之外、栖二遅山沢一、如レ斯而已。（宋、謝霊運《しゃれいうん》「与二廬陵王義真一牋」）

このばあいの「至若」は、「王弘之払レ衣帰レ耕」、「孔淳之隠二約窮岫一」、「阮万齢辞レ事就レ閑」の三句に係っており、それぞれを主題として掲示して、「踰二歴三紀一」、「自レ始迄レ今」、「纂二成先業一」をそれぞれの述語とする構文を構成する。宜書簡の当該箇所もこの謝霊運の例と同様と見ることができ、そのように把握することによって主述関係を明確にした解釈も容易なものとなる。冒頭に掲げておいた訓読文はこの構文把握に基づいたものであり、それに基づいて解釈を施しておくと次のようになる。

そもそも遠僻の地にさすらうときには、都での栄華をおもい憤懣やるかたない気持ちになるものである。年月が早く去ってしまうにつけても、若い時分が思い出され涙を流すものである。

従来の諸注においては「至若」を四句にかけたために、四句を引用のごとく考えて、旅人の来簡の内容だとしてきたのであった。しかしながら「至若」の文形式をふまえることによって、この箇所は、「羈二旅辺城一」、「年矢不レ停」という旅人が置かれたごとき状況を主題として掲示し、そのような状況下における一般的心情が叙述されていると理解すればよいこととなる。

そのように考えることができる、もうひとつの根拠としては、助字「至若」の次のような機能が挙げられる。初唐杜《と》正倫《せいりん》『文筆要決』に「句端」の用法を説くなかに、「至如」の用法について、「承二上事勢一、申二明其理一也。謂上已叙㆓事状㆒、以復申重論之、以明㆓其理㆒」（『文鏡秘府論』北巻にもほぼ同文が見える）とある。この句端の助字「至若」は、前文に述べられた事態を受けてそれを再説するばあいに用いられるというのである。先に挙げた『史記』游侠列伝のばあいもその例で、世間で儒学者が称賛されていることを受けて、その最たるものとして宰相・大臣・家老などになって歴史書に名を残すばあいを主題として持ち出しているのである。もう一例挙げておく。

世伝術書、皆出㆓流俗㆒、言辞鄙浅、験少妄多。至㆑如㆘反支不㆑行、竟以遇㆑害、帰忌寄㆑宿、不㆖㆑免㆓凶終㆒、拘而多㆑忌、亦無㆑益也。（北斉、顔之推『顔氏家訓《がんしかくん》』雑芸）

陰陽道の俗流の書に信がおけないことを述べたのを受けて、具体的に占いを信じたために害せられた例を挙げて前文に述べた事態を証明しているのである。この助字「至若（如）」の機能をふまえて宜書簡を読みなおしてみると、「至若」以下の②で述べられることは、①で述べられた旅人の来簡の高雅なうるわしさを受けるはずである。しかるに諸注のように②の四句を旅人の来簡の内容とすると、そこには宜が①で述べた旅人書簡の高雅なうるわしさなど微塵も感じさせない哀感のみが見られることとなり、前文を受けてその事態を明らかにするという助字「至若」の機能と相容れないこととなる。そこで私はこの四句を前述の訳文のようにいったん一般論としての心情を持ち出している箇所と考えるのである。この考えは助字「至若（如）」の前文の内容を受ける機能と抵触するかに見えるが、この助字には「欲㆘指㆓別事・別意・別名件㆒入㆗此文中㆖、故以㆑此転喚起」（明、盧以緯《ろいい》『助語辞』）というように、前文に関連を持たせつつ話題を転換する機能も存するのである。先の謝霊運の例などはこのケースで、志を保持しての隠遁者が少ないことを述べておいて、「至若」によって数少ない隠遁者の実例を主題化しているのである。いったん文脈は切れるかに見えるが、大きくは全体の主旨を支える部分を形成するのである。

宜書簡のこの箇所においても同様の機能が見られる。つまり①で述べられた旅人書簡の高雅なうるわしさを受けて、②ではいったん一般論として旅人が置かれたような状況においてひとが感じる悲哀を述べて、それに対して①の旅人来簡より読みとれる士大夫の高雅と相呼応する「達人・君子」たる旅人が、世間一般の悲哀を克服していることをいって、①の来簡の高雅さのゆえんを説いているのである。諸注では「但」以下のオ・カの対句を宜の旅人に対する慰めや励ましのように理解するのであるが、そうとるとどうしても『私注』のいうように、従五位上の宜が正三位の旅人に「処世上の説法を行ひ得べきでない」という問題が生じてしまう。『私注』はそこで宜書簡を「同輩たる憶良に宛てられたもの」と理解するのであるが、私はこの二句を士大夫たる旅人自身の心的境地を叙述したものと解することによって、『私注』のいうような問題点をなくすことができると考えるのである。

なお補っていうと、諸注が訓読したような、「至若（如）」が掲示した主題を「但」が導く述語が受ける用例は見出せなかった。「但」の用法に関しては、時代は下るが『古今集』真名序の次の例は私解の傍証となるものと思われる。

至レ如下[a]難波津之什献二天皇一、富緒河之篇報中太子上、[b]或事関二神異一、或興入二幽玄一。[c]但見二上古歌一、多存二古質之語一。未レ為二耳目之翫一、徒為二教誡之端一。

引用箇所の直前では神代から人代に入って、さまざまの歌体が生じたことをいう。それを受けて「至如」によって、上古の歌の例としてaが掲示され、その特性をbで規定する。ついで「但」以下cで、翻って和歌史における位置付けがなされるのである。この「但」の用法は、宜書簡の私解による呼吸と同じものといえよう。つまり「但」以下の二句が、いったん反れた文脈を、書簡の①の内容に接合させる役割を担っているのである。

4　「達人安レ排、君子無レ悶」の境地

宜が旅人の境地を評していった「但」以下の二句の対句、「達人安レ排、君子無レ悶」の出典については、『代匠記』以来の諸注の説はほぼ一定しており、解釈も安定している。ただ諸注においては前述したように、旅人の悲哀の心情を述べた四句を受けて、宜が慰め励ます句として理解するのに対して、私は一般的・典型的な悲哀の情に対する旅人

の超然とした士大夫としての境地を表す句として読むのである。しかも諸注があまり注意しない点であるが、この二句の対句は、前の四句の隔句対の対偶構造と襷掛け状に対応しているのである。前節で付した記号でいうと、オはウ・エに、カはア・イにそれぞれ対応する構成となっている。この対偶構造の対応関係を考慮してこの部分を読むとき、この二句に見える超然とした境地が超克した悲哀感の内実がいかなるものかが明確になるものと思われる。本節では連関する出典語の語性をたどることで、ここでいう悲哀感の内実を明らかにしておきたい。

前句「達人安レ排」の「安レ排」については、『代匠記』が出典として『荘子』大宗師およびその疏《そ》を指摘して以来、それが踏襲されており、物事の推移に身を任せる意とする。『荘子』ではそのようにして無限の変化のままに従うことで、絶対的無差別の境地に入ることができるという。その境地に達したものがつまりここでいう「達人」なのである。用語例としては『注釈』が挙げる宋、謝霊運「晩出二西射堂一」（『文選』巻二二）の「安レ排徒空言、幽独頼二鳴琴一」よりも、『代匠記』が挙げる同じく謝霊運「登二石門最高頂一」（同）の「居レ常以待レ終、処レ順故安レ排」がふさわしい。ちなみに『代匠記』は初稿本ではこの二例をともに挙げるが、精撰本では前者を削除して後者のみを挙げている。これはこの箇所の注釈としてかなった態度だと思う。なんとなれば、前者には謝霊運の『荘子』に対する懐疑心が表出されているのであるが、後者は直截に『荘子』の万物斉同思想を反映する表現（顧紹柏校注『謝霊運集校注』中州古籍出版、'87）となっており、宣書簡の用法と等しいものだからである。

物事の推移に身を委ね変化にまどわされず超然とする境地によって克服できた対象が、オ・エの二句「年矢不レ停、憶二平生一而落レ涙」なのである。この二句は時間の推移についていわれており、ことに時間の不可逆性に対する感慨が主題化されている。「平生」については『注釈』の引く、晋、陸機《りくき》「歎逝賦」（『文選』巻一六）の「昔毎聞二長老追二計平生同時親故一」、その李善《りぜん》注に「論語（憲問）曰、久要不レ忘二平生之言一。孔安国曰、平生、少時也」とあるのが、この語の性格をよく示す。つまり「平生」とは意気盛んな若いころをいう語であって、このように意気盛んであった若い時分を追憶して涙を流す背景には、いうまでもなく時間の推移とともに老い衰えてゆくわが身についての感慨が存する。「達人」たる旅人はこの老いの意識を「安レ排」の境地によって超然と乗り越えたというのである。

次に後句「君子無レ悶」の「無レ悶」についても、『注釈』が引く、謝霊運「登二池上楼一」（『文選』巻二二）の「持レ操豈独古、無レ悶徴在レ今」、その李善注「周易（乾・文言伝）曰、遯レ世無レ悶」が、この語の性格をよくいいあてる。『易』のこの一文は初九の爻辞「潜竜勿レ用」の孔子による解説中に見える。本田済『易 上』（中国古典選1、朝日新聞社、昭53）から釈文を引いておく。

竜の徳あって隠るるものなり。世に易《か》えず、名を成さず、世を遯《のが》れて悶《いきどお》るなく、是《ぜ》とせ見《ら》れざれども悶るなし。楽しめばこれを行い、憂うればこれを違《さ》る。確乎《かくこ》としてそれ抜くべからざるは、潜竜なり。

ここには世に容れられずとも不平を抱くことなく隠遁する、「竜徳」ある君子の境地が説かれているのである。この「無レ悶」を君子の境地と明確に規定したのが、同じ『易』大過・象伝の次の一文である。

君子以て独立して懼《おそ》れず、世を遯るれども悶ることなし。

王弼《おうひつ》がここに「此所三以為二大過一、非凡所レ及也」と注するように、人に過ぎた非凡の人のみが、大いに過ぎた行為をしうるという。君子が世間から孤立して独行してもなにものをも恐れず、世に用いられず世を捨てても悔いることがないのは、大過の行為だというのである。この『易』大過をふまえて君子たるものの出処進退の理想を説いたのが、魏、嵆康《けいこう》「与二山巨源一絶レ交書」（『文選』巻四三）において卑位にあまんじた数君子を列挙した後の次の箇所である。

是乃君子思レ済レ物之意也。所謂達能兼善而不レ渝、窮則自得而無レ悶。

「所謂」以下は李善注に「孟子曰、古之人窮則独善二其身一、達則兼善二天下一」というように、『孟子』尽心上をふまえた表現だろうが、ここでは「君子」の境地をいうものとして、『易』大過に拠って「独善二其身一」を「自得而無レ悶」と言い換えたものと思われる。以上の点をふまえると、「君子無レ悶」の「悶」は凡人が抱く、才能があるにもかかわらず世に容れられないことに対する憤懣の情だと理解できる。ところが「君子」たる旅人はそのような不平を超越した境地にいるというのである。

　したがって凡人が拘ってしまう不平を述べたのが、ア・イの二句「羈二旅辺城一、懐二古旧一而傷レ志」だったのである。この「古旧」については、『全註釈』が「故人の意で、旅人の亡き妻をいう」と説いて以来、ほぼその説が踏襲されている。しかし人物を指すのならばどうして常語の「故旧」を用いずに、あえてほとんど例を見ない「古旧」という語を用いたのか説明しがたい。また「傷レ志」についてもどうして「傷レ心」や「傷レ情」などの常語ではなく、この語が選ばれたのか、十分な説明が施されてきたとはいえない。

　「傷レ志」の適当な用例はなかなか見出せないが、次の二例がまずは参看せられる。

　今崩、又使下重レ服久臨、以離二寒暑之数一、哀二人之父子一、傷二長幼之志一、損二其飲食一、絶中鬼神之祭祀上。（『史記』孝文本紀）

　倶悪レ傷二父之志一（同、衛康叔世家）

いずれも「志を傷《そこな》う」と訓むべきところで、積極的に何かをしようとする気持ちを阻害する意であって、いたむ、悲しむ、うれえるの意ではない。宣書簡のばあいもこれらの例が参考になるのではないだろうか。「羈二旅辺城一」と空間の移動による疎外感が前提としてあるのだから、そこにあるのはたんなる感傷などではなく、挫折感、不遇感なのである。ある意志が「羈二旅辺城一」という状況によってそこなわれるありようをいっているものと考えるのである。同様の状況をいうものとして、晉、王讃《おうさん》「雑詩」（『文選』巻二九）の「王事離二我志一、殊隔過二商参一」が挙げられる。前句の「離」について解釈の揺れがあって不安も残るが、清、張玉穀《ちょうぎょくこく》『古詩賞析』に「離猶レ罹。言罹二王事一而傷二吾志一也」とある解をとりたい。国家の職務である地方官であるがために「我志」が阻害されている状況が詠まれているのである。さらにこの詩では「人情懐二旧郷一、客鳥思二故林一」と望郷の念が詠まれており、宣書簡の「懐二古旧一」

との類似性が指摘できる。漢文において望郷の念が持ち出されるとき、その前提として政治上の不遇感が存在することは、古くは漢、厳忌《げんき》「哀時命」（『楚辞』）に「処卓卓而日遠兮、志浩蕩而傷レ懐」と見える。その王逸《おういつ》注に「言已随二従仙人一、上游レ所レ居、卓卓日以高遠、中心浩蕩、罔然愁思、念二楚国一」というように、ここでの「傷レ懐」の内実は「念二楚国一」であり、その主体が屈原であってみれば、この心情には政治上の不遇感が裏打ちされていることはいうまでもなかろう。後漢、班彪《はんぴゅう》「北征賦」（『文選』巻九）の「遊子悲二其故郷一、心愴悢以傷レ懐。撫二長剣一而慨息、泣漣落而霑レ衣」も国政上の難を避けるために、長安より北方の安定に向かう道中での感慨であり、不遇感に裏打ちされた望郷の念といえる。

宜書簡の「懐二古旧一」はこのような政治上の不遇感に裏打ちされた望郷の念をいうのであって、「懐レ旧」を対句構成のうえから三字にするさいに、人物を指すことの多い「故旧」を避けて、あえて「古旧」としたものと思われるのである。「傷レ志」については志を阻害されたことをいうのであるから、いたみ悲しむ意の「傷レ心」や「傷レ情」では意味をなさない。この不遇感を超越した境地が上に述べた「君子無レ悶」と言い表された境地なのである。

班彪「北征賦」は賦本体で時世の乱れにさまざまに慨歎したあとで、「乱」において、「達人従レ事、有二儀則一兮。行止屈申、与レ時息兮。君子履レ信、無レ不レ居兮。雖レ之二蛮貊一、何憂懼兮」とどのように不遇なときであっても「達人・君子」たるものの行動は置かれた状況を超越していることをいって結ぶのである。いうまでもなく宜書簡のアからエに対する、オ・カの位置付けと等しいもので、これは「北征賦」をふまえた措辞であろうと思われる。

このように②では空間の疎外による不遇感と、時間の不可逆性による感慨とが対偶的に持ち出されてきて、そうした不如意な状況を「達人」、「君子」の属性をもつ士大夫たる旅人は時間的空間的に超越した境地にいることをいう。

ここで形成された対偶構造に対応して、「伏冀」以下の四句の宜の旅人に対する期待が導かれてくる。

伏冀　キ朝宣懐翟之化、ク暮存放亀之術。ケ架張・趙於百代、コ追松・喬於千齢　耳。

キの雉にまで徳化を及ぼした後漢、魯恭《ろきょう》の故事と、ケの漢の京兆尹《けいちょういん》として良吏であった張敞《ちょうしょう》と趙広漢《ちょうこうかん》とが後代に高名をとどめたこと、またここの「架」の用字法などが、斉、孔稚珪《こうちけい》「北山移文」（『文選』巻四三）の「籠二張・趙於往図一、架二卓・魯於前籙一」の二句に暗示を受けて作られものであることが指摘されている（小島憲之『上代日本文学と中国文学 上』塙書房、昭37）。つまりキとケとは一連のことがらとして発想されているのである。いずれも儒教的徳治思想をもって、「君子無レ悶」の境地に達して政治的不遇感を超越している旅人を称揚せんとしたものである。

いっぽうク・コの系列には問題がある。コは諸注が一致して説くように明らかに長寿長命を祈念する表現である。②で形成された対偶構造から見ると、ウ・エ・オの系列に連なるはずで、時間の不可逆性に対する感慨とその超克、さらにはコでは永遠の時間への希求がいわれている。そのなかでクだけが諸注の解釈によるかぎり異質な存在となってしまう。クは『代匠記』以来、例外なく晉、孔愉《こうゆ》が余不亭《よふてい》の亀を放った仁徳によってその地の領主となった故事を典拠と見るが、これでは対偶構造の対応関係がくずれてしまう。キとケとが一連のことがらとして発想されているのなら、コの長寿長生への希求はクをなんらかの形で前提としていると考えなくてはならない。それではコの前提となる「放亀之術」とは何か。私はこれを『荘子』秋水に「吾将レ曳二尾於塗中一」とある、貧しくとも束縛を拒否して自由に生きる譬えとしての泥中の亀の故事をふまえたものと考えるのである。この故事を用いたものとして、魏、曹植《そうしょく》「七啓八首」（『文選』巻三四）に老荘の道理を体得した人物である玄微子《げんびし》の発言、「竊慕二古人之所一レ志、仰二老荘之遺風一。仮二霊亀一以託レ喩、寧掉二尾於塗中一」がある。また「放亀之術」の「術」は道教の養生術を念頭においた表現であろう。『荘子』秋水の故事と養生術との関連については、晉、郭璞《かくはく》「山海経図蠵亀讃」（『初学記』亀）に「霊亀爰処、掉レ尾養レ気。荘生是感、揮レ竿傲レ貴」とすでに泥中の亀の生き方が養生に通うことをいっている。魏、嵇康「与二阮徳如一」に「沢雉窮二野草一、霊亀楽二泥蟠一」とあるのは「雉」との対句の例で、当該箇所と等しい。このようにここに『荘子』秋水に拠る故事を見ることによって、コの長寿長生への希求の前提としての養生術が言い表されていることとなり、キ・ケの系列がカの境地をふまえた兼済の立場、ク・コの系列がオの境地をふまえた独善の立場というように、みごとな対偶構造の対応関係が見てとれるのである。

5　歌との対応関係

②で形成された対偶構造は、③の旅人から送られてきた二つの歌群の規定とも対応するのである。つまり梅花宴歌群を「群英」の「杏壇各言之作」としたのは、諸注が指摘するように『論語』公冶長の「盍㆓各言㆓爾志㆒」をふまえており、②のア・イ・カ・キ・ケの系列を受けた、兼済の志をもつものとこの歌群を規定しているのである。これに対して遊松浦河の歌群を「仙媛」との「贈答」である「衡皐税駕之篇」としたのも、諸注が指摘するように神女との逢会を描いた曹植「洛神賦」（『文選』巻一九）になぞらえたもので、②のウ・エ・オ・ク・コの系列を受けた、独善の境地をこの歌群に見出したものと考えられる。この二つの歌群に答える形で詠まれた宜の歌も、八六四歌の「御園生」が高貴な邸の庭園を指す語であることは自明であるけれども、そこに君子たる士大夫、旅人の高雅を読みとることも可能だろう。八六五歌にしても「君を待つ」は枕詞であるとともに、水辺で男を待つ神女の面影をも揺曳《ようえい》させているのだろう。『全注』が「常世の国を訪れた浦島さんではないが、卿も大いに回春の術を保ってせいぜい長生きされよ」という気持ちを読みとっているのは、書簡との対応関係からいっても首肯せられる。八六六、八六七歌は書簡の④を受けて詠まれたものである。書簡で見られた空間と時間との対偶構造が、ここでも八六六歌の空間的懸隔、八六七歌の時間的懸隔と対応して詠まれていることが分かる。このようにこの四首の歌は書簡の内容と構造とを歌の形で表したもので、歌自体の独立性は少なく、書簡を補うように添えられたものと思われるのである。

（谷口孝介・筑波大学専任講師）

沙弥満誓の歌

しらぬひ　筑紫《つくし》の綿《わた》は　身に着《つ》けて　いまだは着ねど　暖けく見ゆ（3・三三六）
世の中を　何に喩《たと》へむ　朝開《あさびら》き　漕《こ》ぎ去《い》にし船の　跡なきごとし（3・三五一）

1　歌壇の歌人

沙弥満誓《さみまんぜい》。俗名笠朝臣麻呂《かさのあそみまろ》。慶雲元年（七〇四）従五位下。養老元年（七一七）従四位上に昇叙。この間再度にわたって美濃守の任に就き、養老四年（七二〇）右大弁となる。翌年元明天皇の病気平癒の祈願のために出家し、満誓と名乗る。養老七年（七二三）筑紫観音寺別当となって筑紫に赴き、神亀五年（七二八）ころから、大宰帥大伴旅人と親交を結ぶ。万葉集に収められた作は、巻三・三三六、三五一、三九一、三九三、巻四・五七二、五七三、巻五・八二一の計七首で、いずれも短歌。うち五首（三三六、三五一、五七二、五七三、八二一）は、旅人歌との関連で詠まれたもの。旅人との相和する関係が、満誓を万葉歌人として在らしめたと言っても過言ではない。

満誓の歌々は、それらを孤立した作として一首一首単独に解するかぎり、深遠な思想や享受者の内奥に鋭く迫る情緒とは無縁である。一般にわが国における無常観の萌芽を告知する作と目される（唐木順三『無常』筑摩書房、昭40参照）上掲巻三・三五一歌でさえも、「世間無常」の相を表層的に把捉するに終始し、無常の哲理の原拠をなす存在の不定性への鋭利な眼差しを定位させる作とはなりえていない。満誓の歌々は、単独の作としては享受者の感動をそそる衝迫力に欠けると言わざるをえない。

だが、このことは、満誓の歌々が、論ずるに価しない凡作にとどまることを示すわけではない。満誓は、大伴旅人や山上憶良を核として構築された、いわゆる「筑紫歌壇」にあって、複数の歌人が相和しながらいわば共作的に形成する歌群の一翼を担う歌々を織り成した。それらは、「座の文芸」を構成する重要な要素としての意義を持つ。満誓は、本質的に「歌壇の歌人」であった。この点を重視するならば、満誓の歌々は、万葉集という歌集が成り立つための一つの原点を確示するものとして、万葉論の必須の対象であると言えよう。

以下、この点、すなわち、満誓の歌々が「座の文芸」の中核を担って立つことに留意しながら、それらの内質を追思してみたい。

2　真綿の歌

万葉集のみならず、広く古代日本思想史の原核に迫ろうと企図する場合、沙弥満誓の歌々のなかで最も重要な意義を呈示しつつ立ち現われるものは、「無常の歌」すなわち上掲の三五一歌である。満誓歌の意義を闡明することは、つまるところ、この一首の思想性と表現性とを浮き彫りにすることと同義であると言っても誤りではない。しかし、満誓の「無常の歌」を解析する試みは、万葉集巻三がその一五首手前に配する「真綿の歌」

しらぬひ　筑紫《つくし》の綿《わた》は　身に着《つ》けて　いまだは着《き》ねど　暖《あたた》けく見ゆ（3・三三六）

を読むことと同時に果たされなければならない。「無常の歌」は「真綿の歌」がうたわれたのと同一の宴で紡がれたものと推定され、両者の間には何らかの連関があると考えられるからである。その宴は、神亀六年（七二九、同年八月「天平」と改元）三月下旬ころから四月上旬ころにかけての或る日、小野老の従五位上への昇叙を祝うために、筑紫歌壇の人々によって催されたもので（林田正男『万葉集筑紫歌群の研究』桜橋社、昭57）、実態は万葉集巻三の記載によって知られる。宴の全貌は、以下のごとし。

大宰少弐《だざいのせうに》小野老朝臣《をののおゆあそみ》の歌一首

あをによし　奈良の都は　咲く花の　薫《にほ》ふがごとく　今盛りなり（3・三二八）

防人司《さきもりのつかさの》佑《じょう》大伴四綱《おほとものよつな》が歌二首

やすみしし　我《わ》が大君《おほきみ》の　敷きませる　国の中《うち》には　都し思ほゆ（3・三二九）

藤波《ふぢなみ》の　花は盛りに　なりにけり　奈良の都を　思ほすや君（3・三三〇）

帥大伴卿《そちおほともきやう》の歌五首

我《わ》が盛り　またをちめやも　ほとほとに　奈良の都を　見ずかなりなむ（3・三三一）

我《わ》が命《いのち》も　常にあらぬか　昔見し　象《きさ》の小川を　行きて見むため（3・三三二）

浅茅原《あさぢはら》　つばらつばらに　物思《おも》へば　古《ふ》りにし里《さと》し　思ほゆるかも（3・三三三）

忘れ草　我《わ》が紐に付く　香具山《かぐやま》の　古りにし里を　忘れむがため（3・三三四）

我《わ》が行きは　久《ひさ》にはあらじ　夢《いめ》のわだ　瀬にはならずて　淵にもありこそ（3・三三五）

沙弥満誓の綿を詠む歌一首　造筑紫観音寺別当、俗姓は笠朝臣麻呂なり

しらぬひ　筑紫の綿は　身に着けて　いまだは着ねど　暖けく見ゆ（3・三三六）

山上憶良臣《やまのうへのおくらおみ》、宴を罷《まか》る歌一首

憶良らは　今は罷らむ　子泣くらむ　それその母も　我《あ》を待つらむぞ（3・三三七）

大宰帥大伴卿、酒を讃むる歌

験《しるし》なき　物を思《おも》はずは　一坏《ひとつき》の　濁れる酒を　飲むべくあるらし（3・三三八）

酒の名を　聖《ひじり》と負《おほ》せし　古《いにしへ》の　大《おほ》き聖の　言《こと》の宜しさ（3・三三九）

古の　七《なな》の賢《さか》しき　人たちも　欲《ほ》りせしものは　酒にしあるらし（3・三四〇）
賢しみと　物言ふよりは　酒飲みて　酔《ゑ》ひ泣きするし　優《まさ》りたるらし（3・三四一）
言はむすべ　せむすべ知らず　極まりて　貴《たふと》きものは　酒にしあるらし（3・三四二）
なかなかに　人とあらずは　酒壺《さかつほ》に　成りにてしかも　酒に染《し》みなむ（3・三四三）
あな醜《みにく》　賢しらをすと　酒飲まぬ　人をよく見ば　猿にかも似る（3・三四四）
価《あたひ》なき　宝といふも　一坏の　濁れる酒に　あにまさめやも（3・三四五）
夜光《よるひか》る　玉といふとも　酒飲みて　心を遣《や》るに　あに及《し》かめやも（3・三四六）
世の中の　遊びの道に　かなへるは　酔ひ泣きするに　あるべかるらし（3・三四七）
この世にし　楽しくあらば　来む世には　虫に鳥にも　我《われ》はなりなむ（3・三四八）
生ける者《ひと》　遂にも死ぬる　ものにあれば　この世にある間は　楽しくをあらな（3・三四九）
黙居《もだを》りて　賢しらするは　酒飲みて　酔ひ泣きするに　なほしかずけり（3・三五〇）

沙弥満誓の歌一首

世の中を　何に喩へむ　朝開き　漕ぎ去にし船の　跡なきごとし（3・三五一）

宴は、近時任を帯びて奈良に出向いたとおぼしい小野老の、花咲き匂う都を讃美する歌（三二八）を以て始められ、満誓の「無常の歌」を閉《とじ》めとする。日常の享楽のうちに鬱結を散じることを主眼とするかのような讃酒歌に対して人生の無常を諦観する満誓歌がいかに呼応するのかは議論の余地のある問題であるが、すくなくとも讃酒歌と満誓歌とが一群をなすことは疑えない。しかも、讃酒歌の情調は、冒頭の老の歌から三三五の歌に至るまでのそれと内質を異にしている。三三一～三三五歌を総括する題詞に「帥大伴卿」とあるのに対して讃酒歌の題詞には「大宰帥大伴卿」とある点をも含めて考えるならば、三二八～三五一の歌群は、二類に大別されると見ることも可能になってくる。こうした見方を採る場合、二群の分岐点は三三七の憶良罷宴歌にあると考えられる。憶良罷宴歌は、宴の一次的な段階の終息を告げるもので、二次的段階の核心部分たる讃酒歌の呼び水となったものと推察されるからである。

三二八歌から三三七歌に至る一次的な座での歌々は、憶良罷宴歌と満誓の「真綿の歌」を除いて、いずれも大和への望郷の念を基底に据えている。すなわち、老が春爛漫の都の模様を眼前の光景であるかのように詠じ、それを承けた大伴四綱が懐郷の思いを露わにし（三二九）つつ、旅人に対して、その思いがあなたのものでもあるのではないかと問う（三三〇）。旅人はその問いを五首一群（三三一〜三三五）を以て承け、都への愛着を抒《の》べつつも愛着の対象をさらに拡大して、吉野や旧都明日香への郷愁をうたう。

憶良罷宴歌が一次的な座の終焉を告げるとすれば、その手前に配された満誓の「真綿の歌」は、一次的な座を支配する情調を締め括る役割を果たしているはずである。だが、筑紫産の真綿の暖かげな様子を詠む「真綿の歌」がいかにして冒頭歌以来うたい継がれた郷愁を総括するものとなりうるのか、疑問であると言わざるをえない。

「真綿の歌」に関しては、『攷証』や『全註釈』などが、「筑紫の綿」に「筑紫の女」を寓する点に趣向をもつものと解している。同じく巻三所載の満誓歌が、「舟木」を以て評判の美女を譬えたり（三九一）、あるいは、「月」に深窓の女性を寓したりしている点（三九三）に着目するならば、「比喩歌」の手法は満誓の得意とするところであったと考えられ、したがって、「真綿の歌」を暗に筑紫の女性に言及する作と解することも不可能ではないように見うけられる。しかし、宴の冒頭以来継受されてきた望郷の念を、異郷の女性の柔肌を示唆することによって断ち切ろうとする試みは、悪趣味（卑俗）との誹りを免れ難いのではないか。満誓の真意が綿に女性を譬えることにあったとする解には無理があると思われる。

ならば、満誓は、何を意図して「真綿の歌」を詠んだのか。

この問題を解く鍵は、『万葉集の表現と方法 下』（塙書房、昭51、第八章）、『万葉のいのち』（塙書房、昭58）、『釈注』

などで伊藤博が万葉集の空間構造の根幹と認定する「家―旅」の構造に存する。すなわち、伊藤博によれば、異郷に身を置く万葉人（古代人）は、家郷を追慕する歌に旅先の地（異郷）を讃美する歌を詠み継ぐことによって自身の安寧を保障しうると信じたのであり、その確信が「家（の歌）＋旅（の歌）」という図式を以て歌を配列する手法を万葉集に齎《もたら》したのであった。当面の「真綿の歌」の前に配された歌々は、都（ないしは大和）に本郷を置く官人たちが「家」を思う歌々であった。それらの「家」に密接する歌々の閉めとしては、「旅」に密着し旅先を讃える歌がふさわしい。満誓はおそらく、このことを熟知していたに相違ない。それを知ればこそ彼は、筑紫産の真綿のすばらしさを強調することによって筑紫という土地そのものへの賛嘆の念を表出する「真綿の歌」を詠じたのではなかったか。

筑紫歌壇の中核をなす歌人のひとり山上憶良によって「五蔵の欝結を写《のぞ》く」具と目された（5・八六八〜八七〇歌序参照）倭歌は、老の昇叙を祝う宴席に集うた人々にとって、自己の心底に巣くう望郷の念を散ずる機能を担うものであった。結ぼれる家郷追慕の思いは、老から四綱へ、四綱から旅人へのうたい継ぎのなかで余すところなく尽くされ、気散じは一応の成功を収めつつあった。しかし、当面都への帰任を保障されていない彼らにとって、郷愁をうたい続けることは、いっそう郷愁を煽り、内面の鬱屈を増幅させることにも繋がりかねなかった。満誓は、その危険性を敏感に察知し、

しらぬひ　筑紫の綿は　身に着けて　いまだは着ねど　暖けく見ゆ（3・三三六）

と詠んだ。すなわち、満誓は、筑紫産の真綿の暖かげな様子に言及することによって、筑紫の地にもそこに固有の風情があることへの再認識へと一座の人々をいざなおうとした。『釈注』が一首の釈文で説くように、満誓は「皆さんは、大和大和とおっしゃいますが、筑紫だって見捨てたものではありません」と言いたかったのであろう。真意は、「そんなに望郷の思いばかりに暮れずに、気を取りなおして飲みましょう」（『釈注』）といったところであろうか。

満誓の「真綿の歌」を得て、一同の郷愁はようやく鎮静の兆しを見せ、座を支配する空気は和《なご》やかなものに変化し

ていった。「真綿の歌」は、冒頭歌以来詠み継がれた望郷の歌々の閉めとして見事な役割を果たしている。憶良罷宴歌は、冒頭歌以来の情調の傾きが結末づけられたことによって生じた安堵感のなかで、諧謔を志向しつつ詠まれたものと推察される。軽い戯れが許される空気は、満誓の巧妙な「座の文芸」によって醸成されたものと見てよい。

3 「無常の歌」

満誓歌が一座に横溢する望郷の念を、その巧緻によって払い除けたのを見極めるかのように、憶良は、

憶良らは　今は罷らむ　子泣くらむ　それその母も　我を待つらむぞ（3・三三七）

と詠んだ。いわゆる憶良罷宴歌であり、幼子とその母（若き妻）を被《かず》けにして宴席から退出したい意思を示す作と認められる。一首については、旅人の酒宴の貴族的な雰囲気を嫌厭した憶良が席を蹴って退出する歌と解する向きもあるが、これは憶良の真意に迫るものではない。「憶良ら」と自己の名によって自己を称するのは、古代ではみずからをへりくだる場合に限られる。この謙称を使用し、かつ、貴人のもとから礼を尽くして退出することを示す語「罷る」を用いている点から見て、憶良に一座に対する嫌悪感を鮮明にしようという意志があったとは考えられない。当面の宴が張られた神亀六年の時点で、憶良は七十一歳。すでに幼子を持つ年齢ではない。むずかる子と、それをあやしながら夫の帰宅を待ちわびる若き妻についての描写は仮構と見るべきであろう。仮構は、座興としてなされたのであり、一首の真意は「母ちゃんが待ってるから帰らなければ」と述べて一座の笑いを誘うことにあったと考えられる。

座興とともに座を立つ素振りを見せた憶良は、宴の主催者旅人によって引き留められたのであろう。引き留めるには、それなりの理由があった。旅人は、飲酒への沈湎を美的かつ高踏的にうたう一群の歌を宴の中核をなすものとして披露しようと意図していたのであり、その意図の実現には筑紫歌壇における好敵手憶良の存在が不可欠であった。

引き留められた憶良が座に戻ることによって、雰囲気もあらたまった。その新たな雰囲気のなかで宴は二次的な段階へと移行し、頃合いを見計らって旅人が讃酒歌を披露した。

讃酒歌一三首は、鬱屈を払拭する具としての酒の効用を強調することを主眼とするもので、それらの表層を辿るかぎりでは、個的な体験や外部的状況に根ざした感性の揺れを表出する作ではないように見うけられる。前面に漂うのは、酒壺になって酒浸りの人生を送ること（三四三）や、現世の放逸を極め尽くすこと（三四八、三四九）を希求する享楽主義であり、人生の本質をめぐる深刻な思念は排除されているように思える。しかし、一歩を踏み込んで、旅人の言う「酔ひ泣き」（三四一、三四七、三五〇）や「心を遣る」（三四六）という行為の内実を追尋するならば、その享楽主義の背景には、実人生をめぐる深い憂愁が潜んでいることが明らかになる。

讃酒歌を含む筑紫歌壇の宴の歌々（三二八～三五一）が詠まれたのは、神亀六年三月下旬から四月上旬にかけての或る日のことであった。旅人は、神亀四年の暮れに、妻大伴郎女や息家持らを伴い、帥として太宰府に着任した。政府高官の妻子を伴っての遠国赴任は当時としては異例の事態であり、妻大伴郎女に懇願されてのことではなかったかと推察される。だが、旅人に付き従うことを切望した妻は、翌神亀五年四月、病に斃《たお》れて不帰の客となった。旅人は着任早々のこの悲劇に直面して、深い悲しみに閉ざされ、ひとり断腸の涙を流す（巻五・七九三歌序参照）。讃酒歌が詠まれたのは、それからほぼ一年後のこと、妻の一周忌を目前にした時期のことであった。天平二年（七三〇）の都への帰任に際して、妻亡き現況をなお痛切に悲嘆した旅人である（巻三・四四六～四五三歌など参照）。一年という時の経過は、亡妻の思い出に引き摺られる心の在りようを払拭するには短すぎた。まして、前年の同時期に妻を喪ったとすれば、喪失の悲愁はいやがうえにも鮮烈になっていったであろう。讃酒歌にはそうした喪失の悲愁が塗りこめられていると見るべきで、旅人の言う「酔ひ泣き」とは妻を喪った悲しみを酒に浸すことを意味しているものと考えられる。「心を遣る」という場合のその「心」も、喪失の悲愁に沈む情調であろう。旅人は、妻亡きがゆえの悲しみを、酔眼の彼方に打ち払おうとしたのであった。

旅人を「酔ひ泣き」の境地へと立ち至らせたものは、妻の死のみではない。讃酒歌が披露される直前、神亀六年二月十二日のこと。皇親政治の推進者長屋王が、藤原氏の謀略にかかって自尽に追いやられた。皇親派の旅人にとって、この事件が痛恨事であったことは容易に推察される。彼の胸中には、王に仕掛けられた謀略に対して無力であったことに纏わる屈辱感、あるいは、結果的に王を見殺しにせざるをえなかったことへの悔恨が渦巻いていたであろう。そうした屈辱感や悔恨もまた、旅人を「酔ひ泣き」へと導く要因となった。

以上の視点から讃酒歌に目を投じてみると、そこには暗鬱な情調が通奏低音となって流れていることがわかる。享楽主義は、表層を粉飾する擬態にすぎない。讃酒歌の享楽主義は、つねに暗い影を引き摺っていて、ともすれば悲痛な情念のうちに溶解してしまう。そうした暗鬱な情調とともに讃酒歌を際立たせる特徴として注目すべきは、これらの一三首の基底に仏教的思念が認められる点である。たとえば、三四五歌に言う「価なき宝」は、法華経などに見える「無価宝珠」の翻読語であり、また、三四七歌に言う「世の中」(原文「世間」)が仏教用語であることは論をまたない。さらに、三四九歌の「生ける者遂にも死ぬるものにあれば」という言辞は、仏教において通有的な「生者必滅」という哲理を旅人流に翻案したものにほかならない。旅人は、仏教思想を咀嚼しつつ、讃酒歌を制作していると言ってよい。

それにもかかわらず、旅人は、仏教の戒律に抵触する行為たる飲酒の効用を強調する。破戒が来世に闇鈍の身を招くことを熟知しつつも(三四八)、旅人は酒を讃め、飲酒に沈湎することを欲する。彼の享楽主義は、仏教思想を犀利に把捉したうえでのそれに対する反逆である。最愛の妻の死に直面したとき、あるいは長屋王のあっけない死の報せを受けたとき、旅人は人間存在とその営為のはかなさを痛切に実感したであろう。その実感は、仏教に言う「世間無常」の哲理が決定的な真理を告げることを、旅人に気づかせたに違いない。哲理は、無常を世間の実相として把捉したうえでなおそこに拘泥しようという志向性を廃棄することを旅人に迫るものであった。旅人は、しかし、無常なる現世への拘りを打ち棄てることができなかった。仏教思想が要請する、現世を無常と見切りつつそこから脱却して在る開悟の境位は、彼にとって人情の自然に反する心位でしかなかった。それゆえ、彼は、「世間無常」の哲理の妥当性を自己の体験を媒介として把捉しつつも、それに反撥せざるをえなかった。その反撥が、讃酒歌の表層において享楽主義を鼓吹する方向へと彼をはしらせたように見うけられる。

沙弥満誓の「無常の歌」は、讃酒歌一三首を一首を以て受けとめるもので、その受けとめを的確なものにするには、讃酒歌の基層を見極める必要があった。享楽主義的な外見を呈する讃酒歌に無常を説く歌を以て応ずることは、一見見当違いであるように見える。しかし、満誓は、旅人が仏教的な世間無常の哲理の妥当性を容認しながらもそれに反撥する立場に立っていること、言いかえれば、讃酒歌の基層に人間的事物の無常を認識しつつそれを悲嘆し悲憤する心性が存することを鋭く見抜いていた。彼は、旅人の享楽主義が、「世間無常」の哲理を把捉しながらもそれを諦観を以て客観視することのできない魂が、いわば理と情との板挟みになって発する悲痛な叫びであることを見抜いていたのである。満誓は、旅人が内に抱え込んだ悲痛を、「無常の歌」すなわち

世の中を　何に喩へむ　朝開き　漕ぎ去にし船の　跡なきごとし（3・三五一）

の一首を以て慰撫しようとした。

讃酒歌の内奥に潜む言いようのない寂寥感。それを鋭敏に感得しつつ、満誓は、人間の生を早暁に港を出る船の航跡が跡形もなく消え去るさまに譬え、「あなたがおっしゃる楽しむべき現世とは、こんなものなのですね」と語りかけている。静かな諦観を示し、そこに心を浸すべきことを諭すように冷静に語る、その口吻は、讃酒歌を貫くやや昂ぶった情調と明確な対照をなしつつ、旅人の悽惆《せいちゅう》を巧みに慰撫してゆく。「無常の歌」の理知的な静けさは、讃酒歌との対蹠的でありつつも相和する関係のなかで深い意義を担う。「無常の歌」は、叙上の「真綿の歌」と同様に、複

数の歌人たちによって構築される「座」のなかでその真義を際立たせる（「無常の歌」と「真綿の歌」は「座の文芸」として定位される点において相互に連関する）。

「無常の歌」は、一般に、日本文学における無常観の初発を告げる作と認定される。しかし、この歌の「座」の文芸としての内質を考慮するならば、わが国における無常観の発出は、満誓の「個」に由来する営みであると言うよりも、むしろ、筑紫歌壇の「座」における共同主観的な営為であったと言うべきではないか。

神亀五年六月二十三日、愛妻を喪失した悲嘆に突き動かされるように、旅人は、

世の中は　空《むな》しきものと　知る時し　いよよますます　悲しかりけり（5・七九三）

と詠んだ。現し身のはかなさ・むなしさを認知することが感性の揺れに直結することを告げるこの歌は、「世間無常」の哲理を体感・体得する境位を示すものにほかならない。それから九ヵ月後の作である讃酒歌は、そうした体感・体得を前提とする作と見ることができる（拙著『日本人の死』北樹出版、平11参照）。満誓は、讃酒歌が七九三の歌（報凶問歌）とのあいだに有する思想的な連関を視野に入れながら、みずからの「無常の歌」を詠んだのではなかったか。とするならば、「無常の歌」は、遠く「報凶問歌」に呼応しつつ直前の讃酒歌を承けるもので、旅人への理解に関して間然するところのない作であることになる。

4　座の文芸

抒情とは「個」の心情の発露であり、もし万葉歌が抒情詩と規定されうるとするならば、それは本質的に「個」的なものと解さざるをえない。事実、万葉歌のなかには、単独の一首として抒情の質を完備する作を多数見いだすことができる。けれども、このことは、すべての万葉歌が、それらを相互に切り離された個体として扱う読みによって理解可能となることを意味しているわけではない。数多《あまた》の万葉歌の理解と享受は、近時『釈注』が積極的に志向したよ

うな、歌を群として把捉する方法に基づいて行われなければならない。万葉歌は、「個」的位相での詠作を多数内含しつつも、他方では、共同的な歌の座での相和する歌々の群れという性格を濃厚にもつからである。古来、歌は、それがうたわれる座における共有の情の表出の具、ないしは、同一の座を構成する人々のあいだに情を通わせるための具と目されてきた。その点を重視するならば、歌を制作しそれを公表する営みは、一面において、「座の文芸」を構成するものであったと言ってもよいであろう。上来検討を加えてきた満誓の「真綿の歌」や「無常の歌」は、筑紫歌壇において歌を詠むことが、そうした座の文芸への参画と同義であったことを如実に示している。

満誓は、本質的に「歌壇の人」、すなわち、他者と共有される歌の「座」において力量を発揮する歌人であった。このことは、「真綿の歌」や「無常の歌」のみならず、単独の詠を想定させる三九一、三九三歌以外のいくつかの作によっても保証される。

天平二年正月十三日に大宰府の旅人官邸で催された梅花の宴において、満誓は、

青柳《あをやなぎ》　梅との花を　折りかざし　飲みての後《のち》は　散りぬともよし（5・八二一）

と詠じている。これは、直前に葛井大成《ふじいのおおなり》が詠んだ「梅の花　今盛《さか》りなり　思ふどち　かざしにしてな　今盛りなり」（5・八二〇）に「かざし」という共通の語を以て応ずるとともに、「散る梅」を持ち出して詠歌の流れを斬新な方向へ導こうと企てる作でもある。果たして、その企てに呼応して、旅人は、

我《わ》が園に　梅の花散る　ひさかたの　天《あめ》より雪の　流れ来《く》るかも（5・八二二）

という、白雪と見紛うばかりに鮮やかに梅花の散る空間を造形する秀逸な歌を詠んだ。この場合、満誓歌は、前歌およびそれ以前の歌詠の流れを継受しつつ、旅人に新機軸を打ち出させる契機となっている。巧みに座を繋ぎ秀吟を導くその力量には、「座の文芸」に参画する歌人としての面目躍如たるものがある。

さらに、満誓は、都に帰任した旅人に向かって筑紫の地から次の二首を贈っている。

まそ鏡　見飽かぬ君に　後《おく》れてや　朝夕《あしたゆふへ》に　さびつつ居《を》らむ（4・五七二）

ぬばたまの　黒髪《くろかみ》変はり　白《しら》けても　痛き恋には　あふ時ありけり（4・五七三）

さながら離別した男を慕う女の情を表出するかのようなこれらの歌は、友情の内質が男女間の情愛に酷似することを暗示しつつ、友が去った後の空虚感を如実に映し出している。制法上旅人の下位に立つ満誓には旅人を対等の友人と見なすことは許されなかった（彼は旅人を「君」と呼んでいる）。けれども、これらの二首には友愛の情が横溢していると言ってよい。旅人は、その友情を正面から虚心に受けとめ、以下の二首を以て満誓に和した。

ここにありて　筑紫《つくし》やいづち　白雲《しらくも》の　たなびく山の　方《かた》にしあるらし（4・五七四）

草香江《くさかえ》の　入江《いりえ》にあさる　葦鶴《あしたづ》の　あなたづたづし　友なしにして（4・五七五）

第一首（五七四）は、互いに隔たる距離の大きさを「白雲」を以て暗示しつつ、満誓への遥かなる思いを吐露する。第二首（五七五）は、その思いが対等な友人への情愛にほかならないことを明示する。二首は、自身への満誓の追慕に謝する情を素直に表出するもので、旅人らしいのびやかさ・おおらかさを示す作ととらえることができる。

これらの旅人歌に関してとりわけ重視すべきは、満誓を指して「友」と言い切っている点である。直木孝次郎「七、八世紀におけるトモの表記について」（『万葉』154、平7・7）が指摘するように、「友」を対等の友人の意で用いる例は、その淵源を天智朝のころにもち、以後律令官制の発展とともに、貴族・官人層に滲透する。当面の旅人の用例が、対等の友人を「友」と表わす例の初発であるとは言えないけれども、それが巻四・五五五歌などとともに、下僚を精神的な視座から対等に遇する表現として機能していることは疑えない。満誓の追慕とそれを的確に表出する表現能力の巧みさは、旅人に深い感銘をもたらし、それが、位階を超えた友情を旅人の内面に定位させたと言ってよい。

満誓は、単独の一首を以て歌壇を主導する歌人ではなかった。現代短歌の理解を基準にして評価を下すならば、満誓の歌はあるいは凡作にすぎないのかもしれない。しかし、歌の座に総括的な閉めを齎し、座を芸術的に完結させるその力量、さらには、他の歌人の秀作や思想の確定を導くその技量は、満誓が万葉歌の歴史のなかに確たる地歩を保有する歌人として評価されるべきことを示している。

（伊藤益・筑波大学助教授）

余明軍の旅人挽歌

天平三年辛未《しんび》の秋七月に、大納言大伴卿《だいなふごんおほともきやう》の薨《こう》ぜし時の歌六首

はしきやし　栄えし君の　いましせば　昨日も今日も　我《わ》を召さましを（3・四五四）
かくのみに　ありけるものを　萩の花　咲きてありやと　問ひし君はも（3・四五五）
君に恋ひ　いたもすべなみ　葦鶴《あしたづ》の　音《ね》のみし泣かゆ　朝夕《あさよひ》にして（3・四五六）
遠長《とほなが》く　仕へむものと　思へりし　君しまさねば　心どもなし（3・四五七）
みどり子の　這《は》ひたもとほり　朝夕に　音のみそ我《あ》が泣く　君なしにして（3・四五八）

右の五首、資人余明軍《しじんよのみやうぐん》、犬馬《けんば》の慕《した》ひに勝《あ》へずして、心の中《うち》に感緒《おも》ひて作る歌。

1　旅人と余明軍

天平三年（七三一）七月二十五日、大伴旅人は薨じた。懐風藻には六十七歳であったと伝える。続紀に、

秋七月辛未、大納言従二位大伴宿禰旅人薨しぬ。難波朝《なにはのみかど》の右《う》大臣大紫《だいじんだいし》長徳《ながとこ》の孫《うまご》、大納言贈従二位安麿が第一子なり。（『新古典大系』）

と記す。天平二年冬に、筑紫から帰京した翌年の秋のことであった。四五四歌の題詞に「天平三年辛未の秋七月に、大納言大伴卿の薨ぜし時の歌六首」とあるが、余明軍の歌は四五八歌の左注に示すように五首である。これに続く

県犬養宿禰人上《あがたのいぬかいのすくねひとかみ》の四五九歌がある。

見れど飽かず　いまし君が　もみち葉の　うつろひ行けば　悲しくもあるか（3・四五九）

右の一首、内礼正《ないらいのかみ》犬養宿禰人上に勅《みことのり》して、卿《きやう》の病を検護《とりみ》しむ。しかれども医薬も験《しるし》なく、逝《ゆ》く水の留《とど》まらず。これに因りて悲慟《ひどう》して、即ちこの歌を作る。

この左注により、聖武天皇が内礼正の県犬養宿禰人上を遣わして、旅人を治療させたことが分かる。しかし、その甲斐なく旅人は他界したのであった。

余明軍は、右の挽歌の他に、巻三の譬喩歌に一首（三九四）、巻四の相聞に二首（五七九、五八〇）歌を残す。冒頭に示した四五八歌の左注を始め、「余」の文字について、諸本により異同がある。まず、四五八歌の左注について、諸本・諸注の異同を示す。

四五八歌左注

余……広、古、紀、細三、無三、『槻落葉』、『新訓』、『定本』、『窪田評釈』、『佐佐木評釈』、『全註釈』、『古典大系』、『注釈』、『塙書房本』、『古典全集』、『桜楓社本』、『旺文社文庫』、『古典集成』、『講談社文庫』、西宮『全注』、『新編全集』、『釈注』、『和歌文学大系』

金……類、宮、西、細一、温、矢、京、無一、附、寛、『考』、『略解』、『攷証』、『新考』、『全釈』、吉沢『総釈』、『講義』、『金子評釈』、『古典全書』、『新校』、『私注』、『大成』本文篇

なお、三九四歌題詞と四八九歌題詞の異同も、写本・版本については示しておく。

巻三、三九四歌題詞

余……類、広、紀、細三、無二

金……古、宮、西、細一、温、矢、京、無一、附、寛

巻四、五七九題詞

余……桂、元、広、古、紀、京赭

金……類、宮、西、温、矢、京、附、寛

おもに、次点本系統のものは「余」、新点本系統は「金」とあるが、次点本系統の『類聚古集』は「金」二箇所、「余」一箇所となっており、同じく次点本系統の『古葉略類聚鈔』は「金」一箇所、「余」二箇所となっている。注釈書類では、つとに『槻落葉』が「余」の文字を採ったが、それに従うものがなかった。昭和期に入って、『新訓』あたりから、古本重視の立場で「余」を採る本が増えており、「金」を採る本は、『私注』や『大成』本文篇あたりが最後となる。

四五八歌左注では、『類聚古集』は「金」となっているが、同じ巻三の三九四歌題詞では「余」となっている。巻四の桂本・元暦校本が一致して「余」となっていること、広瀬本もすべて「余」となっていることから、「余」を採るのが穏当である。「余」の文字と「金」の文字は草書が似ているところから誤られたものと考えられる。

さて、余氏については、百済王族の出であり、金氏については、新羅王族の出であることが指摘されている。その余氏の中で、余仁軍という人物がおり、養老七年正月に従五位下を賜っている（続紀）。また、仁軍は、神亀の頃、呪禁として知られていた（『家伝』下）。この仁軍は、明軍と名が似ていることからその関係が注意されている。市村宏（「余明軍考」『万葉集新論』東洋大学通信教育部、昭39）は、

私は、前記仁軍と明軍が全く同時代の人物であることや、この二人の名が仁明という熟語の一字を分けたものと考えられるところから、この二人を兄弟と想定する。仁明の語は、本朝五十四代仁明天皇の諡号でもあるから、森鷗外の帝諡考を繰ってみると、後漢書・晋書・荀子・潜夫論・抱朴子など枚挙に遑のないほどの典拠があり、仁にして明なるは帝王となってふさわしいほどの最高の人格を示す語であることが判る。旅人はその二子に家

持・書持と名付けたが、そしてそれは誰がみても兄弟であることの知られる雰囲気を持っているが、百済王族の出である余氏が、帝徳讃美に用いられる好字「仁明」を二分して、兄に仁軍、弟に明軍と名づけたのではなかろうかと思う。

と述べ、兄弟ではないかとした。しかし、呪禁として著名だったとはいえ、兄の仁軍が従五位下で続紀に名を残しているのに対し、明軍は低い地位であったと考えられ、名前の類似だけでは断定しがたい面もある。

余明軍について、川上富吉も「余明軍伝考―万葉集人物伝研究㈢―」(『大妻女子大学文学部紀要』5、昭48・3)において、紀の

余昌・余怒（余奴）・余豊璋・余善光（禅広）・余宜受・余自進（自信）

続紀以降の

余真人・余泰（秦ヵ）勝・余仁軍・余義仁・余足人・余東人・余益人・余民善女・余河成・余福成

などの人物について検討を加え、仁軍のほか余泰勝・余義仁についても、明軍に血筋が近い可能性を述べた。

さて、明軍は四五八歌左注に「資人」とあるが、それは、朝廷に仕える舎人の一部を高位高官の私用に供する制度で、軍防令の規定によれば、位分資人として、一位に一〇〇人、二位に八〇人、三位に六〇人、正四位に四〇人、従四位に三五人、正五位に二五人、従五位に二〇人、職分資人として、太政大臣に三〇〇人、左右大臣に二〇〇人、大納言に一〇〇人が支給されることになっていた。

天平三年当時、旅人には位分資人八〇人、職分資人一〇〇人がいたことになる。その中で、歌からも分かるが、明軍は旅人に身近に接していたものと思われる。

2　巻三・四五四〜四五八歌について

(1)　四五四歌

はしきやし　栄えし君の　いましせば　昨日も今日も　我を召さましを（3・四五四）

この歌は、「はしきやし栄えし君」と旅人を讃えて提示して、その君がもはや自分を召さなくなった悲しみを述べて、一群の冒頭歌としたものである（『釈注』）。

初句のハシキヤシは万葉集中で一九例（ハシキヨシは一一例、ハシケヤシは六例）用いられている。その中で、挽歌で使われた用例に次の柿本人麻呂の「明日《あす》香皇女《かのひめみこ》挽歌」がある。

……天地《あめつち》の　いや遠長く　偲《しの》ひ行かむ　御名《みな》にかかせる　明日香川　万代《よろづよ》までに　はしきやし　我《わ》が大君の　形見にここを（2・一九六）

また、第二句の「栄え」という語は、次の日並皇子尊《ひなみしのみこのみこと》の宮の舎人挽歌群の中にもある。

我《わ》が御門《みかど》　千代とことばに　栄《さか》えむと　思ひてありし　我《われ》し悲しも（2・一八三）

さらに、右の一八三歌とも関わるが、この歌群（3・四五四〜四五八）と、日並皇子尊の宮の舎人挽歌群（2・一七一〜一九三）との関係が指摘されている。四五四歌については、つとに『代匠記（初）』に、

第二巻、日並皇子尊薨じたまひし後、舎人等がよめる歌の中に、ひんがしのたきのみかどにさもらへどきのふもけふもめすこともなし。下の句、おなじ心なり。

と述べ、諸注の多くがその類想性を指摘する。四五四歌の下の句は、『代匠記』の指摘のように、

東《ひむがし》の　多芸《たぎ》の御門に　侍《さもら》へど　昨日も今日も　召す言もなし（2・一八四）

から学んだものと言えよう。

坂本信幸・毛利正守「レポート　巻三、四五七番の歌を例として」（『万葉事始』和泉書院、平7）も、従来指摘されている四五四歌と一八四歌の関係、四五七歌と一七六歌の関係について触れ、仕えていた主人を失った悲しみを詠じるという、その置かれた立場の共通性から考えて、積極的に、日並皇子尊の宮の舎人挽歌群の表現を踏襲したものと考える。四五四歌は、一八四歌だけでなく、

高光《たかひか》る　我《わ》が日《ひ》の皇子《みこ》の　いましせば　島の御門は　荒れざらましを（2・一七三）

の歌に仮想表現を学んだとした。

即ち、一七三歌から「……いましせば……ましを」の形式を借り、一八四歌の「昨日も今日も　召す言もなし」の表現に学んで「昨日も今日も　我を召さましを」と歌ったとみることができる。さらに、一八三歌から「栄え」の語を、また、人麻呂の一九六歌からハシキヤシの語を学んだとみることもできよう。

この歌の評価について、『窪田評釈』は、

主としての旅人を、その薨後追慕しての心であるが、儀礼といふ意は聊かもなく、ひたすらに懐かしんだ心のものである。「昨日も今日も吾《あ》を召さましを」は、生前さうされることを嬉しく感じてゐての思ひ出である。資人の一人《ひとり》であるから、特に旅人に愛されてゐて、さうした扱ひを受けたものと思はれ、懐かしむのにも理由があつたと取れる。「愛けやし」といふ語も、その意味で、一首の心にふさはしいものである。歌の詠み口が旅人に通ふもののあるのも、その間の消息を示すものと云へよう。

と述べているのに対し、『全註釈』は、

あらわし方は素朴であるが、それだけに平凡で、何等の味もない歌である。この作者が、歌に練達した人でないことを語るものであろう。

と述べて、あまり高い評価を下してはいない。

このように評価が分かれるが、日並皇子尊の宮の舎人挽歌群の影響があるのは、舎人と資人という立場こそ違うものの、『万葉事始』「レポート」(前掲)にも言うように、主人を失った悲しみは共通するものであった。その先蹤とも言うべき、日並皇子尊の宮の舎人挽歌の形式を踏まえながら、また人麻呂の語句などを参考にしつつ挽歌を詠むのが、旅人の死を悼む挽歌の方法として最適と考えたのではなかろうか。

(2) 四五五歌

かくのみに　ありけるものを　萩の花　咲きてありやと　問ひし君はも(3・四五五)

この四五五歌は、旅人帰京後の天平三年の巻六の九七〇歌(「三年辛未、大納言大伴卿、奈良の家に在りて、故郷を思ふ歌二首」)との関係が指摘されている。

指進乃　栗栖《くるす》の小野の　萩の花　散らむ時にし　行きて手向けむ(6・九七〇)

「栗栖」は、諸説があって定まっていないが、題詞から見て旅人が青春を過ごした明日香の周辺であることは間違いないであろう。病床で故郷の萩のことを気に掛けていた旅人を思いやり、明軍は四五五歌を作ったものと思われる。

萩は秋の景物の代表的なものであるが、「大宰帥大伴卿の歌二首」として、

我《わ》が岡に　さ雄鹿来鳴く　初萩の　花妻《はなづま》問ひに　来鳴くさ雄鹿(8・一五四一)

我《わ》が岡の　秋萩の花　風を疾《いた》み　散るべくなりぬ　見む人もがも(8・一五四二)

とあり、それは旅人が亡き妻を思いながら筑紫で詠んだもので、そこにも萩が詠まれていることは、旅人には萩への特別な思いがあったことを示すものと言えよう。

結句の「はも」は「文末にあって体言に接し、極限的な状況における、愛惜のこもった詠歎をあらわす。過去のものや遠くにあるものへの愛惜をあらわすことが多い」(『時代別国語大辞典　上代編』三省堂、昭42)と説明される。この

結句の表現は、景行記歌謡にも次のようにある。
さねさし　相模《さがむ》の小野に　燃ゆる火の　火中《ほなか》に立ちて　問ひし君はも（記24）
初・二句の「かくのみにありけるものを」は、家持が「亡妾悲傷歌」において詠んだ、
かくのみに　ありけるものを　妹も我《あれ》も　千歳のごとく　頼みたりけり（3・四七〇）
に、初・二句が踏襲されており、家持に影響を与えたことが分かる。

(3)　四五六歌

君に恋ひ　いたもすべなみ　葦鶴の　音のみし泣かゆ　朝夕にして（3・四五六）
旅人は、筑紫の次田の温泉で、鶴の鳴き声を聞いて、
湯の原に　鳴く葦鶴は　我《あ》がごとく　妹に恋ふれや　時わかず鳴く（6・九六一）
と詠んだ。この九六一歌は、旅人が亡妻を偲んで詠んだ歌である。また、帰京後に、沙弥満誓《さみのまんぜい》の贈歌に対して、
草香江《くさかえ》の　入江にあさる　葦鶴の　あなたづたづし　友なしにして（4・五七五）
と旅人が詠んでいる。
これらを意識しながら、明軍は四五六歌を作ったのであろう。第三・四句は、「『葦鶴』が大伴氏の本貫である難波の景物であることを意識した表現らしく、縁ある者、こぞって、大伴家の棟梁を哭《な》き悲しむさまを述べたもの」（『釈注』）とみることができる。第四・五句の類句に、
朝夕に　音のみし泣けば　焼き大刀の　利心《とごころ》も我《あれ》は　思ひかねつも（20・四四七九、藤原夫人）
恐《かしこ》きや　天《あめ》の御門を　かけつれば　音のみし泣かゆ　朝夕にして（20・四四八〇、作者未詳）
などがあるが、これらは天平勝宝八年に大原今城《おおはらのいまき》が誦詠した歌で、四四七九歌は天武朝にさかのぼる作であること

が分かる。これらの歌を、余明軍が知っていたとは考えにくく、

……夜《よる》はも　夜《よ》のことごと　昼《ひる》はも　日《ひ》のことごと　音のみを　泣きつつありてや……（2・一五五、額田王）

の挽歌を、明軍が参考にしたのかもしれない。

初・二句については、同句が笠女郎《かさのいらつめ》の歌に、

君に恋ひ　いたもすべなみ　奈良山の　小松が下《もと》に　立ち嘆くかも（4・五九三）

とある。笠女郎が余明軍の歌を参考にすることはまずなく、「すべなし」がよく使われるので、たまたま一致したのであろう。

朝《あさ》な朝《さ》な　筑紫の方を　出で見つつ　音のみそ我《あ》が泣く　いたもすべなみ（12・三二一八、作者不明）

右は問答歌の一首であるが、心情的には余明軍の歌に近いものがあるように思われる。

(4)　四五七歌

遠長く　仕へむものと　思へりし　君しまさねば　心どもなし（3・四五七）

初句の「遠長く（に）」という表現も、少なからず万葉集中に見ることができる。

……音《おと》のみも　名のみも絶えず　天地《あめつち》の　いや遠長く　偲《しの》ひ行かむ……（2・一九六、人麻呂）

……延ふ葛《くず》の　いや遠長《とほなが》く〈一に云ふ、「葛の根の　いや遠長に」〉万代に　絶えじと思ひて〈一に云ふ、「大船《おほぶね》の　思ひ頼みて」〉……（3・四二三、山前王、或云人麻呂）

……玉葛《たまかつら》　いや遠長く　祖《おや》の名も　継ぎ行くものと……（3・四四三、大伴三中《みなか》）

などの先行する挽歌に「遠長く」という表現がある。ここでも人麻呂に用例がある。

なお、この表現は家持の「安積皇子《あさかのみこ》挽歌」にも見ることができるが、明軍の歌を学んだというわけではなく、むし

ろ人麻呂歌の影響を考えるべきである。

……天地と　いや遠長に　万代に　かくしもがもと　頼めりし　皇子の御門の　五月蠅《さばへ》なす　騒く舎人《とねり》は……

（3・四七八）

次に、第四句について考える。「君しまさねば」は『新編全集』による。この訓については、拙稿「君不座者心神毛奈思」（『万葉』121、昭60・3）にキミイマサネバと訓むべきことを述べた。さらに、『万葉事始』「レポート」（前掲）も、拙稿を補強する。新点本には「君師不座者」とあるが、次点本にはすべて一致して「師」の文字がなく「君不座者」とある。やはりこれは原文の状態が伝えられている蓋然性が高いと見られる。「君不座者」のままで、キミシマサネバ（『類聚古集』など）やキミトマサネバ（『古葉略類聚鈔』など）の訓もあるところから、「師」の文字が、神宮文庫本や西本願寺本などの新点本に入ったのは仙覚の意改ではないかと考えられる。この一連の挽歌には、「伊座勢婆」（四五四）や「伊座之君我」（四五九、県犬養宿禰人上）など「伊」を書き添えた例があるが、万葉集全体では、イマスの表記としては「伊座」（一〇例、日吉盛幸編『万葉集歌句漢字総索引』〈桜楓社、平4〉による）よりも「座」（二五例）一字の方がはるかに多いのである。四六〇歌には「座之物乎《いましものを》」と「座」一字でイマスと訓む例が出てくるのである。

しかし、「君不座者」のままキミシマサネバと訓むこと（『新編全集』など）も可能ではある。そうなると、シを読み添えることによって、意味がどのように変わってくるのかを検討した上で、訓を決定するのがよいということになる。『古典大系』は四四八三歌補注で、助詞シの意味の基本について、

……自分には自然にこう思われて来るのだがとか、自分には自然にこう感じられるのだがという、控え目な主観性の表明であるように思われる。

と述べている。西宮一民『全注』も、

およそ条件句にシが用いられている場合はその条件が話し手の判断として決してきめつけたものではないことを

表明するものである。ところがここのように、資人と主君との関係において、さらに「犬馬の慕い」による主従関係において、主君を亡くした厳粛な事実の前に、心神喪失するのであるから、シを介在せしめて婉曲な条件にする発想などあり得べくもなかった、と私は考える。

と述べるように、ここは控えめな判断を下すべきところではない。したがって、「君不座者」（キミイマサネバ）とするのがよい。それによって、四五四歌のイマシセバとこの四五七歌のイマサネバの「座」の訓を一致させることができ、釣り合いもとれるのである。

なお、この四五七歌と一七六歌との類似性が指摘されている。

天地と　共に終へむと　思ひつつ　仕へ奉《まつ》りし　心違ひぬ（2・一七六）

『注釈』は、四五七歌について、一七六歌を「学んで及ばなかったものであらう」とする。

また、『万葉事始』「レポート」（前掲）は、

四五七番の表現は、その四五四番の「……君のいましせば……」の表現を受けて繰り返す形で「……君いまさねば……」と歌ったものと考えられる。それは、四五六番の「……音のみし泣かゆ朝夕にして」の結びを繰り返す形で、四五八番の結びを「……音のみそ我が泣く君なしにして」と歌ったのと同じく、この歌群の構成上の呼応と考えられる。

と述べ、呼応関係を指摘する。

(5) 四五八歌

みどり子の　匍匐多毛登保里《はひたもとほり》　朝夕に　音のみそ我が泣く　君なしにして（3・四五八）

「みどり子」の表現は、万葉集中に九例あるが、

……みどり子の　乞ひ泣くごとに……（2・二一〇、二一三、泣血哀慟歌）

のように、人麻呂歌にも見られる。また、ハヒタモトホリの表現は、ここしか見えないが、イハヒモトホリの形で、

……鶉《うづら》なす　伊波比《いはひ》　廻《もとほり》……（2・一九九、高市皇子《たけちのみこ》挽歌）

……鶉こそ　伊波比廻礼《いはひもとほれ》　鹿《しし》じもの　伊波比《いはひ》　拝《をろがみ》　鶉なす　伊波比毛等保理《いはひもとほり》……（3・二三九、長皇子、猟路の池に遊でませる時の歌）

など、人麻呂歌に見られることはやはり注意すべきである。

ただ、ハフの表記に「匍匐」の文字を用いたのは、この四五八歌のみである。それは、『講義』などにも言うように、匍匐礼のことを意識した書きざまではなかったかと思われる。いくつか例は挙げられるが、景行記歌謡の

……其地《そこ》のなづき田《た》を匍匐《はらば》ひ廻《めぐ》りて哭《な》き、歌為《うたよみし》て曰はく、

なづきの田《た》の　稲幹《いながら》に　稲幹に　這《は》ひ廻《もとほ》ろふ　野老蔓《ところづら》（記34）

なども意識にあったであろう。

「這ひたもとほり」は、四五八歌左注の「犬馬の慕ひ」という表現とも響き合うといってよいであろう。ちなみに「犬馬の慕ひ」は、『文選』曹子建の「『躬を責む』『詔に応ず』の詩を上る表」の「犬馬の主を恋ふるの情に勝へず」などの類句があること、諸注指摘している。

(6)　五首の構成

先にも少し述べたが、『釈注』は、四五四歌を一群の冒頭歌として位置づけた。それに続く四五五歌と四五七歌は、四五五が「萩の花咲きてありやと問ひし君」は今やはかない身であるとうたい、四五七が「遠長く仕へむものと思へりし君」がこの世の人でないので悲しいとうたい、対応している。四五七は四五五を深める形になっている。

一方、四五六と四五八とは、「哭のみし泣く」点で対応し、結句の形も、「朝夕にして」に対し、「君なしにして」があって似ている。例の四首一組の流下型構造で、まとまりをなしているのである。四五七歌に関しては、『万葉事始』「レポート」（前掲）の指摘のように、四五四とし、緻密な組立てであると説く。四五七歌に関しては、

挽歌五首には、いずれも「君」という語が詠まれている。これは、意識的に詠んだものと言えよう。一首ずつについては、さほど斬新と言えるような表現はないが、日並皇子尊の宮の舎人の挽歌群を踏まえ、人麻呂歌をはじめとする先行する歌に学びながら、旅人の死を悼んだのであった。連作という形で五首を見たときに、練られた構成が理解できると思われる。

3　巻四・五七九、五八〇歌について

その後の明軍については、巻四・五七九、五八〇歌に、その消息を窺うことができる。

余明軍、大伴宿禰家持に与ふる歌二首〈明軍は大納言卿の資人なり〉

見まつりて　いまだ時だに　変はらねば　年月のごと　思ほゆる君（4・五七九）

あしひきの　山に生ひたる　菅《すが》の根の　ねもころ見まく　欲しき君かも（4・五八〇）

まず、題詞に「与」とあるが、それは一般に上位の者が下位の者に歌を贈ることを表すが、ここは編者家持の立場による。この歌の作歌事情について、『釈注』は、

帳内（舎人）や資人などは主人亡きあと、一年間喪に服するものと決められていた（喪葬令）。右の二首は、その喪が明けて、世話役の地位を離れて旅人家を去った直後の歌で、一族の一人として雑事に任じていたらしい三依の悲別歌よりややのちのものと見られる。……（中略）……他の人の配下に転属になってまもなく、さびしさに

堪えかねて贈ったのであろう。明軍は、大宰府時代から家持の世話をしていたのかもしれない。しかし、この歌（大島注、五七九歌をさす）にいう世話はこの一年間を中心にしていよう。

と述べる。それに対し、『新編全集』は、

令の規定では資人は本主の死後一年で離任するが、正倉院文書の例などから、実際には旧主家にそのまま仕えることも珍しくなかったとみられる。

と述べ、作歌時点でも、家持に仕えたと見ている。

前者で考えれば「年月のごと」は、会えない時間の長さを表すのであろうし、後者で考えれば「年月のごと」は、二人の仲が親密であるがゆえに、短い間のつきあいでも長くつきあっているように思われるという気持ちを表現したものと言えよう。

この五七九歌には作者不明の類歌、

相見《あひみ》て　幾久《いくひさ》さにも　あらなくに　年月のごと　思ほゆるかも（11・二五八三）

があるが、これは会えない時間の長さを詠んでいる。この二五八三歌を併せ考えるとき、五七九歌は『釈注』のように考えた方が穏当ではないかと思う。

五八〇歌の上三句は序であるが、類似した表現が万葉集中に見られる。そのいくつかを示す。

あしひきの　山菅の根の　ねもころに　我《あれ》はそ恋ふる　君が姿に（12・三〇五一、作者不明）

あしひきの　山菅の根の　ねもころに　止まず思はば　妹に逢はむかも（12・三〇五三、作者不明）

相思はず　あるものをかも　菅の根の　ねもころごろに　我《あ》が思へるらむ（12・三〇五四、作者不明）

五七九、五八〇歌について、『釈注』に、

二首とも「君」の語をもって結び、第二首の第四句には前歌の初句「見る」も詠みこんで、何げない詠出の中にも工夫がこらされている。

とあるように、資人としての立場を踏まえながら詠んだものと言えよう。

なお、明軍には、巻三譬喩歌に次の歌がある。

標結《しめゆ》ひて　我《わ》が定めてし　住吉《すみのえ》の　浜の小松は　後《のち》も我《あ》が松（3・三九四）

右の「住吉の浜の小松」を、暗に家持を歌い込めているとする説（市村宏前掲書など）もある。この歌の作歌時期が、五七九、五八〇歌を詠んだ時期と同時期と考えれば、その可能性もあろうが、それは、今まで見てきた巻三挽歌と巻四相聞の明軍の詠みぶりから考えても、家持を「浜の小松」に譬えることはないだろうし、譬喩歌の性質から考えても当たらないと考える。

また、川上富吉（前掲論文）は家持の作品に、明軍の作品を手本にしたものがあるとして、次のような作を上げている（上が明軍歌）。

四五五―四七〇　四五七―四七一、三九七二、四一七三　五七九―四七五一　五八〇―四四八四

紙面の都合で歌を掲出するのを控えるが、四五五―四七〇歌については、本稿においても触れたところである。その他については、余明軍の歌によったとは断定しがたく、明軍以外の作品の影響も考えられ、明軍歌が直接影響を与えているか否かは慎重を期する必要がある。

以上、余明軍の旅人挽歌について述べてきたが、今まで作品そのものの研究はあまりなされていなかった。それは、類句が多いので模倣が多いと見られて、作品的価値が低いという印象もあり、あまり取り上げられていなかったのではなかろうか。『釈注』に「緻密な組立て」であったと説くように、配列を踏まえ、模倣を越えた明軍の意図を汲みつつ作品を評価すべきと考える。

（大島信生・皇学館大学助教授）

旅人の思想と憶良の思想

1　歌と思想

土屋文明が『旅人と憶良』を著したのは、昭和十七年（一九四二）二月である（創元社、五月刊）。この著の中で、文明は憶良を次のように評価している。

以上の如き憶良の思想は不徹底で悟道に遠いものであるが、又翻って見れば、吉凶禍福を無自覚に仏道に依頼して、度者を多くしてそれによつて国の禍をのぞかうとするが如き時代の人としての憶良を見れば、彼は時流を一歩超越して居た指導者といふことも出来よう。

この見方は、直接には「沈痾《ちんあ》自《じ》哀文《あいぶん》」にいう「三宝《さんぼう》を礼拝《らいはい》し、日に勤めざること無し、百神を敬重《けいちょう》して、夜《よ》として闕《か》くること有りといふこと鮮《すくな》し」といった文飾から窺える思想的傾向が折衷的であって、また示される医への積極的で詳細な関心から、憶良の実践的な人生態度を読み取っていることに基づく。そうした捉え方は、戦後の『私注』（筑摩書房、昭和三十五年〈一九五〇〉十月初版）で、微妙に変化している。「苦しんだ半生を回顧し、現在の老病に苦しむ心持をのべた」ものという評がまず「沈痾自哀文」に与えられる。宗教への帰依よりも、知識がむしろ実践的なことに向かっているという把握は同じだが、関心はより憶良の生活感情の実際へと傾いている。言うまでもなくこの変化は敗戦とその後の混乱に関わる。もちろん実生活上のそれは大きいが、それよりむしろ一歌人がこの時期に受けた歌作上の試練が深い関わりをもっていよう。いわゆる第二芸術論の批判は俳句と共に短歌に対しても向けられる。臼井吉見は、短歌形式は認識の形式に他ならず、この表現をとる者は必然的に自己を短歌的に形成せざるをえないこと、そして短歌形式は、時代の歴史的な状況を批判的に表現するには、貧困で狭隘であって、宣戦も降伏も同質の感動として表されると断ずる。終戦後まもない時期という特殊性は考慮しなければならないが、批判自体の質は、そう不当なものでない。古典和歌とは一線を画するとは言え、近代短歌が個人の私的な状況の中での感慨というような域でのみ表現をもってしまっていたことは、戦争に対する態度といった問題の外で、やはり批判されて然るべきありかたであったと言えようか。戦争に対する態度ということでは、短句形式の文芸のみが格別の批判を受ける謂われはない。ただ、特に短歌の場合、伝統的なあり方から利用されやすかったことは否めない。それが表現形式の脆弱さに由来するかどうか、その本質上必然のことであったかどうか、批判はそこに課題をもつ。同時代の歌人たちがどのように対したか、今この論の目的がそこにあるのではないが、概言すれば、消極的な対応に終始して、反論は少なかった。土屋文明の場合は、どうであったか。「生活即短歌」という標語は、そのあり方をよく示している。『新編短歌入門』(創元社、昭27)に収録された一九四七年の講演で次のように述べている。

人間の生活に密接しておる文学としての短歌というものはほろびないばかりではない……。短歌のわれわれに歴史的にも教えること、また現在でもそうあることは、それが生活の文学であり、生活即短歌である。……生活そのものであるというのが短歌の特色であり、われわれの目ざしている道であるように私は感じます。

「現実の生活というものを声に現さずにおれない少数者がお互いに取り交わす叫びの声」こそがあるべき短歌であり、それを「現実主義(realism)」として規定している。文明のよき理解者杉浦明平が、戦時中の『韮菁集《かいせいしゅう》』を評して、「勁健な腕によって描かれた強烈壮大な風物」の中に、文明にとって本質的な「リリシズムにあふれたやさしい歌」がまじり、そして中国の風土がしみじみとした生活の中に溶け込んできていると述べている(『韮菁集』の世界」

『戦後短歌論』私家版、ペリカン書房、昭26）ような詠歌の境地の延長を考えてよいだろう。そして、例えば憶良を詠む二つの作品の微妙な差ということが、『私注』とそれ以前を分けている理解に重なるようにも思える。

古《いにし》へにこの汴《べん》をすぎ長安《ちょうあん》に往《ゆ》き来《き》し憶良《おくら》いかに行きけむ（『韮菁集』山西河南、昭和十九年）

六十《ろくじふ》の憶良この国の守《かみ》として足痛む日は浴《ゆあ》む知れりきや（『自流泉』伯耆三朝、昭和二十六年）

こうした立場からは、憶良の歌への親近性が思われよう。しかし、『私注』は憶良よりもむしろ旅人の歌を高く見ている。巻五の巻頭歌、

世の中は　空しきものと　知る時し　いよよますます　悲しかりけり（5・七九三）

について、

世の中が空なることを知り、生死も無常も悲しむべきものでないと知る時に、実際の吾が感情は、仏教の理にかかはらず、一層深く悲しくあつたと解釈すべきであらう。

と作意を説く時、見られているのは、右の意でのリアリズムであろう。歌における思想と言うべき質はこうしたことを指しているのであって、思想的な、例えば仏教の教理の内容を詠むことを言うとは限らない。その思想がいかに生きられたかということが問われよう。旅人における知の悲しみということが、後述のように感傷へと傾向することに限界はあるにしても。

2　万葉集と思想

およそ万葉集で思想ということが問題とされるのは、旅人、憶良に始まるのであって、例えば柿本人麻呂の思想という標榜はあっても、時代の歴史的精神の体現が、「天皇即神」といったこととして表現の営みに紡ぎ出されている（神野志隆光『柿本人麻呂研究』塙書房、平4）といった、時代の状況に直接したことであったり、死生観であったりし

て、人麻呂の生活ないしは自己の人間存在としての内省といったことが問われることはない。もとより他の歌人達の思想が旅人、憶良以前に問われることはない。ちなみに、本セミナーで「……の思想」の論題があるのはここだけである。そこには、第二期までの歌人の個としての限界ということも言えようけれども、歌の表現自体が、対していることの質が関わっているように思われる。同時代の歌においても、例えば、

山部宿禰《やまべのすくね》赤人《あかひと》が故《すぎにし》太政大臣藤原家の山池《しま》を詠む歌一首

古の　古き堤は　年深み　池のなぎさに　水草《みくさ》生ひにけり（3・三七八）

に見られる内容には、時間と歴史ということについての省察の深さはあるが、自己ということへの反省は薄い。これは赤人が、亡き藤原不比等の旧邸の園地を詠む作、故不比等の往時にそこに共に在り、園地に遊んだ記憶は、作者を今も満たしている。それと同時に、しかし主は今は亡く、池も荒れようとしている。回想しつつそこに降り積んだ時間を計るようにして作者は立っている。「年深み」は、漢語「年深」の翻訳語（『古典全集』）で、次の例に学んだものであろう。「地古烟塵暗、年深館宇稀」（初唐駱賓王《らくひんおう》「夕次二旧呉一」）。その関連を、清水克彦「いにしへの古き堤は年深み」（『万葉雑記帳』桜楓社、昭62）は、対句の全体に亙ることとして説く。但し、詩の場合、これは「年久」が平仄《ひょうそく》の構成であるのに対して平平の構成として同じ意味に用いるが、赤人歌の場合、単にそれによっただけでなく、池の縁語（『総釈』）として、特に深さを意味している。つまり一年を単位として重層する時間を、水底に沈んで堆積することのように言っている。後のこの表現の用法が翻訳語であることに尽きるのと異なることになる。そこに経てきた時間への自覚は明確で、かつて不比等の生きた時間は回想として堆積する。しかし、それを回想しつつ生きてきた自己という視点はここにない。自己はここで透明で、その歴史の中にあることへの感慨はあっても、矛盾はなく、調和的でしかない。

その歴史との調和は宮廷歌人の、表現上の特質であった。天皇を讃美し、それが、前代の呪的王の権能を曳いて生

成する世界を称えること、例えば赤人は天皇による世界の現在をこそ称える知的なことばと方法を以て、卓抜な宮廷歌人であった。右の例は宮廷儀礼歌ではないが、表現の質は変わらない。堆積する時間の前に佇む自己に時代の或る不安を窺うことは出来るが、それを対象化し、詠むことはなかった。

自己は、それ以前、行動や感情の主体として、或いは他者のそれの対象として詠まれることはあっても、それ自身の思惟の中で対象とされることはなかった。わずかに、

近江《あふみ》の海　沖漕ぐ舟の　いかり下ろし　しのびて君が　言待つ我ぞ（11・二四四〇、人麻呂歌集）

のように、自己の慨嘆の対象としてあることはあっても、反省的な意識を分析することは出来ない。歌の中で、自己は顧みられる以前に世界に在ることを承認せられてあるもの、行為と情意の現前そのことであった。そして在ることによって世界を捉え、それと交渉するというあり方は、かえって次のように自己をもった。

高麗錦《こまにしき》　紐解き放《さ》けて　寝《ぬ》るが上《へ》に　あどせろとかも　あやにかなしき（14・三四六五、東歌、未勘国相聞）

成就があって、自足もあるのに、いとおしさが果てるどころか、次から次からこみ上げてくる。まるで女がもっとと求めているように、男は困惑し、惑乱する。そのことを抑制する節度といったこととおよそ無縁に男の自己はある。知が或る意味で人を汚す毒をはらむことにさらされることのない、ありのままの自己、そうしたことが万葉の歌のあり方、魅力でもあろう。それ自身を対象としないということでは、赤人達の自己はその延長にある。

筑紫下向以前の旅人に儀礼歌の見られることは、その点で興味深い。「暮春の月、吉野の離宮《とつみや》に幸《いでま》せる時に、中納言大伴卿、勅を奉りて作る歌一首　并せて短歌」という題詞には注が付せられていて、「未だ奏上に至らぬ歌」とある。「暮春の月」即ち三月の吉野行幸は、神亀元年（七二四）三月の聖武天皇即位直後の行幸と目されている。長歌は、短く、

み吉野の　吉野の宮は　山からし　貴くあらし　川からし　さやけくあらし　天地《あめつち》と　長く久しく　万代に　変

はらずあらむ　行幸《いでまし》の宮（3・三一五）

と吉野離宮を称える。この作に中国詩文の語句が翻訳を介して、殆ど引用という形で存することは、「水」「長久」「不改」について、清水克彦「旅人の宮廷儀礼歌」（『万葉』37、昭35・10）を先鞭として、更に詳細に指摘されている（小島憲之『上代日本文学と中国文学　中』塙書房、昭39）。そこには旅人の知のあり方が端的な形で現れていて、この作は、吉野を称える、懐風藻所載の詩と共通する意識のもとに詠まれたことを示している。しかし、その詩との結びつきこそが、「未だ奏上に至らぬ歌」たらしめた一つの要因ではなかろうか。既に清水論文が示唆するように、この形は朗唱という口頭性からは意味と価値を了解させることはできない。伝統的な儀礼歌との差は歴然としている。ことは詩文の知識に限らない。この歌に最も欠けるのは、天皇の具体的な行為が四囲を価値づけているという、宮廷儀礼歌なら伝統的にもった文体であろう。前年、養老七年（七二三）五月の元正天皇吉野行幸時の笠金村《かさのかなむら》の作にもあった、「……万代に　かくし知らさむ……うべし神代ゆ　定めけらしも」（6・九〇七）といった歌詞を連ねて朗々と歌いあげるといった、儀礼歌らしい現実性はなく、吉野の価値はそれ自体の神秘性（山からし貴くあらし、川からしさやけくあらし）に置き換えられていると言ってもよい。山と水が、『論語』（雍也篇）の「知者楽レ水、仁者楽レ山」を踏まえるからには、知者、仁者は聖武天皇を暗示するという指摘（西宮一民『全注　三』）をありうるとして従うにしても、儀礼的な場では疎い反応しかない。わずかに「行幸の宮」の結句は天皇に直接して、讃歌の要件は果たされはするが、行幸を吉野の神秘性の成因と言うのではない。詩文の知識とそれを伝統的な讃歌に生かす方法とが相容れないことは自明であっただろう。ことは単に翻訳語を用いるという域を越えている。儀礼の場を離れてこそ意味ある宮廷儀礼歌という背理を負うことに、もとより作者は自覚的であって、「未逕奏上」とは、その形式の謂いに他ならない。

　少し蛇足を記せば、このような儀礼歌で、「勅を奉りて作る」と記載されるのは異例で、「神亀二年乙丑夏五月、幸二于芳野離宮一時、笠朝臣金村作歌一首　并短歌」或いは「（天平）八年丙子夏六月、幸二于芳野離宮一之時、山辺宿禰赤人

応レ　詔作歌一首 并短歌」のように記されるのが一般であろう。ここと類似する記載は、他に巻十七に一例を見るのみである。

天平十八年正月白雪多零積レ地数寸也……於レ是降レ詔……而則賜二酒肆宴一、勅曰汝諸王卿等聊賦二此雪一各奏二其歌一
（17・三九二二～二九二六、題詞）

この場合、属する歌の各々に「左大臣橘宿禰応詔歌一首」（三九二二）のように題詞が付されている。「詔」と「勅」との差はそう窮屈なものでなく、歌の題詞にまで細かい差を求めることは出来ないが、一つの習慣として、「勅曰……各奏其歌」とあっても、それぞれの歌が「応詔」とあることは、注意されてよい。つまり、発表された歌は「応詔」と記載するのであろう。とすると、「勅を奉りて作る歌」という記載は、「未逕奉上」という注と実は相関的であって、作歌事情はその相関を解かねばならない。「未遷奏上」の二字目は、諸本字体が明確でないが、『注釈』が、西本願寺本に依るとして、「逕」とし、『洪武正韻』を引いて、「至也過也」と解する。しかし、明代の『洪武正韻』は、万葉集の訓詁では拠らない方がよい。版本に見られる「迳」字は、「遷《ジツ》」の変化した字形であろう。『篆隷万象名義』に「遷　如質反、近也、伝也、至也」とみえるのに拠るのがよい。既に『新編全集』が「遷」とあるべきところとしている。『新撰字鏡』の字形を参照するとよい。訓みは「未だ奏上に至らぬ歌」であって、変わらないが、訓詁としてはより確かとなる。なお、四六一歌左注等、同様の本文の問題のある例については未考。勅によって作った歌だがまだ帝のお目に掛けていない歌、ということの背後に、奏上しえなかった事情を忖度《そんたく》することが行われてきた（伊藤博「未逕奏上歌」『万葉集の歌人と作品 下』塙書房、昭50）が、未奏に終わったことを嘆くというような理解がふさわしいかどうか疑問である。むしろ儀礼歌らしからぬその文体の質が自覚されていたと考える。……さよう、私ならこんな風に詠みますかなといった動機を想定したい。

ここにあるのは、宮廷儀礼歌たらんとしてなしえなかった落胆ではない。むしろ宮廷儀礼歌という制約から立場と

して自由に、しかしその機会に作歌することを想定してみた、一つの試みであろう。反歌、

昔見し　象《きさ》の小川を　今見れば　いよよさやけく　なりにけるかも（3・三一六）

が、全く個人的な回想であって讃歌としての質から遠いのもそれと関わる。「昔見し象の小川」は持統天皇に供奉して吉野を訪れた経験をいうとされている。その吉野が、新帝聖武の治世になって、一層さやけくなると歌う。「さやけし」は、「さゆ（冴ユ）」と同源で、ものの純一性が更にそれ自身へと純粋化されることをいう。ここに天皇讃歌の質を見ることは容易だが、少し注意すると、このように詠み手の感覚と判断が価値を規定することは、一連の吉野讃歌の中で特異であることに気づく。鳥のにぎほひ、水の清らなるたぎち、そうしたことの現前こそが吉野の永遠性の証として天皇の許にあると歌うこと、それが吉野讃歌の反歌に必要な要件であった。三一六歌は、作者の全く個人的な体験と感覚に基づく、神境吉野の価値判断として自立した意味に取られてよく、従って宮廷儀礼の歌としては異例のものであろう。

自由さはまずは旅人自身の地位（正三位中納言）と宮廷儀礼歌の担い手達の地位の差として導かれてよいであろう。奏上することのない試みの歌に義務や制約はなくてよい。しかし、その自由を表現したのは、むしろこの長歌に示されるような中国詩文の知識でこそあったはずである。単に訓字を選ぶことに尽きない、詩文の内容への理解の深さがあった。知はここで祝福として現れる。

3　悲哀と苦悩

新しい季節の扉を開いたのは、死であった。神亀五年の、推定されるところ（井村哲夫『全注　五』）では四月十日、既に大宰府に帥としてあった旅人は、同行した妻大伴郎女を亡くし、また同じ時期、都からも近親者、恐らくは弟宿《すく》奈麻呂《なまろ》の訃報がもたらされたようである。巻五巻頭の「大宰帥大伴卿、凶問に報ふる歌」は、そうした死に接した旅

人の心境を表す。

世の中は　空しきものと　知る時し　いよよますます　悲しかりけり

この歌は仏典の字句「世間空」を踏まえ（『新編全集』）、またそれは字句の引用に止まらず、仏教の知識としての「空」という世界観に基づくものという。但し、その知識をそれとして現実の中で納得するというのではない。芳賀紀雄「終焉の志—旅人の望郷歌—」（京都女子大学『女子大国文』78、昭50・12）が説くように、仏教語としての「空」に即するよりは、或る不在である。ムナシとは「膂《ソ》宍《シシノ》空国《ムナクニ》」（神代紀下）が不毛の表現であるように、確かなもののないありさまである。「世間空」を踏まえたにしても、ムナシという倭語に置き換えれば、直ちに倭語としての意味に於いて表象される。「世間」とヨノナカの場合との差がそこにある。ヨノナカという倭語は「世間」という仏典語を抜きにしては成立しなかった語である。いわゆる翻訳語であるが、しかし、だからといって、ヨノナカが全き仏典語だというわけではない。梵語loka（壊れるべきもの）と同じ意味に働くよりは、「我が率寝し妹は忘れじよのことごとに」（記歌謡8）のヨ、生きてある時間に属する諸事象といった意味として了解される。従って、二句の意味としては、壊れるべきものは空なる、即ち所以を他にもって、そこに実体をおかないものであるという観念的な意味をあらわすよりは、生きてある時間と空間が確かなものをもたない、がらんとした不在であると認識することであろう。それでこそ「いよよますます悲しかりけり」となる。前掲芳賀論文が示すように、この「悲し」は、序にある「永《ひたぶる》に崩心《ほうしん》の悲しびを懐《むだ》き、独《もはら》断腸《だんちやう》の泣《なみだ》を流す」とある「崩心の悲しび」と対比される「悲し」である。つまり、幾つもの死に接し、悲しみの中にある時、「世の中は空しきもの」という認識をもった、そのことが一層の悲しみにさそうのである。カナシとは、「ももしきの　大宮所　見れば悲しも」（1・二九）とあるような、対象を包摂する悲哀の情感の表明である。人麻呂の情感は対象としての景を包摂する。しかし、この旅人歌で包摂されるものは確かでない。ここで蔽われるのは、対象であるよりむしろ自己の情感自体であろう。カナシという情感が自己を蔽ってしまって、自己へと反省的な態度は見失われようとする、即ち感傷ということがそれとして現れている。

山上憶良がこの旅人歌に触発されて「日本挽歌」を構想したことは、現在通説と言えよう。旅人歌の場合、序となる部分が書簡体の体裁をもつことは、その用語から知られる。そのスタイルに対する文芸的な意図は、ここにあまり顕著でない。むしろ書簡に歌を添えるような習慣を想定してみたいところである。仮に、巻五の編纂形式と配列以外の形式にこの歌を置いてみれば、序という位置づけは明確でない。序たらしめているのは、これを劈頭《へきとう》に置いて、序をもつ歌を並べる、編纂形式であると言ってもよい。広く書簡を含む漢文の序をもつことで、歌が獲得したのは、既存の宮廷儀礼的な枠から自由になることであり、そこになかった自己を自己として対象化し、反省的に歌作することであった。大宰府という、大陸を間近に臨む地理的条件とそしてそれ以上に、中国的な文雅を高度に享受し、また表現しうる能力を具えた官人たちがそこを中心に集まっていること、筑紫歌壇（小島憲之前掲書）と称される傾向はそのもとに成立した。その象徴的な核は旅人であり、そして山上憶良が実質的に主宰する。

筑前守以前の憶良の歌作は、行幸や七夕の宴、遣唐使帰国の宴という公的な場での数首が残るに過ぎず、もちろん漢文もない。類聚歌林の撰はこの時期であろうが、その意図も実態も定説を見ない。その中で、「老いにたる身に病を重ね、年を経て辛苦《たしな》み、また児等を思ふ歌七首」のうちの反歌第六（5・九〇三）が、「去《い》にし神亀二年に作る。ただし、類《るい》を以《もち》ての故に、更に茲《ここ》に載せたり」と自注されることから、筑前守赴任の一年前の歌であることは、興味深い。

倭文《しつ》たまき　数にもあらぬ　身にはあれど　千年にもがと　思ほゆるかも

「数にもあらぬ身」が、ここで他者に対した時の卑下でないことに注意したい。つまり、例えば誰かの賀寿の宴で、こんな私でもあやかりたいというような挨拶の意味合いで詠まれた歌ではなかろう。結句「思ほゆるかも」は独詠的で、一首は、長寿を願うことは取るに足りぬこの身ではおこがましいが、それでも生きるもののならい、命の無限をと思われることだということであろう。「沈痾自哀文」から当該長反歌と続く流れの中で見ると、この認識には該博な知識が背後にあることになるが、天平五年の時点ではなく、神亀二年、つまりそれより八年前の認識に同様な裏付けを、現実的なこととして想定すること、例えばこの一首自体が寿命について論ずる漢文の序を伴った形で作られたとするのは無理であろうから、一度は独立した一首として考える必要があろう。もとより筑前下向以前の憶良にも右の該博な知識自体はあっただろうけれども、それが歌と直接に結ばれることは未だなかったであろう。神亀二年が、憶良が筑前に向かう一年前と目されることから、六十七歳で、また宿痾《しゅくあ》たる病（リューマチか）が既に始まっている身（「沈痾自哀文」による）であってみれば、この願いも無理からぬところであろう。「千年にもが」という願望の、反歌としての意味は、長歌における老衰と疾病の苦への嘆きと表裏した、その否定としてある（芳賀紀雄「山上憶良—老身重病経年辛苦及思児等歌—」『万葉』135、平2・3）。神亀二年の歌としても、同様の動機を考えてよいだろう。ニモガは直ちにそうなることを望む語法で、「千年にもが」といえば、永遠の生命が直ちに実現していることを望むのである。それは同時に老いや病からの即時の脱却を意味することになる。しかし、それを望むことに、「数にもあらぬ身」という自己規定の必然性はない。反歌としては、直前の「水沫《みなわ》なすもろき命」（九〇二）と対応した、それが「行く水の三名沫」（7・一二六九）としてはかなく漂泊する命の形容であるのに対して「散りひぢの数にもあらぬ」（15・三七二七）と同様、留まる確かな実質をもたぬ卑小さの形容である。二つは、「沈痾自哀文」にいう「長生を求」めて「名山に入りて」神仙の道を行う「道人方士」つまり神仙の道を得た者とほど遠い存在を言ってもいよう。しかしその条件から離れる時、この自己規定が何に由来するのか、定かでない。自己の存在の危うさがとりわけ身に感じられた年でもあったのか。恐らくは秘して他には示されなかった深いため息混じりの呟きが聞こえてくるように思われる。もとより渡唐経験から知られた教養の高さをもって東宮に伺候した一人であり、晴れやかな場での歌詠みとしても一目置かれていたであろう公の身からは発されることのない、自己憐憫に似た規定である。少し穿ったことを記せば、この年十一月十日、大納言正三位多治比《たじひ》真人《のまひと》池守《いけもり》に「霊寿杖并せて絁《あしぎぬ》・綿《わた》」を賜った（続紀）。父嶋《しま》同様「高年を優《めぐ》まれた（続紀文武四年正月、嶋七十七歳）のであろう。後年「好去好来の歌」（5・八九四〜八九六）を贈る多治比真人広成《ひろなり》の長兄にあたる人物だから憶良とも関係があったと見てよい。憶良の庇護者であった粟田真人《あわたのまひと》も嶋の子であるという（『公卿補任』）。褒賞自体は憶良の身分ではおよそ無縁のことである。しかし、父に続いて、約束されたように長寿者の待遇を受けるこの人物と己とが余りに対照的であると意識されることがあったのではないのか。筑前へと発つ直前に、自己の卑小さと命の不安が意識される機会ではあったろう。

　この不安と自己規定が憶良の晩年の基底にあるように思われる。生きてあることは「生は好き物なり、死は悪しき物なり」という「沈痾自哀文」に引用される一文にみえるように、憶良にあって絶対的に肯定されるべきことがらであった。しかし、生へのその態度はまた執着でもあろう。生死の別を超えるべしという当為は一方に、「四生《ししやう》の起滅《きめつ》するは、夢の皆空《むな》しきが方《ごと》く、三界の漂流《へうる》するは、環《たまき》の息まぬが喩《ごと》し」（無題悼亡詩序）というような認識に立つことを要請してもいた。生のただ中にあって生きることと、生を超えること、この矛盾した二つの命題の中で、留みがたきこの世に留まって、生きる苦悩を負いつつ生きてあらねばならない。

　何が人をそうさせるのか。愛ということ、とりわけ子への愛ということを憶良は考えていた。憶良の歌として最も広く知られる「子等を思ふ歌」（5・八〇二）に言う「いづくより来りしものそ、まなかひにもとなかかりて安眠しなさぬ」ものとして、子はある。「いづくより来りしものそ」という問いは、幾つかの出典が示されているように仏典に拠る（芳賀紀雄「憶良—死と愛—」『国文学』19—6、昭49・5。井村哲夫『全注　五』）。私は私がどこから来てどこに行くのか知らない、そして子がどこから来てどこに行くのか知らない、それなのにどうしてそれへの愛に縛られるのか。所詮これは妄執であると断じてみても、生活の日常に子を思わぬことはなく、目をつむれば面影が浮かんで眠れない、いっそこれを何にも勝る宝（反歌八〇三）と思って生きよう。煩悩を脱却することのできない身は、いっそその煩悩の最たることとしての子への愛をむしろ選択して、その煩悩のただ中にあろうとする。この歌の序は、釈迦とその子羅睺羅《らごら》について述べている。解釈の難しい箇所であるが、要は、「至極《しごく》の大聖すらに、なほし子を愛したまふ心あり。況《いはむ》や、世間《よのなか》の蒼生《あをひとくさ》誰《たれ》か子を愛せざらめや」ということにあろう。子への愛縛を離れよという釈迦の教えの前提に、かえって子への深い愛を読み取って、世間の蒼生たる者はいっそその中に生きるのだというのであろう。井村哲夫『全注　五』及び「山上憶良―万葉史上の位置を定める試み―」（『万葉集　Ⅱ』和歌文学講座3、勉誠社、平5）の説くところが文章としても明快である。

神亀二年の歌を反歌の最後に置いて作った「老いにたる身に病《やまひ》を重《かさ》ね、年を経て辛苦《たしな》み、また児等《こら》を思ふ歌七首」は、自己の来し方を回顧しつつ、生のあり方、生きる態度といったことが旧作に始まって展開し、またそこに回帰するといった構成を思わせる。この歌の自注「ただし、類を以ちての故に、更に茲に載せたり」は、伊藤博「憶良歌巻から万葉集巻五へ」（『万葉集の構造と成立　上』塙書房、昭49）が展開するように、憶良にあってまとめられた歌巻の体裁がこの歌を重載するものであったことから付されたと推定される。旧作はここに位置することで、言わば詠み直されるのである。「千年にもが」という、老いと病いからの性急な救済の願いは変わることなく、そして重ねた年月とその中で思惟してきた苦悩のほどに深い。

4　思想と歌

憶良の思惟の内容は、歌よりもむしろ文章によって明らかとなる。彼の知はそこに示される教養の深さに基づいている。生ということが、老いと病によってあらかじめ死を告げられつつ営まれることへの不安や恐れが表明される。しかしそこに煩悩としてある子への愛ということが生の中に留まらせる理由であり、そして、その苦悩を負った生は、また社会の実相からも目を離さない。それぞれの歌はそうした認識に沿って詠まれていて、方法も知的であって、また古来の歌にも精通した人であったことは明らかである。この思惟の表明とでもいうような歌は、要するに述志に属するのだが、しかしどこか人を疲れさせる。別の言い方をすれば、思惟する知が歌の情調の中に調和的に存在しないように思われる。

士《をのこ》やも　空しくあるべき　万代に　語り継ぐべき　名は立てずして（6・九七八）

という実質的な辞世の歌に嘆く、立てえなかった名とは文章道的なことであろうし、また歌のそれでもあっただろう。「士やも空しくあるべき」という悔恨とその前提たる執念には、生涯離れることのなかったえたいの知れない不満や反発が潜む（『釈注』）。「倭文たまき数にもあらぬ身」という自己規定にも通う暗い心の闇をふと覗いて、しかしそれが歌われるのでないということに人は疲れるのであろう。

旅人の歌が自己の感傷に沿った内容であったことは、憶良と対照的であろう。都への望郷にしろ亡くなった妻への悼心にしろ、歌の調べと調和的にある。その感傷と讃酒歌に見られる隠逸風の韜晦《とうかい》は、憶良と比すならば、思想というほどのことではない。しかし、歌が他ならぬ自己の実現としてある、そのことの歴史的なあり方は、そこにより自然に成立しているように思われる。知の悲しみがそこにはある。

翻って土屋文明が旅人の歌の方を高く見たのも、その差の一つの帰結であっただろう。

（内田賢徳・京都大学教授）

旅人関係文献目録

一、一九六五年以降、一九九八年までの大伴旅人研究に関する主要な文献を収録した。

一、記載順は、著者名、論文名、掲載誌名（書名）、発行所、巻・号、発行年月である。なお、同一論文が雑誌と個人論文集の類に重ねて発表された場合、雑誌の後に単行本等の収録を記した。

一、旅人と憶良の双方にわたるもの、また巻五全体に関わるものについては論文名の末尾に＊印を付して載せた。

一、目録作成に当たって、『国文学年鑑』（至文堂）、「上代文学研究年報」（『論集上代文学』笠間書院）を参考にした。なお、昭和五十七年以前の論文については、特に井村哲大『全注 五』巻五・憶良・旅人研究文献目録（有斐閣）を参照されたい。

【単行本】

《旅人》

金子　武雄『万葉・大伴旅人 憂愁の老歌人』公論社 82・5

菅野　雅雄『大伴氏の伝承 旅人・家持への系譜』桜楓社 88・10

米内　幹夫『大伴旅人論』翰林書房 93・4

木本　好信『大伴旅人・家持とその時代 大伴氏凋落の政治史的考察』桜楓社 93・2

平山　城児『大伴旅人逍遥』笠間書院 94・6

大久保広行『筑紫文学圏論 大伴旅人　筑紫文学圏』笠間書院 98・2

中西進(編)『大伴旅人 人と作品』おうふう 98・10

《旅人・憶良》

高木市之助『大伴旅人・山上憶良』筑摩書房 72・6

林田　正男『万葉集筑紫歌群の研究』桜楓社 82・5

林田　正男『万葉集筑紫歌の論』桜楓社 83・1

村山　出『憂愁と苦悩 大伴旅人・山上憶良』新典社 83・11

林田正男(編)『筑紫万葉の世界』雄山閣 94・2

【論文】

藤原　芳男　大宰帥大伴卿傔従等の羇旅の歌　万葉　五五　65・4

→『万葉作品考』（和泉書院　84・3）

大浜巌比古　老いと孤独と夢と（旅人覚書その二）　山辺道　一一　65・5

→『新万葉考』（大地　79・4）

原田　貞義　梅花歌三十二首の成立事情＊　万葉　五七　65・10

大浜巌比古　巻五について考へる―旅人か、憶良か―＊　『沢瀉博士喜寿記念　万葉学論叢』　66・7
　→『新万葉考』

吉永　登　防人の廃止と大伴家の人人　『沢瀉博士喜寿記念　万葉学論叢』（沢瀉博士喜寿記念論文集刊行会）　66・7
　→『万葉―文学と歴史のあいだ』（創元社　67・2）

益田　勝実　鄙に放たれた貴族　日本文学誌要　一六　66・11
　→「鄙に放たれた貴族」（大伴旅人―梅花の宴前後―＊　国文学　三―一　58・1も所収）『火山列島の思想』（筑摩書房　68・7）

原田　貞義　「遊於松浦河歌」から「領巾麾嶺歌」まで―その作者と制作事情をめぐって―＊　北大古代文学会報　三　67・11
　→『日本文学研究資料叢書　万葉集Ⅰ』（有精堂　69・11）

吉永　登　梅花の歌三十二首に見える「我」について＊　万葉　六六　68・2
　→『万葉―通説を疑う』（創元社　69・7）

稲岡　耕二　万葉集巻五の編纂に就いて＊　上代文学　二二　68・4
　→『万葉表記論』（塙書房　76・11）

稲岡　耕二　大伴旅人・山上憶良＊　『講座日本文学2　上代編Ⅱ』（三省堂）　68・11

松田　好夫　大伴旅人　『和歌文学講座　第五巻　万葉の歌人』（桜楓社）　69・5

稲岡　耕二　旅人と憶良＊　国文学　一四―九　69・7

伊藤　博　歌壇・上代＊　『和歌文学講座　第三巻　歌壇・歌合・連歌』（桜楓社）　69・9
　→「古代の歌壇」『万葉集の表現と方法　上』（塙書房　75・11）

五味　智英　讃酒歌のなりたち　国語と国文学　四六―一〇　69・10
　→『万葉集の作家と作品』（岩波書店　82・11）

中西　進　天平の狂＊　国文学　一五―一一　70・8
　→「大伴旅人と山上憶良」『万葉の詩と詩人』（弥生書房　72・11）

小島　憲之　大伴淡等謹状　万葉　七四　70・10
林田　正男　小野老小考―咲く花の歌をめぐって―　国語と国文学　四七―一一　70・11
　↓『万葉集筑紫歌群の研究』（桜楓社　82・5）
伊藤　博　未逕奏上歌―旅人論序説―　国語国文　三九―一二　70・12
　↓『万葉集の歌人と作品　下』（塙書房　75・7）
青木　生子　亡妻挽歌の系譜―その創作的虚構性―＊　言語と文芸　七四　71・1
　↓『万葉挽歌論』（塙書房　84・3）、『青木生子著作集　第四巻』（おうふう　98・4）
伊藤　博　憶良歌巻から万葉集巻五へ＊　万葉　七六　71・6
　↓『万葉集の構造と成立　上』（塙書房　74・9）
林田　正男　旅人と満誓―巻三を中心に―　国語と国文学　四八―九　71・9
　↓『万葉集筑紫歌群の研究』
川口　常孝　萩祭―旅人追想―　『万葉作家の世界』（桜楓社）　71・10
伊藤　博　園梅の賦＊　日本文学　二〇―一一　71・11
　↓『万葉集の歌人と作品　下』
木下　正俊　蓬客と松浦佐用姫―「返」の仮名から―＊　『古典全集　2』（補論）（小学館）　72・5
伊藤　博　旅人文学の帰結―亡妻挽歌の論―　専修国文　一二　72・7
　↓「旅人の亡妻挽歌」『万葉集の歌人と作品　下』
林田　正男　大宰府の歌人たち＊　『万葉集講座　第六巻　作家と作品』（有精堂）　72・12
　↓『万葉集筑紫歌の論』（桜楓社　83・1）
平山　城児　大伴旅人　『万葉集講座　第六巻　作家と作品』（有精堂）　72・12
　↓『大伴旅人逍遥』（笠間書院　94・6）
久米　常民　旅人と憶良＊　『万葉集　時代と作品』（桜楓社）　73・2
大久保広行　梅花の宴歌群考＊　都留文科大学研究紀要　九　73・6

→『筑紫文学圏論 大伴旅人 筑紫文学圏』(笠間書院 98・2)

林田 正男 万葉集巻五私論—雑歌の意味—＊ 国語と国文学 五〇—六 73・6
→『万葉集筑紫歌群の研究』

清水 克彦 讃酒歌の構造と性格 文学 四一—八 73・8
→『万葉論集 第二』(桜楓社 80・5)

伊藤 博 家と旅＊ リポート笠間 八 73・9
→『万葉集の表現と方法 下』(塙書房 76・10)

林 勉 万葉集各巻の組織と性質Ⅱ(巻五—巻八)＊ 『万葉集講座 第一巻 成立と影響』(有精堂) 73・11

林田 正男 万葉集筑紫歌群素描—年次未詳歌と作者未詳歌の蒐集過程について—＊ 国語と国文学 五〇—一二 73・12
→『万葉集筑紫歌群の研究』

吉永 登 大宰帥大伴卿の贈答歌 東西学術研究所紀要(関西大学) 三 74・3
→『万葉—その探求』(現代創造社 81・4)

土田 知雄 大伴旅人・京人贈答歌私考 語学文学 一二 74・3

辰巳 正明 賢良—大伴旅人論— 上代文学 三四 74・4
→『万葉集と中国文学』(笠間書院 87・2)

木下 正俊 旅人—自然と孤独 国文学 一九—六 74・5

稲岡 耕二 万葉集巻五論序説—用字の係属決定と其の論理的条件—＊ 成蹊国文 八 74・12
→『万葉表記論』

林田 正男 大伴卿の傔従等の歌十首 日本文学 二四—二 75・2
→『万葉集筑紫歌群の研究』

佐藤美知子 「万葉集」巻五の論—旅人の妻の死をめぐって— 国語国文 四四—五 75・5

佐藤美知子 万葉集巻五の冒頭部について—旅人・憶良の歌文—＊ 大谷女子大国文 五 75・5

梅原 猛 さまよえる歌集・憶良と旅人（一）～（三）＊ すばる 二〇～二二 75・6、9、12
→『梅原猛著作集 第十二巻』（集英社 82・5）
渡瀬 昌忠 香椎廟宮―志賀白水郎と旅人・憶良―＊ 国文学（関西大学） 五二 75・9
→『山上憶良 志賀白水郎歌群論』（翰林書房 94・5）
高野 正美 大伴旅人 『万葉集事典』（有精堂） 75・10
芳賀 紀雄 終焉の志―旅人の望郷歌― 女子大国文 七八 75・12
稲岡 耕二 旅人と憶良＊ 『上代の文学』（有斐閣） 76・3
粂川 光樹 試論・旅人の時間 『論集上代文学 第六冊』（笠間書院） 76・3
林田 正男 旅人の帰京行程―宮本氏説に関連して― 万葉 九一 76・3
→『万葉集筑紫歌群の研究』
稲岡 耕二 巻五の論＊ 『万葉表記論』（塙書房） 76・11
原田 貞義 大伴宿禰旅人歌稿―万葉集の編纂資料としての筑紫歌群― 岩手大学教育学部年報三八 77・12
佐藤美知子 帥時代の旅人とその周辺 『論集日本文学・日本語1 上代』（角川書店） 78・3
古屋 彰 万葉集巻五の表記をめぐって＊ 国語と国文学 五五―三 78・3
→『万葉集の表記と文字』（和泉書院 98・1）
遠藤 宏 大伴旅人亡妻挽歌 『万葉集を学ぶ 第三集』（有斐閣） 78・3
村田 正博 大伴旅人讃酒歌十三首 『万葉集を学ぶ 第三集』（有斐閣） 78・3
川口 常孝 大伴旅人の吉野讃歌 『万葉集を学ぶ 第三集』（有斐閣） 78・3
後藤 和彦 梅花の歌三十二首の構成＊ 『万葉集を学ぶ 第四集』（有斐閣） 78・3
井村 哲夫 報凶問歌と日本挽歌＊ 『万葉集を学ぶ 第四集』（有斐閣） 78・3
→『赤ら小船 万葉作家作品論』（和泉書院 86・10）
蔵中 進 日本琴の歌 『万葉集を学ぶ 第四集』（有斐閣） 78・3
稲岡 耕二 松浦河に遊ぶ序と歌の形成 『万葉集を学ぶ 第四集』（有斐閣） 78・3

粂川　光樹　大伴旅人と長屋王　国文学　二三—五　78・4
土橋　　寛　大伴旅人　『万葉開眼 下』（日本放送出版協会）　78・5
小島　憲之　万葉語をめぐって　万葉　九八　78・9
金井　清一　旅人・憶良の時代＊　別冊国文学　三　79・5
神野志隆光　大伴旅人（万葉集研究史）　別冊国文学　三　79・5
東　　茂美　大き海の底へ　成城国文　三　79・10
古沢未知男　漢籍漢文学より見た旅人と憶良＊　尚絅大学研究紀要　三　80・2
稲岡　耕二　第三期（憶良・旅人の時代）＊　『鑑賞日本の古典2 万葉集』（尚学図書）　80・4
吉井　　巌　大伴旅人の名をめぐって　『犬養孝博士古稀記念論集 万葉・その後』（塙書房）　80・5
　→『万葉集への視角』（和泉書院　90・10）
原田　貞義　旅人と房前—倭琴献呈の意趣とその史的背景—　『万葉とその伝統』（桜楓社）　80・6
東　　茂美　讃酒歌と連珠　国語と国文学　五七—一二　80・12
辰巳　正明　酒を讃める歌—旅人と陶淵明—　日本文学研究（大東文化大学）　二〇　81・1
　→『万葉集と中国文学』
村瀬　憲夫　万葉集巻十七冒頭部歌群攷　上代文学　四六　81・4
平山　城児　梧桐日本琴をめぐって　上代文学　四六　81・4
　→『大伴旅人逍遥』
植垣　節也　梅花の歌三十二首考＊　兵庫教育大学研究紀要　一　81・8
　→『古典解釈論考』（和泉書院　84・6）
鈴木日出男　家郷としての奈良—旅人の思念—　国文学　二七—五　82・4
　→「大伴旅人の方法」『古代和歌史論』（東京大学出版会　90・10）
大星　光史　大伴旅人と老荘神仙思想　文学　五〇—四　82・4
　→『日本文学と老荘神仙思想の研究』（桜楓社　90・9）

東　茂美　讃酒歌―その〈表現〉基層―　『古代詩の表現』（武蔵野書院）　82・10
広岡　義隆　讃酒歌の構成について　三重大学教育学部研究紀要　三四―二　83・3
東　茂美　園梅の景―梅花宴歌と梅花落―＊　古代文学　二二　83・3
東　茂美　玉潭遊覧す―万葉集松浦仙媛歌について―＊　長崎県立国際経済大学論集　一七―一　83・8
露木　悟義　旅人から家持へ　『万葉集―抒情の流れ』（笠間書院）　83・9
伊丹　末雄　咲く花の薫ふがごとく―藤花の宴から讃酒歌へ―＊　美夫君志　二八　84・3
佐藤美知子　旅人帥時代の少弐たち―小野老の都讃歌を中心として―　『万葉集研究　第十二集』（塙書房）　84・4
辰巳　正明　落梅の篇―楽府「梅花落」と大宰府梅花の宴―＊　『古典の変容と新生』（明治書院）　84・11
→『万葉集と中国文学』
平山　城児　大伴旅人の足跡をたどる―帥老之宅・芦城駅家・鞆・敏馬など―　『万葉の歌びと』（笠間書院）　84・11
→『大伴旅人逍遥』
中西　進　文人歌の試み―大伴旅人における和歌―　文学　五二―一二　84・12
→『万葉と海彼』（角川書店　90・4）、『中西進　万葉論集　第三巻』（講談社　95・7）
大島　信生　君不座者心神毛奈思　万葉　一二一　85・3
増尾伸一郎　〈雲に飛ぶ薬〉考―日本古代における仙薬と本草書の受容をめぐって―　社会文化史学　二一　85・3
→『万葉歌人と中国思想』（吉川弘文館　97・4）
谷口　茂　旅人と憶良―〈一度生まれ型〉と〈二度生まれ型〉―上、下　明治学院論叢　三七五、三八一　85・3、10
→『外来思想と日本人―大伴旅人と山上憶良』（玉川大学出版部　95・5）
米内　幹夫　大伴旅人ノート―大宰府遷任以前の作品について―　学葉（金沢女子短期大学）　二七　85・12
→『大伴旅人論』（翰林書房　93・4）
藤原　芳男　梅花ノ歌と員外思二故郷一歌　国語と国文学　六二―一二　85・12
井村　哲夫　大宰帥大伴卿讃酒歌十三首　万葉　一二三　86・2
→『赤ら小船　万葉作家作品論』

大久保広行　梅花の歌と懐風藻＊　古代文学　二五　86・3
　→『筑紫文学圏論　大伴旅人　筑紫文学圏』
菅野雅雄　大伴旅人試論―神仙説へのかたむき　美夫君志　三二　86・4
　→『大伴氏の伝承　旅人・家持への系譜』（桜楓社　88・10）
加藤　清　大伴旅人「讃酒歌」の構成をめぐって　美夫君志　三二　86・4
梶川信行　日本琴の周辺―大伴旅人序説―　美夫君志　三二　86・4
神野志隆光　「松浦河に遊ぶ歌」追和三首の趣向＊　『万葉集研究　第十四集』（塙書房）　86・8
　→『柿本人麻呂研究』（塙書房　92・4）
近藤健史　大伴旅人の亡妻挽歌―「還入故郷即作歌三首」の構想をめぐって―　語文（日本大学）六六　86・12
辰巳正明　反俗と憂愁―大伴旅人―　『万葉歌人論』（明治書院）　87・3
　→『万葉集と中国文学　第二』（おうふう　93・5）
米内幹夫　大伴旅人ノート―「筑紫歌壇」の契機について―　学葉　二九　87・12
　→『大伴旅人論』
小野　寛　大伴旅人―亡妻追慕と望郷―　解釈と鑑賞　五二―一一　87・11
　→『万葉集歌人摘草』（若草書房　99・3）
原田貞義　それぞれの清客―梅花三十二首の成立事情再説―＊　『古典和歌論叢』（明治書院）　88・4
野田浩子　沫雪のほどろほどろに降りしけば―大伴旅人論ノート―　『太田善麿先生古稀記念　国語国文学論叢』（続群書類従完成会）　88・10
　→『万葉集の叙景と自然』（新典社　95・7）
米内幹夫　大伴旅人ノート―その文学の底流をなすものについて―　学葉　三〇　88・12
　→『大伴旅人論』
寺島利尚　旅人歌の語彙・語法をめぐって―「遊於松浦河歌」とのかかわりについて―　文学論藻（東洋大学）六三　89・2
寺島利尚　梅花の歌群用字考＊　東洋大学大学院紀要　二五　89・2
木本好信　『万葉集』巻三・二九九～三〇二番歌について　国学院雑誌　九〇―八　89・8

尾崎　暢殃　大宰の帥大伴卿の歌一首―「常世にあれど」―　学苑　五九七　89・8
　→『万葉歌の発想』（明治書院　91・2）
中西　進　六朝詩と万葉集―梅花歌をめぐって―＊　『論集上代文学　第十七冊』（笠間書院）　89・8
　→『万葉と海彼』、『中西進　万葉論集　第三巻』
米内　幹夫　万葉集巻三雑歌部「帥大伴卿歌五首」試論　学葉　三一　89・12
　→『大伴旅人論』
胡　志昂　「大宰帥大伴卿讃酒歌十三首」考　芸文研究（慶応義塾　五六　90・1
　→『奈良万葉と中国文学』（笠間書院　97・12）　大学）
林田　正男　万葉集筑紫歌群の性格―その一面―＊　九州大谷研究紀要　一六　90・3
胡　志昂　「帥大伴卿歌五首」の趣向と作意　三田国文　一三　90・6
　→『奈良万葉と中国文学』
小野　寛　万葉集追和歌覚書―大宰の時の梅花に追和する新しき歌六首の論の続編として―＊　『論集上代文学　第十八冊』（笠間書院）　90・10
　→『万葉集歌人摘草』
坂本　信幸　萩の花咲きてありや―大納言大伴卿の薨ずる時の歌について―　『論集　古代の歌と説話』（和泉書院）　90・11
米内　幹夫　大伴旅人ノート―吉野讃歌をめぐって―　学葉　三二　90・12
　→『大伴旅人論』
加藤　静雄　一杯の濁れる酒　同朋大学論叢　六三　90・12
大久保広行　大伴旅人と筑紫　『万葉の風土と歌人』（雄山閣）　91・1
　→『筑紫文学圏論　大伴旅人　筑紫文学圏』
近藤　信義　大伴旅人と吉野　『万葉の風土と歌人』（雄山閣）　91・1
原田　貞義　象の小川のさやけさ―大伴旅人の吉野讃歌の世界―　『日本文芸思潮論』（桜楓社）　91・3
村田　正博　大伴旅人「亡妻挽歌」の形成　美夫君志　四二　91・3
鈴木　利一　橘の花散る里のほととぎす―『万葉集』巻八、一四七二・一四七三番歌をめぐって―　大谷女子大学紀要　二五―二　91・3

辰巳　正明　辺境の文学史—大伴旅人と漢詩文—　上代文学　六六　91・4
→『万葉集と中国文学　第二』
芳賀　紀雄　詩と歌の接点—大伴旅人の表記・表現をめぐって—　上代文学　六六　91・4
波戸岡　旭　「遊於松浦河」と『懐風藻』吉野詩—大伴旅人の文人的気質—　上代文学　六六　91・4
増尾伸一郎　〈君が手馴れの琴〉考—長屋王の変前後の文人貴族と嵆康—　史潮　新二九　91・6
→『万葉歌人と中国思想』
村山　出　大伴旅人の吉野讃歌　人文研究（小樽商科大学）八二　91・8
→「吉野讃歌—性格と意義—」『奈良前期万葉歌人の研究』（翰林書房　93・3）
加藤　清　旅人作歌の性格—七九三番歌を中心として—　美夫君志　四三　91・10
板垣　俊一　万葉集巻八・一四七二～三、大伴旅人と時鳥の歌—古代和歌のテキスト的性格—　日本文学　四〇—一一　91・11
原田　貞義　酒と子等と—大伴旅人の「讃酒歌十三首」をめぐって—　国語と国文学　六九—二　92・2
鈴木　利一　湯の原に鳴く葦鶴は—『万葉集』巻六、九六一番歌をめぐって—　大谷女子大国文　二二　92・3
堀　勝博　「沫雪のほどろほどろにふりしけば」—旅人冬日見雪憶京歌について—　大阪産業大学論集　七五　92・3
芳賀　紀雄　万葉集における花鳥の擬人化—詠物詩との関連をめぐって—＊　『記紀万葉論叢』（塙書房）　92・5
村山　出　「歌詞両首」—大伴旅人と京人の贈答—　人文研究　八四　92・8
→『奈良前期万葉歌人の研究』
山口　博　大伴旅人は員外大宰帥か　和歌史研究会会報　一〇〇　92・12
中川　幸広　老いの花—大伴旅人ノート（一）　桜文論叢（日本大学）　三六　93・2
胡　志昂　奈良朝文学における老荘神仙思想と大伴旅人　芸文研究　六二　93・2
→『奈良万葉と中国文学』
粂川　光樹　大伴旅人　『和歌文学講座　第三巻　万葉集Ⅱ』（勉誠社）　93・3
大谷　雅夫　「羨王魚」考—万葉集の漢語—　国語国文　六二—三　93・3
原田　貞義　旅人と憶良—その歌風の特色と形成の背景—＊　『万葉の世界』（高岡市万葉歴史館）　93・3

林田　正男　帥老派の文学―大伴旅人論―　九州大谷国文　二二　93・7
胡　　志昂　旅人・房前の倭琴贈答歌文と詠琴詩賦　上代文学　七一　93・11
　　→『奈良万葉と中国文学』
神野　富一　大宰帥大伴旅人の傔従等の歌　美夫君志　四七　93・11
大久保広行　筑紫文学圏の一方法―追和歌をめぐって―＊　美夫君志　四七　93・11
　　→『筑紫文学圏論　大伴旅人　筑紫文学圏』
平山　城児　讃酒歌の出典　『青木生子博士頌寿記念論集　上代文学の諸相』（塙書房）　93・12
村山　　出　大伴淡等謹状―旅人と房前の接点―　『青木生子博士頌寿記念論集　上代文学の諸相』（塙書房）　93・12
高松　寿夫　大伴旅人「吉野奏勅歌」の性格―〈翁〉の祝言―　古代研究　二六　94・1
大久保広行　追和歌二題＊　国文学論考　三〇　94・3
　　→『筑紫文学圏論　大伴旅人　筑紫文学圏』
市瀬　雅之　松浦佐用姫歌群の成立―物語の形成を一視点として―＊　中京国文学　一三　94・3
　　→『大伴家持論―文学と氏族伝統―』（おうふう　97・5）
鈴木　利一　隼人の瀬戸の巌も―『万葉集』巻六、九六〇番歌をめぐって―　大谷女子大国文　二四　94・3
池田三枝子　大伴淡等謹状―その政治性と文芸性―　上代文学　七二　94・4
針原　孝之　大伴旅人と故郷　『古代文学講座　第五巻　旅と異郷』（勉誠社）　94・8
増尾伸一郎　万葉歌人と王羲之―大伴旅人における書と道教の受容をめぐって―　東方宗教　八四　94・11
　　→『万葉歌人と中国思想』
大久保広行　鄙に在ること―旅人における時空意識―　国語と国文学　七二―二　95・二
　　→『筑紫文学圏論　大伴旅人　筑紫文学圏』
平山　城児　旅人の作品（315、316番歌）の出典について　『森淳司博士古稀記念論集　万葉の課題』（翰林書房）　95・2

菅野　雅雄　「藤波」の意味するもの—巻三「帥大伴卿歌五首」をめぐって—　『森淳司博士古稀記念論集 万葉の課題』（翰林書房）　95・2

加藤　清　大伴旅人「後追和梅歌四首」の詠作意識　『森淳司博士古稀記念論集 万葉の課題』（翰林書房）　95・2

林田　正男　神仙思想と大伴旅人、同（二）、（三）　九州産業大学国際文化学部紀要　一、二、三　94・12、95・3、7

浅見　徹　猿にかも似る　万葉　一五三　95・3

村田　正博　天地と長く久しく—旅人吉野讃歌の表現の一面—　『犬養孝博士米寿記念論集 万葉の風土・文学』（塙書房）　95・6

村山　出　松浦河に遊ぶ序—追和三首の虚構性と作者—＊　『犬養孝博士米寿記念論集 万葉の風土・文学』（塙書房）　95・6

原田　貞義　哀別と離苦と—旅人の亡妻哀傷歌群の制作の意趣をめぐって—　『犬養孝博士米寿記念論集 万葉の風土・文学』（塙書房）　95・6

井村　哲夫　蘭亭叙と梅花歌序—注釈、そして比較文学的考察—＊　『犬養孝博士米寿記念論集 万葉の風土・文学』（塙書房）　95・6
→『憶良・虫麻呂と天平歌壇』（翰林書房　97・5）

山田　英雄　万葉集梅花宴歌の作者について＊　国語国文　六四—一〇　95・10
→『万葉集覚書』（岩波書店　99・6）

林田　正男　大伴旅人論　九州産業大学国際文化学部紀要　四　95・12

大久保広行　虫に鳥にもわれはなりなむ—讃酒歌へのアプローチ—　文学論藻（東洋大学）　七〇　96・3
→『筑紫文学圏論　大伴旅人　筑紫文学圏』

白川　静　旅人讃酒　『後期万葉論』（中央公論社）　96・3

平山　城児　大宰府の文学＊　『万葉の歌と環境』（笠間書院）　96・5

平舘　英子　「梅の花」の歌—雪に関連して—　『伊藤博博士古稀記念論文集 万葉学藻』（塙書房）　96・7
→「梅と雪—旅人—」『万葉歌の主題と意匠』（塙書房　98・2）

大久保広行　果てなる意識—筑紫文学圏の基軸—＊　文学論藻　七一　97・3
→『筑紫文学圏論　大伴旅人　筑紫文学圏』

平舘　英子　悲傷羇旅　東京成徳短期大学紀要　三〇　97・3
　→「万葉歌の意匠」『万葉歌の主題と意匠』
鈴木　利一　鳴く鹿と散る萩と—大宰帥大伴卿歌二首—　大谷女子大国文　二七　97・3
稲岡　耕二　松浦河仙媛譚の形成・追攷—旅人と憶良の交渉—＊　『説話論集第六集　上代の伝承とその表現』（清文堂）　97・4
加藤　清　大伴旅人亡妻恋歌　『万葉集相聞の世界　恋ひて死ぬとも』（雄山閣）　97・8
鉄野　昌弘　橘の花散る里の霍公鳥　日本文学（東京女子大学）八八　97・9
村山　出　大伴旅人　『筑紫古典文学の世界　上代・中古』（おうふう）　97・9
東　茂美　河洛の女神　『水辺の万葉集』（笠間書院）　98・3
大久保広行　天平二年作歌群の追和歌＊　文学論藻　七二　98・3

（富原カンナ・鹿児島大学非常勤講師）

全巻の構成

第一巻　初期万葉の歌人たち

第二巻　柿本人麻呂（一）

第三巻　柿本人麻呂（二）・高市黒人
長奥麻呂・諸皇子たち他

第四巻　大伴旅人・山上憶良（一）

＊各巻の構成には若干の変更が生じる場合もあります。

神野志隆光（こうのし　たかみつ）
東京大学大学院教授。
一九四六年和歌山県生まれ。
坂本　信幸（さかもと　のぶゆき）
奈良女子大学教授。
一九四七年高知県生まれ。

第四回配本

セミナー
万葉の歌人と作品　第四巻　大伴旅人・山上憶良（一）

二〇〇〇年五月一〇日　初版第一刷発行©

企画編集　神野志隆光
　　　　　坂本　信幸
発行者　廣橋研三
発行所　和泉書院
〒543-0002　大阪市天王寺区上汐五-三-八
電話　〇六-六七七一-一四六七
振替　〇〇九七〇-八-一五〇四三
印刷／製本　亜細亜印刷

ISBN 4-7576-0046-1　C1395

セミナー
万葉の歌人と作品

神野志隆光
坂本信幸　企画編集

■全十二巻・年四回配本

第一巻　初期万葉の歌人たち　三五〇〇円
第二巻　柿本人麻呂（一）　三五〇〇円
第三巻　柿本人麻呂（二）・高市黒人
長奥麻呂・諸皇子たち他　三五〇〇円
第四巻　大伴旅人・山上憶良（一）　三五〇〇円
第五巻　大伴旅人・山上憶良（二）　続刊
第六巻　笠金村・車持千年・田辺福麻呂　続刊
第七巻　山部赤人・高橋虫麻呂　続刊
第八巻　大伴家持（一）　続刊
第九巻　大伴家持（二）　続刊
第十巻　大伴坂上郎女
後期万葉の女性歌人たち　続刊
第十一巻　東歌・防人歌
後期万葉の男性歌人たち　続刊
第十二巻　万葉秀歌抄　続刊